Annie Darling vit à Londres dans un petit appartement dont les murs menacent de se fissurer sous les piles chancelantes de livres qui les compriment. Elle a deux grandes passions : la littérature et Mr Mackenzie, son chat, un british shorthair.

De la même autrice, en grand format :

La Petite Librairie des cœurs brisés
Coup de foudre à la librairie des cœurs brisés
Retour de flamme à la librairie des cœurs brisés
Noël à la librairie des cœurs brisés

Au format poche :

La Petite Librairie des cœurs brisés
Coup de foudre à la librairie des cœurs brisés
Retour de flamme à la librairie des cœurs brisés

CE LIVRE EST ÉGALEMENT DISPONIBLE
AU FORMAT NUMÉRIQUE

www.editions-hauteville.fr

Annie Darling

Retour de flamme à la librairie des cœurs brisés

Traduit de l'anglais (Grande-Bretagne) par Élodie Coello

Hauteville

Hauteville est un label des éditions Bragelonne

Titre original : *Crazy in Love at the Lonely Hearts Bookshop*

Initialement publié en 2018 par HarperCollins, Londres.

ISBN : 978-2-8112-2769-2

Bragelonne – Hauteville
60-62, rue d'Hauteville – 75010 Paris

E-mail : info@editions-hauteville.fr
Site Internet : www.editions-hauteville.fr

À Mr Mackenzie, le chat le plus trognon au monde.

Chapitre premier

« Elle était indomptable et pleine de malice. »

C'était le matin. Oui, pas de doute. Les rayons obliques d'un soleil faiblard peinaient à fendre l'obscurité du petit appartement qui coiffait la librairie *Au Bonheur des tendres*.

Nina O'Kelly maudit le soleil qui se frayait un maigre passage au travers des vitres de sa chambre, puis se maudit elle-même de n'avoir pas fermé les rideaux avant de se coucher. En fait, se réveiller dans son lit tenait presque du miracle puisqu'elle n'avait aucun souvenir de son retour chez elle.

Elle n'avait pas la gueule de bois. *Enfin, presque pas. Simple coup de faiblesse aggravé par le manque de sommeil.* D'où l'impression que sa colocataire, Verity, sortait de sa chambre et gagnait la cuisine avec le pas lourd d'un éléphant échappé d'un cirque. Pourtant, Verity était plutôt du genre gracieux.

Sur un grognement, Nina se retourna dans son lit. Dix petites minutes de plus, ça ne ferait de mal à personne. Disons quinze. Et si elle ouvrait juste un œil, très lentement, histoire de surveiller l'heure… À moins de les garder tous les deux fermés et de se laisser glisser…

On frappa doucement à la porte.

— Nina ? Il est 9 heures, or tu mets toujours une heure à te maquiller, souffla tendrement Verity. Bon, j'entre. Je veux voir tes deux pieds par terre.

Mais Nina ne se laissait pas duper par les roucoulades de sa colocataire ; on ne plaisantait pas avec Verity. Un autre matin, à une heure bien plus avancée que celle-ci, comme Nina n'était toujours pas levée, Verity l'avait réveillée en sursaut avec un verre d'eau jeté en pleine figure. Les dégâts sur la chevelure de Nina avaient été sans précédent.

Au grand dam de tous ses muscles engourdis, Nina se redressa dans son lit et fit balancer ses jambes de sorte que, au moment d'entrer dans la chambre, Verity découvrit les dix orteils de Nina, parés d'un vernis turquoise pétard, sagement posés sur le sol.

La mine vexée de Verity n'était qu'une zone trouble pour les yeux que Nina peinait à maintenir ouverts.

— Je suis réveillée, grommela-t-elle.

Elle s'empara de la tasse de café que lui tendait Verity et ouvrit la bouche pour laisser son amie y enfourner une tartine. Oui, elle avait la meilleure colocataire du monde.

En experte multitâche, Nina sirota ensuite son café tout en prenant sa douche sans mouiller ses cheveux. Elle arborait actuellement une coiffure rose bonbon aux boucles épinglées façon Marilyn Monroe. Tous les lundis et vendredis à l'heure du déjeuner, Nina se rendait au vieux salon de coiffure de grand-mère au coin de la rue pour s'y faire shampouiner et s'asseoir sous un casque séchoir deux fois plus vieux qu'elle. Ses cheveux n'avaient pas le temps de retomber entre deux rendez-vous.

Un petit massage des racines, un grand coup de laque et Nina était fin prête. *Enfin, presque.* La veille, elle ne s'était pas démaquillée avant de s'effondrer dans son lit, or l'heure tournait – Verity était déjà en bas, prête à travailler alors que la boutique n'ouvrait qu'à 10 heures. Bon, il était tout de même 9 h 57. Tant pis, Nina se résolut à se remaquiller sur ce qui restait de la veille.

Pour préparer le terrain, une bonne dose de fond de teint et une couche d'anticerne d'une épaisseur indécente s'imposaient. Venaient ensuite un délicat ouvrage à l'eye-liner liquide, le mascara, et encore un trait d'eye-liner. Puis une touche de blush, de nombreux passages de rouge à lèvres carmin… *Et voilà !* Nina pouvait difficilement faire mieux. Non pas qu'elle soit laide car elle avait tout ce qu'il fallait où il fallait, et dans l'ordre. Yeux, nez, bouche, menton, le tout apprêté de sorte à incarner le modèle parfait de la pin-up glamour des années 1950.

Il lui restait juste le temps d'enfiler son uniforme : un immonde tee-shirt gris arborant l'inscription *Au Bonheur des tendres* en lettres cursives roses. Difficile d'accessoiriser une telle horreur. *Par-dessus une robe ? Hors de question.* Quant aux jeans, Nina en portait rarement. Elle opta pour une jupe crayon ultramoulante, chaussa ses talons les plus confortables, et quand elle descendit gaiement l'escalier pour se rendre à la boutique, elle n'avait que…

— Quinze minutes de retard ! gronda Posy, propriétaire de la librairie, d'une voix vainement féroce. Tu habites au-dessus, il y a dix secondes de trajet ! Franchement, ça me dépasse. Comment te débrouilles-tu ?

— Facile : mon horloge interne affiche quinze minutes de retard sur la tienne, lui expliqua Nina. Mon corps a ses raisons que la raison ignore. En parlant de raison…

un café… Pitié, sois un amour et file au salon de thé me chercher la plus grande tasse de caféine que tu trouveras.

— Avant d'être un amour, je suis ta patronne, rétorqua sévèrement Posy – quoique la sévérité n'ait jamais été son fort car son visage doux ne s'y prêtait guère. Avec un carré de sucre ?

— Disons deux, décida Nina. Tu sais, vu l'état dans lequel je suis, il ne faudra pas trop m'en demander avant la pause-déjeuner.

Posy secoua la tête de désespoir et franchit l'arche qui menait aux antichambres, elles-mêmes donnant sur le salon de thé d'où s'échappait la divine fragrance de café fraîchement moulu et de gâteaux à peine sortis du four. L'odeur s'immisçait jusque dans la boutique.

Et quelle charmante boutique ! Au Bonheur des tendres était la seule librairie de toute l'Angleterre, voire du monde entier, à se consacrer exclusivement à la littérature sentimentale. « Un lieu unique qui répondra à tous les besoins des lecteurs de romances », clamaient les marque-pages que glissait Nina dans chaque exemplaire vendu.

Avant même de vivre dans l'immeuble, Nina s'était toujours sentie chez elle *Au Bonheur des tendres*. Perchée sur son tabouret derrière le comptoir, elle surplombait son territoire. Au milieu de la grande salle trônaient trois canapés aux divers degrés d'affaissement, disposés autour d'une table croulant sous les livres. Un mur était dédié aux nouveautés et aux meilleures ventes. On accédait aux dernières étagères par un escabeau roulant. Le mur du fond comptait d'autres romans dans un assortiment de vitrines vintage remplies d'idées cadeaux en rapport avec la romance, depuis les tasses jusqu'aux cartes de vœux en passant par les tee-shirts et les bijoux.

Enfin, de chaque côté des arches menant à l'enfilade d'antichambres, les murs étaient couverts d'ouvrages jusqu'au plafond. Le genre de magasin où vous pouviez passer des heures à flâner paisiblement – quoique à cet instant précis, Nina fût loin d'être paisible.

— Ce que tu m'as servi au réveil, c'était du jus de chaussette. Sans vouloir être casse-pieds bien sûr, cria-t-elle à Verity, laquelle se trouvait dans son bureau de l'autre côté d'une porte entrouverte derrière le comptoir – d'où la nécessité de hurler. Au fait, Tom ne vient pas aujourd'hui ?

— Tentative ratée : tu me casses les pieds. Non, il ne vient pas, je l'ai eu au téléphone. Apparemment, c'est la panique avec les notes de bas de page de sa thèse, répondit Verity sur le même volume. Et Posy a rendez-vous avec le comptable ce matin. Tu devras mener la barque toute seule.

— Mais s'il y a trop de monde, il faudra venir m'aider.

Nina serait intransigeante. Verity n'allait quand même pas se réfugier dans l'arrière-boutique et la laisser se noyer seule dans une marée de clientes. En même temps – coup d'œil par les fenêtres en saillie – par cette matinée humide d'un mardi maussade, Nina avait espoir que la boutique resterait juste assez calme pour lui laisser le temps de sortir de sa torpeur.

D'expérience, elle savait qu'il n'existait qu'un remède miracle à son état fébrile : trois viennoiseries minimum, et un brunch avec bacon, œufs et haricots rouges. Posy reparut avec son café et un énorme muffin.

— Ce muffin est pour moi ? demanda Nina, pleine d'espoir.

Il l'était. *Et aux myrtilles, qui plus est. Les fruits sont excellents pour la santé, pourquoi s'en priver ?* songea Nina en le dévorant goulûment tout en s'attaquant à la pile chancelante d'ouvrages qui attendaient, sur le comptoir en face d'elle, de trouver leur place sur l'étagère.

— Ne touche pas les livres avec tes mains collantes ! l'avertit Posy.

Trop tard. Nina jonglait entre nouvelles éditions et parts de gâteau mieux que personne depuis trois ans. Elle choisit donc d'ignorer sa patronne.

De toute façon, elle épargnait aux pages ses doigts graisseux puisqu'elle se contentait de lire les quatrièmes de couverture. Ainsi, quand une cliente réclamait une romance paranormale sur un voyage dans le temps avec un duc loup-garou sur fond de couverture bleue, Nina savait quelle étagère lui indiquer.

Une fois qu'elle les eut digérés – les résumés, pas le muffin –, Nina tria les ouvrages en plusieurs piles pour un rangement optimal. Historique, Régence – qui bénéficiait de sa propre section –, Érotique, Young Adult…

— Qu'est-ce que vous faites ? demanda une voix sur sa gauche.

Une voix masculine. Elles étaient rares *Au Bonheur des tendres* – outre celle de Tom, désabusée, ou celle de Sebastian, le mari de Posy au ton traînant et un brin snob. Celle-ci était douce, polie, curieuse, mais avec cette pointe d'acier qui crispa tout de suite Nina.

Elle se tourna vers un homme planté « derrière » le comptoir. Il avait une chevelure rousse, d'un brun-roux à la Rita Hayworth, couleur que Nina avait en vain tenté d'appliquer à sa propre tignasse quelques mois plus tôt. Sous ces cheveux se trouvait un visage pâle couvert d'une multitude de taches de rousseur. Et des yeux verts – plutôt jolis, il fallait l'admettre. Mais ce n'était pas le pire. Le pire, c'est qu'il se tenait « derrière » le comptoir.

— Ce que je fais ? répéta Nina, incrédule. C'est à moi de vous poser la question !

— Moi, j'observe, répondit l'homme.

Il balaya d'un regard la pile de romans érotiques que Nina venait de parcourir – et à propos d'un desquels elle s'était exclamée quelque chose comme : « Génial, un ménage à trois ! » – tout en prenant des notes sur son iPad.

— Faites comme si je n'étais pas là. Vous le faisiez très bien jusque-là. Ça fait une demi-heure que je vous observe.

— Vous auriez dû vous manifester, protesta Nina.

Elle se sentait… violée dans son intimité, assise là à s'empiffrer de muffin, mâchouillant peut-être la bouche ouverte, buvant son café à grandes lampées, ponctuant les nouveaux romans de commentaires lascifs, le tout sous les yeux d'un parfait inconnu.

— Qu'est-ce que vous observiez ? Moi ? C'est interdit par la loi.

— En réalité, c'est un lieu public et…

Nina ne supportait pas les gens qui commençaient leurs phrases par « En réalité » à la moindre contrariété. C'était la preuve que leur argumentaire ne tenait pas la route et qu'ils s'apprêtaient à cracher des mots multisyllabiques.

— Faux, c'est une propriété privée, lâcha-t-elle sèchement. Vous êtes ici sur invitation de la propriétaire. D'ailleurs, en parlant d'elle… Posy !

Beugler comme une vendeuse de poisson à la criée n'était pas suffisant. Nina se sentit obligée de bondir de son tabouret – chose risquée lorsqu'on porte une mini-jupe moulante – et d'ouvrir la porte du bureau à la volée. Pendant ce temps, l'imposteur à la chevelure flamboyante continuait de pianoter sur son iPad.

— Posy ! Un drôle de type viole notre espace privé !

Le drôle de type en question marmonna dans sa barbe, rosissant légèrement sous ses taches de rousseur.

— J'ai parfaitement le droit d'être ici, se défendit-il, crispé.

Bien que ce visage semblât familier à Nina, elle ne parvenait pas à le remettre. *Un participant à l'un des épisodes du* Meilleur Pâtissier *de la saison dernière, peut-être ?*

— Exact, il a le droit, confirma Posy en venant glisser sa tête par l'embrasure. C'est Noah. Je ne vous ai pas présentés ?

— Non, je m'en souviendrais.

Nina relança un coup d'œil à ce Noah. Il portait un costume – bleu marine avec chemise blanche et fine cravate bleue assortie. Franchement, qui portait encore un costume de nos jours, et à cet âge-là ? Enfin, si l'on oubliait Sebastian, le mari de Posy – encore qu'il accessoirisât toujours ses costards de mouchoirs à pois et de chaussettes criardes. Mais pas ce type-là. Lui, il assortissait la cravate à la veste et au pantalon. *Non mais quelle idée !*

— Pourtant, je parierais que si. Je l'ai présenté à Very, en tout cas. Bien fait pour toi, tu n'avais qu'à arriver à l'heure ce matin, trancha Posy, implacable. Noah est analyste commercial. Il vient analyser nos affaires. On en a parlé en réunion hier.

— Hier, c'était hier. As-tu la moindre idée de la quantité de vodka que j'ai ingérée depuis ? Bref, tu sais bien que les affaires de ta petite affaire ne sont pas mes affaires.

Le cerveau de Nina était génétiquement conçu pour ignorer certains mots, dont « affaires » et « analyste ». Ainsi que « retraite indexée », « pantoufles » et « se coucher tôt ».

— Nina ! s'impatienta Posy. Tu sais bien qu'on cherche de nouvelles façons de développer notre affaire. De faire les choses intelligemment. De se mettre au numérique et tout le toutim.

Noah, analyste commercial, dont Nina était toujours convaincue de n'avoir jamais entendu parler, était jusqu'à présent demeuré silencieux mais fit un pas en avant.

— Je viens seulement observer vos réflexes en affaires, dit-il.

Nina doutait fortement d'être dotée d'un seul bon réflexe de ce genre. Elle se contentait de débarquer, de pointer, de vendre des bouquins, puis filait à l'étage se faire belle pour sortir dépenser tout son salaire en beaux mecs, en beuveries et en… un autre mot en « b ».

— Vous ne trouvez pas cela sinistre de rester là à contempler quelqu'un qui ne vous a pas remarqué ? s'appesantit Nina.

— Je vous ai dit « bonjour », mais comme vous hurliez à propos de votre café, vous ne m'avez pas entendu, se défendit Noah. Bref, on peut se tutoyer, non ? Je m'appelle Noah, tu l'auras compris. Et toi, c'est Nina. Pour le reste, Posy m'a tout raconté.

— Oui, je l'ai fait, assuma ouvertement Posy – ce qui en disait long, car Nina ne menait pas une vie de bonne sœur, loin de là. Bon, je dois filer chez le comptable. À la moindre minute de retard, ce ronchon me le fera payer.

Nina était elle-même d'humeur maussade, or Noah parut comprendre le message car, dès que Posy eut quitté la boutique d'un pas pressé, il décida de s'installer au bureau. Verity, d'un caractère plutôt réservé, allait certainement voir d'un mauvais œil cette intrusion d'un observateur discret.

Perchée sur son tabouret en attendant la première cliente de la journée, Nina entendit d'étranges bruits derrière elle.

Verity papotait. Elle gloussait. Elle eut même un éclat de rire. Ce n'était pas son genre, elle qui bavardait rarement, qui gloussait peu et ne riait jamais en présence d'inconnus.

— Nous tenons nos stocks à jour par écrit. Surprenant, non ? pouffa-t-elle.

— Tu veux dire sur papier ? s'étonna Noah, soi-disant expert en affaires.

— Oui. Et dès que nous vendons un livre, nous le barrons dans le registre.

— Au comptoir je n'ai vu aucun scanner pour les codes-barres. Et votre caisse… c'est une pièce de musée, non ?

Nina tapota la vieille caisse affectueusement. Après plus de quarante ans de fidèles services, Bertha avait son petit caractère. Quand son tiroir se bloquait, il fallait savoir où donner un coup sec pour le dégager. Après quoi elle repartait comme en quarante.

— Lavinia – la propriétaire de *Bookends* qui a légué la boutique à Posy, laquelle a transformé l'endroit en *Au Bonheur des tendres* – avait ses petites habitudes, expliqua volontiers Verity. Surtout après la mort de Perry, son mari. Elle n'aimait pas toutes ces machines qui bipent. J'apprécie le charme apaisé et désuet de la boutique, mais… mais…

— Mais quoi ? l'encouragea Noah. Tu peux tout me dire. Je ne suis qu'un observateur. Je ne te jugerai pas, tu ne risques rien.

« Ne lui fais pas confiance ! » avait envie de lui hurler Nina, mais la porte de la librairie s'ouvrit à cet instant précis. La cloche tinta et deux femmes entrèrent.

Nina, forcée de cesser d'écouter aux portes, plaqua un sourire sur son visage.

— Bienvenue *Au Bonheur des tendres*. Vous cherchez quelque chose en particulier ?

Les deux femmes, d'âge mûr, portaient des chaussures Mephisto et des imperméables, mais Nina avait appris à ne pas juger les goûts littéraires des clientes sur leur apparence.

— Où se trouvent les romans érotiques de vampires ? demanda l'une d'elles – preuve que la théorie de Nina tenait la route.

— La section érotique se situe dans la pièce du fond à droite. Vous trouverez l'érotique paranormal sur votre gauche en entrant. Les fictions de vampires sont sur les deux étagères du haut, indiqua Nina. La semaine dernière, nous avons reçu le dernier titre d'une auteure nommée Julietta Jacobs au sujet d'un patron de mafia vampire. Délicieusement sanglant.

— Oooh, pile ce que je cherche ! s'emballa la cliente en se dirigeant avec son amie vers l'arche de droite.

Pendant ce temps, Verity continuait de se plaindre auprès de Noah de tous les défauts de la boutique.

— … il faut tout entrer manuellement, ça prend trois fois plus de temps qu'il n'en faudrait. L'inventaire, le catalogue, l'encaissement… Un vrai cauchemar.

— En effet, quelle perte de temps, compatit Noah alors qu'il n'était pas censé donner son avis.

Ce type, Nina l'avait déjà dans le nez. Et pourtant, elle n'était pas difficile en matière d'hommes, ce n'était un secret pour personne. Elle fut interrompue dans sa grimace par l'entrée d'une habituée, Lucy, une jolie femme qui travaillait au conseil municipal au coin de la rue. Elle lisait une romance par jour et trois le week-end. Nina s'inquiétait de voir venir le jour où Lucy aurait lu toutes les romances jamais publiées.

Ce jour n'était pas encore arrivé.

— Ce sont les dernières sorties ? s'enquit Lucy, dévorant du regard les livres empilés sur le comptoir.

— Tout à fait, opina Nina. Jetez-y un œil !

Verity gloussait de plus belle à tout ce que Noah lui murmurait à l'oreille. Depuis qu'elle était tombée amoureuse, quelques mois plus tôt, elle se comportait parfois bizarrement. Mais la cloche tintait, d'autres clientes arrivaient. Nina, juste assez remise de sa gueule de bois, quitta enfin son tabouret et s'aventura sur le sol du magasin pour proposer son aide.

Chapitre 2

« Elle était trop lumineuse pour ce monde. »

Noah et son iPad infernal quittèrent la boutique avant le déjeuner pour ne plus revenir de la journée. Avec un peu de chance, espérait Nina, elle n'aurait plus jamais à affronter sa sinistre manie d'espionner les autres en silence. Mais à son retour de chez le comptable, Posy annonça que Noah reviendrait le lendemain.

— Il est plutôt gentil, non ? insista-t-elle. C'est un ami de Sebastian.

— Vraiment ? Sebastian a des amis ?

Nina secoua la tête, incrédule. Sebastian Thorndyke était beaucoup de choses : entrepreneur dans le numérique, ennemi d'enfance de Posy devenu son époux récemment, mais aussi l'homme le plus grossier de Londres dépourvu du moindre filtre social. La dernière fois que Nina l'avait croisé, au début de sa période aux cheveux roses, Sebastian avait posé un regard moqueur sur ses sublimes boucles rose acidulé.

« Je vois que tu as passé une nuit torride avec une machine à barbe à papa », avait-il lancé.

Une insulte parmi tant d'autres qui poussait Nina à penser que Sebastian avait peu d'amis, mais voilà que Posy revendiquait le contraire en affirmant que ce Noah était un proche. Voilà qui expliquait sans doute pourquoi Nina avait cette impression de l'avoir déjà vu quelque part – ce serait quand même surprenant, elle qui aurait préféré s'arracher les yeux plutôt que de s'ennuyer ferme avec les geeks dont le mari de Posy s'entourait. Une chose était sûre, Noah n'était pas venu au mariage de Posy et Sebastian, organisé à la dernière minute en trois semaines chrono.

— Ils se sont rencontrés à Oxford, déclara Posy avec cet air de guimauve qu'elle prenait dès qu'elle pensait à Sebastian. Depuis, ils n'ont jamais perdu contact. Pour ce qui est du style, Noah est à l'opposé de l'extravagance de Sebastian. Tu ne le trouves pas sexy avec son petit air d'intello ?

— Beurk ! Pas du tout, il portait une cravate ! s'indigna Nina. Et un costard ! Pas mon genre du tout. Moi, j'aime les rebelles. Pas les geeks.

— Tu n'as jamais envisagé d'aller à l'encontre des stéréotypes ? marmonna Verity le regard rivé sur la caisse – lors des comptes en fin de journée, il ne fallait surtout pas la troubler, sans quoi elle s'emmêlait les pinceaux.

— Pour quoi faire ? interrogea Nina. Ce serait comme de me demander d'avoir les yeux marron alors qu'ils sont bleus. Ou de cesser de mesurer un mètre soixante-sept. On ne se refait pas.

— Pourtant, le changement fait du bien, insista Posy tout en ramassant les livres abandonnés sur les trois canapés qui trônaient au centre de la grande salle pour les ranger sur leurs étagères respectives. Il y a eu beaucoup de changements ici ces derniers mois, et regarde, ce n'était que bénéfique.

Elle n'avait pas tort. L'été précédent, l'ancien *Bookends* décrépit était devenu *Au Bonheur des tendres*, lieu désormais consacré à la romance, avec les couleurs assorties. Le salon de thé attenant avait rouvert ses portes. Nina était bien plus heureuse à vendre des romances à une majorité de femmes qu'à ne pas vendre grand-chose au chaland occasionnel qui passait devant la boutique par hasard.

Mais pour que *Bookends* devienne *Au Bonheur des tendres*, la charmante Lavinia, patronne et mentor des filles, les avait quittées. Depuis cet affreux matin où elle avait appris la nouvelle, quelques mois plus tôt, le chagrin de Nina n'avait pas faibli. C'était la raison pour laquelle un présentoir central était consacré à leur chère amie disparue. Chaque fois que Nina posait les yeux sur les ouvrages préférés de Lavinia empilés sur cette table, chaque fois qu'elle humait le parfum entêtant des roses que Lavinia appréciait tant, rassemblées dans le vase en verre rapporté de Woolworths dans les années 1960, elle avait toujours ce même pincement au cœur.

Autre changement notable, Posy était passée de sainte-nitouche – à ne sortir avec des garçons que sous la menace de Nina – à épouse du petit-fils de Lavinia, Sebastian, et ce sans transition. Posy prétendait qu'il y avait quelque chose entre eux depuis des années, mais d'après Nina, une minute avant de se jurer fidélité à la salle paroissiale de Camden Town, Posy et Sebastian se criaient encore des insanités, comme à leur habitude.

Mais quelque part, ça aussi, c'était un changement bénéfique. Sebastian rendait Posy heureuse, personne ne pouvait le nier. Sa ride du lion avait disparu au profit d'un vague sourire un brin hébété, et mieux encore, elle et son petit frère Sam avaient quitté le logement au-dessus de la boutique pour aller vivre avec Sebastian dans la maison de

Lavinia dans un charmant quartier résidentiel de l'autre côté de Bloomsbury. Sam manquait beaucoup à Nina – pour un marathon chocolat ou une réparation éclair des bugs de son iPhone, elle pouvait toujours compter sur lui – mais se consolait avec l'ancien appartement que Posy avait alors gracieusement mis à disposition de Nina et Verity.

À Nina, il ne fallait pas le dire deux fois. Son maigre salaire de vendeuse en librairie lui permettait tout juste de couvrir un loyer. Sans compter qu'elle était à l'époque coincée dans une colocation de six personnes à Southfields, sans salon, dont la cuisine était infectée d'une invasion de lépismes impossible à éradiquer. Les trajets pour se rendre au travail étaient un calvaire, surtout lorsque la District Line tombait en panne, ce qui arrivait fréquemment. Sans parler des innombrables nuits passées à dormir sur le canapé d'amis lorsqu'elle manquait le dernier métro.

En définitive, les bons et les mauvais changements s'équilibraient. Et certaines choses ne changeaient jamais, comme Nina qui attendait que Posy finisse la remise en rayons et que Verity termine de compter la caisse avant de leur demander, pleine d'espoir :

— On va au pub ?

Se rendre au pub après le travail comptait parmi les traditions de longue date. Hélas, cette tradition avait elle aussi subi un changement. Et cette fois, pas dans le bon sens.

— J'aimerais bien…, répondit Posy en secouant la tête. Mais pas ce soir. Sebastian est rentré de son voyage d'affaires, je ne l'ai pas vu depuis trois jours. C'est encore un peu notre lune de miel.

Nina n'était pas d'accord : on ne pouvait pas dire en février qu'on poursuivait une lune de miel entamée au mois de juin. Mais elle garda ses commentaires pour elle, c'était plus sage. Il valait mieux tourner son regard suppliant vers Verity.

— Very, tu viens au pub ?

— Impossible. Je vais rentrer me reposer un peu avant de repartir. Johnny et moi allons assister à une conférence sur l'Art déco à l'Institut Courtauld.

C'était un autre de ces changements : Verity – *oui, Verity, autoproclamée introvertie* – était follement éprise de son nouveau petit ami, un architecte snob prénommé Johnny. Nina ne la voyait presque plus. Elle préférait l'époque où Verity fréquentait Peter Hardy l'océanographe, lequel était sans arrêt à l'étranger pour étudier on ne savait quoi, si bien que Verity se laissait plus facilement convaincre d'aller au pub.

— Qu'est-ce que c'est ? Qu'entends-je ? lança Nina, la main en cornet derrière l'oreille. Oh, ce sont les cloches de noces qui viennent briser mon vieux groupe de copines.

— Je t'ai accompagnée au pub hier soir, lui rappela Posy.

— Et moi, je ne suis pas mariée et n'ai pas l'intention de le faire, renchérit Verity.

— Alcool ? appela une voix dont l'accent à couper au couteau chantonnait de l'arche de droite.

Nina, ravie, se retourna vers Paloma, la barista du salon de thé qui apparut avec une mine pleine d'espoir.

— Alcool, Nina ? Alcool ?

— Alcool ! confirma volontiers Nina. *Sí !* Alcool !

Paloma était espagnole, originaire de Barcelone et arrivée à Londres depuis peu. Son anglais était encore limité mais elle soutenait que, de toute façon, le café était une langue universelle. Paloma portait plus de piercings que Nina – laquelle comptait tout de même sept trous dans une oreille, huit dans l'autre et un boulon en travers de la langue –, et même plus que Claude, l'ami de Nina pour qui percer les gens était un gagne-pain. Paloma entretenait une relation houleuse avec un Cubain prénommé Jesus, loin d'être aussi divin que le laissait entendre son prénom. Nina avait souvent la sensation que ce couple frisait la rupture ; ce fut le cas dix minutes plus tard, lorsqu'une énième dispute éclata entre eux, à peine furent-ils assis à une table du bar à tapas près de Grays Inn Road.

Comme d'habitude, Paloma et Jesus braillaient avec de grands gestes pendant que Nina sirotait sa vodka tonic en espérant chasser les derniers relents de sa gueule de bois.

— Les copains, finit-elle par dire, profitant d'une pause dans leur chamaillerie. Je valide à cent pour cent l'amour passionnel, mais ne pourrait-on pas baisser d'un ton ?

— *Qué ?* questionna Jesus en haussant une épaule.

— On se demandait seulement s'il fallait racheter du… du *papel de baño*…

— Du *papel de* quoi ? interrogea Nina.

Paloma fit mine d'essuyer la zone de son entrejambe – où devaient probablement se situer d'autres piercings.

— Comment vous dites… pour après le pipi ?

— Oh, tu veux parler du papier-toilette ?

— *Sí*, papier-toilette !

Pile à l'instant où ce mardi soir allait décidément pousser Nina au bord du désespoir, la porte du pub s'ouvrit, laissant une bourrasque s'y engouffrer sur l'arrivée d'un groupe d'amis de Paloma et Jesus. Il y eut une bruyante effusion d'accolades entre autres gesticulations. Une mer de visages étrangers mais souriants.

Les amis réquisitionnèrent deux tables qu'ils installèrent contre la première et commandèrent une quantité infinie de petites assiettes de mets divins, le tout en se hurlant de l'espagnol à l'oreille. Ils tentèrent d'inclure Nina, de la joindre à leur conversation par quelques bribes d'anglais, mais elle fut rapidement isolée dans son coin avec son bol de *patatas bravas* pour seule compagnie. Voilà ce que devait ressentir Paloma à longueur de journée ; l'étrangeté d'un monde qui parlait un patois abscons. C'était un prêté pour un rendu, concéda Nina.

Dans cette agitation, elle remarqua rapidement les regards insistants de Javier, l'un des copains de Jesus, et les lui rendit avec un certain intérêt.

Javier avait une tignasse brune emmêlée, le genre de coupe spécialement ébouriffée pour y attirer la main d'une amante, et des yeux noirs à s'y laisser sombrer. Sans compter son sourire délicieusement licencieux et, vu sa position sur la banquette d'en face, Nina était quasiment certaine que la jambe venue se frotter à la sienne lui appartenait.

Nina lança à Javier des regards alanguis, promenant ses doigts dans son cou, l'air de rien, pour attirer son attention vers son décolleté parfaitement souligné par la robe vintage noire moulante enfilée à la hâte avant de quitter la boutique.

Mais quand la langue de Javier fit un mouvement obscène sur sa bière blonde, Nina se mit à douter de l'avancée prometteuse de leur relation. Où les mènerait-elle, alors que la jeune femme ne connaissait que cinq mots d'espagnol ? Quand il recommença, cette fois en léchant le goulot d'une manière qui n'avait plus rien de sexy, Nina sentit sa température chuter.

Elle ne savait rien de ce Javier, si ce n'est qu'il venait d'Espagne – et encore, pas nécessairement ; il pouvait venir de n'importe quelle contrée hispanophone –, que c'était un ami de Paloma et, si elle en jugeait par sa façon de lécher sa pauvre bouteille, qu'il cherchait un plan pour égayer sa soirée.

Oh, misère… Ce petit manège commençait à être lassant. Il était temps de dire « bonsoir » et de rentrer sagement chez elle car elle se donnait pour règle de ne jamais coucher avant le troisième rencard. Or comment tenir trois soirées entières avec un homme dont elle ne comprenait presque rien à la langue ? Et puis, en admettant qu'elle franchisse ce cap avec Javier, si leur relation évoluait vers l'intimité pour finalement un jour s'étioler – après tout, l'intimité ne garantissait aucunement une fin heureuse –, les choses ne risquaient-elles pas de se corser vis-à-vis de Paloma ? Son café était divin, Nina serait bien triste que Paloma soit tentée de cracher dans sa tasse, ou pire, qu'elle cesse tout bonnement de lui en servir. C'était la raison pour laquelle sa chère Lavinia adorée disait toujours : « On ne range pas le pain là où on met ses œufs », ou bien, comme le déclarait plus brutalement le père de Nina : « Ne chie jamais où tu dors. »

Voilà que Javier ourlait à présent sa langue à en donner la nausée à Nina. Cette situation commençait sérieusement à l'épuiser. Depuis quand séduire un homme était-ce aussi… barbant ? S'il y avait bien une chose que Nina fuyait à tout prix, c'était l'ennui. Si elle avait retouché son maquillage pour un look de soirée, avec une nouvelle couche d'eye-liner, des sourcils plus franchement dessinés et des quantités industrielles de rouge à lèvres, si elle s'était tortillée dans une robe ultramoulante en satin noir, si elle avait atteint le bar à tapas perchée sur des talons de douze centimètres et demi, ce n'était certainement pas pour s'ennuyer.

Nina avait accompli tous ces efforts dans l'espoir d'envoûter… non, d'« ensorceler » l'homme de ses rêves. Et cet homme, Nina avait déjà une idée bien précise des qualités qu'il devait rassembler. Une dizaine d'années plus tôt, sa vie avait basculé après la lecture des *Hauts de Hurlevent*, d'Emily Brontë. Heathcliff et Cathy étaient deux amants maudits que le destin séparait et qui ne supportaient pas d'être éloignés l'un de l'autre. Un récit de passion et d'angoisse avec pour paysage un Yorkshire escarpé. Même dans ses mauvais jours, Heathcliff était d'une virilité extrême et toxique. Et dans ses meilleurs jours, il était le genre d'homme capable de faire de Nina une femme heureuse. Le genre d'homme qui deviendrait son âme sœur. Son unique amour. L'écho de son propre cœur tourmenté. Un homme qui tenterait de battre Nina sur son propre terrain, mais n'y parviendrait qu'un jour sur deux. Leur amour aurait ses hauts et ses bas, mais serait bien trop puissant pour être bridé. Cet homme aimerait de tout son être, réclamerait toujours le meilleur sans jamais se contenter d'une femme de second choix. Alors, c'était décidé, Nina non plus. Elle se réserverait pour un Heathcliff, un vrai, et n'accepterait aucun mec de consolation.

Malheureusement, dans la vraie vie, les Heathcliff ne couraient pas les rues, or Nina était quasiment certaine qu'ils n'iraient jamais lécher langoureusement le goulot d'une bière blonde bon marché un mardi soir.

Un sourire de regret au coin des lèvres, Nina replia ses jambes sous sa chaise avant que Javier ne les brûle à force de s'y frotter, et sortit son téléphone.

La nuit venait à peine de tomber, songea-t-elle en se connectant à Pécho – qui sait, elle pourrait trouver son mystérieux héros ce soir, caché derrière un algorithme. Pécho était une application pour rencontres sans lendemain, mais comme son créateur n'était autre que *Zinger Media*, l'entreprise de Sebastian, Nina craignait toujours que le mari de Posy n'ait accès à ses identifiants et partage des informations hautement intimes avec sa patronne autour d'un dîner en tête à tête.

— La Tatouée risque d'arriver en retard à la boutique demain matin, pourrait-il lancer, déversant à Posy toutes les données personnelles de Nina. Elle vient de liker un graphiste qui sort avec une fille différente chaque soir. Toutes ses conquêtes lui donnent quatre étoiles au bas mot.

Mais elle n'avait pas peur de Sebastian au point de supprimer l'application. On ne savait jamais, son âme sœur pouvait se trouver juste là, au coin de la rue. Serait-ce Steven, trente et un ans, écrivain, géolocalisé à trois cents mètres de là ? Il avait liké Nina et venait de lui envoyer :

On boit un verre ?

Le bar à tapas était mal éclairé, il fallut que Nina plaque son nez contre l'écran pour distinguer la photo de ce Steven. Elle valait mieux que ces filles qui ne jugeaient que par le physique, bien sûr, mais n'empêche, hors de question de boire un verre avec un type à l'allure d'un tueur en série.

Steven n'était pas mal. Il posait aux côtés d'un labrador, sublime bête au demeurant. S'il s'entendait bien avec cet animal, Steven ne pouvait pas être un mauvais bougre. *Les chiens savent distinguer les gentils des méchants, ils ont un sixième sens pour ces choses-là.*

Nina lika Steve en retour et lui écrivit :

Au *Thornton Arms* dans dix minutes ?

Steven répondit :

Je t'attends dehors.

Certes, ce n'était pas très romantique, mais au jeu de l'amour, qui plus est dans une chasse au Heathcliff, il fallait savoir prendre des risques, quitte à rouler des patins à des tonnes de crapauds avant d'espérer tomber sur son prince. Par son expérience – et elle était vaste –, Nina savait qu'il valait mieux se débarrasser vite fait des politesses et des platitudes d'usage pour en venir au fait. Ensuite, avec un peu de chance, la Tatouée et Steven trente et un ans pourraient prendre le chemin du grand amour. Gonflée à bloc, Nina fit grincer sa chaise sur le parquet et se leva.

— Les amis, je dois vous laisser, annonça-t-elle.

Il y eut un réjouissant concert de « Oh, no ! » et de grands gestes de déception. Excepté Javier qui, sur un simple haussement d'épaules, cessa de forniquer avec le goulot de sa bière blonde. Nina avait eu raison de suivre son instinct. Si Javier avait eu le gène Heathcliff, il se serait jeté à ses pieds pour la supplier de rester, ou du moins, lui aurait proposé un verre à condition qu'elle reporte son départ.

Détour par les toilettes du pub pour se pomponner : retouche de rouge à lèvres, un coup de laque dans ses cheveux impeccablement ajustés et la voilà parée.

Prends garde, Steven, trente et un ans, écrivain ! Tiens-toi prêt à tomber follement amoureux.

Nina quitta le bar, prit à gauche au coin de la rue et, là encore, même après des années de rendez-vous avec des inconnus et de rencontres hasardeuses avec des hommes cachés derrière un avatar, elle ressentit cette appréhension familière qui lui tordait l'estomac. Un mélange bouillonnant qui l'exaltait, l'émoustillait et – *oui* – lui faisait tout de même un peu peur. Si fréquents soient ses trajets censés aboutir sur une rencontre avec un homme, Nina avait toujours cette même excitation à l'idée de peut-être se diriger droit vers sa destinée. C'était peut-être lui. *Le bon. L'unique.*

— C'est toi, Nina ? demanda l'homme en costard qui attendait devant *Thornton Arms*. Tu étais plus mince en photo.

Quant à lui, il était plus vieux d'une dizaine d'années, mesurait douze centimètres de moins et ses rares cheveux avaient connu des jours meilleurs.

— Steven, confirma Nina sur un radieux sourire pour cacher son exaltation retombée comme un soufflet.

Elle avait retouché son rouge à lèvres pour « ça » ?

— On y va ?

Steven ouvrit la porte, non pas pour laisser entrer Nina mais pour s'engouffrer le premier dans le bar. *Impolitesse quand tu nous tiens…* Et encore, Nina s'estimait heureuse qu'il ne lui ait pas claqué la porte au nez. *Un point en moins pour lui.*

— Trouvons un coin où nous asseoir, proposa Nina, mais Steven était trop occupé à la reluquer pour lui répondre.

Son regard s'attardait sur ce que Nina aimait appeler son trio en « b » : balcon, bedon, belle croupe. Mais elle ne lisait ni admiration, ni désir dans ses yeux. Rien qu'une vague déception.

— Tu sais, dit-il, tu devrais ajouter une photo en pied à ton profil Pécho. Ça ferait gagner du temps. D'habitude, je ne like jamais les filles qui ne montrent que leur tête.

Nina se retint de rétorquer qu'il avait pris soin de sélectionner un portrait de lui datant de la lointaine et glorieuse époque où il avait encore tous ses cheveux.

— Navrée d'apprendre que tu ne te sens pas la carrure pour dompter mes courbes, riposta-t-elle d'une voix glaçante, se redressant de sorte à bien lui faire voir lesdites courbes sous leur meilleur jour.

Elle faisait du quarante-deux… *Quarante-quatre… Quarante-deux.* Bon, tout dépendait de la période du mois, de la boutique dans laquelle elle se trouvait et du nombre de délicieuses pâtisseries englouties dans la semaine. Et Nina s'en accommodait très bien. Elle aimait son corps.

Il s'accordait bien avec ses robes vintage adorées. Il s'accordait bien tout nu aussi. Il pouvait marcher des kilomètres en talons. Et plus loin encore les rares jours où elle portait des chaussures plates. Si elle avait voulu se sentir mal dans sa peau, elle n'aurait eu qu'à rendre visite à sa mère. Alors non, elle ne laisserait certainement pas ce Steven, avec son costume bon marché et sa lèvre supérieure suintante, lui faire croire qu'elle avait de quoi complexer.

— Bon, si on repartait de zéro, dit-elle, presque trop généreuse à son goût.

— Pour quoi faire ? Allez, je t'offre un verre, proposa Steven mais son ton était désobligeant, comme s'il faisait une fleur à Nina. Après, si tu y tiens, tu pourras essayer de te faire pardonner.

Se faire pardonner quoi ? De n'avoir pas précisé « Je ne fais pas du 36 » sur son profil ? Et puis, quel genre de pardon croyait-il lui donner ? À voir son regard braqué sur ses seins depuis cinq bonnes minutes, Nina avait sa petite idée.

— Je suis plutôt douée pour me faire pardonner, roucoula-t-elle en papillonnant des cils.

La lèvre supérieure de Steven se mit à suinter de plus belle.

— Sois chou, va me commander une vodka tonic, une grande, pendant que je vais me repoudrer le nez.

Steven, ce mufle, eut le culot de taper la fesse de Nina. C'était au moins son cinquième faux pas en quelques minutes, et encore, elle avait cessé de compter. Elle passa donc devant la porte estampillée « Dames » sans s'arrêter et remonta le couloir jusqu'à celle qui indiquait « Privé ». Elle frappa.

Un grand costaud lui ouvrit, la cinquantaine, en tee-shirt One Direction, pas surpris pour un sou de découvrir Nina sur le seuil.

— Opération Crapaud ? interrogea-t-il.

— Tout juste, confirma Nina. J'aurai beau l'embrasser jusqu'au prochain Big Bang, il ne sera jamais qu'un crétin fini.

— N'en dis pas davantage, ma belle, reprit Chris, patron du *Thornton Arms* et autoproclamé sauveur des clientes en mauvaise compagnie. Suis-moi.

Il la conduisit au bout du couloir et lui ouvrit une porte par laquelle Nina allait pouvoir s'éclipser pendant que Steven attendait au comptoir pour lui commander une grande vodka tonic.

Ce n'était pas la première fois que Chris volait à son secours, et certainement pas la dernière non plus.

— Tu es un amour, Chris, je t'en dois une.

— Une ? Des dizaines, tu veux dire, la corrigea-t-il sur un sourire. Il serait temps que tu te cases avec un chic type.

Nina fit la grimace.

— Je ne veux pas d'un chic type. Je veux une relation follement passionnelle avec un mec prêt à me décrocher la lune si je la lui demande.

— Rien que ça ? Eh bien, bonne chance, ma belle.

Chris secoua doucement la tête avant de refermer la porte derrière lui.

Avant toute chose, songea Nina, *sortir mon portable de la poche de mon manteau et bloquer le profil de Steven*. Elle ne s'était pas déconnectée de Pécho, l'application qui clignotait pour lui indiquer d'autres cibles potentielles dans son sillage. Nina était presque tentée. Après tout, la nuit venait à peine de commencer, et elle voulait profiter du moment présent… Et si elle retournait au bar à tapas pour laisser une seconde chance à Javier ? L'aurait-elle évincé trop vite ?

Dernière option : rentrer chez elle. *Au Bonheur des tendres* était tout proche. Comme dotés d'une conscience propre, ses pieds tournèrent à gauche et empruntèrent Rochester Street pour gagner Rochester Mews. Sur un soupir, Nina pianota le code de sécurité du portail électrique qui, passé une certaine heure, protégeait les Mews des mauvaises fréquentations.

S'ensuivit une promenade vertigineuse et titubante sur les pavés qui menaient *Au Bonheur des tendres*. La boutique était plongée dans l'obscurité. Nina ne prit même pas la peine d'allumer, referma la porte à clé derrière elle et quitta volontiers ses chaussures.

À tâtons, elle traversa la grande salle, dépassa le comptoir et gagna la porte qui menait aux escaliers. *Aucune lumière là-haut.* Ce n'était pas nécessairement le signe que Verity passerait « encore » la nuit chez Johnny. Elle pouvait aussi bien faire du yoga – une activité qu'elle préférait pratiquer à la lueur des bougies – ou bouquiner, autre passe-temps calme qu'elle pourrait aisément abandonner pour écouter le récit un brin imagé des aventures de la soirée de Nina.

— Very ? Tu es là ? appela Nina en montant les marches. J'ai échappé de justesse à un gros naze, ce soir. Si tu avais vu ses cheveux, un désert saharien !

— Roooonnnrrrronnnnn ! répondit une longue plainte, non pas de sa colocataire, mais de Gourgandine, le chat de Verity, un félin obèse en besoin perpétuel d'attention qui accueillit Nina en haut de l'escalier pour se frotter à ses tibias.

— Gourgandine ! Elle t'a laissé tout seul ?

Nina souleva le félin, frôlant une hernie au passage, et se fraya un chemin dans le noir jusqu'à la cuisine en portant Gourgandine comme une écharpe en fourrure.

Un mot était accroché au frigo.

Salut, Nina, je pense dormir chez Johnny ce soir. N'écoute pas Gourgandine, il a déjà mangé. Sois sage. À demain. Bisous !

Il n'y avait pas si longtemps que ça, Nina devait encore s'armer de courage pour convaincre Verity et Posy de sortir de leur terrier. Aujourd'hui, il n'était même pas 21 heures un mardi soir, Posy était lovée dans les bras de son mari et Verity partageait un bout de canapé – elle qui n'était pourtant pas du genre tactile – avec son architecte, un bon parti au charme incontestable. Et Nina, dans tout ça ?

Plutôt mourir que de devenir une épouse comblée, telle était sa devise. N'empêche, ce devait être agréable d'avoir quelqu'un pour vous attendre le soir. Et tant qu'à faire, s'il pouvait s'agir d'un Heathcliff prêt à grimper aux rideaux jusqu'au petit matin, ce serait encore mieux. Seulement voilà, Nina aurait ce soir une boule de poils pot de colle pour seule compagnie, telle une vieille fille avec ses chats qui n'avait rien de mieux à faire que d'enfiler un pyjama, fouiner dans le frigo en quête de restes à réchauffer et rattraper son retard sur les derniers épisodes de *Tattoo Cover*.

Loin des *Hauts de Hurlevent*, on était plutôt dans Hurle au fond du trou.

Chapitre 3

« Mais je commence à vous soupçonner de ne pas m'aimer. »

Nina avait beau prôner l'adage « Je dormirai quand je serai morte » dès que l'une de ses amies, en particulier Verity qui accordait une valeur évangélique à ses huit heures de sommeil, lui reprochait de brûler la chandelle par les deux bouts, elle ne pouvait nier qu'une bonne nuit de sommeil présentait quelques avantages.

Une fois n'est pas coutume, elle s'était couchée à vingt-deux heures trente pour se réveiller le lendemain avant même que son réveil n'ait sonné. Ce fut une grande première pour elle de prendre sa douche, s'habiller et se maquiller en toute tranquillité. Quand Verity revint de sa nuit chez Johnny, elle marqua un arrêt en voyant Nina assise à la cuisine devant une tartine de confiture avec son premier café de la journée.

— Bonjour, Very ! la salua Nina en soulevant la cafetière. Je te sers une tasse ?

Verity ouvrit des yeux ronds comme des billes.

— Qu'est-ce qui t'arrive ? Tu as fait une nuit blanche ?

— Je te demande pardon ? s'exclama Nina, au comble de l'indignation en constatant que la seule raison qui puisse justifier son réveil précoce soit qu'elle ne s'était pas couchée.

Regarde à quelle heure tu rentres, tu n'as pas de leçons à me donner !

À son tour, Verity poussa un cri outré.

— De quel droit me juges-tu ? Je vis une relation emplie d'amour et épanouissante, je te remercie.

Une demi-heure plus tard, quand Posy arriva au travail, c'est avec un plaisir non contenu que Nina lui ouvrit la porte de la boutique.

— Posy, tu as cinq minutes de retard ! claironna-t-elle. Rassure-toi, je me suis occupée des commandes et j'ai préparé le fonds de caisse.

Posy porta le dos de sa main à son front d'un air de défaillir.

— Mon Dieu, dites-moi que je rêve ! Qui êtes-vous, qu'avez-vous fait de Nina ?

Celle-ci hocha la tête.

— Je suis sa version améliorée, une Nina qui s'est couchée tôt.

— Depuis le temps que j'attends ce jour, s'amusa sa patronne en lui donnant un coup de coude. Continue sur cette voie et je te nommerai directrice adjointe, tu pourras enfin ouvrir la boutique tous les jours et me laisser faire la grasse matinée.

— Désolée mais je sens que ma première version reprendra le dessus dès demain.

Posy fit semblant de pleurer à chaudes larmes et le ton de la plaisanterie fut ainsi donné pour la journée ; c'était tant mieux, car celle-ci s'annonçait maussade et la boutique était peu fréquentée. Nina espérait que le calme s'expliquait par le mauvais temps et non par une baisse de la fréquentation de leur librairie. Mais Verity semblait répondre à de nombreuses commandes passées par leur site Internet et

Posy était formelle ; pour elle, cette accalmie serait terminée à l'approche de la Saint-Valentin.

Seulement, février était déjà bien entamé. Et Nina ne voyait pas l'intérêt pour les amoureux d'acheter des romances s'ils en vivaient une au quotidien. Quant aux célibataires, pourquoi se plongeraient-ils dans un livre prônant l'amour en pleine période de Saint-Valentin ? Cela ne ferait que leur rappeler le désert amoureux qu'ils traversaient.

Bref, avec ou sans 14 Février, la boutique était déserte depuis Noël.

En vue de la réouverture d'*Au Bonheur des tendres*, l'été précédent, toute l'équipe s'était penchée sur de multiples projets brillants : des événements en partenariat avec les auteurs, l'intervention de blogueuses, un club de lecture, etc. Mais aucun ne s'était encore concrétisé.

Plus personne ne prenait la peine de nourrir le fil Twitter et Instagram de la librairie. Sam, le petit frère de seize ans de Posy, et Petite Sophie, leur cliente du samedi, avaient promis de s'en occuper, mais leurs bonnes intentions s'étaient étiolées en quinze jours. Nina n'aurait pas vu d'inconvénient à prendre le relais, du moins pour la page Instagram, elle aurait posté les couvertures des dernières sorties, mais personne n'était capable de lui communiquer les identifiants des comptes. Quand Nina avait posé la question à Sam, il s'était emporté – comportement propre à un adolescent en pleine crise. Elle en avait déduit qu'il avait oublié les mots de passe.

Mais bon, une matinée au calme, cela avait ses avantages. Nina se vernit les ongles puis lut une romance sexy au titre évocateur : *Milliardaire le jour, gigolo la nuit*. Entre deux pages, elle échangea des SMS avec sa copine Marianne sur sa nouvelle résolution : tirer un trait sur les sales types et se concentrer enfin sur sa recherche du grand amour.

En définitive, malgré l'absence de clients, la matinée fila à une allure folle.

Comme il n'y avait pas foule et qu'elle était arrivée tôt ce matin-là, Nina considéra que personne ne lui reprocherait de profiter de sa pause-déjeuner. Elle voulut acheter son casse-croûte chez l'adorable Annika, compagne du charmant Stefan, le couple qui tenait le traiteur suédois de Rochester Street, mais Annika et Stefan sortaient à peine d'une véhémente dispute – loin d'être anodine – et Nina se retrouva donc à entendre le récit de ladite véhémente dispute et à prodiguer ses conseils.

Généralement, après une prise de bec entre ses copines et leurs compagnons, Nina soutenait qu'il fallait de la passion pour renforcer la relation, du moment que le sujet de la querelle n'impliquait ni de tromperie, ni de dérapage de ce genre. Mais Annika n'avait pas l'air convaincue.

— Son fumoir est plus important que moi à ses yeux, se lamenta-t-elle.

Elle parlait de la cabane de bois dans la cour du traiteur où Stefan préparait son saumon fumé fait maison.

D'où le retard de Nina après sa pause-déjeuner. *Quinze minutes, une bagatelle.* Elle avait déjà fait pire. *Bien pire.*

Malheureusement, le soleil avait tenté une percée en l'absence de Nina et, à son retour, *Au Bonheur des tendres* grouillait de clients, comme si les amateurs de romances avait attendu le ciel bleu pour mettre le nez hors de chez eux.

— Désolée, j'ai été retenue ! lança-t-elle d'une voix enjouée en approchant du comptoir où Posy tenait la caisse et où Verity se retrouvait contrainte d'aider la clientèle.

— Si on dit l'« heure » de pause, ce n'est pas pour faire joli ! aboya Posy avec une sévérité qui ne lui ressemblait pas. C'est pour signaler qu'elle ne doit pas durer plus de soixante minutes.

— Je me suis excusée, baisse d'un ton, rétorqua Nina en poussant Posy d'un coup de hanche pour servir la prochaine cliente. Bonjour ! Je vous débarrasse ?

— Je retourne au bureau, annonça Verity avec une lassitude palpable.

Elle détestait être en contact avec la clientèle, de près ou de loin, même s'il lui arrivait de répondre au téléphone en cas de nécessité. Nina, au contraire, décrochait volontiers pour bavarder avec toutes ses clientes, ce qui avait tendance à agacer Posy.

Bon sang, Verity et Posy auraient bien besoin d'une séance de yoga !

Certes, en termes de ponctualité, Nina pouvait mieux faire, mais son service clientèle était impeccable. Elle mit un point d'honneur à le rappeler à Posy qui s'emparait des livres scannés par Nina et les rangeait dans un sac avec un marque-page *Au Bonheur des tendres* en cadeau. Ce à quoi Posy répondit avec gravité que la version améliorée de Nina de ce matin lui manquait déjà.

La queue n'en finissait plus. Quand elles en virent enfin le bout, Nina put retirer son manteau, ranger son sac sous le comptoir et se redresser pour tomber nez à nez sur…

— Oh, non, encore toi ? Ça fait longtemps que tu es là ? demanda-t-elle à Noah, qui se tenait effectivement en face d'elle dans son costume affreux, avec son appareil stupide dans les mains.

De toute évidence, il avait pris quantité de notes sur l'impertinence de Nina envers Posy et recommandait déjà son renvoi immédiat.

— Un petit moment, oui, admit Noah d'une voix doucereuse. Je suis rentré de ma pause-déjeuner à l'heure, contrairement à d'autres.

Nina lui lança un regard noir – ses sarcasmes commençaient sérieusement à l'agacer. Pour qui se prenait-il ? Il avait un visage avenant, un air plutôt intelligent, mais dès qu'il lui décochait ce sourire mielleux comme il le faisait à cet instant, elle le prenait aussitôt en grippe.

— Noah passe l'après-midi avec nous, l'informa Posy. Tu serais au courant si tu étais rentrée de ta pause à l'heure.

— Bon sang, Posy, lâche-moi un peu la grappe, grommela Nina.

Noah prit de nouvelles notes sur son iPad. À la première occasion, Nina verserait généreusement le contenu d'une boisson chaude sur cet écran immaculé. Le nez en l'air, Posy annonça qu'elle avait du travail et qu'il ne fallait la déranger sous aucun prétexte. Sur ce, elle rejoignit Verity dans le bureau.

Elle referma la porte derrière elle pour éviter que Nina ne laisse traîner une oreille. Pas de doute, ses deux amies allaient casser du sucre sur son dos. Nina laissa son regard glisser sur la grande salle, puis tendit le cou vers les antichambres à gauche et à droite. Les fureteurs s'en étaient presque tous allés. La boutique recouvrait son calme de jadis, au temps où elle s'appelait encore *Bookends* et où l'apport financier personnel de Lavinia était la seule chose qui la protégeait de la faillite. Nina poussa un soupir.

C'était l'époque où elle s'attendait à un licenciement économique. Or cela faisait quelques semaines où la faible fréquentation lui évoquait un retour en arrière… ou un rappel du passé… Bref, devait-elle craindre de nouveau de se voir mettre à la porte ? Après tout, elle était la dernière à avoir intégré l'équipe, or s'il fallait réduire les effectifs, les derniers arrivés seraient certainement les premiers à partir. Verity, bien qu'elle refusât de servir les clients, était la seule à savoir gérer les stocks de la librairie. Quant à Posy, Lavinia lui avait légué le commerce car elle la considérait comme un membre de sa famille – le père de Posy avait été responsable du magasin et sa mère gérait le salon de thé avant l'accident de voiture qui les avait tous les deux emportés –, elle pouvait donc difficilement se virer elle-même.

Tom ne travaillait ici qu'à mi-temps et refusait de porter le tee-shirt officiel *Au Bonheur des tendres*, mais il avait le chic pour servir leurs clientes les plus âgées. Et puis, Nina imaginait mal Tom se laisser congédier. Il se contenterait de répondre à Posy qu'il en était hors de question, et ils en resteraient là.

Avant de rejoindre l'équipe de *Bookends*, Nina avait autant de mal à garder un métier qu'elle en avait à garder un mec. Au travail comme en amour, elle sortait rarement d'une fourchette temporelle qui s'étirait de trois jours à trois mois environ. On l'avait renvoyée de tous ses postes pour quantité de raisons, allant de son manque de ponctualité à sa mauvaise conduite, en passant par sa manie de travailler la tête dans la lune. Mais ce n'était pas sa faute ! Son ancien job, par exemple, l'avait épuisée. Il fallait passer la journée debout, les produits chimiques faisaient des ravages sur son vernis à ongles et ses patrons la forçaient à pousser les clients à acheter des produits hors de prix dont ils n'avaient pas besoin.

Quand un beau jour, trois ans plus tôt, Nina avait fait la rencontre de Lavinia à une exposition sur David Bowie au Victoria & Albert Museum. C'était un jour caniculaire de juillet, Nina portait une robe des années 1950 sans manches et contemplait une vitrine exposant des tenues datant de l'époque Ziggy Stardust, quand quelqu'un lui avait tapoté l'épaule.

— Excusez-moi, ma chère, l'avait interpellée une voix de femme très guindée. Serait-ce un tatouage d'*Alice au pays des merveilles* sur votre bras ?

Nina s'était retournée vers cette dame âgée dont l'expression chaleureuse évoquait une curiosité d'enfant.

— Oui, en effet, avait-elle répondu en lui tendant le bras pour qu'elle observe plus en détail l'ouvrage dense tracé à l'encre en hommage à la scène du thé avec le Chapelier fou.

On y lisait la phrase suivante : « Oui, je pense que tu es folle. Mais je vais te dire un secret : la plupart des gens comme il faut le sont. »

Elles avaient lu la citation d'une seule voix en riant, puis Lavinia s'était présentée à Nina avant de lui demander sans ambages de lui offrir un thé et une pâtisserie dans un établissement du quartier. Dix minutes plus tard, elle proposait à Nina un poste de vendeuse à *Bookends*.

Mais Lavinia n'était plus là et *Bookends* non plus. Une nouvelle ère était née, celle de Posy et d'*Au Bonheur des tendres*. Posy était convaincue que ce « lieu unique qui répondra à tous les besoins des lecteurs de romances » attirerait de nouvelles clientes par brassées. Et si elle s'était trompée ?

— Ne fais pas attention à moi, je ne fais qu'observer mais, hum… Ça ne va pas ?

— Hein ?

La rêverie de Nina, alourdie par de sinistres pensées, fut ainsi interrompue par un Noah assez bouleversé pour poser son iPad et lui porter un regard inquiet. Mais bon sang, où avait-elle déjà croisé ce type ?

— Je te vois immobile depuis six minutes et quarante-trois secondes. Tu ne fais pas une crise d'hypoglycémie, par hasard ?

— Loin de là ! Avec tous les gâteaux dont je m'empiffre…, répondit Nina sans détour, puis elle secoua la tête pour se ressaisir. Je vais bien. Cesse de me regarder comme ça, tu es bizarre.

En termes de bizarrerie, elle n'avait pas de leçons à donner. C'était d'ailleurs ce que devait penser Noah, si elle en jugeait par la façon dont il marmonnait dans sa barbe en reprenant son iPad pour y griffonner des notes. Rien de surprenant. Nina imaginait de là ce qu'il écrivait sur elle.

« Nina est une pitoyable employée. Aucune éthique professionnelle. Ne prend même pas la peine de paraître occupée quand la boutique est déserte et reste plantée là comme si elle était en pleine crise d'hypoglycémie. Je crois même l'avoir vue baver. »

— Ça suffit ! dit Nina, sans vraiment savoir si elle s'adressait à Noah ou se réprimandait elle-même.

Il était temps de se remettre au travail. Ou ne serait-ce que de s'en donner l'air. La cloche tinta au-dessus de la porte pour marquer l'entrée de deux clientes.

— Bonjour, bienvenue *Au Bonheur des tendres*. Si je peux vous renseigner, n'hésitez pas, les héla Nina comme elle le faisait souvent et non parce qu'elle se sentait observée par un type tordu.

Heureusement, le flot de clientèle demeura constant jusqu'à la fin de l'après-midi et Nina n'eut pas besoin de faire semblant d'être affairée. Elle fut même épuisée à la tâche par une cliente d'humeur à lire « une série de romans dont l'intrigue se déroule dans une maison de campagne, le tout dans un style digne de *The Cazalet Chronicles*. Seulement, elle avait déjà lu tous les ouvrages que Nina lui sortait des étagères. Et si elle ne les avait pas déjà lus, leur couverture ne lui inspirait rien qui vaille.

Finalement, Nina parvint à la convaincre de relire *The Cazalet Chronicles* et d'acheter les cinq volumes, car la femme avait prêté les siens à sa belle-sœur, à qui elle ne parlait plus depuis dix-huit mois. Les deux parentes s'étaient brouillées lors d'un baptême pour une histoire de Tupperware qui n'avait été ni nettoyé, ni rendu après un barbecue.

Entre-temps, ce fut la ritournelle habituelle entre coups de téléphone et livres à glisser dans les sacs en plastique, échanges de recommandations et adresses mail à noter pour envoyer aux acheteuses des newsletters – *encore une bonne résolution qui avait emballé tout le monde avant la réouverture de la boutique mais ne s'était jamais concrétisée.*

Pendant tout ce temps, Nina avait senti la présence de Noah peser sur elle, toujours en ligne de mire. À rôder. À prendre des notes. À ne rien faire pour l'aider alors qu'il voyait bien qu'elle n'avait pas une minute pour soulager ses pieds gonflés. Serait-ce vraiment trop lui demander de poser son fichu écran pour glisser un marque-page gratuit dans un livre, ranger l'ouvrage dans un sac avant de le tendre à la cliente ?

De toute façon, Noah n'avait rien à rapporter à Posy lorsque celle-ci émergea enfin de son bureau. À quelques jurons près – en particulier pour la manœuvre délicate qu'était de changer le rouleau de papier de la caisse –, Nina avait été un membre exemplaire de l'équipe d'*Au Bonheur des tendres*.

Il se contenta donc de dire à la patronne :

— Bon, j'y vais. À demain.

Sur ce, il quitta la boutique à une vitesse record, sans doute pour s'empresser de rassembler les milliers de notes collectées sur le médiocre professionnalisme de Nina. Cette dernière attendit que la porte claque derrière lui avant de s'en prendre à Posy.

— Je t'ai appelée trois fois pour venir m'aider à la caisse ! Trois fois ! As-tu seulement conscience du monde qui grouillait ici cet après-midi ?

Posy leva les mains en l'air, comme pour apaiser le courroux de son employée.

— Du calme, Nina, geignit-elle. Avec Very, on a revu tous les comptes de la boutique. Si j'avais fait une pause, je me serais perdue dans tous ces chiffres. Tout ira mieux demain. Apparemment, Tom a réglé son urgence de notes de bas de page, il revient demain matin.

Tant mieux, car Nina aurait deux mots à lui dire. Tom l'avait abandonnée pour des notes de bas de page ? C'était la pire excuse au monde. Et il n'était même pas au courant pour Noah. *D'ailleurs, en parlant de lui…*

— Quant à ce Noah, je ne le supporterai pas une minute de plus, Posy ! Ma patronne a donné le feu vert à un type tordu pour me surveiller…

— Arrête, tu exagères, soupira Posy en lui tapotant doucement le bras comme pour la rassurer alors que ça ne faisait qu'animer sa rage.

— Non, je te jure ! Il note sur son iPad la moindre de mes respirations. On ne devrait pas avoir à me faire subir ça ! J'ai des droits. C'est dans le Code du travail !

Nina était à présent hors d'elle.

— En fait, non, annonça une voix hautaine.

Celle de Sebastian Thorndyke, évidemment, puisqu'il surgissait dès que Posy avait le moindre ennui. À croire que son sixième sens bipait dès que sa moitié était menacée.

Nina fit volte-face, pointant Sebastian du doigt. D'habitude, elle lui laissait tout passer car il semblait comprendre que la passion et l'aventure étaient les fondements nécessaires au grand amour, et il rendait Posy heureuse. Mais aujourd'hui, elle n'aurait aucune patience pour lui.

— Si, j'ai des droits ! insista-t-elle. Demandez aux prud'hommes, ils vous le confirmeront.

— Bon sang, Nina, tu vas beaucoup trop loin. Qui te parle de prud'hommes ? désespéra Posy. Tu exagères.

— Vraiment ? J'exagère ? Comment peux-tu laisser ce Noah envahir mon espace privé avec son espion électronique ? Je suis sûre que ça va à l'encontre de la protection des données personnelles. Je te le répète, j'ai des droits.

— C'est bon, Morland, j'ai la situation en main.

Le ton que prenait Sebastian la rendait folle de rage. Comme si Posy était en détresse et ne pouvait pas se défendre sans lui. Il se tourna vers Nina.

— Et moi, je te répète que non. Pas de contrat de travail, donc pas de droits.

Nina ouvrit la bouche, outrée, mais les mots lui manquaient. Ce satané Sebastian touchait juste. Lavinia, si adorable soit-elle, la meilleure des patronnes au monde, n'avait jamais jugé bon de s'encombrer de contrats et autres paperasses administratives.

« Cela simplifie la tâche à tout le monde. », disait-elle. Nina rouvrit la bouche… *Mais pour dire quoi ? Pour démissionner sur un coup de colère ?* Serait-elle vraiment idiote à ce point ?

Quand soudain, tout lui revint comme une gifle en pleine figure. *L'injustice de la situation, cette injustice profonde, et puis ce Noah sans cesse dans ses pattes…*

— Très bien ! Dans ce cas, je dém…

— Tais-toi ! aboya Posy, le regard noir.

Contrairement à Nina, une fois que Posy voyait rouge, il valait mieux se mettre à l'abri. De préférence derrière des murailles bien hautes, bien épaisses.

Seulement, pour Nina, la fureur de Posy était la goutte d'eau qui faisait déborder le vase. Tant d'injustice en une seule semaine, c'en était trop.

— Tais-toi, Sebastian, avec tes histoires de contrats ! Je regrette de n'en avoir pas signé un pour notre mariage, tiens ! Nina, Very, au pub ! C'est un ordre.

— Mais on n'a pas terminé de compter la caisse, fit timidement remarquer Verity.

— On respecte mon autorité et on va au pub !

Chapitre 4

« Je ne jouerai pas à la dame auprès de vous, je craindrais de mourir de faim. »

Une demi-heure plus tard, les trois femmes étaient assises au *Midnight Bell*, une bouteille vide de shiraz sur la table où gisaient trois paquets de chips. Posy tentait de rassurer Nina pour la énième fois.

— Personne ne risque le licenciement – sauf peut-être mon cher mari. Noah n'est pas là pour créer des problèmes ; il vient nous trouver des solutions. D'accord ?

— D'accord, opina Nina, quoique toujours d'humeur bougonne.

Posy lui avait expliqué que, depuis la réouverture, à l'exception de la période d'affluence avant Noël, la fréquentation de la boutique était au ras des pâquerettes, les ventes se révélaient maigres et les commandes en ligne ne suffisaient pas à leur faire sortir la tête de l'eau. Nina avait envie de lui rappeler toutes les idées brillantes qu'elles n'avaient jamais fait aboutir, pour attirer plus de clients à l'époque où elles préparaient la réouverture, mais comme Posy avait elle aussi les nerfs en pelote, elle préféra ne pas retourner le couteau dans la plaie.

— Le mariage, ce n'est pas de tout repos, soupirait à présent Posy. Bon, que ce soit clair, les trois quarts du temps, Sebastian est adorable. Avec lui, je me sens bien dans ma peau. Mais pour le dernier quart, il me tape sérieusement sur les nerfs. Et je n'ai même plus le temps de lire !

Verity poussa un long et grave soupir.

— À qui le dis-tu. Je ne pensais pas pouvoir un jour supporter un petit ami à temps plein…

— Et Peter Hardy, l'océanographe ? l'interrompit Nina, pleine d'espoir.

Peter Hardy était l'ex de Verity, avant que Johnny, l'architecte snob, n'entre en scène. Verity rougit, comme chaque fois qu'il était question de son ex.

— On ne pouvait pas appeler cela une relation sérieuse. Peter passait son temps le nez dans ses océans, marmonna-t-elle en secouant la tête comme si le seul fait d'évoquer cette époque lui était douloureux. Bref, où en étais-je ? Ah, oui, je n'arrive pas à croire à la facilité avec laquelle Johnny s'intègre à ma vie alors que je suis quelqu'un de solitaire, vous me connaissez. L'unique chose que je déplore, c'est de voir mon temps de lecture réduit comme peau de chagrin.

— Bon, vous voulez mon mouchoir pour pleurer ? s'impatienta Nina. Je croyais que vous m'invitiez dans ce bar pour me rassurer sur la sécurité de mon emploi. On aurait ensuite bu une bonne bouteille à la santé de Tom que l'on aurait critiqué en son absence comme au bon vieux temps, avant que vous ne soyez « casées ». Ayez pitié, cessez de me rebattre les oreilles avec vos relations amoureuses.

— Dans ta bouche, le mot « casées » passerait pour une maladie vénérienne, fit remarquer Verity, un timide sourire au coin des lèvres.

— Ou pour un champignon vaginal, renchérit Posy.

Nina ne leur en voulait pas le moins du monde, c'était justement ce qui lui manquait. Ces taquineries entre copines. Bien sûr, elle était ravie de les savoir heureuses, mais bon sang, ce qu'elles étaient barbantes depuis qu'elles connaissaient le train-train d'une relation paisible.

— Je préférerais une maladie vénérienne plutôt que de me caser, trancha Nina.

Ce n'était pas totalement la vérité, mais elle reçut la réaction escomptée : Verity poussa un cri outré et Posy fit mine de s'étouffer avec son vin.

— Mais j'ai une confidence à vous faire : j'envisage de mettre Pécho sur pause un petit moment.

Very et Posy en restèrent bouche bée.

— Vous allez gober des mouches, les filles. Eh bien, quoi, est-ce vraiment si surprenant d'apprendre que je me lasse des rendez-vous sans lendemain ?

Ses deux amies échangèrent un regard avant de s'esclaffer sans retenue.

— Ce n'est pas drôle ! s'indigna Nina, cette fois sérieusement piquée. Avez-vous seulement conscience du nombre de soirées que j'ai foutues en l'air à cause de Pécho ? Je ne tombe que sur des losers. J'ai prévenu Sebastian qu'il faudrait installer un filtre contre les nazes sur son application. Je ne risque pas de trouver mon âme sœur avec des algorithmes inventés par des geeks sous-payés par Sebastian qui n'ont probablement jamais perdu leur virginité.

Posy ne riait déjà plus.

— Je tâcherai d'informer « mon » âme sœur du soutien que tu portes au fruit de son travail quotidien, rétorqua-t-elle sèchement.

Very essuya ses larmes de rire.

— Ton « âme sœur », Nina ? Tu parles d'un être couvert de tatouages qui ne répond jamais à tes coups de fil sous prétexte qu'il est trop « cool » pour toi. On sait que tu as un faible pour les rebelles, mais dois-je te rappeler que ces mecs-là détestent être tenus en laisse ?

— Je le sais bien, admit Nina. Mais prenons Cathy et Heathcliff. Leur amour était fort, passionnel, et…

— Oh, oui, pouffa Posy avec sarcasme. Et cet amour a teeeellement bien fini !

— Nous ne sommes plus au XIXe siècle, je ne vais pas mourir en couches en pleurant un amour perdu. Mais Cathy et Heathcliff étaient l'allégorie de l'amour, un point, c'est tout, soutint Nina. Moi aussi, je veux trouver mon âme sœur. Ce n'est pas compliqué : je veux un homme diaboliquement beau, désinvolte et téméraire. Un homme avec qui passer la nuit à boire, à danser et à se laisser vivre avec légèreté, mais qui saurait se lever avant moi le matin pour préparer mon café. (Elle s'éventa d'un geste de la main.) Quant à ce que nous ferions au lit, je vous laisse deviner…

Verity mima à son tour le mouvement d'un éventail.

— Là-dessus, tu marques un point.

— Voilà ce que j'attends de mon homme, et c'est le minimum que j'exige ! Une fois que je l'aurai trouvé, je ne me caserai jamais avec lui. Se caser, c'est une notion réservée aux gens barbants sans la moindre visée romantique, or je préfère rester seule que devenir barbante.

Very haussa les sourcils.

— Insinuerais-tu que Posy et moi sommes barbantes ? Si c'est le cas, ce serait terriblement méchant et vexant.

— Et faux, ajouta Posy. Very et moi, nous ne sommes pas barbantes. On est sexuées. Et toi, Nina, tu n'as aucune volonté. Tu ne tiendras pas deux semaines sans Pécho, et quand tu craqueras, tu sauteras sur le premier profil de mec tatoué qui s'affichera sur ton écran.

— Et on m'accuse d'être méchante ? grommela Nina. Je suis sérieuse, Posy. Fini Pécho. Je pars en chasse de mon héros au grand cœur et je m'en vais supprimer de mon téléphone l'application de ton imbécile de mari.

Elles échangèrent un long regard noir, rompu par Verity qui frappa ses poings sur la table. Elles sursautèrent.

— Temps mort ! Je vous jure, les filles, j'ai l'impression de sortir avec mes sœurs. Cessez de vous bouffer le nez, crachons plutôt sur Tom. Va-t-on se laisser berner par son histoire de notes de bas de page, oui ou non ?

La réponse était « non ». Tom bûchait sur sa thèse depuis des années – sans aucune exagération. Cela faisait quatre ans que Tom écrivait un pavé sur un sujet que personne ne comprenait. Tom n'était pas très bavard dès qu'il était question de sa seconde vie à l'université de Londres, où il donnait également des cours de TD. Certains de ses élèves étaient venus prêter main-forte à l'étape de la peinture avant la réouverture de la boutique, or même eux ne savaient presque rien de sa thèse.

Ce n'était pas tant le quotidien académique de Tom qui faisait débat. Nina était celle qui discutait le plus avec lui et c'était à peine si elle savait où il vivait – Finsbury Park, une information soutirée au prix de menaces, dont celle de le clouer au mur et de lui lire tous les passages les plus graveleux de leur collection de romans érotiques. Mais tout le reste de sa vie leur demeurait un mystère. *Un(e) petit(e) ami(e) ? De la famille ? Des animaux ? Le flou total.* D'où leur passe-temps favori : spéculer sur sa vie privée.

— Tom est un agent secret, « ultrasecret ». Il attend que ses officiers traitants de Moscou le placent sur un gros poisson, s'imagina Verity, inspirée par sa lecture du moment, un roman d'espionnage dont l'action se déroulait au cœur de la guerre froide.

De l'agitation attira leur attention vers l'entrée du *Midnight Bell*. Une personne dissimulée derrière des centaines – des milliers ? – de fleurs entra dans le bar d'un pas mal assuré. Cette personne chancela en direction du coin où se situait la table habituelle des trois amies. Une voix familière interpella :

— Morland, j'agonise. Il faut que tu me pardonnes. Tu sais que je déteste te mettre en colère. En plus, j'ai un début de rhume des foins.

Sebastian conclut sur un éternuement retentissant qui agita quelques freesias.

— Je suis toujours fâchée, trancha calmement Posy. Et puis, c'est auprès de Nina qu'il faut t'excuser. Et elle signera un contrat en bonne et due forme dès demain matin.

Un silence. Nina était dubitative. *Sebastian Thorndyke, s'excuser auprès de quelqu'un d'autre que Posy ?* Bien sûr, quand les poules auraient des dents.

— La Tatouée, accepte ces présents en gage de mon estime et de ma honte la plus abjecte, et « bla bla bla », marmonna Sebastian en agitant une poignée de roses dans la vague direction de Nina.

— Excuses en papier mâché acceptées, déclara Nina.

Après tout, ces roses étaient splendides ; d'un rouge carmin profond, avec des pétales doux comme le velours, un parfum entêtant et juste assez prégnant pour couvrir l'odeur de chlore qui leur venait de la piscine du quartier, à quelques mètres du bar.

— Et pour toi, jeune fille de pasteur, quelques fleurs également.

Verity reçut des gerbes de marguerites. Carol, patronne du *Midnight Bell*, eut également droit à des tulipes et des lys.

Quant au reste, Posy décida qu'ils les emporteraient chez eux, et tout de suite – alors même qu'elles n'avaient terminé qu'une bouteille de vin.

Posy et Sebastian à peine partis, Verity se leva, un sourire navré au coin des lèvres.

— Je ne vois pas Johnny ce soir, annonça-t-elle pour couper l'herbe sous le pied de Nina qui allait justement l'accuser de l'abandonner pour son Roméo. Mais j'ai besoin de passer un moment seule avec Gourgandine. Et puis, j'ai une tonne de linge à laver.

— Bon, je te pardonne pour cette fois de me laisser tomber aussi cruellement, soupira Nina en se levant à son tour. Mais seulement parce que je rejoins Marianne et Claude à Camden Town dans une demi-heure. Ne m'attends pas ce soir.

— Compte sur moi. Évite de boire au point d'oublier le code du portail, sinon tu vas encore m'appeler au milieu de la nuit, lui lança Verity sur le chemin de la sortie.

— Ce n'est arrivé qu'une fois !

— Une fois ce mois-ci, rectifia Verity. « Vous prenez toujours plaisir à me vexer. »

Lorsque Verity se sentait forcée de citer *Orgueil et Préjugés*, c'était généralement qu'elle était sincèrement fâchée.

Il n'y avait qu'une réponse à cela :

— « C'est à Dieu de punir les méchants ; nous, nous devons apprendre à pardonner », rétorqua Nina par cet extrait des *Hauts de Hurlevent*.

Dès qu'on lui servait une citation littéraire, Very roucoulait de plaisir. Il n'en existait aucune qu'elle n'aimait pas. Et puis, parce qu'elle était fille de pasteur, elle ne pouvait qu'accorder un point à Nina pour avoir mentionné le nom du Seigneur.

Le Seigneur, ce n'était pas au *Dublin Castle* de Camden Town que Nina allait le trouver, à la différence de ses deux meilleurs amis, fidèles au rendez-vous. Il était facile de les repérer : tous deux arboraient une chevelure d'un noir de jais – *un couple assorti jusqu'au bout des cheveux.* Claude la portait en banane défiant les lois de la gravité tandis que Marianne optait pour un bol à frange façon Bettie Page. Ce soir, Claude était chaussé de creepers blanches sous son costume de dandy rouge pétard et Marianne s'était glissée dans une combinaison léopard rehaussée d'une moue boudeuse un brin renfrognée. En d'autres termes, ils faisaient peur à voir ; effrayants, imposants, intimidants. Mais dès qu'ils aperçurent Nina sur le seuil du pub, ils affichèrent de grands sourires bêtas et accoururent réclamer une étreinte.

Nina et Marianne s'étaient rencontrées à un cours de danse burlesque, quelques années auparavant. Non contente d'être sa meilleure amie, Marianne était la fournisseuse officielle de Nina en vêtements vintage, et Claude était son tatoueur et son expert du piercing personnel. Ils étaient également de grands lecteurs – quoique Claude fût moins intéressé par ce que vendait Nina depuis que la boutique avait été rebaptisée. Leur amitié était donc à la fois onéreuse et lucrative. À peine Nina se fut-elle assise avec sa première tournée que Marianne lui tendit un lourd sac en toile de chez *Au Bonheur des tendres*. La dernière fois que Nina avait vu ce sac, il était rempli d'une collection de romances soigneusement sélectionnées pour Marianne, mais ce soir, il contenait…

— Une robe moulante aux motifs de cerises, deux jupes crayons pour le travail et un gilet léopard avec boutons en strass, lista Marianne à mesure que Nina sortait les articles. Tout devrait t'aller. J'ajoute ça à l'addition ?

Marianne avait pris note des mensurations de Nina – mais celle-ci avait conscience qu'elle devrait ralentir sa consommation de pâtisseries, sans quoi les mesures allaient drastiquement changer. Ou alors, elle allait devoir investir dans des gaines très élastiques.

— Un motif léopard ne se refuse pas.

Armé d'un marqueur indélébile dans une main et de son portable dans l'autre, Claude s'empara du bras gauche de Nina – une œuvre en cours.

Le résultat serait intégralement dédié aux *Hauts de Hurlevent*. Pour l'instant, ils en étaient à la moitié du projet ; l'avant-bras de Nina arborait les silhouettes de Cathy et Heathcliff tendrement enlacés près d'un arbre nu et noueux avec la citation « De quoi que soient faites nos âmes, la sienne et la mienne sont pareilles. » Les branches de l'arbre se penchaient dans la brise et allaient s'étendre sur son bras ainsi que des hirondelles volant dans un ciel orageux.

La mère de Nina détestait ce tatouage. Presque autant qu'elle avait détesté les motifs de roses et d'épines que Claude s'était justement attelé à recouvrir. Elle n'était pas plus amatrice de l'autre bras, cette manchette consacrée à *Alice au pays des merveilles* qui avait tapé dans l'œil de Lavinia.

« Attends de voir ce que j'ai prévu pour mes jambes », aimait lui répondre sa fille pour la faire enrager.

— J'ai les croquis que tu m'as envoyés. Tu veux un aperçu à main levée ? proposa Claude en désignant le bras de Nina qui, pour l'heure, était seulement orné du fin contour des branches noueuses à venir.

— Avec plaisir.

Nina sirota sa vodka tonic d'une main tout en discutant avec Marianne du salon vintage auquel son amie comptait se rendre le week-end suivant, puis la tint au courant des dernières nouvelles de la boutique, avec tout ce qu'elles avaient d'éprouvant.

—Je ne sais pas comment tu peux supporter d'être épiée par ce cravateux, dit Marianne. C'est d'un sinistre!

—Ah, enfin quelqu'un qui est d'accord avec moi! put se réjouir Nina.

—Va savoir où vont atterrir tes données personnelles, intervint Claude tout en traçant de délicates hirondelles noires voltigeant sur la peau de Nina. Sans doute dans un tiroir du bureau de Vladimir Poutine.

Claude avait un penchant pour les théories conspirationnistes. Un jour, Nina avait eu le malheur d'évoquer en sa présence le fait qu'elle trouvait dommage que Hillary Clinton ait perdu les élections présidentielles. Trois heures de débat avaient suivi. Nina et Marianne jugèrent donc préférable de l'ignorer, c'était mieux comme ça.

—Et si je venais au magasin jouer à la cliente casse-pieds? suggéra Marianne. Tu pourras alors me répondre avec obligeance et patience, et il sera forcé de noter combien tu es exemplaire.

—Ça vaudrait le coup d'essayer, opina Nina en levant son verre. Puisqu'on parle de coup, c'est à Claude de payer sa tournée.

Deux vodka tonics plus tard, Nina flottait sur un nuage moelleux. La joyeuse bande rejoignit l'arrière-salle du pub où jouait un groupe de pop avec cette même voix traînante et nasillarde que prenaient tous les chanteurs de pop que Nina avait eu le malheur de voir en concert dans les innombrables pubs de Camden Town.

Ce groupe de pleurnichards, les Noble Rots, étaient de bons clients de Claude, c'est pourquoi Nina les encouragea avec emphase–«Je vous ai trouvés excellents!

Tant d'émotion, de profondeur ! » – lorsqu'ils descendirent de scène et saluèrent leur tatoueur.

Toute une équipe suivait le groupe, parmi laquelle un machiniste itinérant trapu un brin taciturne, un type – *visiblement le manager* – tout aussi morose qui gardait ses distances avec Nina et Marianne comme s'il avait peur de tout ce qui possédait un vagin, et deux Japonaises muettes comme des carpes qui se contentaient de lorgner les quatre musiciens avec un regard louche à la hauteur de celui de Noah. Les filles étaient venues d'Osaka rien que pour voir les Noble Rots jouer en deuxième partie de concert au *Dublin Castle*. *Quel gâchis de kérosène*, songea Nina.

Avec un panel de groupies aussi restreint, elle n'était pas étonnée d'intéresser les quatre membres des Noble Rots une fois qu'ils eurent compris que Marianne était la petite amie de Claude.

« Même pas en rêve, avait-elle été claire auprès du chanteur lorsqu'il lui avait demandé quel était son signe astrologique. Je suis avec Claude depuis onze ans, je te déconseille d'être en grippe avec le mec qui plante ses aiguilles dans ta peau. »

Maintenait qu'elle tirait un trait sur Pécho, Nina savourait d'avoir quatre hommes en chair et en os à ses petits soins. En route pour Camden High Street où toute la joyeuse troupe partait en quête de nourriture, les quatre musiciens se battirent pour marcher à côté d'elle.

Nina ne comptait plus les rejets essuyés à cause de types comme Steven, trente et un ans, écrivain, si bien qu'elle en avait oublié qu'elle pouvait être jolie, voire séduisante. À ce sujet, Noël, le chanteur des Noble Rots, lui roucoula à l'oreille :

— On croirait une pin-up des années 1950. Je te verrais bien au mois de février sur mon calendrier sexy.

Une réplique plutôt réussie, mais Nina évitait généralement de sortir avec des chanteurs. *Trop d'ego.* Elle fuyait également les batteurs. Ils souffraient d'hémorroïdes chroniques, c'était bien connu. *Or, comment enjôler un type qui souffre d'hémorroïdes ? Impossible.*

Il ne lui restait plus que le bassiste et le guitariste, un à chaque bras. Le bassiste, Nick, avait un sourire aussi gras que ses cheveux blonds et offrit à Nina une barquette de frites. Le guitariste, Rob, ne lui acheta rien mais mit un point d'honneur à lorgner d'un air ténébreux ce bout de langue qu'elle promenait sur une frite coiffée de ketchup.

Oh, du calme, petit cœur d'artichaut ! Nina devait se faire une raison : cet air boudeur lui donnait des palpitations. D'où l'intérêt de rencontrer un homme dans la vraie vie plutôt qu'au travers d'une application. C'était l'occasion de croiser un regard dans la rue, d'avoir des frissons jusqu'au bout des doigts, de ressentir cette contraction au bas du ventre. Aucune application au monde ne pouvait rendre cette sensation-là.

— Allez, je t'emmène chez moi, décida-t-il.

Nina avait également un faible pour les hommes qui prenaient les choses en main. *Toutefois...*

— Non, tu ne m'emmènes pas chez toi, rétorqua fermement Nina.

Rob allait devoir faire un peu plus d'efforts, la reluquer d'un regard ténébreux et lui intimer des ordres d'une voix suave, ça ne faisait pas tout. Sans oublier la règle des trois rencards, or cette soirée ne comptait certainement pas comme un rencard. Hormis la contraction au bas du ventre, Nina n'avait aucune preuve que ce Rob pouvait prétendre au poste d'âme sœur. Elle allait devoir lui faire passer quelques tests. Et puis, s'il était son Heathcliff, n'aurait-elle pas dû le sentir au premier regard ? Leur coup de foudre était peut-être long à la détente.

— En revanche, tu peux m'accompagner à l'arrêt du bus.

— Pourquoi pas.

Rob marcha avec elle jusqu'à l'arrêt du 168, puis se pencha, se pencha encore, si bien qu'elle sentit le mélange entêtant de cuir, de cigarettes et de bière blonde qui émanait de sa personne. Et il l'embrassa.

Les baisers de Rob, contrairement à sa moue, n'avaient rien de boudeur. Un peu brouillons, ils étaient surtout avides, enthousiastes, et eurent raison de son rouge à lèvres Ruby Woo de chez MAC pourtant réputé ultrarésistant.

— Je t'enverrai un texto, haleta Rob lorsqu'ils reprirent leur respiration et que le panneau de l'Abribus indiqua une attente de deux minutes avant l'arrivée du 168.

Ils échangèrent leurs numéros, s'embrassèrent encore brièvement, puis Nina grimpa dans le bus.

Elle était un brin avinée, et donc plus encline que d'ordinaire à l'introspection. Ce qui expliquait sans doute l'apparition d'une petite voix dans sa tête qui lui susurra :

— *Bon sang, à presque trente ans tu te fais encore peloter à l'arrêt de bus comme une adolescente.*

Cette petite voix était sarcastique. Un peu comme celle de sa mère.

— Encore un musicien, Nina ? Beurk, tu es tellement prévisible.

Cette voix-là, tout aussi sarcastique, ne résonnait pas dans sa tête mais bien dans le bus. Nina se retourna et son sang ne fit qu'un tour. Elle esquissa un sourire méprisant.

— Gervaise, marmonna-t-elle entre ses dents quand elle reconnut, assis derrière elle, son ex-petit ami – qui, au passage, n'était qu'un vaurien.

Il était accompagné de… hum, d'une personne de sexe indéterminé, toute de noir vêtue, les cheveux décolorés lissés en arrière, un trait épais de crayon noir autour de chaque œil et un sourire mesquin plaqué sur la figure. En d'autres termes, Gervaise avait trouvé son double, son sosie, son alter ego. Jusque-là, rien de surprenant ; il était l'homme le plus égocentrique que Nina ait jamais connu.

— Toujours sexuellement « fluide », à ce que je vois ?

— Oh, Nina, j'allais te demander si tu étais toujours aussi tristement ordinaire. Mais tu viens de me prouver que oui, répondit Gervaise d'un ton doucereux.

Gervaise était un artiste, un performeur. Nina l'avait rencontré lors d'un salon de tatouages. Il l'avait abordée vêtu d'un manteau léopard qu'elle avait aussitôt convoité et lui avait déclaré qu'elle était la plus belle femme qu'il ait jamais rencontrée, mais qu'entre eux ça ne fonctionnerait pas puisqu'il serait incapable de vivre une relation durable avec quelqu'un de plus beau que lui-même.

Nina, flattée et sous le charme, s'était sentie capable de relever le défi.

— Dans ce cas, faute d'être durable, que dirais-tu d'une relation fugace ? avait-elle tenté.

Le sourire de Gervaise ne s'était pas fait attendre.

— Ce sont mes préférées.

Ils avaient passé une semaine vertigineuse à regarder des films français, à voir des expositions polonaises, à boire de la vodka russe. Il lui avait confié être « fluide » sexuellement.

— Hein ? avait éructé Nina en repoussant Gervaise, alors qu'ils étaient chez lui allongés sur son futon, et qu'elle était prête à franchir le pas car c'était leur troisième rencard. Tu es bisexuel ?

— Oh, Nina, tu es tellement innocente, avait-il roucoulé – c'était bien la première fois qu'on lui attribuait un pareil qualificatif. Mon Dieu, tes seins sont tout bonnement divins !

Et voilà, en un instant, la magie s'était envolée.

D'après Verity, c'était sa façon à lui d'annoncer à Nina son intention de la tromper avec des femmes « et » des hommes, mais Nina n'avait rien voulu savoir. Verity était fille de pasteur, que connaissait-elle en matière de sexe ?

Plus qu'on aurait pu le croire, apparemment. En effet, leur relation s'était rapidement dégradée à mesure que Gervaise la trompait, comme l'avait prédit Verity, avec des hommes, des femmes, et parfois les deux en même temps. Des disputes avaient alors éclaté : Nina lui reprochait de la faire cocue sans le moindre scrupule et Gervaise larmoyait qu'il serait perdu sans elle. La période avait été théâtrale, mais loin d'être amusante. C'était finalement Verity qui avait précipité la fin de leur histoire en menaçant Nina d'instaurer une veillée de prières qui durerait toute la nuit tant qu'elle ne se débarrasserait pas de Gervaise. Et Nina s'était exécutée, il y avait de cela six mois.

Ce soir, il était là, dans le bus 168, visiblement content de lui. La dernière fois qu'elle l'avait vu, il jurait de ne jamais pouvoir s'en remettre. Comme si cela ne suffisait pas, Nina sentait les traces de rouge à lèvres que le baiser de Rob avait étalé jusqu'à ses pommettes.

Tout en essuyant les marques rouges, elle entendit derrière elle que Gervaise demandait, volontairement fort, à son mini-lui :

— Elle est tellement provinciale, tu ne trouves pas ? Une vraie grenouille de bénitier.

— Moi, « provinciale » ? répliqua Nina sans même se retourner. C'est un comble venant de celui qui a passé toute son enfance en banlieue londonienne.

Elle entendit son gémissement outré.

— Stevenage est d'un sinistre. On s'y croirait dans un ghetto.

— Oui, sauf que tu ne viens pas de Stevenage mais que tu as grandi à Welwyn Garden City, siffla Nina.

Sur ce, elle appuya sur le bouton pour demander l'arrêt du bus, referma son poudrier dans un claquement sec, le rangea dans son sac et se leva. Elle avait regagné toute son assurance maintenant que son visage avait recouvré ses glorieuses couleurs. En outre, si mesquin soit-il, Gervaise ne s'était pas remis de leur rupture. Sinon, il n'aurait pas ressenti le besoin de médire sur son compte auprès de sa nouvelle conquête. Et Nina n'en avait pas terminé avec lui.

— Au fait, tant que j'y pense, ajouta-t-elle. Il ne s'appelle pas Gervaise, mais Jérémy.

Sa sortie du bus fut ponctuée d'un « espèce de garce ! » étouffé qui ne l'atteignit pas outre mesure. À présent, elle n'avait qu'une idée en tête : remonter le désert qu'était Rochester Street à ces heures, rejoindre les Mews et retrouver la sécurité de son foyer. À presque minuit, allez savoir ce qui se cachait dans les fourrés. Le souffle court, elle entra le code de sécurité de son portail.

Ce n'est qu'une fois dans l'obscurité de la boutique silencieuse que son estomac se noua, un peu comme quand elle recevait un courrier de la banque ou un appel de sa mère. Ce soir, elle avait rencontré un bel homme boudeur qui lui avait roulé la pelle du siècle et lui avait laissé son numéro. Même si elle était tombée sur Gervaise dans le bus, elle n'aurait dû avoir aucune raison de se sentir aussi profondément déprimée.

« Tu es tellement prévisible. »

Les paroles de Gervaise résonnaient dans sa tête tandis qu'elle s'efforçait de monter l'escalier en silence – en vain.

Sa philosophie, pour reprendre les mots d'Emily Brontë, c'était de vivre une vie « à demi sauvage, intrépide et libre ».

Alors pourquoi ce sentiment d'avoir passé une soirée parmi tant d'autres ? À bientôt trente ans – revoilà cette petite voix sarcastique –, elle continuait de se faire peloter aux arrêts de bus comme une gamine.

Son destin était pourtant de mener une existence à cent à l'heure, sur le fil du rasoir, non conventionnelle, son Heathcliff adoré à ses côtés.

Mais non. Nina était plantée là, dans sa cuisine, à se goinfrer de beurre de cacahouètes à même le bocal, le chat de sa colocataire enroulé autour de ses chevilles, de retour d'une soirée avec des amis tous heureux en ménage, casés, pendant qu'elle faisait encore passer des auditions à des crapauds.

Si c'était ça, la vie rêvée, elle voulait être remboursée.

Chapitre 5

« IL FERAIT AUSSI BIEN D'EMPOTER UNE GRAINE DE CHÊNE ET DE S'ATTENDRE À LE VOIR POUSSER QUE D'IMAGINER POUVOIR LA RENDRE À LA SANTÉ. »

Le lendemain, Tom était de retour. Nina avait envie de le serrer dans ses bras, mais préféra s'abstenir. Il était capable de le consigner dans le registre du harcèlement sexuel. Ce registre était fictif, une légende d'*Au Bonheur des tendres*. De toute façon, Tom ne méritait pas ce câlin.

— Je suis furieuse contre toi, gronda Nina avant même qu'il n'eût retiré son manteau et déballé son panini pour le petit déjeuner. Une urgence de notes de bas de page ? Mon œil !

— Si, je t'assure, insista Tom de son air sérieux.

Il avait deux expressions principales en magasin : sérieuse et sévère. Mais la préférée de Nina, c'était la troisième, plus rare, celle du persifleur.

— J'ai pris conscience que mes notes de bas de page étaient mal formatées. Quand j'ai voulu les corriger, elles ont modifié toute ma thèse et j'ai perdu tous mes italiques. Je te jure, Nina, ma vie a défilé devant mes yeux.

— Je n'appelle pas ça une urgence, grommela Nina en ouvrant de grands yeux. Pour te faire pardonner, tu devras m'offrir du chocolat et courir me chercher du café au salon de thé chaque fois que j'aurai un coup de mou.

— Avec ou sans coup de mou, c'est ce que tu me forces à faire tous les jours, lui rappela-t-il, puis il leva une main. Maintenant, laisse-moi manger mon panini en silence.

Les cinq minutes de petit déjeuner de Tom était un rituel sacro-saint. Nina l'observa tendrement qui dévorait goulûment son pain italien grillé fourré aux œufs et au bacon. Tom n'avait pas plus de trente ans, mais son âge exact demeurait un mystère, sans parler de son style vestimentaire digne d'un universitaire proche de la retraite. Aujourd'hui, il portait un pantalon gris probablement né dans les années 1930, une chemise blanche effilochée au niveau du col et des poignets, une cravate bleue en laine tricotée et – *bonté divine!* – sa veste en tweed habituelle avait cédé la place à un gilet aux coudières en cuir.

Ses cheveux châtain clair étaient arrangés en banane et ses yeux noisettes sondaient le monde derrière des lunettes à montures épaisses dont Nina soupçonnait l'inutilité, si ce n'était pour participer à cet air d'homme-enfant studieux un brin nigaud en demande d'attention maternelle. Elles étaient nombreuses à vouloir prétendre au poste parmi les clientes de la librairie, et toutes étaient « largement ménopausées », avait un jour précisé Nina à Posy, laquelle avait alors manqué de s'étrangler avec son thé. L'une des plus ferventes admiratrices de Tom, une dame de près de quatre-vingts ans, était un jour arrivée avec une cravate spécialement tricotée pour lui.

Le charme de Tom échappait complètement à Nina, et ce n'était pas plus mal. Elle était déjà assez distraite sans baver sur ses collègues de travail.

— Posy et Very ne sont pas là ce matin ? s'étonna Tom quand il eut terminé son panini. Je m'attendais à les voir passer la tête par l'embrasure de la porte du bureau pour me reprocher mon retard.

Non content de prétexter une urgence de notes de bas de page, Tom avait vingt minutes de retard. Il faut dire que, si Nina était à l'heure, c'était uniquement parce que Verity avait laissé Gourgandine affamé, enfermé dans sa chambre ; l'animal s'était assis sur son visage et avait miaulé à la mort jusqu'à ce que Nina se décide à se lever pour le nourrir.

— Elles sont à l'Olympia pour un salon commercial où elles espèrent trouver des objets à offrir aux clients et des fournitures de bureau. Posy cherche des idées pour le prochain Noël, expliqua Nina. Et Verity a préféré l'accompagner pour s'assurer que…

— Posy ne reviendrait pas avec cinq cents tote bags, compléta Tom.

— Oui, c'est la direction qu'a prise notre conversation, admit Nina en croisant les bras. Bon, tu mets les nouveaux arrivages en rayons et je sers la clientèle.

— Ou alors, on met tous les deux les arrivages en rayons en attendant qu'il y ait des clients.

Tom croisa lui aussi les bras en étudiant Nina, les yeux plissés derrière ses lunettes qui glissaient sur son nez, comme à leur habitude.

— Tu me dois bien ça. Notes de bas de page, mon œil ! Tu n'as aucune idée de la galère que c'était sans toi ! Attends un peu que je te parle de…

Nina était prête à tenir Tom au courant du nouvel importun qui chamboulait *Au Bonheur des tendres* quand la porte de la librairie fit tinter la clochette, s'ouvrant sur ledit importun accompagné d'une bourrasque de fraîcheur.

— … Noah, termina Nina d'un ton ni amical, ni vraiment hostile.

Un ton neutre comme la Suisse.

— Nina, retourna Noah d'une voix équivalente. Bonjour, ajouta-t-il en passant devant Tom pour contourner le comptoir et entrer dans le bureau.

Il reparut sans son manteau, en costume bleu marine, son iPad tenu en l'air. Cette journée s'annonçait glaciale et avait rosi les joues de Noah dont la tignasse était ébouriffée par le vent. Tout cela rassemblé, il luisait de vitalité.

— « Noah » ? répéta Tom en remontant ses lunettes. Et tu es ici pour… ?

— Il vient nous observer, répondit Nina, et sans laisser Tom ajouter quoi que ce soit, elle l'attrapa par la cravate et l'attira vers la première arche sur la gauche. Nous avons d'urgentes mises en rayons à faire dans la section érotique. Inutile d'observer ça, précisa-t-elle à Noah en agitant les sourcils sur le mot « érotique ».

Puis, à grand renfort de chuchotements emportés, elle informa Tom sur l'espion infiltré dans leur sillage.

— Un renard dans le poulailler, résuma-t-il. C'est une entorse à nos droits civils.

— Posy m'a assuré que personne ne risquait le licenciement. Enfin, pas moi, en tout cas, ajouta-t-elle, en s'efforçant à l'amabilité.

Elle adorait Tom, c'était comme un frère, mais franchement, il aurait moins de mal qu'elle à retrouver du travail.

— Et puis, quand Posy essaie de te faire porter le tee-shirt de la librairie, tu lui réponds toujours que les gens de la Fnac t'embaucheraient tout de suite s'ils voyaient ton CV.

— Je ne veux pas travailler pour eux, marmonna Tom entre ses dents. Ils n'auraient pas été aussi cléments avec mon urgence de notes de bas de page.

La clochette tinta au loin. Noah les interpella :

— Je crois que vous avez une cliente.

Ils avaient la boutique pour eux tout seuls. C'était trop beau pour être vrai ! Nina adorait Posy et Verity, de tout son cœur, mais Tom était son bras droit. Son copilote. Ensemble, ils étaient la perfection du service client ; Tom charmait ces dames par ses manières à la fois solennelles et franches, puis Nina achevait le travail de persuasion par ses beaux discours.

« Allez, faites-vous plaisir, disait-elle aux clientes en proie à l'hésitation. Prenez-les tous. Nous sommes en fin de mois, le salaire va bientôt tomber. »

Mais avec Noah dans les parages, toujours aux aguets, elle se sentait brimée. Tom travaillait lui aussi avec une assiduité peu commune : mise en rayons achevée en un temps record ; reproches à Nina quand celle-ci envoyait un texto à Paloma pour lui réclamer un café en livraison express, « comme tous les matins », alors qu'elle pouvait aller le chercher elle-même ; charme déployé dans toute sa splendeur sur une cliente, au point que celle-ci devînt rouge écarlate. Et pendant ce temps, Noah traînait derrière le comptoir, un œil sur l'escabeau roulant, ou rôdait parfois au rayon Régence pour noter ô combien Tom était doué pour ranger les livres.

À croire qu'il jouait le rôle d'un libraire travailleur et consciencieux ou d'un employé modèle. Ce qu'il n'était pas du tout, au contraire, il répondait toujours avec insolence à Posy, refusait de se rendre seul dans la section érotique, évitait les lectrices de romances qu'il jugeait trop enthousiastes, et surtout, ne connaissait strictement rien aux livres qu'ils vendaient, sauf ceux du rayon des grands classiques.

Il décevait profondément Nina.

— J'ai créé un monstre, dit-elle à Mattie après avoir parcouru la longue distance jusqu'au salon de thé au lieu de réclamer sa commande par SMS. Tom est devenu fayot, qui l'eût cru !

— Ce sont bien les hommes, ça. On ne peut pas leur faire confiance, grommela Mattie d'un air sombre qui détonnait avec sa frimousse digne d'une Audrey Hepburn au sommet de son art.

Depuis son retour de Paris où elle avait suivi un stage de pâtisserie et dont elle rentrait le cœur brisé, elle nourrissait une amertume sans précédent à l'encontre du sexe masculin.

À la pause-déjeuner, Posy et Verity n'étaient toujours pas rentrées. Posy prévint par message qu'elles commençaient à peine à prendre la mesure de leurs besoins en fournitures de bureau.

— Nous ne sommes que deux, je me contenterai donc d'un sandwich à midi, dit Tom, d'un ton moralisateur. Je file deux minutes et je reviens.

— Et moi, je ne bouge pas d'ici, rétorqua Nina, bien décidée à entrer dans son petit jeu. Je grignoterai une pâtisserie du salon de thé derrière le comptoir. Mais vas-y, Tom, ne t'inquiète pas. Je gère la boutique en ton absence.

C'est en grinçant des dents que Tom récupéra son manteau et claqua la porte d'un geste théâtral. Un gloussement fit faire volte-face à Nina. Noah – *qui d'autre ?* – se tenait sur le seuil du bureau.

— Il est toujours aussi consciencieux ? demanda-t-il.

— Lui ? Jamais ! rétorqua-t-elle sèchement. Oups, hum… ne note pas ça !

— Je ne note rien du tout, s'indigna Noah, outré qu'elle ait même pu le suggérer.

En général, Nina évitait de regarder Noah. Sa seule présence l'agaçait. Mais maintenant qu'elle prenait le temps de l'étudier, elle était certaine de l'avoir déjà vu quelque part.

Mais où ? Elle fuyait les cravateux comme la peste. Et puis, on ne pouvait pas oublier un physique comme celui de Noah, avec ses cheveux – d'un roux particulièrement rayonnant à cet instant précis, sous l'assaut d'un rayon de soleil – et ses taches de rousseur. Sans parler de ce sourire qu'il décochait justement à Nina. Un sourire capable de transformer son visage. L'analyste intello en costard bleu laissait alors deviner le charme d'un homme plutôt séduisant. Aux pommettes saillantes.

Apparemment, Noah se détendait, il aurait donc été dommage de ne pas en profiter.

— Tu écris presque tout, fit-elle remarquer en contournant le comptoir pour se faufiler près de lui. Montre-moi, pour voir.

Noah rabattit vivement sa tablette contre son torse.

— Je n'écris rien. J'ai des valeurs, moi. De l'éthique.

Vus de si près, ses yeux n'étaient pas seulement verts. Un contour noisette soulignait chacune de ses pupilles.

— En revanche, si tu continues de t'approcher, je serai forcé de le noter.

Menace ou plaisanterie ? Nina ne sut dire.

— Si je m'approche, le jeu en vaudra la chandelle, susurra-t-elle en battant des paupières, lèvre inférieure tremblotante.

Si elle avait pu porter autre chose que cet affreux tee-shirt – qui, malheureusement, cachait sa poitrine –, elle aurait profité d'un décolleté plongeant pour compléter son arsenal.

Toutefois, Noah restait de marbre. Quoiqu'il sourît à nouveau.

— Où est rangé votre célèbre registre du harcèlement sexuel ? s'enquit-il. Ce que j'ai à noter aurait plus sa place dans ce carnet que dans mon iPad.

— Il n'existe pas. La seule personne que Posy, Very et moi pourrions harceler, c'est Tom, or il n'en vaut pas la peine.

— Et Tom ? Ne pourrait-il pas vous harceler ?

— Qu'il essaie, s'il ose ! gloussa Nina, ce que Noah sembla prendre pour un sourire à son adresse car, une fois de plus, il le lui rendit volontiers.

Nina y répondit par instinct de courtoisie. Et voilà qu'ils s'échangèrent des sourires idiots comme s'ils partageaient un moment d'intimité.

Sauf que ce n'était pas le cas. Ils ne partageaient rien du tout.

— Dis-moi, quand tu t'éclipseras au salon de thé, je pourrai t'accompagner ? proposa Noah, en conséquence logique de ce ping-pong de risettes. Je n'ai pas encore pris mes marques au milieu de toutes ces gourmandises, tu pourrais m'aiguiller.

— Figure-toi que Mattie fait les meilleurs roulés à la saucisse du monde, fourrés au porc et à la pomme, et parfumés au harissa, répondit Nina, en tout bien tout honneur, car Noah était une sorte de collègue de travail – sans la moindre amitié aucune, bien sûr. Attention, estomacs sensibles s'abstenir.

— J'en ai l'eau à la bouche ! J'adore les plats épicés.

— Il faut attendre que Tom soit rentré, on ne peut pas laisser la boutique.

Une façon pour Nina d'éviter de devenir la partenaire de déjeuner de Noah. Pas tant qu'il refuserait de lui montrer ses notes sur son iPad. Tout bien réfléchi, en se mettant l'analyste commercial dans la poche, elle pourrait récolter un rapport favorable sur son professionnalisme. Tom s'en mordrait les doigts !

En parlant du loup… Le voici qui ouvrait la porte à la volée.

— Nina ! Qu'est-ce que tu fais ?

— Rien ! se défendit-elle avec un vif pas chassé pour s'écarter de Noah.

Elle ne s'était même pas aperçue de leur proximité.

— Ouais, j'en doute, marmonna Tom. Tu viens ? J'ai deux mots à te dire.

Nina allait enfin pouvoir s'éloigner de Noah et cesser de sourire bêtement. *Quel soulagement !*

— Pourquoi ? Tu comptes enfin admettre qu'il n'y a jamais eu d'urgence avec tes notes de bas de page ?

— Hein ? Oh, lâche-moi avec ça, protesta Tom en refermant la porte. Ce n'est pas de mes notes que je veux te parler.

Une main se posa sur le bras de Nina. Des doigts chauds recouvrirent Cathy et Heathcliff, enlacés sous le vieil arbre noueux.

— Alors, je t'attends ? À moins que tu ne veuilles que j'aille te chercher un roulé à la saucisse, proposa Noah.

— Inutile, je lui ai pris de quoi déjeuner, rétorqua Tom comme s'il se méfiait des intentions de Noah. Un bagel au saumon fumé de chez Stefan et une brioche à la cannelle en dessert. Bon, tu viens, oui ou non ? Il faut qu'on discute… seul à seul, précisa-t-il.

Noah, un poil irrité, s'éloigna du comptoir.

— De toute façon, j'allais prendre un bol d'air frais avant le roulé à la saucisse, lança-t-il, ce qui déclencha étrangement un énième sourire chez Nina.

— Oui, l'atmosphère commence à être étouffante ici, commenta-t-elle sous le regard noir de Tom.

Il attendit que la porte soit refermée sur Noah avant de saisir Nina par le bras – ça ne lui ressemblait pas.

— Tu veux ton nom dans le registre du harcèlement sexuel ? le provoqua Nina, libérant son bras d'un geste sec.

— On ne fraternise pas avec l'ennemi.

Elle s'apprêtait à rétorquer que Noah n'était pas un ennemi mais qu'il s'agissait plutôt d'un extraterrestre quand Tom s'empara de plus belle du bras qu'elle venait de libérer.

— Écoute, je voulais m'excuser pour tout à l'heure. Je ne sais pas ce qui m'a pris.

Nina se dégagea une fois de plus.

— De quoi parles-tu ? De ton petit numéro d'employé du mois ? Franchement, Tom, je ne te savais pas aussi fayot.

— Moi non plus, concéda-t-il. J'ai honte. On devrait se serrer les coudes dans l'adversité. Un pour tous et tous pour un. Et si on reprenait comme avant, quand ce satané Noah ne fouinait pas dans nos affaires ?

— Avec plaisir ! Mais à quelques améliorations près, nuança Nina. Par exemple, devant Noah, on devra freiner notre insolence envers Posy et Verity quand elles auront des accès d'autorité.

— Marché conclu, opina Tom en lui remettant le sac en papier recyclé de chez Stefan, comme s'il avait prévu de confisquer son déjeuner jusqu'à ce qu'elle accepte de signer une clause de solidarité. Je suis épuisé d'avoir été aussi consciencieux. Je n'aurais pas tenu ce rôle une minute de plus.

— Je suis déjà surprise que tu aies tenu une matinée entière, renchérit Nina, tout sourires.

— Toi et Noah aviez l'air très proches quand je vous ai interrompus, fit-il remarquer tout en déballant le bagel qu'il s'était réservé.

— Tu nous aurais « interrompus » si on avait été occupés à faire quelque chose, or ce n'était pas le cas.

— Pendant une seconde, j'ai cru que tu… Non, oublie ça.

Il secoua vigoureusement la tête.

C'était une manie chez lui. Il commençait une phrase façon bande-annonce alléchante, puis s'arrêtait au milieu. Nina devait alors lui tirer les vers du nez au prix d'efforts colossaux.

— Quoi ? demanda-t-elle. Allez, cesse de tourner autour du pot.

Tom prit tout son temps pour mâchouiller sa bouchée de bagel avant de lui répondre :

— C'est rien, je t'assure.

— Tom !

— Bon, d'accord. J'ai cru que tu tentais d'user de tes charmes sur Noah…

— Pas du tout, s'indigna Nina.

— Je te jure, tu semblais déployer ton artillerie féminine pour enjôler ce pauvre bougre.

Parfois, il parlait comme un personnage de roman du XIXe siècle.

— Je ne ferais jamais une chose pareille, rétorqua-t-elle, consciente que c'était pourtant ce qu'elle avait fait. Je suis choquée de constater le peu d'estime que tu as pour moi, Tom.

— Non, bien sûr, tu ne ferais jamais ça, s'empressa-t-il d'acquiescer. En revanche, si tu flirtais avec lui dans notre intérêt à tous les deux, et dans celui de Verity, pour glaner des informations du camp ennemi, ce serait alors pour le bien de la communauté.

Nina n'en croyait pas ses oreilles. Tom était bien le dernier qu'elle aurait soupçonné de tenir ce genre de discours.

— Tu veux que je me prostitue auprès de Noah ? Ce n'est pas du tout mon type de mec ! Avec son costard et ses solutions miracles en « affaires »... beurk !

— Je ne te demande pas de coucher avec lui. Tu pourrais juste mettre tes atouts à sa portée, dit-il brièvement avec un geste évasif. Il te suffit de le flatter et de brandir ta poitrine sous son nez, ce genre de chose.

C'en était trop. Nina était choquée.

— Tom ! Pour qui tu me prends ?

Son collègue était à présent presque aussi rouge qu'un grand brûlé.

— Pour une jeune femme charmante et altruiste qui aime brandir sa poitrine sous le nez des gens. À le faire volontiers, autant que ce soit pour une bonne raison.

Dit comme ça... Nina avait toujours eu du mal à refuser un défi. *Mais avec Noah* ?

— On s'approche un peu trop du cercle familial à mon goût. C'est un ami de Sebastian, au cas où tu l'aurais oublié.

— Juste un petit flirt, insista Tom. Quand il s'agissait de draguer Piers, tu n'as pas hésité à te salir les mains, que je sache. Un pour tous et tous pour un, c'est toi-même qui le disais à l'époque. Verity m'a tout raconté.

Piers était un promoteur immobilier aussi sexy qu'odieux. À l'époque, il tournait autour de Nina, mais uniquement pour mener à bien son projet néfaste : racheter *Bookends* et tout raser pour dresser un immeuble d'appartements de luxe. L'affaire avait mal tourné. Piers avait enfermé Posy dans la cave à charbon au sous-sol de la boutique et avait badigeonné les murs de peinture grise deux jours avant la réouverture. Sebastian avait alors débarqué pour sauver Posy et régler son compte à ce traître de promoteur.

Même si, avec le recul, l'aventure s'était révélée palpitante, l'anecdote venait à point nommé leur rappeler que Nina avait de très mauvais instincts en matière d'hommes – une piqûre de rappel inutile, elle s'en souvenait très bien toute seule.

— Oui, bon, c'était une période compliquée, maugréa-t-elle faiblement. Bref, j'ai décidé de ne plus perdre de mon précieux temps à flirter au hasard. Je veux trouver mon âme sœur, pas…

— Les âmes sœurs sont bonnes pour les romans que nous vendons ici. Et puis, Piers était un démon alors que ce Noah a tout d'un petit animal innocent, mais comment en avoir le cœur net, si ce n'est en missionnant notre propre espionne ? Imagine qu'il envisage de nous transformer en boutique cent pour cent en ligne. Tu connais Posy, elle est facilement influençable. Elle nous licencierait, c'est sûr.

Tom marquait un point. La clientèle avait ses côtés agaçants, mais Nina prenait plaisir à être au contact des gens, or si la librairie ne vendait plus qu'en ligne, Posy et Verity se débrouilleraient facilement toutes seules.

— Juste un petit flirt, tu dis ?

— Juste un petit flirt, opina Tom en lui tapotant le bras. C'est la meilleure chose à faire. Et puis, ce serait l'occasion de t'entraîner en attendant de trouver le bon. Ton « âme sœur », ajouta-t-il en mimant les guillemets avec un sourire en coin.

Au retour de Noah, une demi-heure plus tard, Nina était occupée à décorer la vitrine pour la Saint-Valentin avec d'innombrables cœurs en papier rouges. Chose qui aurait dû être faite des semaines plus tôt. Ainsi concentrée sur les feuilles qu'elle découpait, Nina pouvait difficilement lever les yeux vers Noah, encore moins brandir sa poitrine sous le nez de l'analyste.

Tom était assis derrière la caisse, absorbé par sa lecture de *Bridget Jones Baby*, et n'accorda même pas un regard à Noah.

— Je fais des recherches, marmonna-t-il, le nez dans son livre.

Mais Noah n'était pas seul. Deux femmes le talonnaient.

— Coucou ! Tommy, mon petit chou, on vous a manqué ?

Nina, à genoux dans la vitrine, leva les yeux à l'instant précis où le visage de Tom vira au blanc cassé. Il sauta de son tabouret, ouvrit la bouche, puis la referma avant de courir se réfugier dans le bureau dont il claqua la porte.

— Dois-je en déduire que Tommy ne grimpera pas à l'escabeau pour nous descendre des livres ? demanda la plus âgée, le regard pétillant derrière une paire de lunettes à la monture pailletée. J'allais justement lui réclamer un roman rangé là-haut, sur la dernière étagère.

— Ben, voyons, dit Nina en se redressant et en époussetant sa jupe pour enlever les petits cœurs brillants qui tombèrent en pluie de confettis. Vous vouliez surtout reluquer son petit cul bombé.

— Nous ? « Reluquer » Tommy ? Pour qui nous prenez-vous ? Nous sommes de pieuses dames de retour de l'église, se défendit l'autre femme.

Avec ses petites bouclettes grises, son anorak beige, son pantalon chic et ses bottines à lacets, elle avait effectivement plus l'air d'une fidèle au sortir de la messe que d'une perverse réclamant à Tom de s'étirer plus que de raison.

— Nous ne ferions jamais cela ! s'indigna-t-elle.

— Ravie de l'apprendre, rétorqua Nina avec ferveur, non pas qu'elle y crût une seconde. Mais Tom est très occupé, je crains qu'il ne vous faille vous contenter de ma personne.

Les clientes se décomposèrent, mais une seconde seulement, car leur attention tomba sur Noah qui observait la scène, entre horreur et amusement.

— Nina, petite cachottière ! Vous vous êtes bien gardée de nous dire qu'un homme avait rejoint votre équipe !

— Et il y a toujours ce livre que nous aimerions récupérer là-haut, sur la dernière étagère.

Nina était bien tentée d'envoyer Noah aux bons soins de ces dames. Il s'agrippa à sa tablette, les phalanges blanchissantes. *Non, ce serait injuste. Hilarant, certes, mais injuste.* Et loin du rapport de séduction qu'elle était censée instaurer.

— Il ne fait pas partie de l'équipe. Qui plus est, le pauvre est sujet au vertige, les informa Nina sans savoir si c'était vraiment le cas, même s'il avait tout l'attirail du type pincé effrayé par toute activité susceptible de froisser son costume. De toute façon, vous n'aurez besoin d'aucun homme. J'ai déjà mis vos livres de côté. Janet, vous disiez chercher des romances du milieu médical. Miranda, j'ai commandé spécialement pour vous des romans particulièrement inspirants.

— Oh !

— Dieu soit loué !

Noah était déjà oublié. Les deux femmes se ruèrent vers le comptoir où Nina posait une petite pile d'ouvrages triés sur le volet.

Janet avait passé ses quarante ans de carrière dans le domaine de la santé, et pourtant, elle ne se lassait jamais du milieu médical. Son appétit vorace visait en priorité les chirurgiens à la mâchoire ciselée et les infirmières fougueuses. Miranda, en revanche, préférait les romances proprettes qui semblaient toutefois souvent relater les aventures d'épouses choisies sur catalogue – non pas que Nina se fût permis de juger…

Sous le regard d'un Noah observateur – comme à son habitude –, Nina répondit avec bonne humeur aux questions des clientes curieuses d'en savoir plus sur ses tatouages. Elle leur tira la langue pour exposer son piercing qu'elle agita sous les petits cris enchantés des deux bigotes et admit qu'elle rechignait à considérer Jésus-Christ comme son Sauveur.

Puis elle enregistra les achats pour que ces dames s'en aillent et permettent enfin à Tom de sortir de l'exil qu'il s'était infligé.

Le reste de l'après-midi n'eut rien d'extraordinaire, hormis l'absence de Posy et Verity, disparues au combat. Nina s'attela à sa nouvelle vitrine, Tom arrangea les étagères des dernières sorties et ils se relayèrent pour servir les quelques téméraires qui bravèrent les rafales de cette journée pluvieuse. Et pendant ce temps, Noah prenait des notes. Nina était impressionnée de voir à quelle vitesse elle s'était habituée à sa présence, un peu comme un candidat à une émission de télé-réalité oubliant que des caméras filmaient le moindre de ses faits et gestes. À tel point qu'elle invita Tom à danser, ou plutôt à mimer la chanson *My Funny Valentine* après qu'il eut qualifié le gros cœur au milieu de la vitrine de « bancal ».

Ce n'est que lorsque Nina retourna la pancarte de la librairie pour indiquer sa fermeture que Posy et Verity rentrèrent de leur salon. Elles déboulèrent dans le magasin, bousculant Nina au passage, le souffle court et les joues rouges, mais la brise fraîche de cette fin de journée n'y était vraisemblablement pour rien.

— Au pub ! grommela Posy, jetant son sac à main sur le canapé, sans même poser la question avec espoir, comme le faisait habituellement Nina. J'ai besoin d'alcool.

Elle se tourna vers Verity qui avait quitté son manteau pour l'abandonner sur le canapé d'en face, un geste qu'elle condamnait toujours sous prétexte qu'il desservait l'esprit de la boutique.

— Tu me pousses à l'alcoolisme, l'accusa Posy.

— Figure-toi que j'en ai plus besoin que toi, rétorqua Verity. Par pitié, les copains, envoyez Posy en cure de désintoxication aux tote bags !

— Combien de sacs as-tu encore commandés, Pose ? s'enquit Nina avec un sourire narquois.

Depuis la mise sur pied du projet de transformation de *Bookends* en *Au Bonheur des tendres*, Posy faisait une fixette sur les tote bags. Il y avait actuellement cinq motifs disponibles à la vente. Verity avait interdit à Nina et Tom de trouver la moindre citation susceptible de devenir un bon slogan littéraire à imprimer sur toile.

— Tiens, justement, je me disais l'autre jour en lisant *Lace* de Shirley Conran, que la première phrase serait sublime sur un sac : « Laquelle de vous est ma mère, bande de garces ? »

Posy fit la sourde oreille.

— Oublie les sacs. Je ne peux même pas acheter un carnet de timbres. Verity ne me laisse plus toucher à la carte de crédit de la librairie. C'est « ma » boutique, c'est donc « ma » carte de crédit !

— Exact. Et c'est pour « ta » faillite que l'on viendra te voir au tribunal, gronda Verity. Au pub ! Bon sang, allons dans ce fichu pub, que je puisse enfin boire tout mon soûl de vin et oublier les traumatismes de cette affreuse journée.

— N'en fais pas trop, non plus, répliqua Posy. Des traumatismes ? Tu me vexes.

L'amitié de Posy et Verity était telle que Nina avait souvent l'impression d'être la troisième roue du carrosse, mais pour autant, ce n'était jamais agréable de les voir se crêper le chignon.

— Au pub ! renchérit-elle. On est jeudi, il y aura le quiz, donc si vous devez vous chamailler – et j'espère que non – faites-le de façon productive. Tom, tu viens avec nous ? À moins que tes notes de bas de page ne te retiennent.

Tom avait profité de l'orage des fourre-tout pour finir de compter la caisse. L'allusion à la soirée quiz lui avait brièvement rendu le sourire – très vite perdu à la mention des fameuses notes.

— Ce serait avec plaisir, mais je ne peux pas. La mise en pages de ma bibliographie n'est pas terminée.

— Allez, Tom, sors de ta tanière ! On aura besoin de toi pour les questions de science-fiction barbantes à mourir, insista Nina, bien consciente que Tom ne demandait qu'une chose : envoyer paître sa bibliographie et se joindre à une soirée quiz, mais à condition de pouvoir rejeter la faute sur l'insistance de Nina s'il ne posait pas ses fesses sur son fauteuil de bureau mais qu'il les mettait sur un tabouret de bar. Allez, tout le monde, en route ! Profitons de notre jeunesse tant qu'il est temps. J'ai besoin d'une bouteille de pinot noir et d'un sachet de couenne de porc séchée.

La librairie entra en ébullition. Posy et Verity ramassèrent leurs sacs et leurs manteaux jetés plus tôt avec colère, Tom éteignit l'imprimante et les lumières du bureau, et Nina recouvrit Bertha de sa protection en lui susurrant « bonne nuit ».

— Au pub !

— Au pub !

— Au pub !

C'était comme si le mot « pub » perdait de sa substance à force d'être prononcé.

Tous se retournèrent vers Posy, qui ne l'avait pas encore clamé.

— Au pub ! se sentit-elle forcée de brailler.

Puis elle ajouta :

— Tu viens avec nous, Noah ?

Quand ce dernier sortit de l'ombre de l'arche de laquelle il avait observé leurs singeries, Nina prit conscience qu'elle n'avait toujours pas entamé sa campagne de séduction. Mais elle n'était pas à l'aise. *Aujourd'hui ou demain, quelle importance ?* De toute façon, Noah refuserait l'invitation. Posy lui avait proposé uniquement par politesse, or pour lui, ce serait transgresser ses principes d'observateur : noter, mais ne jamais intervenir. S'il refusait, c'était tant mieux. Au pub, Nina aurait été forcée de minauder et de tenter un vague rapprochement, sans quoi Tom aurait boudé. Seulement voilà, il y avait des soirs où Nina avait envie de ranger la séductrice au placard.

— Avec plaisir. J'adore les quiz, accepta Noah avec enthousiasme.

Comme Nina lui tournait le dos, il ne put distinguer les yeux qu'elle levait au ciel et les grimaces qu'elle faisait à Posy.

— Quoi ? lança cette dernière, très subtile.

— Hein ? Quoi, toi-même, répondit Nina innocemment, mais Noah passa devant elle et gagna la sortie d'un air vexé, lèvre inférieure tremblotante et sourcils froncés.

De quoi faire culpabiliser Nina.

Aucune issue possible. Elle allait devoir l'intégrer à leur petit groupe pour le quiz, puis activer son mode drague avec un maximum de crédibilité. Ou en tout cas, suffisamment pour attirer son attention, mais pas trop pour ne pas éveiller les soupçons de Posy et Verity.

— J'espère que tu es calé en culture générale, glissa-t-elle à Noah en sortant de la boutique. Si on joue, c'est pour gagner.

— J'espère ne pas vous désavantager, avança Noah avec l'un de ces regards en coin dont il avait le secret.

— Plutôt mourir que faiblir, c'est notre devise, lança Tom en pressant le pas pour marcher aux côtés de Nina. Il y aura sans doute les réparateurs informatiques qui travaillent dans le quartier. Mauvais joueurs comme tu n'en as jamais vu.

— Quand ils gagnent, ils font le tour du bar en criant qu'ils sont les champions. C'est triste à voir, expliqua Nina sur une moue boudeuse, car chaque semaine, leur capitaine d'équipe, un Australien surnommé Big Trevor, venait à leur table hurler « Losers ! » On ne se laissera pas faire !

— Vous pensez avoir vos chances, alors ? en déduisit Noah tandis qu'ils quittaient les Mews pour rejoindre Rochester Street. C'est vrai qu'un libraire a forcément une bonne culture gé…

— En fait, ce que Nina voulait dire, c'est : « pour une fois », on ne se laissera pas faire. Autant que je me souvienne, ils ont gagné tous les quiz, reconnut Tom amèrement. Si les manches ne concernaient que les livres de romance et les pâtisseries, on serait imbattables.

— Je n'aime pas l'admettre, mais il a raison, on ne gagne jamais, soupira Posy avant de recouvrer le sourire. Mais ce qui compte, c'est de participer, non ?

Elle poussa la lourde porte du *Midnight Bell* avant d'ajouter :

— Et ce qui compte encore davantage, c'est de boire.

Chapitre 6

« J'OUBLIERAIS MA PROPRE EXISTENCE AVANT DE VOUS OUBLIER ET VOUS LE SAVEZ. »

Le *Midnight Bell* était un lieu superbe. Les patrons avaient préservé son côté Art déco jusqu'aux panneaux de bois laissés intacts. Le carrelage des toilettes décoloré par le soleil apparaissait sur un nombre incalculable de pages Instagram et la plaque fièrement affichée sur sa façade à l'entrée racontait aux passants l'histoire de son architecture.

Mais surtout, le personnel d'*Au Bonheur des tendres* y était en terrain conquis. Les joyeux lurons se rendirent directement à leur banquette habituelle, dans le coin près du comptoir, rapprochèrent des tabourets voisins, et débattirent des boissons et du nombre de barquettes de frites au fromage à commander.

Tom et Noah furent envoyés en mission au comptoir pour récupérer leurs consommations ainsi qu'une bouteille de vin rouge pour les filles, Posy écrivit un texto à son petit frère Sam pour l'inviter à les rejoindre – tant pis si c'était un soir de semaine et tant pis pour le bac à réviser – car il n'y avait que lui pour remonter la barre du groupe sur les questions de sport, et Verity et Nina réglèrent les frais d'inscription au quiz auprès de Clive, patron du *Midnight Bell*, qui ne manqua pas de leur rappeler que la triche était proscrite.

— C'est à Big Trevor qu'il faut le rappeler, marmonna Nina tout bas quand ledit Big Trevor arriva avec sa bande de réparateurs informatiques, tous affublés du tee-shirt orange estampillé du nom de leur équipe, les Ravageurs. Ils ont l'air idiots dans ce truc orange.

— Du calme, ma belle, c'est un gentil petit quiz, la reprit Clive en lui tendant l'enveloppe qui contenait les questionnaires à compléter – l'équipe qui ouvrait cette enveloppe avant le début du jeu était aussitôt disqualifiée. Et maintenant, donnez-moi vos portables.

Ce que Clive appelait un « gentil petit quiz » était en réalité le « Quiz du jeudi soir au *Midnight Bell* », un événement tellement réglementé qu'il aurait fait passer les négociations du Brexit pour une vente de gâteaux à la kermesse.

Tom et Noah apportèrent les boissons à l'instant où Sam arrivait avec sa moue boudeuse, mais il se ragaillardit dès que Posy lui concéda un verre de panaché, à condition qu'il engloutisse une portion de frites au fromage pour éponger l'unique goutte d'alcool qui risquerait de courir dans son sang.

Nina était comblée, assise sur sa banquette à côté de Sam, une barquette de frites face à elle et un immense verre de vin rouge dans la main. Rien ne pouvait gâcher ce moment.

— Une place pour moi ? demanda Noah.

Et sans laisser le temps à Nina de forcer un roucoulement aguicheur, il ajouta :

— C'est promis, je me ferai tout petit.

Il s'immisça à côté d'elle, si bien qu'elle se retrouva engoncée entre lui et Sam.

Elle eut beau remuer un peu pour que le frère de Posy se décale, impossible d'esquiver la jambe de Noah qui venait frôler la sienne chaque fois qu'il attrapait sa pinte de blonde.

— Salut, Sam, salua-t-il gaiement. Où en est ton projet de Hackintosh ?

— Vous vous connaissez ? s'enquit Nina avec une certaine froideur.

À peine quelques mois plus tôt, avant le déménagement de Sam et Posy, alors fraîchement mariée à Sebastian, Nina savait encore tout de l'existence de Sam. Elle le voyait tous les jours à son retour du lycée, généralement accompagné de son ami Pants qui vouait à Nina un véritable culte. À présent, elle n'avait pas vu Pants depuis des semaines et Sam, comme tout le monde, avançait dans sa vie, tandis qu'elle se sentait coincée toujours au même stade.

— Ben, ouais, Noah est un copain de Sebastian, marmotta Sam, comme pour cacher son affection pour son beau-frère, puis il chassa la frange qui lui chatouillait les yeux. Alors parfois, on sort tous ensemble.

— Et qu'est-ce qu'un Hackintosh ?

— Sebastian et moi, on construit un Mac Apple à partir d'un PC, répondit Sam – Sebastian n'était-il pas assez riche pour s'acheter un Apple Store tout entier si ça lui chantait ? On commande les pièces en ligne en fonction des modifications qu'on veut faire, puis on les assemble…

Nina sourit et hocha la tête, mais ses yeux tendaient à dériver vers l'autre côté de la table, où Verity et Posy se disputaient le choix de leur nom d'équipe pendant que Tom sirotait son vin avec le regard coupable de celui qui aurait dû être chez lui – *cet endroit insituable dans Londres* – à se battre avec sa bibliographie.

— … ensuite, on va booster le processeur, expliquait Sam à un Noah visiblement captivé par ce récit détaillé pensé par un geek pour un geek.

Allez comprendre.

— Vraiment ? Je parie que tu peux grimper jusqu'à 2,9 gigahertz, lança-t-il. À condition de modifier le processeur standard Intel Core M.

— C'est fascinant, les garçons, soupira ironiquement Nina. En parlant d'ordinateur, Sam, tu n'aurais pas retrouvé les identifiants de la boutique sur Instagram et Twitter, par hasard ?

Sam secoua la tête pour faire retomber sa frange.

— Pas eu le temps. Cette année est très importante pour moi, rappela-t-il d'un ton moralisateur alors qu'il était dans un pub à boire du panaché un soir de semaine en train de discuter d'un projet de Hackintosh qui semblait chronophage au possible.

— Sam, à quoi bon être responsable de l'actualité de la librairie sur les réseaux sociaux si tu ne publies rien ?

— C'est Sophie qui est censée s'occuper du compte Twitter, se déchargea-t-il d'une toute petite voix. En fait… elle ne peut plus se connecter à cause du programme que j'ai installé pour générer des mots de passe aléatoires sur tous nos comptes. Il a été touché par un virus. J'ai tout réparé, je te jure ! Ne dis rien à Posy, elle va paniquer. Le problème, c'est qu'on n'a plus accès à Twitter et Instagram.

— Oh, non, quel crétin ! grommela Nina. On ne peut pas tout réinitialiser ?

— Chut ! Posy va t'entendre, siffla Sam.

— Les comptes ne sont-ils pas reliés à un numéro de téléphone par sécurité ? suggéra Noah. Ou à une adresse mail ?

— Sûrement. Peut-être. J'imagine.

— Et si on se retrouvait demain pour trouver une solution ? ajouta Noah. Je suis sûr qu'on arrivera à accéder aux sites. Nina pourra alors prendre le relais pour l'actualité de la boutique.

— Je posterai les nouvelles sorties, des citations de livres, ce genre de choses, approuva Nina.

— Mais c'est barbant ! Qui voudrait suivre ça ? ricana Sam.

Elle se vengea en plantant un doigt dans ses côtes à le faire couiner.

— Dois-je te rappeler que je travaille pour ta sœur ? Notre clientèle aimerait pouvoir visiter notre page Instagram pour découvrir les plus jolies couvertures.

— Tu pourrais poster une photo de ta nouvelle vitrine décorée pour la Saint-Valentin, proposa Noah.

Sam se frotta théâtralement les côtes alors que Nina l'avait à peine touché.

— Pourquoi pas, dit-elle. D'ailleurs, je crois qu'on a un carton de guirlandes aux ampoules en forme de cœurs dans la cave à charbon.

Noah sourit. Elle lui sourit en retour. *Oh, non, pas ce ping-pong de risettes à la guimauve ! Il ne faudrait pas que Noah se fasse des idées.*

À la lumière douce et chaude du *Midnight Bell*, les cheveux de Noah semblaient prendre une teinte de confiture, ou de feuilles mortes. Et ses yeux verts brillaient plus que jamais, simple conséquence des bougies que Carol, la patronne du lieu, installait partout et qui se reflétaient dans ses iris.

En tout cas, avec ou sans lumière tamisée, son sourire n'avait pas changé : aimable, charmant, plaisant. *Enveloppant, comme un câlin.*

Nina secoua vigoureusement la tête. Elle n'était pas câline. Elle n'aurait qu'à prévenir Tom que l'opération « prostitution de Nina » était avortée.

Elle fit disparaître son sourire, ce qui tua illico celui qu'arborait Noah. Seulement, se regarder sans sourire se révéla encore plus gênant que d'échanger des risettes. Gênant à tel point que même Sam, un adolescent de marbre face à tout ce qui touchait de près ou de loin aux sentiments, se sentit forcé de dire :

— Vous êtes bizarres. Qu'est-ce qui vous prend ?

— Rien du tout, rétorqua sèchement Nina.

Elle n'avait jamais été aussi heureuse de voir Mattie, que l'on avait invitée à participer au jeu et qui avait terminé de préparer les fournées du lendemain avant de les rejoindre.

— Mattie ! s'exclama Nina. Te voilà !

— Oui, Nina, me voilà, acquiesça la pâtissière, intriguée par tant d'effusion. C'est trop tôt pour une autre tournée ?

— Je t'accompagne, offrit Nina, prête à tout pour quitter cette banquette et son ping-pong avec Noah.

— Non, ne te dérange pas, refusa Mattie avec un geste vague avant de s'éclipser vers le bar avec cette grâce qu'elle arborait en toute circonstance, y compris lors des rushs de midi au salon de thé.

— Qu'est-ce qui t'arrive ? chuchota Noah. Sam a raison, tu es bizarre. On n'est plus au travail, je peux abandonner mon statut d'observateur et participer aux discussions, il n'y a pas de quoi être gênée.

— Personne n'est gêné. Tout va bien, bredouilla Nina.

Posy et Verity revenaient pour la énième fois sur le sujet des tote bags, Tom évoquait des techniques de révision d'examen à un Sam dépité par ce sujet rasoir, Mattie mettait un temps fou à se faire servir au comptoir et Nina cherchait un sujet de conversation pour Noah, n'importe quoi qui ne soit pas polémique, quand elle entendit enfin le grésillement du micro. Clive allait démarrer le quiz.

— Mesdames et messieurs, vous connaissez tous les règles, je le sais bien, mais je vais vous les rappeler.

Toute la clientèle du *Midnight Bell* poussa un gémissement à l'unisson et Nina vit enfin venir l'occasion de se relaxer.

Même si le Quiz du jeudi soir au *Midnight Bell* était rarement relaxant. Posy allait vouloir noter les réponses, mais elle se laissait facilement distraire et risquait de perdre le fil du questionnaire. Verity devrait alors garder un œil sur elle pour s'assurer qu'elle ne sautait pas une question. Quant à Tom, il se vexerait de voir toutes les têtes tournées vers lui pour les questions de sport parce que Sam ne s'y connaissait qu'en football, et qu'à partir de 2012.

— Me prendre pour un spécialiste du sport sous prétexte que je suis un homme, c'est tellement hétéronormé ! gronderait-il si quiconque osait lui demander de nommer le capitaine de l'équipe d'Angleterre de rugby.

Pour ne rien arranger à l'affaire, dans l'autre coin du pub, les Ravageurs s'époumoneraient de fierté à chaque interrogation, encouragés par leur rapidité légendaire dès lors que les questions ne concernaient ni la littérature ni les pâtisseries – seuls domaines dans lesquels l'équipe Tote Bags excellerait. En sa qualité de fille de pasteur, Verity serait la référence pour tout ce qui concernerait les saints ou les fêtes religieuses.

C'est pourquoi le quiz n'était généralement pas un moment de détente, et quand Clive annonça le premier thème, Nina eut des sueurs froides : les inventeurs.

— Une question pour ces dames, annonça Clive. Qui a inventé le soutien-gorge ?

— Oh, je sais ! s'écria Nina. N'était-ce pas l'actrice Jane Russell ? Elle a joué dans *Le Banni*…

— En fait, c'est une célébrité new-yorkaise, Mary Phelps Jacobs, qui a déposé un brevet en 1914 pour ce qu'on connaît aujourd'hui comme le soutien-gorge moderne, l'interrompit Noah. Elle s'est servie de deux mouchoirs et d'un ruban rose pour créer ce qu'elle appelait : brassière à dos nu.

— Ce n'est que la première question et j'ai déjà une crampe au poignet, maugréa Posy.

Tous les yeux étaient sur Noah. Ses joues virèrent au rouge quand il s'aperçut qu'il en savait un peu trop sur l'histoire du sous-vêtement féminin.

— Deuxième question : qui a inventé les premières toilettes à chasse d'eau ?

L'équipe Tote Bags échangea des regards impuissants.

— Thomas Crapper ? tenta Verity pendant que les Ravageurs se tapaient dans la main et que Big Trevor griffonnait sur son papier. Je suis presque sûre que c'est lui, au XIXe siècle.

— Je crois que ça remonte à plus loin, murmura Noah d'un air désolé. Entre 1584 et 1591, le poète anglais John Harington a conçu et installé dans sa nouvelle demeure un système de chasse d'eau dans ses toilettes qu'il a nommé Ajax. La reine Elizabeth en fut si impressionnée qu'elle réclama la même chose dans ses cabinets.

— Oh, mon Dieu, mais comment sais-tu tout ça ? s'étonna Posy.

Noah haussa les épaules.

— J'ai une bonne mémoire. Tout ce que je lis ou entends reste gravé dans mon cerveau. C'est assez pratique pour les mots croisés.

Ainsi que pour le Quiz du jeudi soir au *Midnight Bell*. Aucune question ne le faisait sécher. Aucune réponse ne lui échappait. Qu'il s'agisse de vieilles séries britanniques, de dissidents politiques ou de variétés de fromages, Noah sauvait les Tote Bags à toutes les manches.

Une fois la dernière réponse inscrite (« beaufort », fromage des Alpes françaises, proche du gruyère, excellent en fondue), on ramassa tous les questionnaires et l'équipe d'*Au Bonheur des tendres* se tourna vers Noah dans l'épatement général.

— Tu es le dieu des quiz de pub, soupira Posy d'un air rêveur qui aurait valu à Noah un duel si Sebastian n'avait pas été en voyage d'affaires à San Francisco. Ce sera désormais ta sortie du jeudi soir jusqu'à la fin de ta vie.

— On ne sait pas si toutes mes réponses étaient justes, nuança Noah, un sourire timide caché derrière sa pinte de bière, ce qui força même Nina à constater que ce réflexe le rendait mignon – un avis que semblaient partager Mattie et Verity, si elle en jugeait par leur « oh » d'admiration. Le thème des dissidents politiques n'était pas évident. Tous ces noms étrangers ! On ne s'attendrait pas à croiser ce thème dans un quiz de pub.

— Depuis que Clive est passé à *Questions pour un champion*, il a ce besoin irrépressible de faire ses preuves en posant des questions farfelues, expliqua Nina avant de baisser la voix – le sujet était encore sensible. À l'émission, il a séché sur une question basique au sujet de la victoire d'ABBA à l'Eurovision.

— 1974 avec *Waterloo*, répondit instinctivement Noah avant de se frapper le front. Pardon, je suis encore en mode quiz.

Nina était d'humeur joueuse.

— OK, cite-moi les gagnants de toutes les saisons de l'émission *Danse avec les stars* française dans l'ordre chronologique.

Noah y réfléchit un moment, plissant ses yeux verts sous l'effort.

— Hum, voyons… M. Pokora, Shy'm, Emmanuel Moire…

Sam marmonna dans sa barbe qu'ils avaient tort de traiter Noah comme une bête de foire. C'était un Wikipédia sur pattes. Un Google incarné. Une encyclopédie ambulante. Personne ne fut surpris quand Clive s'approcha de leur table avec leur questionnaire et leur fit jurer sur la vie de leurs tendres mères qu'ils n'avaient pas gardé un Smartphone en cachette.

— Vous avez eu cent sept points sur cent à cause des points bonus accordés pour certaines de vos réponses détaillées, finit-il par admettre en secouant la tête, puis il regarda Noah avec une expression légèrement amère. Tu devrais envisager des compétitions plus sérieuses. Tu ferais un tabac.

— Oh, je me contente de passer une bonne soirée, marmonna Noah.

Il prenait grand soin de ne blesser personne. De toute la durée du jeu, il n'avait pas une seule fois fait ressentir à ses coéquipiers leur cruel manque de culture générale. Nina parcourut mentalement la liste de ses ex pour voir si un seul d'entre eux aurait su faire preuve d'une telle humilité. En même temps, aucun n'aurait su répondre à la moindre question sur les dissidents politiques ou les grands fromages, et quand bien même, ils ne l'auraient jamais fait modestement.

Et si, à eux seuls, ils avaient porté l'équipe vers le succès, ils n'auraient certainement pas baissé le menton en répondant : « C'est un travail d'équipe » comme le fit Noah lorsque Clive déclara les Tote Bags vainqueurs du quiz de ce soir, à la grande surprise des clients du bar qui finirent toutefois par applaudir.

— On n'y serait jamais arrivés sans toi, lui cria Nina pour couvrir l'agitation des Ravageurs qui prenaient mal cette écrasante défaite. En général, on termine avant-derniers. C'est grâce à toi.

— Elle a raison, renchérit Posy en agitant l'enveloppe de leurs gains avec zèle. Et maintenant, on est riches ! On croule sous l'or !

Ils avaient gagné la somme de 98,10 livres dépensées en boissons et barquettes de frites au fromage. Nina aimait se dire qu'ils étaient bons gagnants, apaisés, distingués, contrairement aux Ravageurs.

Big Trevor surgit à leur table pour réclamer un nouveau calcul des points, puis passa leur questionnaire au crible et réclama finalement à Clive de les disqualifier pour avoir fait venir un tricheur.

Mais Clive ne voulut rien savoir.

— La décision du maître de jeu est indiscutable, trancha-t-il.

Pour Nina, c'était la goutte d'eau.

— Hé, Big Trev ! Tout le monde déteste les mauvais perdants, lui lança-t-elle. Alors, cesse de râler. Un peu de dignité, que diable !

Il était rare que Nina donne des leçons de dignité. D'habitude, elle était plutôt du genre à en recevoir, songea-t-elle en regardant Big Trevor se ratatiner sur sa banquette.

— Je croyais que c'était un quiz, pas un règlement de comptes, observa Noah. Ça se passe toujours comme ça ?

— Non, d'habitude ce sont les Ravageurs qui l'emportent, lui répondit Tom sur un frisson d'horreur. Il va falloir nous disperser en partant, au cas où ils nous attendraient à la sortie du bar.

— À ce propos, il se fait tard pour un soir de semaine, rappela Posy en observant son petit frère avec intransigeance. Combien de panachés as-tu bus, au juste ?

— C'est mon second, se défendit Sam, comme vexé qu'elle puisse le soupçonner de rompre la règle qu'elle avait instaurée en ces termes : « Deux panachés maximum les soirs de semaine, et… même chose le week-end. »

Nina aurait presque trouvé Sam convaincant si elle n'avait pas compté qu'il en était à son quatrième verre, d'où les gloussements qu'il avait de plus en plus de peine à réprimer.

— Je suis on ne peut plus sobre, assura-t-il. Il n'est même pas 21 heures, restons encore un peu.

C'est avec regret que Nina dut quitter la joyeuse bande, mais elle était attendue ailleurs.

— Moi, je dois vous laisser, annonça-t-elle avec un sincère regret – la banquette était confortable malgré sa jambe toujours en contact avec celle de Noah, et elle aurait volontiers englouti volontiers une autre portion de frites. J'ai un rencard avec mon guitariste de l'autre soir.

Regards vides.

— Mais si, rappelez-vous. Il s'appelle Rob, c'est le gratteux d'un énième groupe de pop de midinettes qui maîtrise l'art de la moue boudeuse, décrivit-elle à ses collègues sans doute pour la centième fois.

Tom secoua la tête.

— Non, ça ne me dit rien. En même temps, les guitaristes ténébreux sont nombreux dans ton tableau de chasse.

— Il est sûrement adorable, voulut la soutenir Posy, mais Nina fit la grimace.

Elle ne voulait pas d'un type adorable. Cette étiquette à la guimauve était bonne pour ceux qui vous offraient des ours en peluche tenant un cœur marqué « ma meilleure amie » et qui vous présentaient à leurs parents avant même que vous soyez passée sous la couette.

— Je ne veux pas d'un type adorable, insista-t-elle en se levant avant de rassembler ses affaires. Mais je n'abandonne pas ma chasse au Heathcliff. Or, je vous le répète, Rob a déjà le côté b.

Elle se crispa en voyant Noah se lever à son tour.

— Je t'accompagne, si ça ne te dérange pas. J'avais l'intention de rentrer tôt.

Nina haussa une épaule d'un air indifférent, et tâcha d'ignorer le regard entendu de Tom. Pas de doute, ce dernier était très déçu par sa performance de séductrice envers Noah.

Celui-ci tint la porte à Nina en quittant le bar et ralentit le pas pour s'adapter à sa démarche prudente en talons sur les pavés de Rochester Street.

— Où dois-tu le rejoindre ? s'enquit-il.

— À Camden Town. Je prends le bus au coin de la rue, répondit Nina.

Une fois dans Theobalds Road, ils aperçurent l'arrêt.

— J'attends que tu montes dans le bus, décida-t-il.

Elle ne risquait rien, il n'était même pas vingt et une heures trente. Noah était aussi adorable que les prétendants à la guimauve décrits par Posy. La mère de Nina, si difficile soit-elle, serait sous le charme. *Mais pas mon genre*, se rassura Nina, et un silence gêné s'installa. Ne savait-elle pas gérer ces moments embarrassants, en experte des rencards qu'elle était ? Après tout, un soupçon de flirt ne pourrait pas leur faire de mal. Au pire, c'était l'occasion de s'échauffer avant de rejoindre Rob.

— C'est fou, ce talent pour les quiz, se lança-t-elle, car les compliments fonctionnaient toujours. Quand tu n'as plus de monnaie, est-ce qu'il t'arrive de chercher un bar muni d'une machine à questions de culture générale pour gagner quelques pièces ?

— Je n'y avais jamais pensé, mais maintenant que tu le dis, ce pourrait être assez lucratif, plaisanta Noah. Tu sais, il existe des thèmes sur lesquels je sèche complètement.

— Lesquels ? le défia Nina. J'ai eu l'impression que tes connaissances n'avaient aucune limite.

— Non, loin de là. J'ai un tas de lacunes : les insectes, les dieux grecs et romains – je les confonds tout le temps. Et le patin à glace ! Je n'y connais rien en patin à glace.

Zut, serait-elle en train de sourire à Noah ? *Une fois de plus ?*

— Je ne te crois pas. Je suis sûre que des centaines d'anecdotes autour du patin à glace sont soigneusement rangées là-dedans.

Elle effleura son front sans le toucher.

— Non, je t'assure.

— Je t'ai vu en action tout à l'heure. Tu sais tout, Noah, admets-le.

Tu sais tout. Noah. Je-sais-tout.

Eurêka ! Elle savait bien qu'ils se connaissaient déjà ! Comment avait-elle pu l'oublier ? C'était Noah Je-sais-tout !

À cet instant, Nina faisait la grimace d'un personnage de dessin animé dans la seconde qui précédait la chute d'une enclume sur sa tête : la mâchoire pendante et les yeux presque sortis de leurs orbites, braqués sur Noah. Sans surprise, le sourire de ce dernier s'effaça.

Et il recula d'un pas, légèrement inquiet.

— Je n'arrive pas à le… waouh !

Nina dut se mordre la langue pour ne pas laisser éclater sa révélation au grand jour car elle eut soudain conscience qu'il ne devait pas conserver de bons souvenirs de cette époque où tout le monde l'appelait Noah Je-sais-tout.

— Pardon, c'est… hum, le stress de mon premier rencard avec Rob.

Ben, voyons, c'était la pire excuse au monde pour justifier son comportement de folle à lier. Elle tenta un timide sourire qu'il se garda bien de lui rendre.

— D'habitude, je ne suis pas nerveuse avant un rendez-vous galant, mais ce guitariste, miam, c'est un félin ! Grrr !

Oui, elle avait bel et bien mimé les griffes et le grognement. Aurait-elle perdu la tête une fois pour toutes ?

— Je vois, murmura Noah, le regard rivé vers l'horizon derrière Nina. Ah, voilà ton bus. Ce serait dommage de le rater et de passer à côté d'un rencard aussi bouillant.

Nina se tourna vers le 168 en approche.

Elle se retourna pour dire « au revoir » à Noah et, pourquoi pas, s'excuser encore avant de finir sur une mauvaise plaisanterie, mais il était déjà parti. Au loin, il remontait la rue d'un bon pas, impatient de creuser la distance.

Chapitre 7

« Je hais ce qu'il est, mais je le méprise pour les souvenirs qu'il me rappelle. »

Noah Je-sais-tout. Du début à la fin de sa scolarité au collège et lycée d'Orange Hill, les gens l'avaient appelé Je-sais-tout.

Pourtant, il n'avait jamais étalé son savoir comme de la confiture, loin de là. Maintenant que le mystère était résolu et qu'elle avait retrouvé pourquoi cette impression de déjà-vu l'avait tant travaillée, elle se souvenait clairement de Noah à l'adolescence.

À l'époque, il avait les cheveux d'un roux proche de l'orange. Un orange si brillant qu'il semblait mû par sa propre énergie. Il portait des lunettes aux verres épais qui magnifiaient ses grands yeux verts pour lui donner un air de manga. Souvent, le pont entre les deux verres tenait par une bande de scotch à force de subir les assauts de ses camarades.

C'était un garçon dégingandé, tout en coudes et en genoux, qui marchait en pendule comme un girafon apprenant à tenir debout. En terminale, il flottait encore dans son blouson d'école comme si sa croissance se faisait désirer. Il faut dire que Noah avait sauté plusieurs classes.

Il avait quelques années de plus que Nina, à peu près le même âge que son grand frère Paul. Son niveau en maths et en matières scientifiques lui avait fait sauter une classe, puis une autre, puis encore une autre. Il était si jeune bachelier que le journal local lui avait consacré un article, ce qui n'avait fait qu'accentuer le mépris que lui portaient les autres élèves.

Paul et ses amis – mais surtout Paul, un détail qui faisait froid dans le dos de Nina – faisaient de la vie de Noah un enfer pour le punir d'être meilleur qu'eux. Quant aux gamins plus âgés que lui, ils le harcelaient tout autant, eux aussi pour le punir… d'être meilleur qu'eux.

À tous les égards, l'adolescence de Noah n'avait jamais été qu'un cauchemar sans fin. Les bousculades et les « Fous le camp, Je-sais-tout ! » germaient partout sur son passage. Quant à ce qui devait se tramer aux vestiaires des garçons avant un match de foot, Nina n'osait même pas l'imaginer.

Comme si cet affreux surnom ne suffisait pas, tous entonnaient dans les couloirs : « Promenons-nous dans les bois, tant que Je-sais-tout n'y est pas, si Noah y était, on le tabasserait. »

Nina ne se rappelait plus si elle chantait ou non avec les autres. Elle espérait que non. *Vraiment, pourvu que non.* Seulement, à l'époque, elle suivait le troupeau. Elle s'habillait comme les autres. Marchait comme eux. Parlait comme eux. Ne voulait surtout pas se démarquer…

— Qu'est-ce qui t'arrive, Nina ? Tu as froid ? demanda Verity.

Nina eut un nouveau frisson, se retourna, cligna des paupières. *Retour au présent. Vendredi matin dans la petite cuisine derrière le bureau.* Elle devait faire du thé.

— Non, j'étais perdue dans mes pensées, bafouilla-t-elle, les joues rouges.

Verity ouvrit de grands yeux. Nina n'était pas du genre à bafouiller ni à rougir. D'habitude, c'était plutôt son domaine à elle.

— Tu repenses à hier soir ? Comment s'est passée ta soirée ? Rob serait un candidat pour du long terme ?

Une fois qu'elle s'était souvenue de Noah, Nina avait eu la tête ailleurs pendant toute la durée de son rencard. Et puis, elle avait rapidement compris que l'air boudeur de son guitariste s'expliquait uniquement par un Q.I. au ras des pâquerettes. *Barbant.* Aucune conversation, sauf pour lui parler de pédales d'effets.

— Ce n'est pas mon Heathcliff. Je suis formelle. Il ne mérite même pas le troisième rencard, confessa-t-elle tristement. La règle des trois rencards est bien pratique, elle me laisse le temps de distinguer les gamins des vrais hommes avant de devoir me décider à passer des moments coquins ou non avec eux.

— Même si rien ne t'oblige à coucher sous prétexte que c'est le troisième rencard, rappela Verity.

— Non, rien ne m'y oblige, mais si j'en ai envie, le troisième rencard me donne le feu vert, maintint Nina.

Avant que Posy et Verity ne soient casées, elles consultaient Nina comme l'oracle de la séduction dont les conseils valaient depuis le premier rendez-vous jusqu'aux ébats. Même si une partie – une bonne partie, même – de ses conseils était improvisée, l'époque où ses amies venaient quémander son avis lui manquait.

— À moins que tu n'en aies vraiment envie et que tu sois littéralement sous le charme. À ce moment-là, peut-être que le premier soir…, envisagea Verity. Mais seulement si c'est le coup de foudre, le vrai.

— Dès le premier soir ? s'écria Nina en feignant l'indignation. Toi, Very, fille de pasteur ? (L'eau se mit à bouillir au moment même où Verity prenait son air outré.) Je te sers un thé ? Posy en voudra-t-elle aussi ? Tom n'est pas là aujourd'hui. Noah ?

Sa voix eut un étrange déraillement sur ces deux syllabes, mais Verity ne parut pas le remarquer.

— Noah ne viendra pas non plus. Il a envoyé un mail tard hier soir pour nous prévenir qu'il continuerait en télétravail pendant quelque temps.

— Ah ?

— Je ne vois pas comment il compte critiquer nos faits et gestes s'il ne vient plus nous observer sur le terrain, ajouta Verity d'un ton acerbe.

À croire qu'elle n'avait jamais validé l'idée de redoubler d'efforts pour mettre toutes les chances du côté d'*Au Bonheur des tendres*. Pour Nina, c'était une première.

— Ah ? répéta-t-elle.

— J'adore Posy. On adore tous Posy, mais elle n'a pas besoin d'un Noah, soupira Verity en levant les yeux au ciel. Il lui suffirait de retrouver le chevalet de conférence sur lequel toutes nos idées étaient notées avant la réouverture de la librairie.

— Je suis d'accord. Mon projet de club de lecture relevait du génie et nous ne l'avons toujours pas concrétisé. La boutique n'existe même pas sur les réseaux sociaux.

Nina repensa au compte Instagram bloqué. *Maudit soit Sam !*

— Noah peut nous apporter des idées fraîches auxquelles nous n'aurions pas pensé. Il a un regard neuf, objectif, ajouta-t-elle.

C'était décidé, Nina n'aurait plus jamais de pensée défavorable à l'encontre de Noah. *Jamais.* Il avait suffisamment souffert au collège et au lycée.

— Noah est très gentil, je ne dis pas le contraire, appuya Verity comme si les critiques étaient également bannies par les Dix Commandements. Je dis seulement qu'il n'est pas forcément la réponse à tous nos problèmes.

— Nos « problèmes » ? Tu m'inquiètes. Les finances sont si mauvaises que cela ?

— Ne t'inquiète pas pour nos finances, répondit Verity avec toutefois une touche d'angoisse dans la voix. Ni pour Noah, d'ailleurs. À ta place, je m'inquiéterais plutôt de laisser les clients attendre en boutique. J'ai entendu la clochette sonner il y a trois minutes.

Si seulement Nina pouvait suivre le conseil de Verity et ne pas s'inquiéter pour Noah. Au contraire, elle se trouva incapable de songer à autre chose pendant une bonne partie du vendredi, y repensa encore presque tout son samedi, et surtout le dimanche quand, au lieu de cuver les excès de la semaine, elle rentra au bercail pour le déjeuner dominical.

Enfin, le bercail… Disons plutôt qu'elle alla chez ses parents, à Worcester Park dans le Surrey. Nina n'y habitait plus depuis des années, préférant partager des appartements aussi près de Londres que son portefeuille le permettait. Sa dernière adresse avant le logement au-dessus de la librairie avait été Southfields, quartier que Posy avait toujours décrit comme « l'endroit de Londres le plus éloigné du vrai Londres ».

De toute évidence, Posy n'était jamais venue à Worcester Park, en banlieue sud-ouest, songea Nina, morose. Le métro n'allait pas si loin, Nina devait donc descendre à Waterloo, puis prendre le train pour longer une interminable enfilade de maisons mitoyennes des années 1990, rue après rue, rompue à l'occasion par le sempiternel défilé de boutiques, s'achevant sur un bar et un parc qui ponctuait chaque bourgade.

Le ronronnement du train traversa Earlsfied, Wimbledon, Raynes Park, Motspur Park, et enfin, Worcester Park. Là, la morosité s'était installée sur les épaules de Nina comme une fine couche de pellicules. En sortant de la gare, elle croisa une bande de gamins qui s'amusaient à soulever la roue avant de leur vélo sur un parking désert. Ils s'arrêtèrent net sur le passage de Nina qui marcha tranquillement, le regard droit devant, s'efforçant de ne pas gonfler la poitrine.

— Trop bizarre ! lui cria l'un d'eux.

— Mais bien foutue !

Pas de doute, elle n'était plus à Kansas. Encore moins à Bloomsbury, où personne n'aurait eu l'idée de lui lancer ne serait-ce qu'un regard, ou peut-être seulement une femme pour lui adresser un salut approbateur, ou un homme lui laissant comprendre qu'il la trouvait charmante.

Et encore, Nina avait décidé de faire sobre aujourd'hui. Elle portait une robe noire dénichée au rayon des années 1940, des bas résille, des chaussures en daim noir aux talons carrés et un manteau en faux léopard. Même en maquillage, elle avait eu la main légère. Pas de faux cils pour cette fois. Elle s'était contentée d'un mince trait d'eye-liner et d'un rose léger pour les lèvres alors que, généralement, elle accumulait les couches de son fidèle Ruby Woo de chez MAC.

Nina avait beau revenir le deuxième dimanche de chaque mois, elle oubliait toujours que son look le plus sobre était encore trop excentrique pour les rues de Worcester Park.

Elle tint fermement les pans de son manteau croisés contre elle et se retint de rétorquer à celui qui l'avait qualifiée de « bien foutue » : « Je connais ta mère, jeune homme ! »

Et ce ne serait pas mentir ; elle croyait reconnaître chez ce gamin l'expression pugnace de Tanya Hampton, une camarade de collège qui avait un an de plus qu'elle.

Mais non, ce serait une réaction de grand-mère. Et puis, que ferait-elle si Tanya Hampton se présentait sur le seuil de ses parents pour venir en découdre ? C'était typiquement le genre de chose dont la Tanya Hampton de l'époque aurait été capable.

Mieux valait ignorer ces morveux qui, de toute façon, étaient déjà passés à autre chose et s'en allaient rouler sur une flaque en levant la roue avant de leur vélo. Nina irait chez ses parents, tiendrait bon jusqu'au dessert sans répondre aux provocations passives-agressives de sa mère, et reprendrait le train trois heures après maximum. C'était son plan. Et Nina comptait bien s'y tenir.

Chapitre 8

« Votre présence est un poison moral, il contaminerait les plus vertueux. »

Le trajet de dix minutes à pied à partir de la gare la faisait passer devant des rues semblables remplies de maisons identiques, puis Nina s'engagea dans l'impasse où ses parents avaient passé les trente-trois dernières années.

Le numéro dix-neuf n'avait pas changé. Toujours cette petite cour recouverte de dalles pour accueillir le taxi noir de son père et la Mazda décapotable de sa mère – une vraie flèche. Arrivée sur le paillasson, pendant qu'elle fouillait dans son sac à la recherche de ses clés, Nina contempla son reflet dans la petite plaque dorée sur la porte.

Elle sursauta quand on frappa de légers coups secs contre la fenêtre, juste à côté. Ses nièces, Rosie et Ellie, sautillaient sur place avec de grands signes.

Nina leur répondit d'un geste, trouva ses clés quand elles s'écrièrent : « Tante Nina a les cheveux roses ! », et ouvrit la porte juste à temps pour réceptionner Rosie et Ellie qui bondirent si volontiers qu'elle recula d'un pas sur ses talons carrés.

— Bonjour ! Bonjour ! Bonjour ! piaillèrent-elles à lui briser les tympans, la serrant si fort dans leurs petits bras que Nina s'étonna de ne pas sentir l'une de ses côtes se briser.

— On se calme, les filles, pantela-t-elle. Laissez-moi poser mes sacs.

Les petites relâchèrent à peine leur prise. Nina put alors se défaire de ses affaires et leur tendre les bras.

— C'est bon, maintenant je veux mon câlin !

Nina avait presque oublié qu'il y avait de bonnes choses dans cette corvée mensuelle, et ses bras en étaient remplis. Deux petites têtes aux boucles blondes étaient nichées contre sa poitrine, leurs poings fermés si fort sur le tissu de sa robe que les plis y resteraient ancrés à tout jamais. Mais Nina s'en fichait.

— Vous m'empêchez de respirer, souffla-t-elle.

Ses nièces relâchèrent finalement l'étau de leur étreinte pour détailler leur tante de bas en haut.

— Tu as les mêmes cheveux qu'une sirène, observa très sérieusement Rosie, huit ans.

— Ou qu'une princesse, renchérit Ellie, cinq ans.

— Une princesse sirène, pile le look que je recherchais, approuva Nina. Où sont passés les autres ?

Sans grande surprise, sa mère et sa grand-mère préparaient le repas à la cuisine pendant que le père de Nina et son frère Paul étaient occupés à bricoler à l'étage. *Magnifique répartition des tâches*, songea-t-elle en plissant les lèvres. Nina se croyait au Moyen Âge.

— Tu nous as apporté des cadeaux ? s'enquit Ellie. On a été très sages.

— Super sages ! précisa Rosie.

— Dans ce cas, j'ai peut-être un petit quelque chose pour vous, décida Nina qui avait toujours des présents pour ses nièces, qu'elles aient été sages ou non.

Des livres, la plupart du temps.

Cette fois, elle rapportait à Rosie *Cent Destins de femmes extraordinaires*, un ouvrage qui relatait les histoires de rebelles, de Cléopâtre à Rosa Parks. Et pour Ellie, elle avait opté pour *Rosie, géniale ingénieure*, un très beau livre illustré. Nina comptait sur sa mère pour remplir le cerveau des petites d'un tas d'absurdités, c'était donc à elle de relever le niveau. En outre, elle avait un accord avec les petites : s'il était parfaitement acceptable de vouloir devenir princesse ou sirène plus tard, il était possible d'élargir un peu le panel de ses options.

Nina quitta les filles déjà plongées dans leur lecture sur le canapé et remonta le couloir en direction de la cuisine. Sa mère Alison et sa belle-sœur Chloé avaient terminé de préparer le repas et discutaient, assises sur un tabouret, un grand verre de vin blanc à la main.

C'était un autre des bons côtés de sa corvée dominicale : l'alcool. Chloé leva les yeux en voyant arriver Nina.

— J'espère que les filles ne t'ont pas rendue chèvre, dit-elle en guise de bonjour. Hier, c'était soirée chez les copines ; je ne crois pas qu'elles aient beaucoup dormi.

— Non, elles ont été adorables, comme d'habitude, murmura Nina en s'approchant juste assez pour effleurer de sa joue celle de Chloé. Paul et toi en avez profité pour sortir en amoureux ?

Chloé secoua la tête en souriant.

— Non, nous nous sommes couchés à vingt heures trente. Douze heures de sommeil consécutives. Le pur bonheur.

— Oh, Nina, qu'as-tu encore fait avec tes cheveux ?

Nina échangea un long, très long regard avec Chloé, puis se tourna finalement vers sa mère pour lui répondre.

— C'est du rose délavé, dit-elle d'un ton neutre, et cette fois, elle n'entra pas directement en contact avec la joue de sa mère mais se contenta d'embrasser l'air dans sa direction. Tu es très classe.

Et c'était sincère. Alison O'Kelly ne faisait pas ses cinquante-trois ans. Les rares fois où Alison et Nina se rendaient ensemble dans un lieu public, les gens s'exclamaient à coup sûr : « Oh, je pensais que vous étiez sœurs ! » Sa mère était blonde aux yeux bleus, elle déployait de gros efforts pour maintenir sa taille 38 et ne laissait jamais rien au hasard.

Pour ce repas de famille, elle portait une marinière bleu et blanc, un pantalon de tailleur noir moulant, quelques discrets bijoux en or et des ballerines de cuir verni noir. *Des pantoufles ? Très peu pour elle.*

Mais Alison ne sembla guère apprécier ce que Nina considérait, elle, comme une tenue du dimanche : petite robe noire et talons hauts.

— Tu as encore pris du poids, commenta-t-elle, sourde au compliment de sa fille.

Effectivement, Nina avait « encore » pris du poids. Une fâcheuse conséquence des pâtisseries offertes par Mattie au personnel de la librairie à intervalles réguliers. *Ne pas réagir*, se convainquit-elle, parvenant même à grimacer un sourire.

— À ce propos, j'ai apporté du gâteau. Je vous ai parlé de Mattie et du salon de thé, n'est-ce pas ?

Nina sortit un Tupperware qui contenait la meilleure part d'un grand classique de Mattie : le gâteau à étages à la framboise meringuée.

— Comme on ferme le dimanche, chaque samedi tout le monde se partage les restes de gâteaux. J'ai pensé que cela accompagnerait à merveille le pudding.

Alison se protégea du Tupperware comme s'il dégageait des ondes radioactives.

— Tu sais bien que je ne mange jamais de pâtisseries ! gronda-t-elle entre ses dents.

— Ce qui n'empêche pas les autres d'y goûter, rétorqua Nina sur le même ton, car elle avait beau se jurer de ne pas répondre à ses piques, son sang bouillonnait dans ses veines. Papa a le droit d'en manger, non ? Il adore les gâteaux.

— Je dois surveiller mon cholestérol, clama gaiement une grosse voix derrière elle.

Un effluve d'après-rasage Davidoff saupoudré d'un vague parfum d'écorce de bois et d'huile de vidange l'enveloppa en même temps que deux grands bras.

Nina avait bientôt trente ans, mais quand son père la serrait contre lui, elle retombait aussitôt en enfance, voire à l'adolescence, quand elle se sentait protégée et aimée.

— Il est aux framboises, dit-elle, accueillant volontiers le baiser de Patrick O'Kelly sur sa joue. C'est presque bon pour la santé.

— Juste un petit morceau, alors, concéda Patrick.

Alison esquissa une moue et Nina songea que sa mère s'apprêtait à faire une remarque quand le four bipa en même temps qu'on sonna à la porte.

— Le rôti ! lança sa mère pour couvrir les cris de Rosie et Ellie qui accouraient vers l'entrée. Quelqu'un va ouvrir à papa, maman et mamie ?

La maisonnée entra en ébullition. La grand-mère de Nina, Marilyn, et son arrière-grand-mère, Hilda, pénétrèrent dans la cuisine pour superviser les dernières étapes du rôti dominical. Nina prenait toujours soin de ne pas se mêler au débat toujours animé autour des légumes qu'il fallait faire bouillir ou cuire à la vapeur selon le degré d'aspect de purée désiré. Elle préféra se servir un généreux verre de chardonnay puis s'amusa à provoquer les cris stridents de Rosie et Ellie en agitant le piercing qu'elle avait sur la langue.

À 13 heures sonnantes, le repas fut servi. Nina était assise entre sa mère – de sorte qu'Alison puisse commenter la moindre portion de nourriture que sa fille se servait – et son arrière-grand-mère, laquelle avait déjà été l'heureuse bénéficiaire de deux romances en grand format.

Bien entendu, les grands-parents de Nina voulurent savoir si elle avait quelqu'un dans sa vie. Ce à quoi elle répondit par la négative. C'était toujours « non », même lorsque Nina fréquentait quelqu'un, car la seule pensée de ramener un homme à Worcester Park lui était trop pénible. Gervaise était son dernier petit ami en date, or ses cheveux blond décoloré et ses tenues mixtes, toujours sombres – souvent un kilt noir par-dessus des leggings – l'auraient fait passer pour une prostituée à un baptême, comme l'aurait sans doute décrit son grand-père après avoir bu deux blondes supplémentaires.

Les éternels sujets revinrent encore sur la table. Le père de Nina et son grand-père Teddy, tous les deux chauffeurs de taxi, se plaignirent de la crise actuelle. Paul, plombier de profession, se plaignit des compagnies d'eau qui imposaient l'installation de compteurs communicants aux particuliers. Chloé, assistante maternelle, se plaignit des parents d'un petit qui faisait l'arbitre entre son papa et sa maman en plein divorce.

Nina, elle, n'avait pas à se plaindre de grand-chose. Elle habitait un agréable appartement sans loyer à payer en plein cœur de Londres et, malgré une période à vide dans sa quête du grand amour, elle restait convaincue qu'elle trouverait un jour la perle rare. Et puis, elle adorait son travail, même si elle s'inquiétait toujours de savoir si elle serait licenciée ou non, ce qui l'amena à repenser à Noah.

— Paul, tu ne devineras jamais avec qui je travaille à la boutique, dit-elle à la pause entre le rôti et le dessert. Tu te souviens de Noah Harewood, un élève du secondaire ?

Son frère haussa les épaules si fort qu'il fit trembler la table.

— Waouh, tu me ramènes quinze ans en arrière, dit-il lentement. Bon Dieu, j'ai des sueurs froides à la seule pensée de ce qu'on lui faisait subir, à ce pauvre gosse. Comment va-t-il ?

À l'époque, Paul était la terreur de Worcester Park. Il fréquentait une bande qui se la jouait gangsters alors qu'ils n'étaient tous que des gamins aux cheveux longs. Ils séchaient les cours pour aller voler à l'étalage, pour se retrouver devant une épicerie louche où ils achetaient des cigarettes à l'unité ou pour traîner près de la gare sur leurs vélos, à regarder passer des femmes « bien foutues » qu'ils hélaient dans la rue. Et quand ils daignaient se rendre en classe, ils insultaient leurs professeurs, dérangeaient le cours et faisaient de l'adolescence de Noah un véritable enfer.

Paul avait quitté l'école avec une moyenne générale déplorable, puis deux événements avaient bouleversé son existence. D'abord, un accident de la route : sur sa Mobylette volée, il avait heurté un camion et s'était encastré dans un lampadaire. L'histoire s'était terminée à l'hôpital, le cou brisé et le corps intégralement plâtré. Personne ne savait alors s'il serait définitivement paralysé. Il avait eu la peur de sa vie. C'est au cours de sa rééducation à la piscine municipale de Sutton qu'il était tombé fou amoureux de Chloé.

« Ne jamais sous-estimer l'amour d'une femme au cœur bon », avait sagement professé Hilda lorsque Paul, déterminé à devenir l'homme que méritait Chloé, était devenu l'apprenti d'un plombier local puis s'était inscrit à l'université pour passer son diplôme.

À présent, dix ans plus tard, c'était un mari aimant, un père dévoué et le patron de sa propre entreprise. Un revirement de situation décoiffant. Paul était un autre homme, c'est pourquoi Nina entendait la pointe de culpabilité dans la voix de son frère qui lui demandait des nouvelles de son ancien bouc émissaire.

— Il va plutôt bien, lui répondit-elle. Il a beaucoup changé, j'ai mis une semaine à le reconnaître. Lui, en revanche, n'a pas eu l'air de me remettre.

Elle fronça les sourcils.

— En même temps, tu t'es métamorphosée, rappela leur mère en embrassant d'un grand geste les cheveux, tatouages, piercings et autres nouvelles facettes de la Nina version 2.0. Et puis, tu as pris au moins…

— Bref, s'empressa de l'interrompre Nina avant que sa mère ne spécule sur le nombre de kilos pris depuis le collège alors qu'elle-même n'avait pas d'autre ambition dans la vie que de rentrer dans un slim taille 34. Je me suis retenue de crier : « Oh, mon Dieu, tu es Noah Je-sais-tout ! » Tu imagines le traumatisme pour lui ? Je parie qu'il lui a fallu des années de thérapie pour se remettre du collège.

— Arrête ! Cette satanée chanson qu'on chantait sur son passage…, marmonna Paul, la tête dans ses mains. Mais dis-moi, qu'est-ce qu'il fiche dans une boutique cucul la praline ?

Inutile de chercher à lui faire comprendre que vendre des romances ne rendait pas forcément la boutique cucul la praline. Nina avait déjà essayé, c'était peine perdue.

— Il ne s'occupe pas des clients ni des livraisons. Disons plutôt que c'est un conseiller en affaires venu voir comment nous aider à améliorer nos prouesses de vendeurs.

— Un « conseiller en affaires ». Original, jugea l'arrière-grand-mère Hilda. Mais ça n'a pas l'air d'un travail sérieux.

— Que sa grand-mère ne t'entende jamais dire une chose pareille, ricana Alison. Elle vient au salon tous les vendredis pour sa mise en plis, et chaque fois, elle radote au sujet de son merveilleux petit-fils Noah, de ses brillantes études à Oxford, puis à Harvard où la sélection est rude, là-bas aux États-Unis, et de son poste chez Google, puis ta tante Mandy ajoute chaque fois : « Eh bien, notre Nina, elle, est une grande lectrice. En plus, elle travaille dans une librairie. » Ça lui cloue le bec à tous les coups.

— Je ne vois pas pourquoi, minimisa Nina qui ne comprenait pas en quoi son poste de libraire pouvait rivaliser avec la carrière de Noah. Il a toujours été intelligent. D'ailleurs, je ne sais pas ce qu'il venait faire dans notre collège.

— Ses parents étaient fantasques, ils vouaient un culte à l'école publique, expliqua Alison. Le nombre de fois où le principal m'a convoquée avec les parents de ce Noah à cause de Paul et de son imagination débordante…

— Maman, je n'étais qu'une brute en survêtement…

— Il a raison, Ally, intervint le père de Nina.

Alison secoua la tête comme s'ils faisaient fausse route.

— Paul a eu de mauvaises fréquentations, voilà tout. Comme je le disais, les parents de Noah penchaient du côté socialo. De vrais hippies. (Un mot qu'elle articula tout bas comme s'il la dégoûtait.) Le principal, M. Hedren, les a pourtant suppliés de retirer Noah du collège d'Orange Hill. L'établissement privé régional aurait été ravi de l'accueillir, mais sa mère n'en démordait pas : elle dénonçait ce système discriminant et tenait à ce que Noah trouve sa voie par ses propres moyens.

— À mon avis, c'est justement pour trouver sa voie qu'il a passé le bac avec deux ans d'avance, déclara Paul, le visage toujours caché dans ses mains. Pour pouvoir nous fuir au plus vite. Écoute, la prochaine fois que tu le vois, pourrais-tu lui dire que je suis désolé ? J'aimerais beaucoup lui offrir un verre, installer une douche à hydromassage chez lui, n'importe quoi pour me faire pardonner.

Nina fit la grimace à cette seule pensée. Elle n'avait pas l'intention d'avoir un jour cette conversation avec Noah.

— Je vais être honnête avec toi, Paul, je ne tiens pas à lui rappeler qu'on s'est connus au collège. À quoi bon ? Ça ferait remonter de mauvais souvenirs, rien de plus.

Préférant changer de sujet, elle marqua une pause avant de reprendre :

— Et toi, maman, que venais-tu faire au salon de tante Mandy un vendredi ? Je croyais que tu n'allais chez le coiffeur que tous les deuxième et quatrième mercredis du mois. (Et ce depuis la nuit des temps, autant que Nina s'en souvienne.) Le vendredi, tu n'as pas cours de pilates ?

Un silence gêné s'abattit sur la tablée, différent de celui qui s'installait généralement lorsque Alison asticotait Nina sur la quantité de pommes de terre rôties qu'elle se servait.

— Quoi ? Que se passe-t-il ? Vous me cachez quelque chose, comprit Nina en détaillant tous les visages coupables et autres regards baissés.

— Oh, rien de très palpitant, s'empressa de répondre Marilyn. On ne va pas te raconter notre vie.

— Bien sûr que si, elle m'intéresse ! protesta Nina. Bon, vous n'avez peut-être pas besoin d'aller jusqu'à me décrire vos journées ou me lister les rendez-vous de papi chez l'urologue, mais votre vie m'intéresse.

Ce qui n'était pas tout à fait vrai. De toute façon, aucun membre de cette famille ne s'intéressait à la sienne, et elle s'en accommodait parfaitement. Un coup de téléphone tous les quinze jours, un repas familial par mois et l'échange de gifs amusants sur Twitter avec Chloé, voilà qui lui suffisait.

Elle ne faisait même pas partie du groupe de conversation sur WhatsApp, mais tout de même…

— Maman, si tu as changé de jour pour aller chez le coiffeur, c'est l'événement de l'année !

— On s'en fiche, tu sais, ce n'est pas important…

— Mamie a trouvé du travail mais personne ne doit te le dire ! s'exclama Ellie, comme si le poids du mensonge par omission pesait trop lourd sur ses petites épaules. Elle répond au téléphone du salon de coiffure de grand-tante Mandy et dit : « Je vous débarrasse de votre manteau ? Vous voulez un café ? »

Nina dut s'accrocher à la table pour ne pas défaillir.

— Tu travailles ? demanda-t-elle à sa mère d'une voix chevrotante.

Cette annonce allait à l'encontre de toutes les convictions de sa mère. Alison estimait que la place d'une femme était à la maison. En particulier si ladite femme adorait nettoyer son foyer de fond en comble chaque jour. Un coup d'œil au salon confirma à Nina qu'une maniaque du ménage habitait toujours là. *Pas un grain de poussière à l'horizon. Pas un seul bibelot traînant sur le buffet.*

Sa mère était la seule personne de tout l'entourage de Nina qui passait l'aspirateur deux fois par jour : après le dîner – *et malheur à celui qui oserait mettre la panique après 19 heures* – et dans la matinée, au cas où le tapis se serait couvert de miettes dans la nuit.

Et il n'y avait pas seulement le ménage. Zumba le lundi, pilates les mardis et vendredis matin, et aquagym le jeudi.

Et pourtant, Alison O'Kelly aurait décidé de travailler comme réceptionniste au salon de sa sœur aînée, Mandy, *Tête et Ongles chez Mandy*, dans la grand-rue ?

— Voilà pourquoi je ne voulais pas te le dire. Je savais que tu en ferais un drame, siffla Alison entre ses dents.

— Je suis juste un peu surprise, répondit Nina en s'efforçant de minimiser sa réaction. Mais pourquoi ?

— Dernièrement, nous avons eu quelques soucis financiers, alors je fais ma part.

— À cause de ces maudits Uber, les affaires vont mal, grommela Patrick. Sans parler de ce satané Lyft. J'allais proposer d'allonger mes plages horaires, mais on se voit déjà très peu avec ta mère. Quand Mandy a parlé d'un poste vacant de réceptionniste au salon deux jours par semaine, ta mère a saisi l'occasion.

Alison leva le menton bien haut, d'un air d'attendre Nina au tournant si elle osait la moindre critique désobligeante, chose dont elle-même ne se serait pas privée si les rôles avaient été inversés. Mais pour l'instant, Nina cherchait encore la réponse la plus neutre possible en réaction à un tel bouleversement.

— Et ça te plaît ? parvint-elle finalement à articuler.

— J'ai commencé il y a seulement deux semaines. Il y a beaucoup de choses à apprendre : l'ordinateur, le logiciel pour les prises de rendez-vous, tout ça. Mais je m'en sors.

— Tant mieux. J'ai toujours dit que l'idée d'utiliser un ordinateur faisait plus peur que l'utilisation en elle-même, l'encouragea Nina pour la simple et bonne raison qu'elle était adorable – *une adorable fille reniée depuis toujours par sa mère.* Après tout, on pourrait les comparer à d'énormes Smartphone, tu ne crois pas ?

— Tout à fait ! opina Alison avec un timide sourire. Mandy se met de drôles d'idées dans la tête. Elle envisage de me former à la manucure. Tu imagines un peu ?

— Ce serait génial, intervint Chloé. Avec mes ongles, tu fais des merveilles.

Nina gardait le souvenir intact des dimanches soir d'autrefois : elles les appelaient les Dimanches du bien-être. Mère et fille se couvraient la figure de masques, se shampouinaient aux produits revitalisants et se vernissaient mutuellement les ongles. Encore aujourd'hui, Nina se servait de dentifrice et d'une brosse à dents pour nettoyer et blanchir ses ongles, comme Alison le lui avait appris.

— Tu devrais accepter cette formation, maman, l'encouragea-t-elle avec enthousiasme. Ce serait le départ d'une nouvelle carrière.

— En tout cas, Mandy en a assez de ces filles qui ne restent que quelques mois avant de démissionner pour s'en aller travailler dans un salon chic d'Earlsfield. Son équipe n'est pas assez stable.

À présent que l'onde de choc était passée, Nina était ravie qu'Alison décide de s'ouvrir au monde, même si ce monde se limitait au salon de Mandy, à cinq minutes à pied de la maison. Le visage d'Alison se voila de mélancolie.

— Oh, Nina. Mandy n'en démord pas : tu as été la meilleure coloriste qu'elle ait jamais eue.

— Ne commence pas, maugréa Nina. J'adore tante Mandy, mais son salon m'étouffait. Il ne s'y passait rien, ou au mieux, le plus excitant qui puisse arriver se résumait à des mèches à décolorer de temps en temps.

Posy et Verity croyaient encore que Nina n'avait jamais travaillé ailleurs que dans la vente au détail et elle n'avait pas l'intention de rectifier le tir. En réalité, après avoir décidé d'arrêter ses études à seize ans, Nina s'était tournée vers les cheveux. À savoir : les coiffer, les couper, et surtout, les colorer. Elle avait fait ses armes dans le salon de sa tante tout en validant son CAP. Et quand Nina avait enfin quitté *Tête et Ongles chez Mandy* pour une place dans un grand salon du quartier chic de West End, Mandy et Alison l'avaient très mal pris. Sans parler du contrat que Nina avait accepté chez

Derek, l'ennemi juré de Mandy et patron de *Ét'Hairnité*, à l'autre bout de la grand-rue. Pour elles, c'était le comble de la trahison.

La mère de Nina se tint droite sur sa chaise.

— Figure-toi qu'on se développe, lâcha-t-elle sèchement en croisant les bras. Nous faisons même parfois des balayages. Mais toi, tu te crois au-dessus des modestes travailleuses qui tripotent les cheveux des gens.

— Je ne me crois pas au-dessus des coiffeuses, démentit Nina en tâchant de ne pas cracher ces mots comme du poison. Seulement, je ne me voyais pas faire cela ma vie entière.

Sa mère pouffa. Patrick intervint :

— Ça suffit, vous deux. Doit-on aborder cette conversation chaque fois que Nina vient nous voir ?

— Ces discussions me donnent des brûlures d'estomac, confirma Hilda en cherchant ses comprimés dans son sac.

Mais Alison n'en avait pas terminé.

— Quand tu auras trouvé ce que tu veux faire de ton existence, tiens-nous au courant. Après tout, tu as déjà trente ans…

— Pas encore.

— … tu es caissière et tu n'es même pas mariée.

— Je ne suis pas caissière ! Je suis libraire. Quant au mariage, ce n'est pas un but en soi. Je préférerais plutôt tomber folle amoureuse d'un homme avec qui vivre une relation d'une semaine. Au moins, j'aurais connu la passion, l'exaltation, clama Nina si fort qu'elle n'était pas loin de crier. Il n'y a rien de passionnant ni d'exaltant à se marier avant même d'avoir trouvé sa place en ce monde. Si c'est pour me rendre compte dans quelques années que je n'ai pas d'autre sujet de conversation que mes fonds de dotation et ma machine à laver qui a rendu l'âme, non merci !

— Le mariage ne se résume pas à ça, répliqua Paul sur un air vexé.

Quand Nina en aurait terminé avec ce repas, elle aurait réussi à blesser individuellement chaque membre de sa famille. C'était comme un superpouvoir parfaitement inutile.

— Exact, on sort en amoureux de temps en temps, renchérit Chloé. Et puis, nous n'avons jamais envisagé de fonds de dotation.

— J'ai juste envie de mener une vie différente, c'est tout, répéta Nina pour la énième fois à une famille qui s'était toujours sentie vexée par ses déclarations sans jamais chercher à la comprendre.

Ce qui avait comblé Hilda, puis Marilyn et enfin Alison – à savoir : le mariage et un bébé en route avant même de souffler sa vingtième bougie – n'était pas le modèle du bonheur pour Nina.

Même si, effectivement, elle aurait bientôt trente ans et ne savait toujours pas quel genre d'existence elle souhaitait mener.

— Il n'y a rien de mal à se marier, soutint Alison.

— Pas besoin de mariage pour être heureux, insista à son tour Nina, sur quoi la petite Rosie de huit ans fondit en larmes.

— Moi, je veux me marier pour avoir une jolie robe et manger du gâteau, pleurnicha-t-elle – preuve que Nina pouvait même empoisonner les membres du clan O'Kelly dès le berceau.

— Rosie, ma puce, bien sûr que tu pourras te marier si tu en as envie, s'exclama Nina en se levant de sa chaise pour courir prendre la fillette dans ses bras. Mais tu peux aussi porter une jolie robe et manger du gâteau sans même avoir à te marier, si tu veux.

— Même si personne ne voudra t'épouser quand tu auras mangé tant de gâteaux que tu seras devenue grosse, ponctua Alison, et elle eut beau jurer qu'elle ne faisait pas référence à Nina, toujours célibataire, taille 42 ou 44 selon la période du mois, l'insulte était à peine déguisée.

Nina s'en alla peu de temps après. Elle refusa le pudding, le café et le trajet en voiture jusqu'à la gare, et partit avec sa pâtisserie à la framboise meringuée sous le bras. Dès qu'elle serait rentrée, elle enfilerait son pyjama et engloutirait cette part en bouquinant un bon livre ou en regardant un film de série B.

Arrivée à la gare, elle laissa échapper un juron. Le train de Waterloo était déjà à quai. Elle dut courir en talons et robe moulante, avec son gâteau meringué qui sautait dans le Tupperware à chaque pas.

Quelques secondes de plus et elle l'aurait manqué. Les portes se refermèrent à point nommé. Nina s'appuya contre elles le temps de reprendre son souffle, balayant d'un regard l'intérieur de son wagon.

En ce début d'après-midi de dimanche, les gens étaient encore à table et digéraient tant bien que mal leur repas familial. Le train était donc presque vide. Nina pouvait se trouver un carré libre rien que pour elle si elle le voulait. Et elle le voulait ! Elle n'avait aucune envie de regarder, ou pire, de « discuter » avec un autre être humain avant quelques heures au moins. Voilà ce que devait ressentir Verity, introvertie comme elle était, après une journée de travail bien remplie.

Nina se redressa et tituba vers l'allée centrale entre les sièges en direction des quatre places face à face. Pas de chance, un homme était assis là. Il n'avait pas intérêt de lui reprocher quoi que ce soit si elle posait les pieds sur le siège d'en face !

Elle s'approcha encore et croisa le regard qui venait de quitter l'écran de l'iPad pour se tourner vers elle. Ils se scrutèrent ainsi un très long moment avec des yeux de merlans frits.

C'était Noah. Évidemment que c'était lui, puisque Nina venait de classer cette journée comme la pire de sa vie.

Chapitre 9

« Je suis à présent guéri du désir
de trouver le plaisir en société,
à la campagne comme à la ville.
Un homme sensé doit savoir
se satisfaire de la compagnie
de sa seule personne. »

Noah la salua sans grande conviction. Nina pouvait facilement s'esquiver : un petit signe en retour et elle pouvait continuer de marcher dans l'allée centrale jusqu'au fond du wagon.

Ou alors, elle pouvait se conduire avec maturité et s'asseoir en face de Noah.

— Quelle coïncidence !

Ça n'avait rien d'une coïncidence puisque les parents de Noah devaient vivre à quelques pâtés de maisons de ceux de Nina ; elle se mordait les doigts d'avance pour tous les mensonges qu'elle s'apprêtait à lui servir.

— Bon, c'est déjà assez gênant sans faire comme si on ne s'était pas vus, mais si tu veux, je peux te laisser tranquille et me trouver une place ailleurs.

Il secoua la tête.

— Non, fais ce que tu veux, ça m'est égal.

Sympa. Noah savait parler aux filles.

— Où est-ce que tu habites ? s'enquit Nina.

— À Bermondsey.

Il avait l'air mal à l'aise, mais Nina avait l'habitude de gérer les situations difficiles. Ne venait-elle pas justement de survivre à un repas de famille ?

— Joli quartier. Près de la Tate Modern ? demanda-t-elle en feignant la curiosité dans cette conversation pour l'instant unilatérale.

La scène avait comme un goût de mauvais premier rencard.

— Plutôt vers le Borough Market.

— À ce marché, il y a un étal où on vend une tarte au chocolat et caramel au beurre salé à se damner. Rien que d'y penser, j'en ai l'eau à la bouche.

Nina ferma les yeux au souvenir délicieux de cette tarte au chocolat et caramel au beurre salé. Quand elle les rouvrit, elle croisa le regard de Noah qui se détourna alors vers la fenêtre.

— Ne dis jamais à Mattie que j'ai osé nourrir des pensées impures pour les pâtisseries d'un concurrent.

Elle disait cela très sérieusement, et pourtant, miracle ! Serait-ce un semblant de sourire qui venait fissurer l'expression sinistre de Noah ?

— J'emporterai ton secret dans la tombe, promit-il, solennel, avant de désigner le Tupperware posé sur les genoux de Nina. Et toi, que venais-tu faire dans le coin ?

— Je venais voir mes parents. Le repas dominical mensuel est un rituel dont je sors rarement indemne depuis que je vis en ville, soupira Nina. Ce gâteau nous aurait tenu lieu de dessert si la Troisième Guerre mondiale n'avait pas éclaté entre ma mère et moi.

Noah haussa les sourcils.

— À ce point-là ?

— Oui. Nous laisserons la semaine passer, puis elle me téléphonera. C'est à son tour de m'appeler après une dispute, je l'ai fait la dernière fois. Et bien sûr, nous éviterons le sujet. Comme d'habitude.

Nina secoua tristement la tête. Sa relation avec sa mère avoisinait le champ de ruines.

— Et toi ?

Un peu plus et elle lui demandait s'il s'était lui aussi disputé avec ses parents. Ils se connaissaient mal, comment aurait-elle pu savoir que sa famille habitait également à Worcester Park ?

Sur le siège voisin de Noah étaient empilées des boîtes de restes. Il leur adressa un regard de dégoût.

— Même chose. Visite chez les parents. Sans aller jusqu'à une Troisième Guerre mondiale, on a tout de même eu quelques accrochages, confia-t-il avec une lassitude palpable.

Il se frotta les yeux comme si ce séjour au repaire familial avait aspiré toutes ses forces. Nina compatissait.

— Au moins, tu repars avec des restes, souligna-t-elle dans l'espoir de ramener un peu de gaieté sur ce visage renfrogné car, bien qu'elle n'ait jamais été directement concernée, elle se sentait coupable pour la misérable adolescence qu'il avait endurée. Qui refuserait un rôti aux pommes de terre ?

— J'adore ça, soupira Noah d'un air rêveur, rivant ses yeux verts sur Nina. Mais ces boîtes ne risquent pas de voir passer un rôti. Uniquement du vegan riche en fibres.

La mère de Nina avait évoqué le côté hippy des parents de Noah, mais si l'on écoutait Alison, quiconque portait des sandales à voûtes en liège et ne mangeait pas de viande méritait l'étiquette de hippy fantasque. Nina ne partageait pas cet avis. En outre, il lui arrivait de se priver volontairement de viande quelques jours par semaine par souci écologique. Parfois même, elle se contentait d'une barquette de frites au fromage au *Midnight Bell* en guise de dîner.

— Miam. Je me souviens de m'être un jour régalée d'une copieuse assiette de dhal aux lentilles noires.

— Je veux bien te croire, lâcha Noah avec gravité. Malheureusement, la cuisine végétarienne de mes parents s'arrête au pain aux noix qu'ils ont appris à faire du temps de la fac, même s'ils ajoutent désormais des graines de chia. (Il se frotta encore les paupières.) Leur pain aux noix d'aujourd'hui était si sec qu'il a absorbé toute l'eau contenue dans mon corps. À moins que ce ne soit leur gratin de soja vert.

Nina avait vécu pendant un temps avec une vegan militante qui laissait traîner partout dans l'appartement des bols de soja vert macéré. Encore une fois, elle compatissait.

— J'ai la bouche pâteuse à cette seule pensée.

Elle s'apercevait seulement maintenant de l'état de crispation de son corps avant qu'elle vienne s'asseoir sur ce siège. À présent, elle se détendait peu à peu.

— C'était le sujet de vos accrochages ? Tu as essayé de dévorer en cachette un œuf écossais à la saucisse ?

— Je donnerais mon royaume pour un œuf écossais à la saucisse. Tu me donnes envie de faire un crochet par la boucherie avant de rentrer chez moi, soupira Noah avec ce même air rêveur.

Quand il était entré pour la première fois *Au Bonheur des tendres*, avec son costume et son iPad, Nina était loin de lui soupçonner autant de facettes. Aujourd'hui, il n'était pas en costume mais en jean, et sous son caban bleu marine se devinait un pull assorti. Serait-il accro au bleu marine ?

— Mais non, je n'irais jamais jusqu'à dévorer des denrées animales dans le dos de mes parents. On s'est embrouillés à cause de mes choix de vie.

— Toi aussi ? Je ne pensais pas qu'on aurait autant de choses en commun.

Une remarque qui fit beaucoup rire Noah, ce qui prit Nina par surprise. Elle ne connaissait pas le rire de Noah. C'était comme un filtre Instagram : il balayait ses traits tirés et leur rendait de leur vitalité.

— Tu veux dire que tes parents sont déçus de voir que leur enfant, la chair de leur chair, a vendu son âme au diable ? Les miens m'ont encore rebattu les oreilles sur le fait que je tétais le mamelon entrepreneurial, etc. C'est là qu'ils m'ont perdu, précisa-t-il, un brin crispé. Dès qu'ils commencent à parler de Big Brother, je sais ce qui m'attend et me mets en veille en attendant que ça passe.

— Ils ne sont pas fiers de toi ? Je ne sais pas ce qu'il leur faut ! Oxford et Harvard, ce n'est pas rien, lui rappela Nina, même s'il n'avait aucune raison de l'oublier.

— C'est au pub que je t'ai raconté mon cursus ? s'étonna Noah, confus.

La seule option que trouva Nina pour détourner la conversation fut de simuler une violente quinte de toux – non, il ne lui avait rien raconté au pub, c'était Alison, bon sang !

— Tu veux un peu d'eau ?

Il fouilla les poches de son caban comme pour y faire apparaître une bouteille d'eau par miracle. Nina parvint à reprendre le dessus de sa « quinte » et agita faiblement la main.

— Non, ça va aller, croassa-t-elle.

— C'est fou que l'on soit tous les deux originaires de Worcester Park, reprit Noah tandis qu'elle essuyait ses yeux mouillés. Et puis, on a presque le même âge.

D'angoisse, Nina ferma les yeux. Elle savait quelle question allait finir par tomber.

— Tu fréquentais quel collège ?

— J'essaie d'oublier cette période, répondit-elle, proche de l'agonie. Ce n'étaient pas les plus belles années de ma vie, loin de là. Ceux qui prétendent le contraire ne savent pas de quoi ils parlent.

— Je suis totalement d'accord. Pour moi non plus, ce n'était pas glorieux. Mais tu sais quoi ? J'en ai tiré certaines leçons et je suis passé à autre chose, annonça posément Noah comme si la sombre époque d'Orange Hill n'avait pas été si traumatisante que cela. Je ne serais pas aussi doué dans mon travail si je n'avais pas appris à faire la part des choses, à tout compartimenter.

Nina n'en revenait pas d'avoir si facilement esquivé la question du collège. Noah n'avait pas l'air de reconnaître la Nina d'Orange Hill, encore moins de faire le rapprochement entre elle et Paul. Heureusement qu'ils se ressemblaient peu. Devrait-elle pour autant lui dire la vérité ? Était-ce la meilleure chose à faire ?

Comment aborder ce sujet ? « Tu te souviens de Paul, celui qui te tabassait régulièrement ? Eh bien, c'est mon frère. »

— Oui, j'ai tourné la page, moi aussi. Et tant mieux !

— Il vaut mieux laisser le passé où il est, opina Noah. À présent, je n'ai plus qu'une idée en tête : mon œuf écossais. J'ai une faim de loup, geignit-il en lançant un regard torve à sa pile de Tupperware.

Nina baissa les yeux sur le sien, soudain inquiète. Le contenu de sa boîte avait certainement souffert de sa course pour ne pas manquer son train. Elle souleva un coin du couvercle et vit ses soupçons se confirmer. L'indétrônable gâteau à la framboise meringuée de Mattie n'était pas tout à fait écrasé, mais s'était fendu en plusieurs gros morceaux.

— Ça fera l'affaire ? offrit Nina en tendant la boîte à Noah.

Il observa son contenu. Aussitôt, une joie indescriptible illumina son visage, bien plus seyante que le voile sinistre qui assombrissait ses traits tout à l'heure.

Il se choisit un morceau gonflé de croquant et jeta un coup d'œil autour de lui.

— Il me faudrait une assiette et une serviette.

Nina fouillait déjà le fond de son sac.

— Quand on est une grande consommatrice de maquillage, on a forcément toujours des lingettes sur soi. J'ai aussi des mouchoirs, des cotons-tiges et du gel antibactérien.

Elle tendit deux mouchoirs à Noah et le regarda engloutir gaiement son gâteau.

Un parfum divin émanait de la boîte, volutes sucrées de meringue et leur pointe de fruits rouges. Mais Nina ne comptait pas se goinfrer de pâtisseries dans un lieu public. Pas après avoir passé deux heures avec sa mère qui n'avait eu d'autres mots à l'égard de sa fille que « calories », « glucides » et « grammes de sucre ».

Avec un peu de chance, une fois chez elle, ces pensées se seraient dissipées et elle pourrait dévorer autant de douceurs qu'il lui plairait sans entendre la voix d'Alison lui susurrer à l'oreille : « Un instant sur les lèvres, une éternité sur les hanches » ou « Rien n'a meilleur goût qu'un sentiment de minceur », ou encore sa devise préférée pour encourager sa fille à complexer : « Plus gros tu grignotes, plus grosse est ta culotte. »

Comment faire pour cesser de loucher sur le gâteau que dévorait Noah ? Elle risquait de saliver, c'est ce qui arrivait quand on se refusait une gourmandise. Et puis, Noah pourrait croire qu'elle salivait sur lui.

En urgence, elle décida de s'occuper avec son téléphone. Chloé lui avait envoyé un SMS.

> J'espère que tu vas bien. Nous sommes partis peu de temps après toi, une fois que j'ai eu dit à ta mère de cesser d'inventer des complexes à Ellie et Rosie. Le message est bien passé… Ou pas. On se tient au courant. Bisous.

Nina avait également plusieurs messages non lus sur Pécho de la part d'hommes avec qui elle n'avait pas encore discuté mais qu'elle avait likés avant de renoncer à cette application. Consulter ces messages n'allait pas à l'encontre de sa résolution, pas du tout. Pour rompre le pacte, il faudrait qu'elle leur réponde, or elle n'en avait pas l'intention. Sauf s'ils prétendaient chercher leur Cathy. Et ce n'était pas le cas. Ils se contentaient de lui envoyer des photos de leur pénis.

Était-ce arrivé seulement une fois qu'une femme entame une relation sérieuse avec un homme qui ne s'était pas encombré de politesses, ni même d'un simple « Salut, ça va ? » et qui avait foncé droit au but par l'envoi de photos de son membre sinon turgescent du moins tristement banal ? Nina en doutait fortement.

— Je n'en peux plus, déclara Noah, attirant le regard de Nina comme il refermait le couvercle de la boîte. Je veux garder un peu de place pour mon œuf écossais à la saucisse. Et puis, l'excès de sucre risque de me faire tourner la tête.

Ils arrivaient en gare d'Earlsfield où quelques voyageurs attendaient sur le quai de pouvoir monter à bord. Dans quelques minutes, ils seraient à Waterloo. Nina n'arrivait pas à se décider entre la Northern Line à emprunter jusqu'à Tottenham Court Road, puis rentrer à pied, ou prendre un Uber. Peut-être devrait-elle supprimer son application Uber en gage de soutien à son père. Elle s'aperçut que Noah s'était adressé à elle, car il lui tapota soudain le genou.

— N'empêche, tu ne trouves pas ça bizarre ? demanda-t-il.

Nina cligna des yeux.

— Quoi donc ?

— Qu'on ne se soit pas croisés plus tôt, répéta-t-il avec un geste de ses doigts collants. Nous avons à peu près le même âge, avons grandi au même endroit… Et tu n'es pas le genre de fille qui se fond dans le décor.

Au souvenir de sa scolarité à Orange Hill, bien qu'elle n'ait pas vécu un cauchemar à l'échelle de celui de Noah, Nina eut l'estomac noué comme chaque fois qu'elle y repensait. Un sentiment de panique presque nauséeuse. Elle chassa ces pensées. Cela ne faisait à présent aucun doute, Noah ne gardait aucun souvenir de Nina au collège, encore moins du lien de parenté de la jeune femme avec son principal bourreau. Ce serait dommage d'aborder ce sujet maintenant, alors qu'ils s'entendaient si bien. Elle attendrait d'être de retour à la boutique, en contexte professionnel, et profiterait d'un aparté pour le lui rappeler. Pour l'instant, ça attendrait.

— Il faut dire que je n'habitais pas au centre de Worcester Park mais que je vivais plutôt du côté de Cheam, s'empressa-t-elle de corriger. Et puis, j'étais encore loin de ressembler à ça.

Noah effleura du regard les différentes zones de sa personne : il commença par ses sandales en daim, remonta en s'attardant sur des parties auxquelles elle ne s'attendait pas, puis s'arrêta sur son visage et lui décocha un grand sourire comme si elle était ravissante, alors que Nina était quasiment certaine d'avoir mangé tout son rouge à lèvres. Si elle n'était pas tombée par hasard sur Noah, elle aurait profité du voyage pour une retouche maquillage.

— Si tu ressemblais déjà à « ça », je me souviendrais de toi, cela ne fait aucun doute, affirma-t-il d'une voix virile et élogieuse qui la déstabilisa.

Serait-il en train de flirter ? Non. Elle n'était pas son genre. Et il n'était certainement pas le sien non plus, même si, à cet instant précis, l'idée de Tom de séduire Noah lui apparut presque tentante. Non pas parce qu'elle voulait découvrir ce que cachait Noah dans son iPad, mais bien parce qu'elle avait toujours aimé les flirts lorsqu'ils étaient réciproques.

— À l'époque, j'avais des dents de lapin, un appareil dentaire et des seins gros comme des piqûres de moustique. Quand on m'a enlevé les bagues et que la puberté a enfin fait son œuvre, je passais mon temps à me lisser les cheveux et à exhiber ma bedaine avec mon impressionnante collection de tee-shirts ultracourts et de jeans taille basse, hiver comme été.

— Comment es-tu passée de ce style ado à « ça » ? s'enquit Noah, toujours en l'examinant de ses yeux verts, paupières lourdes.

Ils donnaient des frissons à Nina. *Pas des frissons d'épouvante. Des frissons agréables.*

Il fallait croire que la scène du repas chez ses parents l'avait troublée. Nina faisait un bond dans le passé. À Worcester Park. Dans la peau de celle qu'elle était alors.

Il était temps de changer de sujet. D'oublier cette fille, de revenir à la femme qu'elle était devenue.

— Je te le répète, beaucoup de choses ont changé. Bref, et toi ? Reste-t-il des horreurs de cette époque qui hantent encore tes placards ?

— Oh, oui, une tonne. J'ai mis longtemps à éclore, ajouta-t-il sur un modeste haussement d'épaules. Et puis, j'ai fini par me rendre compte que les range-stylos dans mes poches et mes énormes lunettes étaient loin de me rendre service. Le changement a été plutôt flagrant.

— J'imagine, acquiesça Nina, toujours avec des pincettes de crainte de laisser échapper une remarque sur les culs-de-bouteille qu'il portait à l'époque et de vendre ainsi la mèche sur leur passé commun. Une fois que tu passes l'étape des boutons et des hormones, la puberté a ses avantages. Tu ne crois pas ?

— Ouais, mais pour moi, l'acné a été rude. Les boutons se confondaient avec mes taches de rousseur, un vrai carnage.

Le sujet attira l'attention de Nina sur la frimousse de Noah, désormais débarrassée de ses imperfections mais toujours saupoudrée de taches de rousseur, du nez jusqu'au front.

— J'aime bien les taches de rousseur, déclara-t-elle sans détour. Ce sont des baisers du soleil. Quand j'étais dans ma phase Doris Day, je m'en dessinais quelques-unes sur le nez avec mon crayon à sourcils.

— Ne le prends pas mal, mais je ne te trouve aucune ressemblance avec Doris Day, fit remarquer Noah.

Le train commença à ralentir à l'approche de Waterloo.

— D'où la brièveté de ma phase Doris Day : une semaine à peine, ricana Nina en couvrant l'annonce du contrôleur qui rappelait aux voyageurs de vérifier de ne rien laisser sur leur siège. (Elle pointa du doigt la pile de boîtes de Noah.) J'allais te conseiller de les abandonner là, mais on risque de les faire exploser par crainte d'un colis suspect.

— Pas faux, soupira Noah en se levant avant de récupérer ses restes de plats vegan. Et si j'oublie de rendre les Tupperware à ma mère, je vais regretter de n'avoir pas été enfermé en prison pour tentative terroriste.

À la sortie du train, c'est avec un naturel déconcertant qu'ils adoptèrent le même rythme de pas pour se diriger vers les barrières de sécurité.

— J'espère qu'il te reste un peu de place pour ton œuf écossais.

D'ailleurs, elle-même commençait à avoir un petit creux.

Sa colocation avec Verity ne datait que de quelques mois, mais son amie avait déjà pris l'habitude de retourner à l'appartement après son week-end chez Johnny pour passer la soirée avec Nina lorsque celle-ci rentrait de son repas familial. Ce n'était pas tant que Nina aimait déballer sa vie à Worcester Park, mais Verity sentait que la situation était compliquée, et que Nina avait besoin de compagnie et de plats à se faire livrer en regardant de mauvais films à la télé.

— Il m'en reste toujours pour un œuf écossais, rétorqua joyeusement Noah en attendant patiemment que Nina retrouve son ticket. Mais, à présent, j'ai plutôt envie d'un steak.

— Apparemment, tu as vraiment hâte d'oublier ce pain aux noix, gloussa Nina.

Ils se trouvaient dans le grand hall de la gare de Waterloo. Il n'était que quinze heures trente mais il régnait une ambiance de début de soirée, même si Nina voyait les faibles rayons du soleil percer de l'une des sorties donnant sur la rue.

— Je vais rentrer à pied en passant par South Bank pour acheter un steak frites en chemin. Il y a un excellent restaurant français sur Bermondsey Street. Tu m'accompagnes ? proposa Noah si facilement que Nina mit un moment à recevoir l'information, trop occupée à chercher sa carte de transport dans son sac.

Et puis, elle comprit.

— Oh, un steak frites ? Ce serait avec plaisir mais… Avec Very, on a l'habitude de passer la soirée toutes les deux quand je rentre de mon cauchemar familial du dimanche.

— Je vois, opina Noah, avant de prendre un air grave et déterminé. Qu'on soit bien clairs, c'était une invitation à sortir. Un rencard.

— Oh ! s'exclama encore Nina. Ça me va.

« Ça me va » ? Vraiment ? Pourtant, un monde les séparait… Il était le meilleur ami du mari de sa patronne… La garde-robe bleu marine laissait à désirer… sans compter les conséquences potentiellement désastreuses de son secret d'adolescence… Mais ce bout de voyage en train avec Noah n'avait pas été un calvaire, bien au contraire. La distraction était même arrivée à point nommé, sans quoi Nina se serait repassé cent fois le film de sa dispute avec Alison. Sa mère aurait alors réussi à gâcher son dimanche tout entier.

Et puis, Nina se sentait forcée d'être gentille avec Noah, ne serait-ce que pour se rattraper de la méchanceté de son frère à l'époque. C'était une façon de rétablir l'équilibre, de faire pénitence au nom de son frère, de montrer à Noah comment s'amuser, une notion qu'il n'avait jamais connue au collège.

— « Ça te va » ? répéta Noah, les pommettes rouges mais son air déterminé toujours solidement affirmé.

Nina avait un petit faible pour les hommes sûrs d'eux.

— Oui, ça me va.

— Dans ce cas, dînons un de ces soirs. Mercredi, par exemple ?

Elle se rendit compte qu'elle s'attendait… voire qu'elle espérait simplement qu'ils s'échangent leurs numéros ; ils se seraient envoyé quelques messages qui, finalement, n'auraient débouché sur rien. Mais non. Noah avait l'intention de fixer une date là, tout de suite. Une fois de plus, elle ne pouvait que saluer sa détermination. Elle en avait assez de ces mecs frileux qui hésitaient à l'inviter à boire un verre de crainte qu'elle ne se fasse des idées et choisisse déjà sa bague de fiançailles.

— En ce moment, je travaille sur un autre projet. Je ne serai donc pas *Au Bonheur des tendres* la semaine prochaine, expliqua-t-il.

Nina ouvrit l'agenda de son téléphone, bien que déjà certaine de n'avoir rien planifié ce mercredi. Si elle voulait se défiler, elle pouvait toujours prétendre avoir ce soir-là quelque chose de prévu depuis longtemps.

— Je suis libre mercredi, s'entendit-elle répondre.

Apparemment, elle n'avait pas envie de se défiler. Voilà qui mériterait réflexion, mais plus tard.

— Super. Je serai dans le quartier de Soho…

— Je te rejoindrai là-bas, s'empressa d'affirmer Nina.

C'était un simple rencard, accepté par pure pitié. Inutile d'ameuter toutes ses copines.

— Disons 20 heures devant le Cambridge Theatre ? proposa-t-elle.

— Parfait.

Ce fut le retour du célèbre silence gêné. Nina ne sut quoi penser. Elle venait d'accepter un rendez-vous avec Noah.

— Bon, à mercredi ! lança-t-elle gaiement comme si rien ne pouvait lui faire plus plaisir.

Elle recula de quelques pas tandis que Noah restait là, toujours aussi rouge, quoiqu'un brin circonspect comme si lui aussi regrettait déjà sa décision.

— Régale-toi bien avec ton steak frites ! conclut-elle.

— Je n'y manquerai pas.

À partir de là, Nina n'y tint plus. Elle s'était suffisamment éloignée de Noah pour lui adresser un signe de la main, puis se retourna et disparut dans la foule de travailleurs qui rentraient de leur week-end en banlieue.

Chapitre 10

« Je n'appelle pas cela de la compagnie, des gens qui ne savent ni ne disent rien. »

Le mercredi suivant, la boutique regorgeait de clients en ce jour de la Saint-Valentin. Les romances se vendaient comme des petits pains, de quoi faire mentir Nina et sa théorie des amoureux qui n'avaient pas besoin de ce genre de lecture et des esseulés qui ne pouvaient pas le voir en peinture. L'essentiel de leur clientèle comptait toutefois des hommes qui affluaient en masse à la pause-déjeuner ou juste avant la fermeture pour acheter, paniqués, des cartes de vœux ou autres cadeaux romantiques à offrir à leur dulcinée, certains osant même un : « Vous ne vendriez pas des fleurs, par hasard ? »

Nina ne fut pas mécontente d'avoir des clients à servir et des livres à scanner pour ne pas se laisser aller à réfléchir à Noah et à son rencard qui tombait étrangement le jour de la Saint-Valentin. Comment était-elle censée le prendre ?

Pour l'instant, mieux valait ne pas y penser. Ni en parler à Verity et Posy qui risqueraient d'y trouver de quoi nourrir toutes sortes de théories douteuses. Tom, lui, tenterait de la convaincre d'aller à la pêche aux informations sur la sécurité de leurs emplois. De toute façon, c'était décidé : Nina jouerait cartes sur table dès qu'elle retrouverait Noah. Avant même de commander les boissons. Et puis, ce n'était pas un vrai rendez-vous. C'était seulement l'occasion pour deux copains de boire un verre ensemble.

Car si Nina avait pour règle d'or de ne jamais décliner un rencard, en rentrant chez elle le dimanche après-midi, elle s'était remémoré une autre de ses règles d'or : ne jamais mélanger travail et plaisir.

Pour quelqu'un qui tâchait de vivre une vie de passion et de spontanéité, cela faisait beaucoup de règles à respecter, soupira intérieurement Nina en retournant la pancarte pour fermer la boutique. Après un bref rangement de la grande salle, il lui restait une heure trente pour se préparer.

— Nina ! Tu es malade ? s'inquiéta Posy derrière la caisse, les poings sur les hanches.

Nina fronça les sourcils.

— Non, je vais bien. Pourquoi cette question ?

— Tu ne nous proposes pas d'aller au pub. Tu essaies « toujours » de lever les troupes pour le pub. Tu es certaine de ne pas couver quelque chose ?

— Je ne propose pas « toujours » d'aller au pub, se défendit Nina, convaincue – ou presque – que Posy exagérait. Tu me fais passer pour une alcoolo.

— Tu n'es pas alcoolo, tu es sociable, nuança Verity dans le bureau.

À l'entendre, on aurait dit que la sociabilité était une pathologie plus grave encore que la mort elle-même.

Nina avait eu le temps de franchir la distance pour venir lui tirer la langue de la porte du bureau. Verity riposta en l'imitant.

— Bref, conclut Nina en sortant le balai, la pelle et la balayette de la petite cuisine qui donnait sur le bureau. Ce soir, j'ai un rencard.

Ce dernier mot quitta à peine ses lèvres. Si elle ne traînait pas « toujours » ses collègues au pub, il fallait bien admettre qu'elle avait des rendez-vous presque tous les soirs, ce n'était donc pas la révélation de l'année. La question ne méritait pas d'être creusée, espérait-elle.

— Ooooh, avec qui ? Où l'as-tu connu ? Sur Pécho ? s'enquit Posy.

Nina se mit à balayer le sol.

— Non, pas sur Pécho, tu sais que j'y ai renoncé. C'est un type que j'ai rencontré dans le train dimanche. Tu ne le connais pas, c'est sûr.

Pourvu que Noah n'en ait pas parlé à Sebastian… Les questions couleraient à flots, il y aurait des taquineries, des spéculations, alors qu'il ne s'agissait que d'un rencard. Même pas. *D'un non-rencard.*

— Allez, dis-nous tout ! C'est un musicien ? réclama Verity, à présent sortie du bureau, qui s'étirait, doigts emmêlés et bras tendus, pour se préparer à compter la caisse. À quoi ressemble-t-il ? Combien de tatouages a-t-il sur le corps ?

— Pourquoi cet interrogatoire ? rétorqua Nina, agressant le dessous d'une vitrine avec son balai. Est-ce que je vous pose des questions sur votre vie amoureuse, moi ?

— Oui ! Tout le temps ! Avant même que j'en aie une ! pouffa Posy, censée ranger les livres que les clients avaient déplacés dans leurs recherches, mais qui préférait s'étendre paresseusement sur l'un des canapés au milieu de la pièce, les jambes pendantes sur l'accoudoir. Pour ce qui est de prodiguer des conseils que l'on n'a pas demandés, c'est toi, la reine. Pour le troisième rencard de Very avec Johnny, tu lui as presque ordonné de coucher avec lui.

— Je ne lui ai rien ordonné du tout. En outre, nous étions convenues qu'il valait mieux attendre le cinquième rencard, compte tenu de son statut de fille de pasteur. Ce n'est pas vrai, Very ?

— Exact, nous avons régulièrement discuté de mon absence de vie sexuelle, répondit Verity, sarcastique. De préférence devant une foule de clients. Et ce soir, te voilà soudain évasive sur un premier rendez-vous alors que tu en as eu des milliers auparavant.

— Des milliers, tu exagères, répliqua Nina par réflexe, accroupie pour pousser vers la pelle une journée de miettes, de tickets de caisse et autres détritus.

Elle repensa aux dix dernières années de son existence. Cette période avait compté deux histoires vaguement sérieuses d'une durée de six mois chacune. Et une poignée de relations frivoles dont aucune n'avait franchi le cap des trois mois. En tout, cela devait occuper deux ans et demi sur dix. Ce qui lui laissait… sept ans et six mois de rencards.

Nina effectua un rapide calcul mental qui lui causa une vague migraine. *Trois cent soixante-cinq jours par an. Sept ans, donc… hum, disons deux mille cinq cents jours.* Deux mille cinq cents rencards sur Internet, sur Pécho, avec les amis d'amis, ou des types avec qui elle avait échangé des regards au comptoir d'un bar. Sur ces deux mille cinq cents rencards, elle avait dû avoir, au bas mot, mille premiers rendez-vous.

— Je fous ma vie en l'air, marmonna Nina, frappée par la futilité de sa quête du grand amour, passionnel et fusionnel, après mille vaines premières rencontres.

— C'est toi qui dis toujours qu'il faut rouler des patins à des tonnes de crapauds avant d'espérer tomber sur le prince charmant, lui rappela Posy, la main levée de sorte que son énorme alliance de diamant et de saphir offerte par Sebastian captura un rayon de lumière. Je me réjouis de n'avoir eu à léchouiller aucun crapaud avant de trouver le bon.

— Tu es mon amie, Posy, c'est pourquoi je me permets de te faire remarquer que tu parles comme une épouse comblée qui étale son bonheur comme de la confiture, l'avertit sévèrement Verity, agitant un stylo dans sa direction.

— On te le dit parce qu'on t'aime, renchérit Nina, l'humeur déjà plus légère grâce à son propre conseil prodigué par Posy.

Certes, elle avait embrassé de nombreux crapauds dans sa vie, mais il suffirait d'un rencard, d'un homme, d'un baiser pour renverser la situation, pour changer le crapaud en prince et lui faire quitter sa basse condition d'amphibien. Quel dommage de gaspiller un rencard avec Noah alors qu'il ne serait jamais l'« élu de son cœur », pour reprendre les termes d'Emily Brontë. Après tout, une fois qu'elle lui aurait clairement fait comprendre que leur relation s'en tiendrait au stade amical, il pourrait toujours lui présenter de charmants copains avec qui lui arranger un rendez-vous.

Quatre-vingt-treize minutes plus tard, Nina se hâtait sur Shaftesbury Avenue. Elle était en retard. Nina était toujours en retard, mais stresser n'était pas dans ses habitudes, elle n'aimait pas cela du tout.

D'abord parce qu'il n'y avait aucune raison de stresser : c'était Noah. Elle avait passé deux semaines à subir son regard scrutateur. Elle était allée au pub avec lui. Avait voyagé en train avec lui. Elle avait même passé sa scolarité avec lui, avait été témoin d'incidents variés dont Noah devait encore faire des cauchemars aujourd'hui, mais ça, il ne le saurait jamais.

Noah, ce n'était pas l'inconnu. Pourtant, Nina n'avait jamais été aussi stressée. Pour aucun de tous ses premiers rencards avec de parfaits inconnus cachés derrière une minuscule photo et quelques messages privés. Au contraire, elle avait plutôt l'habitude du frisson d'excitation avant le grand plongeon. Mais ce soir, en prenant la direction de Charing Cross Road, tandis qu'elle jouait du coude dans la foule qui grouillait à la station de Leicester Square, Nina avait la boule au ventre. En dépit de la fraîcheur de cette soirée de février, elle suait à des endroits qu'elle aurait préféré garder au sec : ses mains, ses aisselles et, malgré le spray fixant appliqué sur son maquillage, on devinait la moiteur caractéristique du stress sur son front et au-dessus de sa lèvre supérieure.

Ce n'est que Noah, se répéta-t-elle en patientant au feu.

Leur point de rendez-vous était juste de l'autre côté de la rue. Comme une adolescente en proie à la panique, Nina eut trop peur pour lever les yeux et vérifier si Noah était déjà là.

Mais à peine eut-elle traversé la route – avant même de balayer du regard les visages de ces gens qui attendaient leur partenaire – qu'une main se posa sur son bras.

— Nina, dit une voix.

Celle de Noah.

Elle prit une profonde inspiration avant de se retourner, un sourire forcé plaqué sur la figure.

— Salut ! lança-t-elle avec un entrain pas moins forcé. J'espère que tu n'as pas attendu… trop longtemps.

— Je viens d'arriver, la rassura-t-il en se penchant pour l'embrasser sur la joue.

L'instant tourna vite à la gêne quand Nina tendit l'autre joue. *Les gens ne faisaient-ils pas la bise des deux côtés ?*

Apparemment pas Noah car il s'écartait déjà.

— Écoute, quand je t'ai invitée à sortir ce mercredi, je n'ai pas pensé à la Saint-Valentin, dit-il avec un vague dégoût qui provoqua aussitôt l'embarras de Nina à la pensée qu'elle ait pu le soupçonner du contraire. Mais bon, peu importe. Salut. Tu es très jolie.

Nina fit la grimace.

— C'est faux, mais merci.

Pour ne rien arranger à l'affaire, elle avait eu ce que l'on pourrait qualifier une crise vestimentaire. En général pour le premier rendez-vous, elle arborait une robe moulante au décolleté plongeant, mais elle ne voulait pas que Noah se fasse des idées, ni lui donner de faux espoirs, d'où le plan B : un jean – alors qu'elle n'en mettait presque jamais – taille haute, couleur brute, coupe années 1950 droite et bien large, qu'elle portait avec un gilet et un pardessus aux motifs léopard, et des bottes de motard. Pas étonnant qu'elle ait si chaud. Elle avait l'impression d'être déguisée en bonne sœur. C'est pourquoi le terme « jolie » était mal choisi.

— Toi, en revanche, tu es très classe.

Noah fit à son tour la grimace.

— Oh, ce n'est qu'un vieux machin, marmonna-t-il en tirant sur son caban bleu marine. Alors… ?

— « Alors » ? répéta Nina.

Était-ce le bon moment pour se lancer dans le discours du « ce n'est pas un vrai rencard » ? En termes de malaise, de toute façon, on ne pouvait pas faire pire. *Mais par où commencer ?*

— Écoute, Noah, tu as l'air d'un chic…

— Tu sais, je me disais que…

Génial, ils parlaient en même temps. Noah rougit instantanément et Nina sentit que son maquillage, malgré la couche de spray fixant hors de prix, dégoulinait de sa figure.

— Désolée.

— Non, c'est moi.

— Tu disais…

— Qu'est-ce que tu voulais…

Leurs voix s'emmêlaient dans la confusion. Nina leva une main.

— Toi d'abord, proposa-t-elle, l'estomac noué.

— Tu en es sûre ?

Nina ferma les yeux pour ne pas subir une seule seconde de plus le doute qui se lisait sur la figure de Noah. Il regrettait d'avoir tenu à l'inviter. Certes, elle partageait son sentiment, mais ce n'était pas une raison pour si peu s'en cacher.

— Oui, grinça-t-elle en serrant les dents. Tu disais ?

Quand elle rouvrit les paupières, Noah déglutit et marmonna quelque chose dans sa barbe.

— Bon, reprit-il plus fermement. Voilà ce que j'allais dire : on se connaît mal, mais j'ai vraiment besoin d'un verre. Un verre d'alcool, soyons clair. On y va ?

La meilleure idée au monde selon Nina.

— Oui ! déclara-t-elle avec ferveur. Mille fois oui !

Chapitre 11

« Si j'étais la cause de ce malaise, il était de mon devoir de faire un effort pour le dissiper. »

Nina pensait connaître Soho comme sa poche. Apparemment, elle se trompait. En remontant Old Compton Street, Noah la fit prendre une rue à gauche, puis une autre à droite et la conduisit dans une allée qu'elle n'avait encore jamais remarquée.

Quelques minutes plus tard, ils étaient installés face à face sur la banquette d'un bar à burgers du nom de *Mother's Ruin*. Le juke-box passait du Elvis, les hamburgers étaient hauts comme des tours, gras à souhait, et deux cocktails Old Fashioned étaient posés sur leur table.

— Cet endroit grimpe directement en tête de mon classement, annonça Nina tandis que Noah levait son verre pour venir le heurter contre le sien.

— J'ai découvert ce restaurant il y a deux semaines et j'ai tout de suite pensé qu'il te plairait, dit-il en regardant Nina droit dans les yeux pour qu'il n'y ait bien aucune méprise. Oui, parce que j'ai beaucoup songé à toi ces deux dernières semaines.

Nina rougit. Cette nouvelle manie commençait sérieusement à l'agacer. Elle avait reçu de nombreux compliments dans cette veine. Aucun ne l'avait jamais fait rougir.

— Mes déplorables techniques de vente t'empêchent de dormir ?

Elle devait rarement se forcer à ce point pour s'en tenir au badinage banal et insolent.

Noah haussa les sourcils.

— Tes techniques de vente sont excellentes, ce n'est pas pour ça que tu m'empêches de dormir. (Il ferma les yeux très fort.) Je veux dire… Non, tu ne m'empêches pas de dormir, mais…

Il secoua la tête.

— Jetons un coup d'œil à ce menu. Tu as faim ?

Pour un vrai rencard, Nina aurait certainement répondu d'un air lascif : « Oui, j'ai faim de toi. » Mais c'était un non-rencard, elle se contenta donc d'un honnête :

— Oui, j'ai un petit creux.

Les cartes, une fois ouvertes, détendirent considérablement l'atmosphère. Ils débattirent des avantages d'un hamburger bien graisseux contre ceux d'un poulet frit au babeurre, de l'option assiette de macaronis au fromage à se partager en supplément avec une portion de frites au thym et au romarin, et quelques rondelles d'oignons frits.

— Plus un bol de salade, décida Nina. Pour avoir bonne conscience.

— Oui, un peu de verdure pour colorer tant de jaune, opina Noah. Que voudras-tu prendre à boire ? Un autre Old Fashioned ou une bouteille de vin ?

— Pour éviter une gueule de bois fracassante, ne jamais mélanger le houblon et le raisin, sermonna Nina qui frémissait encore au souvenir d'un lendemain de cuite de cet acabit. Je m'en tiendrai au Old Fashioned.

Elle se sentait déjà plus à l'aise, et avait assez chaud pour quitter son pardessus en léopard et retrousser les manches de son pull assorti. Noah l'imita, déboutonnant les manchettes de sa chemise – *bleu marine, ô surprise !* – pour en remonter les manches. C'est alors que Nina l'aperçut : large et élégante, d'un noir profond, une enfilade de chiffres et de lettres remontait la peau douce de son avant-bras gauche.

— Qu'est-ce que c'est ? s'étonna Nina. Là, sur ton bras ?

Noah sourit.

— C'est un tatouage, Nina, dit-il sur un ton laconique. Tu n'en avais jamais vu avant ?

— Bien sûr que si ! s'indigna Nina en brandissant ses bras couverts d'encre en gage de preuve. Mais toi ? « Toi », tu es tatoué ?

— Oui, acquiesça-t-il en souriant de plus belle. Pourquoi ? Serait-ce interdit ? Tu détiens les droits ?

— Hein ? Mais non ! C'est juste que… j'ai du mal à le croire. Ce n'est pas du tout ton genre.

Noah pointa sur elle un doigt sévère.

— Tu travailles dans une librairie. Tu devrais savoir qu'il ne faut jamais juger un livre à sa couverture.

— Exact. Désolée. Qu'est-ce qu'il représente ? voulut-elle savoir en désignant le bras de Noah.

Il le lui tendit pour lui laisser le loisir de détailler les lettres qui, somme toute, n'avaient aucun sens mais replongeaient Nina dans un passé lointain et douloureux nommé « brevet des collèges ».

— C'est… de l'algèbre ?

— Gagné, opina gaiement Noah. Mon équation préférée : le théorème de Bayes.

— Le théorème de qui ? Pourrais-tu cesser de me parler en langue étrangère ?

— Je vais essayer, promit-il, le front plissé dans sa réflexion. Le théorème de Bayes calcule la probabilité qu'un événement se produise en fonction de notre vécu de circonstances potentiellement liées à cet événement.

— OK, articula-t-elle lentement.

— Par exemple, je connaissais ton goût pour tout ce qui est vintage, et d'après notre conversation dans le train dimanche dernier, je sais que tu manges de la viande. Ces deux circonstances m'ont fait choisir cet endroit pour notre rencard car c'est un bar à burgers rétro. (Il tapota son tatouage.) J'ai appliqué le théorème de Bayes.

— Tu m'impressionnes ! s'exclama Nina en toute sincérité. Si mon professeur de physique avait pris la peine de m'expliquer les choses aussi clairement, je n'aurais pas laissé tomber la science à la première occasion.

— Après avoir trompé sa femme avec la prof de français de notre classe européenne, mon professeur de physique était méconnaissable, soupira Noah à l'arrivée de leur deuxième tournée de boissons.

Nina étouffa un cri. *M. Clark aurait fricoté avec Mme Usher ?! Cette enseignante dont les cours de français consistaient principalement à raconter ses voyages en France avec M. Usher ?*

— C'est croustillant ! Comment as-tu appris que ces deux inconnus dont tu me parles ont couché ensemble ?

Noah leva un sourcil.

— Un samedi, en me rendant à une exposition à la Wellcome Collection, je les ai aperçus qui se tenaient la main au café. (Il s'interrompit pour siroter sa boisson.) J'ai estimé qu'il valait mieux le garder pour moi.

Envahie par la culpabilité, Nina se fit la réflexion suivante : si elle avait surpris deux professeurs ensemble, tout le collège l'aurait su dès le lendemain à la pause de midi. À l'époque, alors qu'il n'avait aucune raison d'être gentil et que personne ne lui aurait reproché de lâcher le morceau, Noah avait fait preuve d'une plus grande empathie que n'importe quel gamin de cet âge.

Nina récompensa cette gentillesse par un sourire. Après tout, elle était là pour gratifier Noah d'un rencard digne de ce nom. Les rendez-vous, c'était son domaine, estima-t-elle. Il existait un moyen infaillible de toucher un homme droit au cœur, et ce n'était pas en passant par ses papilles – même si leurs copieuses assiettes, une fois servies, seraient les bienvenues. Si Nina avait tiré une leçon de ses mille premiers rencards, c'était celle-ci : aucun homme ne pouvait résister à l'occasion de parler de lui.

— À propos de ton tatouage, reprit-elle quand on apporta enfin son hamburger et le poulet de Noah. Qu'est-ce que tu étudiais à Oxford ? La physique ?

— Le théorème de Bayes entre plutôt dans la catégorie des probabilités. C'était le sujet de mes études : statistiques et probabilités. Un peu de sauce ? ajouta-t-il comme le serveur posait un petit plateau rempli de divers ketchups et moutardes.

— J'adore la sauce ! C'est l'un de mes aliments préférés. Les probabilités et les statistiques ? Pourquoi avoir choisi cette voie plutôt qu'une autre ?

— J'aime beaucoup résoudre des puzzles et je crois que tout arrive pour une raison, pas seulement par hasard, expliqua Noah alors que Nina défendait plutôt le point de vue inverse.

Pour elle, la vie n'était régie que par le destin, quoiqu'il fût parfois possible de lui donner un petit coup de pouce. Mais il n'y avait rien de romantique à chercher une explication à tout et à vivre selon des théorèmes. Entre ça et la garde-robe exclusivement bleu marine de Noah, Nina était décidément convaincue qu'elle pourrait difficilement trouver un homme plus éloigné de son grand amour. Et pourtant, elle était là ce soir, en non-rencard avec Noah pour des raisons purement altruistes. Tant qu'à y être, autant jouer le jeu jusqu'au bout.

— Comment était Oxford ?

Noah piqua une rondelle d'oignon frit.

— Effrayant au début, répondit-il. J'avais deux ans de moins que tous les autres élèves à cause des classes de secondaire que l'on m'avait fait sauter. Mais une fois que je me suis intégré, tout s'est bien passé. Très bien, même, car j'étais entouré d'étudiants motivés. Au collège ou au lycée, pour apprendre quoi que ce soit sans se faire chambrer, c'était un combat, même en section européenne. (Il mangea une autre rondelle.) Oxford n'était pas une université comme les autres. Les gardiens nous dorlotaient et Sebastian m'a très vite pris sous son aile. C'est quand j'ai compris que mes camarades n'avaient aucune mauvaise intention à mon égard que j'ai commencé à me faire des amis.

Nina ponctuait son récit de hochements de tête, mais chaque référence au collège lui retournait l'estomac et la forçait à reposer son burger pour se rafraîchir le gosier.

Elle avait tellement envie de lui dire qu'elle était désolée, de s'excuser pour Paul, mais c'était leur premier rencard, et le dernier. Leur non-rencard. Mieux valait éviter de gâcher l'ambiance.

— Tu es entré à Harvard juste après Oxford ? demanda-t-elle dans l'espoir que ce changement de sujet lui fasse cesser toute référence indirecte à l'enfer que lui faisait subir son frère.

— Non, pas juste après. Comme je n'avais que dix-neuf ans, j'ai décidé de faire une pause pendant deux ans, de voir du pays, et de payer mon voyage au fur et à mesure. J'ai commencé par la Thaïlande…

Noah était allé partout. Thaïlande, Viêtnam, Singapour, toute l'Asie du Sud-Est, puis Goa et l'Inde avant de prendre un long-courrier pour explorer l'Amérique du Sud. Il avait fait des randonnées dans la jungle du Pérou, avait manqué de se faire kidnapper en Colombie et avait pris des drogues psychotropes par inadvertance en Bolivie avant d'arriver à Rio juste à temps pour le carnaval.

— Que d'aventures !

Elle avait beau ne jurer que par la passion et la spontanéité, Nina devait être honnête : elle n'avait jamais voyagé plus loin que Mykonos, et c'était pour un enterrement de vie de jeune fille qui s'était soldé par un séjour à l'hôpital. Résultat des courses : deux côtes fêlées et un orteil cassé à cause d'une mauvaise chute d'un podium dans une boîte de nuit après avoir bu trop de *shooters*.

— J'étais jeune, je ne connaissais rien à la vie, se justifia Noah. C'est l'aventure qui m'a trouvé et non le contraire. Mais je me suis découvert une dépendance à l'adrénaline. Rafting en eaux vives, saut à l'élastique, tyrolienne au-dessus du vide. Apparemment, j'ai besoin de frôler la mort pour me sentir vivant, ajouta Noah avec un sourire en coin, avant de repousser le bol de frites dans lequel il ne cessait de picorer. En parlant de mort certaine, si je mange une frite de plus, je vais exploser.

— Et moi donc, renchérit Nina, garrottée par la ceinture de son jean à force de s'empiffrer de rondelles d'oignons frits en riant aux anecdotes croustillantes de Noah sur ses nombreuses aventures de l'extrême. En revanche, je reprendrais bien le même cocktail.

— Moi aussi, approuva Noah.

Une fois le serveur reparti avec leur commande et leur table débarrassée, Noah, sous l'insistance de Nina, poursuivit son récit des dix dernières années de sa vie.

Après le Brésil, il avait rejoint un camarade d'Oxford parti vivre à San Francisco et l'avait aidé à lancer sa boîte en informatique, puis un chasseur de têtes de Google avait payé la maîtrise en gestion de Noah à Harvard. Après six ans de loyaux services à Google, il avait décidé de se mettre à son compte.

— Je n'aime pas la routine. Je préfère être mon propre patron, expliqua-t-il à Nina qui, d'après l'exemple de Posy, ne trouvait pas l'indépendance si alléchante que cela.

C'était trop de responsabilités et la perspective de payer la TVA tous les mois ne lui faisait pas envie.

— En quoi consiste ton boulot, au juste ? demanda-t-elle quand on leur servit une nouvelle tournée d'Old Fashioned. Hormis le harcèlement d'employés respectables avec ton iPad, bien sûr.

— À ta place, je me collerais un procès, s'amusa-t-il, toujours avec ce sourire radieux qu'ils arboraient tous les deux après quatre cocktails au whisky chacun, un repas copieux et des conversations légères. Pour être précis, j'aide les petites entreprises à trouver une solution à leurs problèmes : par exemple, comment donner envie à leur personnel de rester travailler pour elles ou comment vendre plus de romances à leurs clients. Il est plus simple pour une personne extérieure d'observer la situation avec objectivité.

— Quand on y pense, c'est logique, reconnut Nina, prête à lui poser encore d'autres questions, mais Noah leva une main.

— Assez parlé de moi, déclara-t-il d'un ton ferme. Je n'ai pas envie d'être celui qui ne fait que radoter sur sa petite personne à un premier rencard. À toi de me raconter ton parcours à partir des bas quartiers de Worcester Park.

Elle avait enchaîné jobs médiocres et rencontres décevantes. Rien de palpitant comparé à l'expérience accumulée par Noah en quinze ans depuis que leurs routes s'étaient séparées.

Bon sang, je fous complètement ma vie en l'air! Ce n'était pas la première fois que cette pensée lui traversait l'esprit. Au contraire, elle lui venait souvent après qu'elle avait envoyé paître un petit boulot ou un petit ami, ou après qu'elle s'était fait virer par l'un ou l'autre. Mais toujours quand elle était seule, en plein cœur de la nuit, prise d'insomnie. *Jamais en public. Jamais lors d'un premier rencard.* Il était temps qu'elle trouve une direction à donner à son existence. À commencer par ne plus évoquer des choses aussi pénibles lors d'un premier rendez-vous.

— Il n'y a pas grand-chose à dire, répondit-elle, désinvolte – le moment était mal choisi pour céder à une crise existentielle. Je me suis fait tatouer, je porte des piercings, j'ai eu quelques mauvaises gueules de bois. C'est tout.

Noah ne s'en satisferait pas.

— Non, ce n'est pas tout, j'en suis sûr. Posy m'a dit que tu avais toujours travaillé dans la vente. Que faisais-tu avant de bosser *Au Bonheur des tendres* ?

Au souvenir de ce précédent boulot, Nina ne put retenir une grimace. Même chose pour tous ses postes antérieurs.

— Waouh, c'était si terrible ? réagit Noah.

— Ouais, soupira Nina. En fait, je n'ai pas toujours été dans la vente… Posy l'a un jour supposé et je ne l'ai jamais corrigée. J'ai travaillé pour… disons, dans les services.

— Tu piques ma curiosité, s'étonna-t-il, les yeux ronds comme des billes. Dans les services secrets ? Tu tenais un repaire de dealers ? Tu cambriolais les bijouteries ?

— J'ai été coiffeuse, voilà ! finit-elle par avouer. J'étais surtout coloriste, parfois je coupais, je coiffais…

— Ce qui explique sans doute que ta coupe soit aussi cool, commenta Noah en désignant du menton ses cheveux d'un rose toujours aussi acidulé, actuellement ajustés en chignon banane avec une frange façon Tintin dirigée vers l'arrière. Qu'est-ce qui t'a fait passer de la coiffure aux livres ?

Il posait la question sans la juger. Au contraire, il semblait sincèrement intéressé par ce qui avait pu provoquer une réorientation aussi radicale : Nina avait troqué ses ciseaux et ses feuilles d'aluminium pour des livres et des marque-pages.

— Eh bien, comme je te le disais, j'ai quitté l'école après le brevet des collèges – que j'ai obtenu haut la main, précisa-t-elle pour se défendre. Ensuite, on m'a envoyée chez ma tante qui gère un salon de coiffure à Worcester Park, *Tête chez Mandy*, tu connais peut-être ?

Bien sûr qu'il connaissait, mais ça, elle n'était pas censée le savoir.

— Ma grand-mère se fait coiffer là-bas toutes les semaines. Il me semble que c'est *Tête et Ongles chez Mandy*, rectifia Noah, ce qui la fit sourire.

— Ne jamais omettre les « Ongles », psalmodia Nina au souvenir d'une Mandy prête à mordre si l'une de ses employées osait l'oublier.

— J'ai toujours du mal à croire qu'on ne se soit jamais croisés auparavant, soupira Noah. Tu t'es forcément occupée de la mise en plis de ma grand-mère quand tu travaillais au salon.

Nina s'efforça d'esquisser un sourire désinvolte.

— Possible. En même temps, des mamies et leur mise en plis, j'en avais tous les jours.

Noah opina, un brin déçu.

— Bref, j'y ai d'abord travaillé en tant que stagiaire pour valider mon CAP. Je suis diplômée, insista-t-elle, décidément sur la défensive. J'y suis restée quatre ans, mais je ne me voyais pas refaire les éternelles coupes et couleurs sur les mêmes têtes semaine après semaine pour le restant de mes jours. J'ai donc trouvé un boulot en ville…

Sa voix s'éteignit. Elle secoua la tête.

— Comment l'a pris ta tante Mandy ?

— Mal. Très mal. Je me réjouis de ne pas avoir été bannie. J'ai trouvé un poste dans un salon de West End, un endroit plus branché, puis j'ai papillonné d'une adresse avant-gardiste à l'autre. J'ai fait des balayages, des dégradés de couleurs, du *tie and dye*, des mélanges chromatiques improbables… J'avais moins le sentiment d'une routine perpétuelle.

— C'est comme si tu me parlais chinois, admit Noah. Du *tie and dye* ? C'est une technique de teinture ?

Nina acquiesça d'un hochement de tête mais, lancée dans son voyage dans le passé, elle se voyait mal faire une pause pour expliquer le concept du *tie and dye*.

— Mon dernier salon était spécialisé dans le style rétro et vintage, mais je venais de passer douze ans à coiffer des clients. Ce n'était pas… Je n'y prenais plus de plaisir et me faisais virer de tous mes boulots à cause de mon comportement. Il y a d'ailleurs eu un souci à l'avant-dernier salon où j'ai travaillé, une histoire de forfait de mariage. Je me suis crêpé le chignon avec la mère de la mariée. Je t'épargne les détails. Ensuite, j'ai rencontré Lavinia, la propriétaire de *Bookends* avant que la librairie ne soit rebaptisée *Au Bonheur des tendres*.

— J'ai entendu parler de *Bookends* et je connaissais Lavinia. Elle venait à Oxford avec Perry pour inviter Sebastian à déjeuner en ville. Sebastian insistait toujours pour que je me joigne à eux dans l'espoir qu'une présence extérieure lui permette d'échapper à leur leçon de morale. (Noah ricana à ce souvenir.) Ils attendaient beaucoup de lui. J'ai assisté à des savons mémorables.

Nina rit aux éclats à l'image de Sebastian, l'homme le plus grossier de Londres, se faisant remonter les bretelles par ses grands-parents.

— J'oubliais que Sebastian et toi étiez amis de longue date.

— De très longue date. Mais on parlait de toi, il n'était pas question de moi, rappela Noah d'une voix posée mais assez ferme pour signifier qu'il n'avait pas l'intention de dévier de son objectif, à savoir creuser le passé de Nina au parcours en dents de scie (Nina devinait que cette calme détermination avait dû lui servir dans son amitié avec Sebastian.) Lavinia avait ce don pour lire dans le cœur de toutes les personnes qu'elle rencontrait. Tu n'es pas d'accord ?

— Oh, si ! C'était à peine croyable. Je l'ai croisée par hasard, et dix minutes plus tard, j'avais le sentiment de la connaître depuis toujours. Non, j'avais le sentiment qu'« elle » me connaissait depuis toujours, mieux que personne. (Elle brandit son verre pour porter un toast à son mentor.) Elle me manque tellement.

— À moi aussi. À Lavinia, renchérit Noah en levant son verre. Elle aurait donc décelé la libraire enfouie en toi ?

— En quelque sorte. Elle a surtout lu dans mes tatouages. Ils lui ont tout de suite plu.

À son tour, elle tendit les bras à Noah.

— Ma manchette *Alice au pays des merveilles* était terminée et j'avais à peine entamé les motifs des *Hauts de Hurlevent* sur mon autre bras. Elle m'a recrutée sur-le-champ. J'adorais la lecture mais je n'aurais jamais cru pouvoir travailler dans une librairie.

— Pourquoi pas ? Si tu adorais lire, c'était une vocation toute trouvée, non ?

Nina avait envie de lui répondre qu'elle était compliquée, mais elle ne voulait pas ternir la douceur veloutée de leur discussion allégée par le whisky. Et puis, Noah avait le même don que Lavinia, celui d'être à l'écoute. Elle pouvait lui livrer ses pensées les plus intimes, il n'irait jamais s'en servir contre elle. Il ne la jugerait pas.

— Oui mais… Je ne suis pas assez intelligente pour être libraire, laissa-t-elle échapper, en lutte pour garder son sang-froid. Voilà pourquoi les autres ne savent pas que j'ai été coiffeuse. Ils sont tous diplômés. Tom termine son troisième cycle ! Moi, j'ai tout juste mon brevet et mon CAP. J'ai trop bu, fais-moi taire…

— Un dernier pour la route ? offrit Noah avec le sourire. J'en prends un si tu m'accompagnes. C'est l'occasion de m'en dire plus sur tes tatouages.

Comment refuser ?

— Avec plaisir. Tiens, regarde.

Elle fit tourner son bras de sorte à laisser Noah découvrir Cathy et Heathcliff appuyés contre un grand arbre noueux.

— Mon roman préféré. *Les Hauts de Hurlevent.*

Allait-elle vraiment se confier à ce point ? Elle connaissait à peine Noah. Seulement voilà, il était penché sur son bras, ses yeux graves, lumineux et alertes rivés sur elle, comme s'il était fasciné par ce qu'elle racontait. Elle n'avait pas le souvenir que quiconque l'ait jamais regardée comme ça. Peut-être Lavinia. Oui, c'était décidé, elle confierait à Noah le secret de sa conviction profonde.

— Cela fait dix ans que ce livre est ma source d'inspiration. C'est grâce à lui que j'ai quitté *Tête et Ongles chez Mandy*, puis Worcester Park. Il régit la moindre de mes actions.

— Pourquoi ça ? s'enquit Noah.

— Pour la passion. Cathy et Heathcliff se laissaient guider par elle. Ils ne se contentaient pas de vivre en sécurité, de vivre une vie passable.

Silencieux, Noah sirota sa boisson. Il finit par rétorquer :

— Je trouve génial de suivre ses passions, mais il faut admettre qu'en termes d'inspiration et d'optimisme, ce roman n'est pas très folichon. (Voyant Nina se raidir, il eut un mouvement de recul.) Enfin, je veux dire, l'histoire se termine assez mal entre Cathy et Heathcliff, non ?

— C'est vrai, leur fin est tragique et j'ai bien conscience que ces deux personnages auraient été difficiles à vivre sinon insupportables dans la vraie vie, mais s'il y a une leçon à tirer des *Hauts de Hurlevent*, c'est qu'une existence sans passion ne mérite pas d'être vécue, défendit Nina avec toute l'ardeur qu'elle avait à donner, c'est-à-dire beaucoup.

— J'en déduis que ton travail *Au Bonheur des tendres* te passionne, en conclut Noah.

— Hum..., bredouilla Nina. J'aime y travailler. Beaucoup. Je t'assure, j'adore ce travail, insista-t-elle en lançant un regard noir au verre qu'elle prenait dans sa main. Bon sang, ces cocktails sont de véritables sérums de vérité ! Je me sens plutôt bien, mais je pensais qu'à l'approche de la trentaine je serais plus heureuse que ça.

— Je vois ce que tu veux dire, concéda Noah avec une sincérité évidente. Je n'ai pas envie d'être le mec qui cite U2 mais...

— Par pitié, ne sois pas ce mec-là.

Mais Noah, secouant la tête, n'en démordit pas.

— J'ai exploré le monde entier et je n'ai toujours pas trouvé ce que je cherche. Parfois, je regrette de ne pas avoir suivi mes rêves d'enfant. Je voulais être pilote de chasse.

(Il se tapota le coin de l'œil.) Mais j'aurais raté le test d'acuité visuelle.

— Je me disais aussi, admit Nina avec autant de délicatesse que possible après cinq cocktails au whisky. Au collège, tu portais de véritables culs-de-bouteille.

Elle se figea. Le visage caché derrière son verre. Relèverait-il sa bourde ? Heureusement, les cinq cocktails de Noah ne l'avaient pas moins éméché.

— Je porte des lentilles de contact. Des lentilles bifocales. Mais l'entraînement militaire aurait été terriblement éprouvant. L'avantage des études classiques, c'est que tu peux rentrer chez toi tous les soirs.

D'un geste évasif, Noah chassa son propre discours d'un air de ne pas vouloir s'appesantir sur le sujet.

— Et toi ? Que voulais-tu faire plus tard, quand tu étais petite ?

Un frisson secoua Nina.

— Honnêtement ? Je voulais me marier à vingt ans pour faire comme ma mère, ma grand-mère et mon arrière-grand-mère. C'était une sorte de tradition familiale.

Par chance, elle avait réussi à y échapper. *Heureusement*, songea-t-elle.

— Mais j'adorais l'art, reprit Nina. Presque plus encore que la lecture. J'étais amoureuse de ma professeur d'arts plastiques au collège.

— Moi, je n'ai jamais eu cette matière, dit Noah. À la place, j'avais demandé une option maths renforcés.

— Tu es fou, ma parole, souffla Nina.

Noah éclata de rire.

— Je n'ai pas un seul os artistique dans tout le corps. Ou peut-être seulement une phalange. (Il leva son auriculaire.) Celle-ci, par exemple. Cette prof d'arts plastiques, elle était gothique ? Dans mon collège, les profs de dessin étaient toujours en noir.

Mlle Casson était un peu gothique. Elle avait de longs cheveux noirs, et portait toujours de longues robes sombres et vaporeuses. Pour dissuader ses élèves de se jeter de la colle et des couteaux de précision, elle leur racontait ses études aux Beaux-Arts. Mais surtout, Mlle Casson était la première à avoir senti que Nina n'était pas comme les autres alors qu'elle n'était à l'époque qu'une collégienne qui s'habillait, parlait et se comportait comme toutes ses camarades. Mlle Casson lui disait qu'elle avait du talent, l'encourageait à poursuivre ses études, à obtenir son bac pour ensuite s'inscrire dans une école d'art. Seulement, à l'époque, Nina passait déjà ses samedis à *Tête et Ongles chez Mandy*, elle sortait avec Dan Moffat, âgé de un an de plus, qui avait déjà quitté Orange Hill et étudiait l'ingénierie au lycée local. L'avenir de Nina était tout tracé.

— Ouais, elle était un peu gothique, répondit-elle. Elle avait fait ses études au Royal College of Art et passait son temps libre à peindre. Je me souviens de l'une de ses expositions en ville, ma classe avait organisé une sortie pour s'y rendre et je me suis dit ce jour-là que j'adorerais être une artiste. Créer des choses qui provoquent des sensations chez les gens. C'est extraordinaire, tu ne trouves pas ?

— Si, opina Noah. Rien ne t'empêche de reprendre tes études pour suivre un cursus artistique. Dessiner d'après modèle, par exemple.

— Tous les autres seraient bien meilleurs que moi, affirma Nina avec la certitude qu'il n'y avait rien de pire qu'une personne nostalgique ressassant perpétuellement son glorieux passé. Ça fait des années que je n'ai pas manié le pinceau, et si on me donnait un fusain, je ne saurais plus le tenir en main. De toute façon, on me laisse agencer la vitrine de la boutique comme bon me semble et j'ai dessiné tous mes tatouages. Ma fibre artistique n'est donc pas tout à fait brimée. (Nina chercha le regard du serveur.) Et si nous demandions l'addition ?

Noah dut comprendre que Nina n'avait pas l'intention de retrouver la moindre ambition d'enrichissement personnel car il changea de sujet pour parler de l'entreprise avec laquelle il avait travaillé la semaine précédente. Elle avait aménagé une pièce, appelée le Nichoir, accessible uniquement par une échelle de corde et conçue pour encourager la créativité. Une autre pièce, peinte en jaune, se nommait l'Œuf, mais personne ne se rappelait pourquoi.

— C'est peut-être là que les employés couvent leurs nouvelles idées ou séparent les jaunes des blancs, s'amusa Nina, le sourire aux lèvres en constatant que Noah reprenait les rênes de leur non-rencard.

Il mima un grognement de douleur.

— Pas terribles, comme jeux de mots. Tu me déçois.

On leur apporta l'addition sur une soucoupe posée pile au centre de la table : ce n'était pas le genre d'établissement à nourrir de vieux clichés phallocrates sur les rendez-vous galants. Nina validait cette preuve de modernité. Elle s'empara de la note pour proposer de couper la poire en deux, mais Noah fut plus rapide qu'elle.

— Je t'invite, trancha-t-il fermement, accordant à peine un regard à la somme.

— On partage, insista Nina. Tous ces cocktails ont dû coûter une fortune.

Noah plaqua l'addition contre son torse.

— Tant pis, j'ai les moyens. Écoute, je t'ai invitée ce soir, alors je paie. C'est le jeu. Simple question de courtoisie.

Nina connaissait ce petit jeu par cœur. L'homme payait la note et attendait une rétribution en échange. Par le biais de

Pécho, elle avait rencontré certains charmeurs qui lui avaient réclamé le remboursement de sa boisson après qu'elle leur avait envoyé un message disant qu'elle avait passé un agréable moment mais ne souhaitait pas aller plus loin avec eux.

— Je paie toujours ma part, s'acharna-t-elle. Mon look date peut-être des années 1950, mais ce n'est pas le cas de mes idéaux.

— C'est ma façon de te remercier pour cette agréable soirée, dit Noah en dégainant sa carte de crédit. Voilà ce que je te propose : je paie l'addition et tu te charges du pourboire.

Marmonnant, Nina posa un généreux pourboire sur la coupelle et suivit Noah à l'extérieur du bar, le pas titubant. Au-dehors, le vent glacial les prit par surprise. Elle posa une main hésitante sur le bras de Noah.

— Moi aussi, j'ai passé une agréable soirée, admit-elle, étonnée de n'avoir pas vécu le calvaire attendu.

Elle estimait au contraire s'être amusée pendant au moins les trois quarts de la soirée. D'ailleurs, elle se souvint qu'elle ne lui avait toujours pas précisé qu'il s'agissait d'un « non-rencard ». Mais le moment était mal choisi, maintenant qu'il avait réglé l'addition. Ce serait grossier. Elle attendrait deux jours et lui enverrait son incontournable message de remerciement en tout bien tout honneur, comme à son habitude.

— Moi aussi, renchérit Noah avec la même surprise dans la voix. Du coup, on pourrait rem…

— Comment comptes-tu rentrer ? l'interrompit Nina dans son intention évidente de proposer une date pour un prochain rendez-vous. Moi, je vais prendre le bus à Charing Cross Road. L'avantage, quand on vit dans le centre de la ville, c'est que les bus nous déposent devant notre porte.

— Il se fait tard. Tu ne veux pas plutôt prendre un Uber ?

Sa diversion semblait avoir fonctionné.

— Mon père est chauffeur de taxi. Ma culpabilité l'emporte sur le côté pratique du Uber.

Ils avaient à présent quitté la ruelle où se nichait le bar à burgers et rejoignaient Dean Street.

— Moi aussi, je ferais bien de cesser de prendre les Uber.

Noah prit Nina par le bras le temps de traverser la route, puis la relâcha une fois en sécurité sur le trottoir.

— Je peux attendre que tu sois montée dans le bus ?

— Tu n'es pas obligé, se désespéra Nina, voyant que Noah faisait tout pour incarner le parfait gentleman du parfait premier rendez-vous galant alors qu'elle cherchait déjà le meilleur moyen de l'éconduire.

— Non, mais j'en ai envie, insista Noah comme ils descendaient la petite rue qui faisait l'angle des *Piliers d'Hercule*, sur Greek Street. À cette heure, on croise toutes sortes de types louches dans la rue.

— Tu sais te battre au corps à corps ? demanda Nina avant de le regretter aussitôt.

Pour la énième fois de la soirée, elle s'en voulut intérieurement. Si Noah avait été bagarreur, ses années collège et lycée n'auraient pas été les mêmes.

— Oui, je me débrouille plutôt bien. J'ai une ceinture noire de krav-maga.

— Une ceinture noire de quoi ?

— De krav-maga. C'est une technique d'autodéfense développée par l'armée de défense d'Israël. C'est un mélange de tous les sports de combat, depuis le judo jusqu'au kickboxing. Le krav-maga était à la mode à l'époque où je vivais à San Francisco, expliqua Noah.

— Je serais curieuse de voir ça, réclama-t-elle quand ils atteignirent l'angle de Charing Cross Road. Montre-moi un coup de pied.

Noah éclata de rire en secouant doucement la tête.

— Pas de coup de pied avant le troisième soir. En parlant de rencard…

— Mon bus !

Nina n'avait jamais été aussi heureuse de voir apparaître le 38. Si elle le ratait, elle n'aurait que cinq minutes à attendre avant le suivant, mais qu'importait.

— Je dois te laisser. Encore merci pour le dîner.

Elle courut pour rejoindre l'arrêt mais Noah n'eut aucun mal à la suivre.

— Avec plaisir. On remet ça quand ?

— On se tient au courant par texto, haleta Nina, peu habituée à ce genre d'effort physique.

Ils arrivèrent à l'arrêt à l'instant où le bus freinait.

— Je n'ai pas ton numéro, rappela Noah tandis que le groupe de personnes qui patientaient déjà commençait à monter à bord. Je t'appelle à la boutique ?

— Écoute, il faut vraiment que j'y aille, dit Nina.

D'habitude, pour ce qui était d'abréger un rencard, elle excellait. Mais il s'agissait là d'un non-rencard et elle ne savait pas si elle devait embrasser Noah sur la joue ou le serrer brièvement dans ses bras ; aucune des deux attitudes ne semblait convenir aux circonstances.

Finalement, comme Noah se penchait vers elle, Nina opta pour un mélange des deux en tapotant sa joue, puis grimpa dans le bus.

— J'ai passé une super soirée, lui lança Noah, planté sur le trottoir, les mains dans les poches de son caban bleu marine, les cheveux d'un rouge fougueux à la lueur des lampadaires et le sourire franc de celui qui venait effectivement de vivre un moment inoubliable. À bientôt !

Nina fut sauvée par le chauffeur qui ferma la porte du bus. Ne pouvant répondre à Noah, elle put se contenter de le saluer d'un petit geste, puis leva le pouce comme une candidate d'émission de télévision ringarde.

Pour quelqu'un qui maîtrisait l'art du rencard, Nina avait perdu tous ses moyens.

Chapitre 12

« Balivernes ! Croyez-vous qu'il pense autant à vous que vous pensez à lui ? »

En dépit des cinq cocktails au whisky ingérés la veille, Nina sortit de sa chambre le lendemain matin relativement indemne. Il faut dire qu'elle n'était pas rentrée tard : elle n'avait pas fait la bringue à Soho dans quelque établissement de débauche, ce n'était pas le genre de Noah, or celui dont le cœur battrait en cadence avec le sien serait un homme prêt à faire des folies jusqu'au petit matin.

— Qu'est-ce qui te prend ? s'étonna Verity quand Nina la rejoignit dans la cuisine. D'habitude, ton réveil sonne trois fois avant que tu ne daignes le faire taire. En plus, je t'ai entendue rentrer.

— Oups, désolée. Je pensais pourtant avoir été discrète, répondit Nina, préoccupée par son dilemme du petit déjeuner : *Des tartines grillées tout de suite ou une pâtisserie de Mattie plus tard ?*

— Discrète, c'est toi qui le dis. J'étais surtout surprise de t'entendre revenir si tôt. Mauvais rencard ? demanda Verity, compatissante.

— Quelle pipelette dès le matin, grommela Nina. Ça ne te ressemble pas du tout, tu me fais peur.

Et une diversion efficace de plus ! Verity oublia aussitôt le rencard de Nina et s'évertua à prouver par A plus B qu'elle n'était pas une pipelette.

— Je m'inquiète de ton bien-être émotionnel. Les amies et colocataires sont là pour ça, entama-t-elle dans un laïus qui s'étendit sur la demi-heure suivante.

Verity avait beau chérir sa solitude et réclamer à Nina le silence complet pendant trente minutes le soir après le travail, c'est fou ce qu'elle pouvait être bavarde ! Nina n'avait rien contre le bavardage. Bien souvent, Posy, Verity et Nina prenaient plaisir à papoter des heures durant. Comme elle accompagnait Nina dans l'escalier pour entamer cette nouvelle journée de travail, Verity poursuivit son plaidoyer.

— Nina m'accuse d'être une pipelette ! informa-t-elle Posy et Tom qui arrivaient ensemble. Moi ! « Vous me forcez à défendre une opinion que vous m'attribuez tout à fait gratuitement ! »

— Il n'est même pas 10 heures et tu cites déjà *Orgueil et Préjugés*, protesta Posy.

— Je croyais qu'on était d'accord : pas de répliques de Jane Austen avant le déjeuner. Il est beaucoup trop tôt, renchérit Nina avant de regarder Tom avec suspicion. Trop tôt pour toi aussi, Tom. Tu ne t'es pas arrêté en chemin pour acheter ton panini, ce matin ?

— Non, bredouilla Tom, la voix brisée sous l'influence d'une angoisse évidente. En fait, je suis venu vous prévenir que j'aurai du retard ce matin.

Posy, occupée à retirer son manteau, marqua un arrêt.

— Je commence à comprendre ce que Sebastian veut dire lorsqu'il vous accuse de tirer profit de ma gentillesse, gronda-t-elle d'un air qui se voulait sévère. Non, Tom. Ce matin, tu commenceras à l'heure, point final.

Nina, Verity et Tom, tous les trois sous les ordres de Posy, restèrent cois un instant avant d'échanger un regard choqué, puis éclatèrent de rire. Nina se demanda même si elle n'aurait pas quelques restes d'alcool de la veille, car elle riait si fort que l'air commençait à lui manquer.

— Tu peux répéter, Posy ? pantela-t-elle. Et refais cette grimace, c'était trop drôle !

— Vous n'avez aucun respect pour mon autorité, ronchonna sa patronne, bras croisés et regard sinistre. Bon, OK, explique-nous comment tu comptes être en retard alors que tu es arrivé à l'heure, Tom.

Ce dernier brandit le sac qu'il portait avec lui.

— Je dois me rendre à Russell Square pour faire imprimer ma thèse en deux exemplaires. Ça va me coûter un bras, mais je pourrai enfin rendre mon travail.

— Ton excuse me paraît raisonnable, admit Verity.

Posy et Nina approuvèrent d'un hochement de tête.

Nina scruta le sac que tenait Tom.

— Une minute. Tu veux dire que tu as terminé ta thèse ? Tu as vérifié toutes tes sources et toutes tes références ? Même ta bibliographie ?

— Tout, acquiesça Tom, la voix encore chevrotante. Il n'y a pas de quoi en faire un fromage.

— Tu plaisantes, j'espère ! s'écria Posy, submergée à son tour par l'émotion.

— Il y a trois années de ta vie dans ce sac, résuma Nina qui s'imaginait mal consacrer un dixième de son existence à un seul et même objectif.

Même si elle avait bien mis trois ans à terminer sa manchette, mais ce n'était pas comparable.

— Quatre, exactement, la corrigea Tom.

— Quatre ans ! Beau travail ! le félicita Verity en lui assenant deux coups de poing sur le bras – une façon peu conventionnelle de gratifier un accomplissement aussi colossal.

— Je vais être forcée de te prendre dans mes bras, avertit Nina.

Tom eut beau tenter de s'y soustraire, elle le coinça contre le comptoir et le serra fort contre elle. Ce fut comme de se blottir contre un mur de béton armé.

— Nina, arrête, je sens ta poitrine contre moi, maugréa Tom. Je vais le consigner dans le registre du harcèlement sexuel.

— Mais non, mais non, rétorqua Nina en libérant toutefois sa victime de son étau pour tenter de lui dérober son sac, mais cette fois, Tom fut le plus rapide. Allez, juste un coup d'œil ! Laisse-nous au moins lire le titre !

— Suffit ! Ça n'a aucune importance. De toute façon, vous le trouveriez barbant, se défendit Tom, toujours modeste, puis il se redressa. Sans vouloir vous vexer, mon sujet vous passerait complètement au-dessus de la tête, à moins que vous n'ayez la moindre connaissance en théorie critique et tout particulièrement selon Lacan.

Nina se sentit une nouvelle fois inférieure à ses collègues sur le plan intellectuel, mais Posy et Verity, toutes les deux diplômées, eurent la même grimace à la mention de théorie critique.

— J'espère que tu seras moins pompeux le jour de ton discours pour la remise des diplômes, rétorqua sèchement Posy en chassant l'air d'un geste nonchalant. Allez, du balai ! Dépêche-toi avant que je ne change d'avis.

Si barbant soit son sujet, elles tombèrent toutes d'accord sur le fait que la fin des quatre années de thèse de Tom méritait une petite fête. Même si elles ne connaissaient aucun ami de Tom – en avait-il seulement ? –, Mattie prépara un gâteau dans l'après-midi, Posy courut acheter des bouteilles de mousseux et Nina prépara une jolie carte. C'était la moindre des choses. Tout le monde était si exalté par l'exploit de Tom que personne ne pensa à questionner Nina sur son rencard, ni à se demander pourquoi, pour une fois, elle ne leur faisait pas partager les détails les plus sordides de sa soirée.

Pour sa carte en trois dimensions, entre deux clients à servir, Nina fabriqua un Tom en robe de diplômé avec un mortier sur la tête. Le passe-temps idéal pour éviter de repenser à son rencard de la veille.

Hum, non! Son « non-rencard » de la veille.

Ni au non-rencard, ni à Noah. Sa posture inclinée contre la brise fraîche, son sourire jovial et ses cheveux flamboyants. L'image n'était pas repoussante. On était bien loin du souvenir que gardait Nina d'un Noah Je-sais-tout dégingandé, un peu gauche, boutonneux, ses culs-de-bouteille devant les yeux. Noah était devenu un homme agréable à regarder, bien qu'il ait encore grand besoin d'égayer sa garde-robe bleu marine.

Nina secoua la tête pour chasser toute pensée liée à Noah. Ils avaient eu un non-rencard, rien de plus. Juste de quoi surmonter sa culpabilité. Il était temps de tourner la page, et pour ça, quoi de mieux que de sortir avec le voisin de Stefan et Annika, les traiteurs suédois ?

Stefan avait juré à Nina qu'il lui plairait, mais il apparut que les goûts de Stefan en matière d'hommes étaient encore pires que ceux de Nina. Josh, le voisin, ne s'adressait qu'à son décolleté et venait de passer quarante-sept minutes – depuis qu'ils s'étaient assis à cette table – à raconter sa vie à Nina. Elle était prête à parier qu'il saurait reconnaître sa poitrine entre mille.

En revanche, il ne lui posa aucune question personnelle, et ne fit pas le moindre effort pour la faire rire ni la convaincre de rester boire un verre de plus et d'apprendre à se connaître.

En outre, Josh portait un jean moulant – vêtement qu'elle trouvait d'habitude à son goût – dont il avait retroussé les jambes pour dévoiler ses chevilles poilues au-dessus de ses petites baskets sans chaussettes – détail à la mode mais que Nina avait toujours détesté. En fait, ce rendez-vous était si médiocre comparé aux points forts de son non-rencard de la veille que Nina ne prit même pas la peine de recourir à son subterfuge habituel : au lieu de prétexter devoir se remaquiller pour s'éclipser par l'entrée du personnel, elle se leva de table et enfila son manteau.

— On ne se reverra pas, déclara-t-elle.

C'étaient les premiers mots qu'elle prononçait depuis une bonne trentaine de minutes.

— Tu ne veux pas venir chez moi pour un petit coup ? interrogea Josh, plein d'espoir.

— Moi vivante ? Jamais, répliqua théâtralement Nina.

Sur ce, elle tourna les talons et rentra chez elle où elle se fit la promesse de cesser de penser à Noah et à son non-rencard. Et où elle envoya un message à Stefan pour l'informer qu'il lui devait au moins une semaine de repas gratuits.

Le lendemain, Nina tentait encore de tenir sa promesse. En vain. Elle demanda d'un ton banal à Posy si elle savait quand Noah reviendrait à la boutique.

— Aucune idée. La semaine prochaine, peut-être. Ou celle d'après, répondit vaguement sa patronne.

Posy avait bassiné son équipe au sujet des solutions qu'apporterait Noah pour relancer les finances de la boutique, et comme après chacune de ses lubies, le soufflé était rapidement retombé.

— Pourquoi ? Tu as besoin de lui ?

— Non, simple curiosité, dit Nina.

Ce qui lui valut un long regard soupçonneux. Noah aurait-il évoqué avec Posy, après tout épouse de son ami de longue date, son non-rencard avec l'une des employées de la librairie ? Nina prit conscience qu'elle scrutait Posy avec des yeux de merlan frit. Elle se força à détourner le regard vers les Post-it qu'elle avait en main.

— On n'a pas vraiment besoin d'un analyste commercial, de toute façon. Je me disais… Ces idées que nous évoquions avant la réouverture, les événements mensuels et autres groupes de lecture, quand vas-tu les mettre en place ?

— C'est dans un coin de ma tête, la rassura Posy, le front plissé. Seulement, m'occuper de la librairie me prend un temps fou : la gestion des stocks, du personnel, les rendez-vous commerciaux…

— N'empêche, c'est dommage de ne rien en faire, insista Nina d'un ton désinvolte.

Elle n'avait aucune expérience en événementiel, certes, mais la nouveauté l'attirait. Ce serait un défi à relever. Faute de se montrer elle-même créative, elle serait en contact avec des artistes : auteurs, blogueurs…

— En effet, maintenant que Tom a terminé sa thèse – et je ne comprends toujours pas comment on peut consacrer quatre ans à une dissertation –, il pourrait s'investir davantage pour la librairie, songea Posy. Son expérience de professeur pendant sa thèse le rend apte à diriger des groupes pour l'organisation d'événements… bien qu'il risque de nous quitter pour un poste de maître de conférences.

— C'est vrai qu'il aurait la fibre d'un responsable, même s'il n'y connaît rien en romances, rappela toutefois Nina. Ni en…

— Je te rappelle que nos clientes les plus âgées se fichent royalement de sa culture littéraire, l'interrompit Posy. Pour elles, Tom est un dieu du livre en tweed.

Sur ce, elle partit s'enfermer si vite dans le bureau qu'elle ne vit pas les épaules de Nina s'avachir. En général, Nina n'avait aucun mal à s'affirmer car elle ne s'attendait jamais à ce qu'on la prenne au sérieux. Posy était la première à la considérer avant tout comme un clown de service, toujours présente pour la détendre quand son rôle de patronne d'entreprise devenait trop éprouvant. Ce n'était pas la faute de Posy si Nina aimait faire l'imbécile.

— Excusez-moi, vous travaillez ici ?

Le train des sombres pensées de Nina dérailla quand une cliente réclama un livre rangé sur une étagère en hauteur. Une autre demanda ensuite des conseils pour l'anniversaire de sa belle-mère, puis d'autres clientes affluèrent dans leur chasse aux romans. Nina papota avec chacune d'entre elles. Elle adorait le contact avec les clients. C'était ce qui lui plaisait le plus dans ce travail. Ce qui rendait chaque jour différent.

Sans ce non-rencard avec Noah, elle ne se serait jamais interrogée sur le manque de créativité de son emploi. Nina baissa les yeux sur sa tenue ; le tee-shirt d'*Au Bonheur des tendres* tant détesté tombait sur sa jupe crayon noire associée à des babies en peau de serpent verte et leurs talons éprouvants. Elle leva les bras. *C'est bon, ils sont toujours couverts de tatouages.* Elle vérifia sa langue, ses narines et ses multiples piercings aux oreilles, puis contempla son reflet, ses sourcils parfaitement dessinés et ses lèvres écarlates dans le petit miroir qu'elle cachait sous le comptoir.

Elle était créative. On ne pouvait pas arborer un tel look et se voir reprocher de manquer de créativité. Tous les matins, quand elle se plantait devant sa garde-robe pour choisir sa tenue du jour, ou plutôt pour trouver quoi assortir avec l'horreur grisâtre que leur faisait porter Posy, Nina choisissait quel personnage elle souhaitait incarner. C'était ça, la créativité, se dit-elle quand la clochette tinta pour signaler l'entrée du facteur.

— Je peux signer, si vous voulez, lança Nina.

La porte du bureau était fermée, c'était le signe que Posy et Verity travaillaient dur et ne souhaitaient pas être dérangées.

Le facteur lui tendit un colis estampillé du *London Graphic Centre*, à Covent Garden.

— C'est pour Nina O'Kelly, indiqua-t-il.

Nina fronça les sourcils.

— C'est moi.

Elle était pourtant convaincue de n'avoir rien commandé au *London Graphic Centre*. Ce magasin était la Mecque des amateurs de fournitures de bureau et autres artistes en tout genre.

— Mais il y a forcément une erreur.

— C'est pourtant votre nom, que je sache.

Qu'elle soit la bonne Nina ou non, le facteur n'en avait cure. Il voulait une signature pour passer à l'adresse suivante.

Il était déjà reparti quand elle ouvrit le colis. Il contenait deux magnifiques carnets à dessin noirs à couverture souple et au papier doux comme du velours. Dessous, elle trouva une boîte de beaux crayons de couleur Faber-Castell et une autre boîte, plus petite, de fusains épais.

— Mais qu'est-ce que…

Y avait-il une Nina O'Kelly dans un univers parallèle qui avait passé son bac pour ensuite s'inscrire aux Beaux-Arts et devenir une dessinatrice réputée ?

Le mystère resta entier jusqu'à ce que Nina fouille encore le colis. Une enveloppe était cachée au fond. Son nom y était gribouillé dans une écriture presque illisible. Dedans, une simple feuille de papier avec ces mêmes pattes de mouche. Elle mit un moment à déchiffrer le bref message.

Chère Nina,

Tu disais que si on te donnait un fusain, tu ne saurais plus le tenir en main. C'est l'occasion de le vérifier.

Noah

Sous sa signature, il avait ajouté son adresse mail en lettres capitales, plus lisible que le reste.

Nina observa les carnets, les crayons de couleur, les fusains. Deux soirs plus tôt, elle avait confié ses rêves les plus secrets à Noah, des aspirations dont ses amies les plus proches n'avaient jamais entendu parler. Et parce que ces aspirations secrètes étaient aussi ses plus grands regrets, Nina s'était fermée comme une huître lorsque Noah lui avait suggéré de prendre des cours de dessin d'après modèle.

Elle eut une sensation étrange, comme une fleur déployant peu à peu ses pétales. Noah l'avait écoutée. Il l'avait vraiment écoutée et avait stocké toutes ces informations dans un coin de sa mémoire pour ensuite lui offrir ce cadeau touchant. Cela devait faire des années que Nina n'avait pas reçu d'aussi gentille attention.

La gentillesse, ça ne m'intéresse pas, dit cette petite voix récurrente dans sa tête. Seulement, Nina n'avait plus vraiment le choix, Noah méritait un second rendez-vous, songea-t-elle, de nouveau prise d'un élan de sentiments complexes pour lui – amusement, agacement, confusion, mais surtout culpabilité. Cette fois, c'était décidé, Nina mettrait au clair le statut platonique de leur non-rencard avant de terminer leur premier verre. Elle pourrait même lui tracer un diagramme qui illustrerait la *friendzone* dans laquelle elle comptait le ranger, accompagné d'un joli discours expliquant qu'il n'était pas son type d'hommes et qu'elle n'était certainement pas son genre de femmes, Dieu l'en garde. Elle avait à peine un brevet en poche.

Peut-être valait-il mieux éviter cette fois de trop boire, Noah risquerait de se faire des idées. Et si Nina montrait de l'égard pour ses passions comme il l'avait fait si gentiment avec elle ? Ça ne coûtait rien d'essayer. En pilotage automatique, Nina servit ses clientes et papota des dernières sorties littéraires tout en cherchant cinq ou six scénarios envisageables pour un second non-rencard. L'aide de Google et de l'agenda culturel de Londres lui fut précieuse.

Noah apprécierait certainement cette conférence à la Royal Geographical Society sur le changement climatique. Ou cette table ronde autour de l'activisme des théoriciens et des médias sur les perspectives futures de la société qui se déroulerait à l'Institut d'art contemporain. À choisir, Nina aurait préféré se faire triturer les dents sans anesthésie plutôt que d'assister à ces événements.

Noah avait évoqué le Gumball 3000, un rallye automobile transcontinental, mais Nina n'avait pas les moyens de s'offrir une journée au circuit de Brands Hatch. Quant à ses passions liées aux sensations fortes, elle refusait de s'adonner à la moindre activité susceptible de lui faire enfiler une tenue en Lycra. Mettre son corps pulpeux en valeur était tout un art, or ces combinaisons moulantes étaient largement proscrites.

Son esprit continuait de vagabonder quand Sam fit son entrée après une journée de cours au lycée.

— Oh, un revenant ! s'exclama-t-elle.

Comme elle regrettait de le voir si peu souvent ces derniers temps !

Avant que Sam et Posy emménagent chez Sebastian, Sam n'avait pas son pareil pour chambouler la vie paisible de leur petite librairie : par ses disputes avec Posy au sujet des devoirs qu'il prétendait avoir terminés ou d'un nouveau pantalon dont il aurait besoin pour le lycée, ou par le parfum toxique dont il s'aspergeait dans l'espoir d'attirer l'attention de Petite Sophie, leur habituée du samedi, que Sam connaissait depuis l'école primaire et qui semblait partager ses sentiments – mais ce grand nigaud était trop bête pour s'en apercevoir.

Sam se dégagea de l'anse de son sac qui manquait de l'étrangler, le jeta au sol et se laissa lourdement choir sur l'un des canapés.

— Ce soir, Posy doit m'aider à trouver une formation pour mes études postbac, annonça-t-il d'un air las, comme si le seul fait d'y penser l'épuisait déjà. Il y a du gâteau dans le coin ?

— Va poser la question à Mattie, répondit Nina.

La boutique étant plutôt calme avec seulement deux clientes flânant dans les rayons, Nina se permit de quitter le comptoir pour venir s'asseoir sur l'accoudoir du canapé près de Sam et lui donna un petit coup de coude.

— Qui sait, elle t'a peut-être pardonné d'avoir mangé les Maltesers qu'elle réservait à la décoration de sa commande de gâteau d'anniversaire.

Sous sa longue frange – il faudrait avertir Posy que son petit frère avait grand besoin de passer entre les mains du coiffeur –, Sam fit la grimace.

— Comment pouvais-je deviner qu'ils étaient mis de côté pour une commande ?

— Sam ! Tu as dévoré les trois paquets format familial.

Il poussa un grognement.

— Cette année m'est très pénible, je passe mon bac. Rien que pour ça, vous devriez tous être aux petits soins avec moi.

— Bien essayé, le taquina Nina avec un autre coup de coude.

Sur un effort colossal, Sam se redressa sur le canapé.

— Si tu me rapportes un bout de gâteau, je te donne tous les identifiants de la boutique sur les réseaux sociaux, tenta-t-il avec un sourire sournois. Sebastian comptait pirater mon disque dur, mais entre-temps, Noah est venu me poser des questions. Elles m'ont permis de me souvenir du mot de passe du logiciel qui a généré tous les identifiants d'*Au Bonheur des tendres*. Je te jure, c'est comme s'il m'avait hypnotisé.

— Noah, répéta Nina d'une voix qu'elle voulut neutre. Il t'a parlé de ce qu'il a fait ces derniers jours ?

— Pour quoi faire ? s'étonna Sam, puis il croisa les bras. Zou ! Nina, ce gâteau ne va pas venir tout seul.

Certes, Sam lui avait beaucoup manqué, mais s'il croyait s'en tirer comme ça, il se mettait le doigt dans l'œil.

— Et si j'appelais Posy ? Elle serait ravie d'apprendre que tu as perdu les mots de passe et que tu essaies de me faire chanter.

— Tu n'oserais pas, rouspéta Sam. Je ne t'aurais jamais crue capable de basculer du côté obscur.

— Dis-moi au moins « s'il te plaît », insista-t-elle.

Quinze minutes plus tard, Sam dévorait allégrement une assiette de pâtisseries, et Nina avait récupéré les identifiants d'*Au Bonheur des tendres* sur Twitter, Instagram et Facebook. Sam les lui avait remis en grande pompe comme s'il lui communiquait une suite de codes nucléaires et avait promis à Nina de lui montrer comment télécharger du contenu sur les différentes plates-formes. Elle se connecta sans tarder à leur compte Instagram qui se résumait à une photo floue de l'enseigne de la boutique. Deux personnes l'avaient likée. Le niveau était si bas que même Nina pouvait faire mieux.

Posy passa la tête par l'embrasure de la porte du bureau pour une annonce : Verity n'en finissait pas de calculer la TVA trimestrielle, et réclamait une mort rapide et sans douleur. À part ça, elles en avaient encore pour une trentaine de minutes. Il se mit à pleuvoir juste assez pour faire fuir les clients.

Il serait bientôt l'heure de fermer la boutique. C'était généralement à ce moment de la journée que Nina surfait sur Pécho pour trouver son rendez-vous du soir. Mais elle était déjà fatiguée à l'idée d'un énième rencard avec un énième inconnu. Elle en avait même la nausée. Couverait-elle un mauvais rhume ?

Tant qu'à faire, autant se débarrasser une fois pour toutes de son second et dernier non-rencard avec Noah. Elle s'affala sur le canapé à côté de Sam, lui chipa un macaron à la pistache et parcourut Google en quête d'inspiration pour de nouvelles options.

La recherche « idée rencard sensations fortes » ne donna rien. Aux dernières nouvelles, il n'y avait pas de parc d'attractions extrêmes dans la périphérie de Londres. Elle raya également de sa liste le rafting en eaux vives, le saut en parachute et la bulle en plastique dans laquelle dévaler une pente à pic.

Coup de coude à Sam.

— Dis, je dois sortir avec un type que tu ne connais pas et il aime tout ce qui touche à l'adrénaline : saut à l'élastique, randonnée sauvage et autres. Tu n'aurais pas une idée d'activité que je pourrais faire avec lui ?

Sam tordit ses traits comme s'il agonisait.

— Un truc sexuel ? cracha-t-il avec dégoût.

Cette fois, Nina lui donna un coup de coude si brutal qu'il manqua de s'étrangler avec sa salive.

— Mais non ! Comme si j'allais te demander conseil pour une question de sexe. Jamais de la vie !

Ils mirent tous les deux un moment à se remettre de ce quiproquo. Sam fut le premier à reprendre la parole.

— Tu veux parler d'un rencard sportif, une activité extrême ? demanda-t-il, prudent.

— Par exemple. Mais je ne suis pas sportive. Hors de question de tâter des balles.

Sam s'étouffa sur sa profiterole.

— Tu as les idées tordues, ma parole ! lui reprocha Nina.

— Bon. L'été dernier, un copain a fêté son anniversaire à un parcours d'accrobranche avec tyrolienne au Battersea Park. Tu as le vertige ?

— Non. Je ne raffole pas des promenades au-dessus du vide mais je peux utiliser l'escabeau roulant si quelqu'un le maintient au sol. Je devrais pouvoir supporter une séance d'accrobranche. Ce type que tu ne connais pas serait certainement partant.

— Nina, ce n'est pas raisonnable, la sermonna Sam en chassant la frange qui lui chatouillait les cils.

C'était assez déstabilisant de pouvoir deviner le regard réprobateur que Sam lancerait à ses enfants dans vingt ans lorsqu'il leur reprocherait leurs choix de vie.

— Posy, Sophie et mes deux grand-mères disent toujours qu'une femme ne doit pas changer pour les beaux yeux d'un homme. Que fais-tu du travail accompli par les féministes ?

— Je ne veux pas changer, se défendit Nina. J'estime simplement pouvoir endurer une heure d'inconfort pour faire plaisir à ce parfait inconnu. Ça s'appelle l'altruisme. Prends-en de la graine, voleur de Maltesers.

Sam s'enfonça dans le canapé en soupirant.

— Tu es dure avec moi, Nina.

— Dixit le macho qui me donne une leçon de féminisme. Tu l'as mérité, rétorqua-t-elle, heureuse de recouvrer enfin leurs bonnes vieilles chamailleries.

Elle avait presque envie de serrer Sam très fort dans ses bras mais il souffrait déjà de ses coups de coude.

— Tu me parlais donc de Battersea Park ? reprit-elle.

Hélas, après quelques recherches, il apparut que le parc était fermé pour l'hiver. Pas de frasques en tyrolienne à la cime des arbres pour Nina et Noah. Elle eut le sentiment d'avoir esquivé une balle de justesse. Ou d'avoir échappé à une chute de cent mètres.

— Tu as une autre idée ? demanda-t-elle à Sam.

Il mâchouilla son biscuit viennois d'un air pensif.

— Une fois, j'ai participé à une partie de laser game à Whitechapel.

Des lasers. À l'est de Londres. Une activité à la fois sportive et à la mode.

— Ça peut marcher, opina Nina en repoussant Sam du coude. Tu ne vas donc jamais à des soirées étudiantes pour boire en douce et bécoter des filles ?

— Jamais. Les parents de tous mes copains sont pots de colle, impossible de les esquiver, soupira Sam, un regard en coin vers Nina. Maintenant que j'y pense, il me reste deux entrées pour le laser game. Je peux réserver pour toi, si tu veux. Quand comptes-tu y aller ?

— Oh, c'est gentil… « Trop » gentil, se reprit Nina en plissant les paupières. Pourquoi tant de gentillesse ?

— C'est de l'altruisme. Tu vois, j'écoute tes conseils. Au fait, pour une partie de laser game il te faudra porter des baskets. (Il baissa le regard sur les talons hauts de Nina.) Tu as des baskets, au moins ?

— J'ai des Converse à motifs léopard. Tu penses qu'elles feront l'affaire ?

Sam ferma les yeux.

— Fais-moi plaisir, promets-moi que tu te filmeras…

Nina allait lui demander pourquoi quand la tête de Posy reparut par la porte du bureau entrouverte, la mine toujours déconfite.

— Ne pourrait-on pas remettre nos recherches à plus tard ? Je crois que j'ai définitivement perdu le goût de vivre.

— Je ne te force à rien, répliqua Sam. Mon avenir dépend de mes résultats au bac et de la suite de mon cursus scolaire, mais si tu préfères rentrer tôt pour regarder *Mariés au premier regard*, c'est toi qui vois.

Sur un grognement, Posy disparut dans le bureau.

— Tu es diabolique, Sam, lui reprocha Nina avec une pointe de respect dans la voix.

Sam haussa nonchalamment les épaules.

— Et tu n'as encore rien vu.

Chapitre 13

« C'est à Dieu de punir les méchants ; à nous d'apprendre le pardon. »

— Maudit Sam, je vais le tuer ! grommela-t-elle à Noah cinq soirs plus tard, devant l'entrée du *Laser Game L'Ancien*, sur Whitechapel Road. Je vais l'écorcher vif avec ma râpe à pieds électrique.

— « Replongez dans l'univers médiéval avec une technologie laser de pointe et des effets de lumière 3D au service d'un grand moment d'amusement », lut Noah sur l'affiche à l'entrée de l'établissement. Waouh, j'aurais été curieux d'assister à la réunion commerciale qui a vu naître un concept aussi improbable !

— Je suis désolée, murmura Nina. Vraiment désolée. J'aurais dû me renseigner davantage et me méfier de Sam quand il m'a proposé deux entrées gratuites.

Noah approuva d'un signe de tête.

— Je ne sais pas ce que tu lui as fait, mais il s'est bien vengé.

— Je suis allée lui chercher des gâteaux. Crois-moi, ma vengeance sera plus terrible encore.

Elle se tourna vers Noah qui détaillait encore l'affiche. On y voyait deux hommes à l'expression perplexe, en fausses cottes de mailles, armés de pistolets laser anachroniques et leurs lumières vert fluo.

— Et si l'on passait directement à la seconde partie de soirée ? J'ai repéré un bar dans une vieille boutique de costumes bon marché.

La déconvenue tourna vite à l'humour. Noah porta une main à son cœur d'un air grave comme si Nina l'avait profondément blessé.

— Hors de question ! Tu m'as promis une partie de laser game, on en fait une, clama Noah en tapotant l'affiche. Crois-tu qu'on va nous esforcier à desputer en ancien françois, chère déduisante baiselette ?

Nina avait entendu de pires compliments que celui-ci, mais elle avait surtout connu mieux.

— Si tu prononces un seul mot de plus en ancien français, je rentre chez moi. Et je ne plaisante pas.

Cette soirée entrait directement au top 5 des pires rencards de Nina. Juste après le film japonais de neuf heures au cinéma avec seulement deux entractes et le jour où un type l'avait invitée à un enterrement suivi d'une veillée funéraire – bien qu'on leur ait servi de l'alcool.

Avant de rejoindre Noah pour la partie de laser game, Nina avait passé tout le trajet en métro jusqu'à la station Bethnal Green à sécher ses mains moites, l'estomac noué et le cœur battant la chamade à un rythme encore plus effréné que pour leur premier non-rencard.

Son pouls était passé à la vitesse supérieure lorsqu'elle avait entendu son prénom au sortir du métro et s'était retournée dans la foule pour croiser le regard de Noah, immobile sur le quai au milieu d'une masse de travailleurs grouillants autour d'eux. Il lui avait souri. Et, c'était plus fort qu'elle, Nina lui avait souri en retour.

Le temps qu'il la rejoigne, elle avait craint de revivre la même scène gênante que l'autre soir, mais Noah semblait avoir anticipé ce moment. Il l'avait saisie par les coudes et s'était penché pour l'embrasser sur la joue droite, puis sur la gauche. En s'écartant, il avait déclaré, tout sourires :

— On dirait toujours que tu sors d'un classique du cinéma.

Nina se sentait pourtant courtaude et mal fagotée. Pas de jupe serrée pour aujourd'hui mais une robe à pois noirs et blancs dont la longue jupe plissée reposait sur un volumineux jupon de tulle. Voilà qui lui laisserait une certaine amplitude de mouvements pour la partie de laser game. Et elle portait des baskets. Ne retrouvant plus ses Converse léopard, elle avait emprunté une paire de Stan Smith à Annika. Adorable, Annika avait juré que ces baskets étaient à la mode, ce qui n'empêchait pas Nina de se croire chaussée de pantoufles orthopédiques.

Noah avait ajouté :

— On dirait Ava Gardner avec des cheveux roses.

— D'habitude, on me compare plutôt à Marilyn Monroe.

— Je ne suis pas d'accord, avait réprouvé Noah en la prenant par le bras pour se diriger vers la sortie. Tu es trop complexe pour être une Marilyn.

Au fond d'elle, Nina avait frissonné. Un homme percevait les profondeurs cachées de son âme passionnée. Ce frisson l'avait secouée une première fois, par surprise, lorsque Noah s'était incliné vers elle pour l'embrasser sur les joues. Elle avait eu la sensation d'être si proche de lui que même un murmure n'aurait pu se faufiler entre eux, si proche qu'elle avait senti le parfum de son après-rasage, une fragrance subtile, pas écrasante pour un sou, comme Noah. Cette odeur rappelait à Nina celle d'un savon de luxe et de draps propres. En outre, à la façon dont il l'avait attirée contre lui pour ces brefs baisers, elle avait senti la force qu'il cachait derrière son allure timide engoncée dans des vêtements bleu marine. Visiblement, ses séances de tyrolienne et de randonnées extrêmes en forêt tropicale l'avaient musclé juste comme il fallait. *Une minute... Hein ?!* Nina n'allait tout de même pas nourrir des pensées coquines pour un homme qui ne s'habillait qu'en bleu marine ! Son Heathcliff ne porterait jamais autant de chemises, ne compartimenterait pas sa vie comme le faisait Noah, ne serait jamais aussi... aussi lié au passé de Nina de la pire façon qui soit.

Pourtant, une fois dans le bus qui les menait au laser game, le cœur de Nina s'était remis à battre la chamade et ses mains avaient recommencé à suer, cette fois non pas par anticipation du fiasco qui s'annonçait, mais à cause d'un mélange délicieux d'angoisse, d'excitation et... Mon Dieu, c'était généralement le signe avant-coureur de son attirance pour un homme qui se révélerait immanquablement être un mauvais bougre !

Non pas que Noah soit un mauvais bougre, mais il n'était certainement pas « le bon » non plus. Nina passa donc ce trajet en bus à se demander ce qu'était Noah au juste et s'il s'agissait vraiment d'un non-rencard, jusqu'à ce qu'ils arrivent à l'adresse indiquée. D'autres problèmes prirent alors le dessus. À commencer par savoir si Nina pourrait égorger Sam sans que Posy ne s'interpose.

Mais elle s'en soucierait plus tard. Pour l'instant, elle s'inquiétait surtout de trouver comment se dépêtrer d'une heure de jeu dans un mélange de *Quasar* et de *Donjons et Dragons*.

— On peut toujours annuler, suggéra Nina, prête à tourner les talons, mais Noah n'avait pas dit son dernier mot.

— Je ne me défile jamais devant un défi, décida-t-il en l'attirant de force vers l'entrée. D'après toi, on va nous faire porter des cottes de mailles ?

— Si c'est le cas, j'annule tout, grommela Nina.

Il n'y eut pas de cottes de mailles, mais ils eurent droit à une tenue immonde appelée « plastron laser », une sorte de gilet paré de lumières vertes manifestement pensé pour des joueurs sans poitrine.

Le moniteur qui leur fournit cette tenue se disait « maréchal laser », c'était un quadragénaire barbu prénommé Peter qui lançait des regards de travers à Nina en les conduisant vers une pièce pour les présenter au reste de leur équipe.

— Une équipe ? On ne joue pas que tous les deux ? demanda Nina.

Le mot « équipe » ne lui disait rien qui vaille. Elle avait travaillé pour un salon de coiffure, une véritable usine, où elle était forcée d'assister à de pénibles réunions d'« équipe » pour développer l'esprit d'« équipe » avec des exercices suffisamment éprouvants pour la dégoûter à jamais de la notion d'« équipe ».

— C'est une activité de groupe interactive, expliqua Peter en chemin, en ne s'adressant qu'à Noah dont le coin des lèvres se retroussait pour retenir une envie folle de s'esclaffer. Vous vous joindrez aux invités inscrits à la même session, puis je séparerai le groupe en deux équipes. Je vous rappelle que ces informations étaient précisées dans le mail de confirmation.

Quand Nina tira la langue à Peter qui marchait devant elle dans un long tunnel sombre, les lèvres de Noah se plissèrent de plus belle.

— J'adore les activités interactives, c'est ma passion, dit-il, son sourire toutefois terni quand il découvrit les autres « invités ».

Vingt garçons de dix à quinze ans étaient rassemblés pour fêter les douze ans du jeune Sunil à qui Peter décerna un badge doré à épingler sur son gilet. Le pauvre Sunil regardait ses pieds comme s'il vivait un enfer. Nina compatissait.

S'ensuivit la longue liste de consignes à respecter, inaugurée par la blague prévisible : règle numéro un, on ne parle pas du laser game. D'après ce que Nina avait compris des quelques bribes écoutées avant de décrocher tant Peter avait une voix monocorde, le but était de pulvériser au laser autant de membres de l'équipe adverse que possible. Pourquoi lui fallait-il dix minutes pour expliquer une règle aussi basique ?

— Quand on aura terminé, j'aurai besoin d'un cocktail aussi gros que ma tête, chuchota-t-elle à l'oreille de Noah, lequel écoutait attentivement le règlement tout en étudiant une carte du village médiéval récupérée à l'entrée.

— Je dois reconnaître que d'être en compagnie de tous ces ados me ramène à l'époque de mes années de collège, et ce n'était pas glorieux, murmura-t-il.

Voilà que Nina s'en voulait encore, et ce sentiment lui rappelait que c'était précisément la raison pour laquelle elle avait accepté leur premier rencard.

— Ce sera un cocktail chacun, reprit Noah.

— Il est toujours temps de filer en douce…, glissa-t-elle quand Peter lui lança soudain un regard noir.

— Vous papotez, leur reprocha-t-il. Si vous papotez, vous n'entendez pas les règles de sécurité, or ce sont les plus importantes à respecter.

— Oui, chef ! acquiesça Nina en claquant des talons, la main à la tempe.

Les ados gloussèrent et Peter plissa les yeux d'un air d'avoir comme une envie de manier de vrais fusils pour se débarrasser des clientes pénibles dans son genre.

Il eut sa revanche dix minutes plus tard au moment de répartir les équipes : il choisit les neuf plus jeunes et plus petits invités pour se joindre à Nina et Noah, menés par un employé boutonneux et anxieux du nom de Jamie, pendant que lui rassemblait ses ados et leur exposait ses tactiques d'attaque.

— Depuis que je travaille ici, je n'ai pas perdu une seule partie, l'entendirent-ils se vanter auprès de ses coéquipiers dans le dédale de couloirs de l'établissement. On va les massacrer, et croyez-moi, ce ne sera pas joli à voir.

Cocktail au gin gros comme ma tête, cocktail au gin gros comme ma tête, se répéta Nina pour se donner du courage.

— Bon, je pense que la défense sera notre meilleure stratégie, dit Jamie en se grattant un bouton sur le menton qui semblait le démanger particulièrement. Dénichez-vous une cachette et croisez les doigts pour que nos adversaires ne vous trouvent pas. S'ils vous débusquent, espérons que ce soit rapide et sans douleur. (Coup d'œil furtif par-dessus son épaule.) Peter est féroce.

Ce discours d'encouragement fut accueilli par des grognements sourds.

— Ce n'est pas juste, marmonna Sunil. Je ne voulais pas inviter mes cousins et les copains de mon frère mais ma mère ne m'a pas laissé le choix. Maintenant, ils vont s'en prendre à moi, comme d'habitude, sauf qu'ils auront des pistolets laser. Et le jour de mon anniversaire.

— Ça craint.

— C'est clair. Ton frère n'est qu'un crétin.

— Quand est-ce qu'on mange au KFC ?

Cocktail au gin gros comme ma tête, se répéta de plus belle Nina.

Au sourire empathique de Noah, elle pensait qu'il finirait par se rallier à sa cause, mais au contraire, il se planta devant leur équipe.

— Haut les cœurs, les gars ! s'exclama-t-il, ce qui lui valut dix regards sinistres, onze avec celui de Jamie. On ne va quand même pas se laisser abattre par cette bande de vantards !

« Si » et « À quoi bon ? » furent les deux réactions majoritaires. Nina se demanda tout haut où étaient passés les parents de Sunil et de quel droit ils laissaient l'anniversaire de leur fils partir à la dérive, emportant avec lui tous les espoirs du pauvre garçon.

Apparemment, ils les attendaient au KFC du quartier où Sunil et ses invités les rejoindraient après la partie, et croyaient – à tort – que son grand frère Sanjay prendrait soin de lui en leur absence.

— Je n'ai pas besoin qu'il prenne soin de moi. En plus, je le déteste, observa tristement Sunil. C'est le pire anniversaire de ma vie.

— Non ! Il est encore temps de changer la donne, affirma Noah, accroupi devant Sunil pour se mettre à sa hauteur et éviter ainsi de le surplomber. Il nous suffit d'avoir un plan, et je pense avoir une idée.

Nina s'écarta lentement de Noah lorsqu'il se mit à évoquer « l'élément de surprise », « la formation en tenailles » et « l'attaque par les flancs ». Avec un peu de chance, en continuant de s'éloigner discrètement, elle arriverait à s'éclipser par l'entrée du bâtiment. Hélas, elle était en rencard, ou non-rencard, et Noah avait l'air dans son élément. Ils n'étaient pas près de partir.

Tous les membres de l'équipe formaient à présent un arc de cercle autour de lui, dont Jamie, et la joie revenait colorer leurs mines à mesure que leur plan d'attaque prenait forme.

— Mais pour ça, il nous faudra sacrifier l'un de nous pour servir d'appât, ajouta Noah d'un air navré. Celui-ci ne jouera pas longtemps, malheureusement. Un volontaire ?

Nina manqua de renverser ses nains de coéquipiers armés de pistolets laser quand elle s'élança vers Noah pour lever la main bien haut.

— Moi ! cria-t-elle. Je suis prête à me sacrifier pour l'équipe !

— Peter s'en mordra les doigts, se réjouit Jamie. Il me tarde de le voir essuyer sa première défaite.

— Et tu penses vraiment qu'il lancera son attaque de l'église ? s'enquit Noah.

— C'est ce qu'il fait chaque fois. Si l'on gagne, je serai de corvée de sanitaires jusqu'à la fin de l'année, mais le jeu en vaudra la chandelle, jubila Jamie.

Nina espérait du fond du cœur que Noah savait ce qu'il faisait pour que l'anniversaire de Sunil échappe au désastre et que Jamie ait sa revanche sur son collègue despotique. Mais Peter travaillait dans cet établissement depuis quinze ans alors que Noah était là depuis quinze minutes seulement, quoiqu'il s'agît des quinze plus longues minutes de la vie de Nina.

— OK, soldats. En avant !

Décidément, Noah était à fond dans son personnage. Quand elle passa à côté de lui, la démarche nonchalante – *et pas militaire pour un sou* –, il lui adressa un clin d'œil.

À peine furent-ils arrivés dans une piètre reproduction de village médiéval que Noah dispersa rapidement son armée de soldats qui rampèrent à plat ventre dans des directions opposées de sorte à dissimuler contre le sol la lumière verte de leur plastron et à prendre position en toute discrétion.

— Tu sais ce qu'il te reste à faire ? souffla-t-il à Nina. Le succès de notre mission repose entièrement sur ton sacrifice.

Investi à cent pour cent, Noah faisait montre d'un zèle étonnant, le sourire franc et le regard brillant dans la lumière tamisée. Nina devait bien l'admettre, il était adorable.

— Un pour tous et tous pour un, clama-t-elle ironiquement sur un salut militaire.

Noah répondit solennellement par le même geste et disparut dans l'obscurité.

Pour Nina, hors de question de ramper. Elle flâna tranquillement dans les rues en papier mâché, son fusil braqué devant elle, l'agitant par-ci par-là pour faire croire qu'elle surveillait son sillage. Elle prit la direction de *La Taverne rouge*, ancien pub en carton qui n'avait pas l'air de servir d'alcool. *Dommage.* Un grognement féroce rugit soudain derrière elle. L'équipe adverse se déversa de l'église et l'encercla en un éclair.

— Tuez-la ! hurla Peter.

Nina resta plantée là, bombardée de lasers. Après une fusillade de plusieurs secondes, les lumières de ce plastron qui la grattait horriblement s'éteignirent et elle mourut. *Métaphoriquement, bien sûr.*

— Tu es censée être morte ! lui reprocha Peter. Au sol !

— Hors de question que je frotte ma tenue vintage par terre, mon vieux, protesta Nina, et tandis que Peter s'emportait et que ses équipiers observaient la scène, leur arme pendant mollement au bout de leur bras, Nina vit son équipe se déployer discrètement tout autour avant d'ouvrir le feu.

L'ennemi n'eut pas le temps de comprendre. Les unes après les autres, les lumières des plastrons de toute l'équipe de

Peter s'éteignirent jusqu'à ce qu'il ne reste plus que celle du chef qui plongeait, courait, se contorsionnait pour esquiver les attaques de lasers, pour finalement se tordre par terre, tirant tant qu'il pouvait dans le vide alors que toutes les lumières vertes sur son torse disparaissaient. Il ne resta plus que la faible lueur de sa ceinture, clignotant tristement dans la pénombre.

— Sunil, achève-le ! hurla Noah. Équipiers, couvrez Sunil !

— Tu ne t'en sortiras pas comme ça ! gronda Peter tandis que Sunil se dressait au-dessus de lui avant de tirer sur sa dernière lumière.

— Il serait temps de grandir, siffla Nina à cet imbécile de Peter quand Sunil reçut les ovations et les accolades de ses partenaires. Ce n'est qu'un jeu, il va falloir vous en remettre.

Peter se releva péniblement. Sanjay et ses amis se résolurent à féliciter Sunil qui affichait un si grand sourire que Nina craignit de voir son visage se fissurer.

— Vous avez enfreint au moins cinq règles élémentaires, fulmina Peter et Sunil se décomposa. Je vous somme de déclarer forfait ! Je vais noter tous vos noms. Vous serez bannis à vie de…

La main que Noah posa sur son épaule le coupa dans son élan.

— J'ai deux mots à vous dire.

Ce n'était ni une question ni une invitation, il s'agissait plutôt d'un ordre assorti d'une expression si sévère que même Nina, qui pour une fois n'avait rien à se reprocher, ressentit une pointe de culpabilité.

Les lumières se rallumèrent et les deux hommes s'écartèrent du groupe. Les bras croisés, Noah servit un bref sermon au moniteur. Il ne leva pas la main sur lui, ne le pointa pas d'un doigt menaçant et, à ce que Nina percevait derrière les bavardages exaltés des adolescents, ne haussa même pas le ton. Son discours parut chasser la colère de Peter. Les épaules tombantes, celui-ci recula d'un pas. Noah parla encore. Peter finit par opiner.

Ils retrouvèrent le groupe. Peter se dirigea droit vers Sunil qui tentait de se cacher derrière son grand frère, mais Sanjay s'écarta lestement et laissa son benjamin affronter le courroux du moniteur en combinaison.

— Bon, bravo, jeune homme, articula Peter avec peine. Et bon anniversaire. Tu es invité avec trois de tes copains à revenir pour une session gratuite utilisable dans les six mois.

Sunil eut la décence d'attendre de sortir du bâtiment pour laisser exploser sa joie.

— Je lui ai donné une bonne leçon ! Ça lui apprendra à se mesurer au grand Sunil !

— Ferme-la, Sunil, rétorqua Sanjay, cinglant. Et dis « merci » au monsieur et à la dame.

Solennel, Sunil serra la main de Nina et Noah comme un politicien en visite chez des dignitaires.

— Merci, dit-il. Vous venez avec nous au KFC ?

— Je dois avouer que c'est tentant, répondit Nina en se tournant vers Noah. Qu'en penses-tu ?

— Très tentant, acquiesça-t-il avec l'un de ces discrets clins d'œil dont il avait le secret.

— Mais on ne voudrait pas s'immiscer dans votre fête, ajouta Nina.

— Mes parents seront là, vous aurez d'autres vieux avec qui parler, argumenta naïvement Sunil tandis que Nina tâchait de dissimuler la claque qu'elle venait de recevoir.

À moins de trente ans, on n'est pas encore vieux ! Certes, elle avait l'âge d'être la mère d'un garçon de dix ans, voire d'un jeune homme comme Sanjay, mais ce n'était pas le cas. Et puis, c'était une adulte cool.

— Non, j'ai vraiment besoin d'un cocktail au gin gros comme ma tête, expliqua-t-elle à Sunil qui la scruta avec des yeux ronds.

— Une autre fois peut-être, renchérit Noah, un bras autour des épaules de Nina pour s'éloigner. (Puis il s'immobilisa.) Mais au fait, comment comptez-vous vous rendre au KFC ?

— À pied, répondit l'un des ados. C'est à cinq cents mètres.

— Nous n'aurons qu'à demander à quelqu'un dans la rue s'il veut bien nous indiquer Mile End Road, dit Sanjay. Je crois que c'est par là, à droite.

Sur un soupir, Nina sortit son téléphone et consulta Google Maps. C'était à gauche.

— Stop, les garçons ! s'exclama-t-elle. On vous accompagne.

— Je vous conseille de lui obéir, murmura Noah en mimant un frisson d'effroi. Gare à celui qui oserait la contrarier.

— Oui, gare à lui, gronda Nina de sa voix la plus terrifiante. Allez, deux par deux ! En file indienne, et ne vous avisez pas de chouiner !

Personne ne chouina mais ils furent quelques-uns à grommeler. Nina en tête, Noah à l'arrière du convoi, tous deux rendirent un groupe de vingt garçons sains et saufs aux parents inconscients de Sunil et de Sanjay.

Chapitre 14

« Pourquoi ai-je tant changé ? Pourquoi quelques mots suffisent-ils à me faire bouillonner d'une violence infernale ? »

Il fallut trente minutes de plus avant que Nina ne soit enfin assise à une table devant un cocktail au gin gros comme sa tête. Malheureusement, elle n'avait encore presque rien bu, trop occupée à s'esclaffer.

— Et… Et à chaque tir… qu'il prenait… il se roulait par… par terre… comme s'il prenait une… une décharge électrique, haleta-t-elle au souvenir impérissable de la défaite de Peter. Sa rép… réputation est fichue !… Il devrait… faire du théâtre ! Arrête, je n'en peux plus… J'ai mal aux côtes…

— Je n'ai… rien dit ! se défendit péniblement Noah, lui-même en proie à un fou rire incontrôlable, agrippé aux coins de la table pour se tenir droit. Je n'arrive plus… à parler.

Ses joues rouges soulignaient ses taches de rousseur. Il tapota le coin de ses yeux avec une serviette. Nina s'était juste assez remise pour prendre une longue et douce gorgée de son Martini poire épices.

— À propos de parler, qu'est-ce que tu as dit à Peter ? Il était blanc comme un linge.

Noah agita faiblement la main, son rire à présent réduit à quelques gloussements isolés.

— Que tu étais une cliente mystère envoyée par la collectivité pour vérifier les normes d'hygiène et de sécurité du laser game à la suite de plusieurs plaintes déposées par des clients. Ça l'a calmé. Je lui ai ensuite fait remarquer qu'il se conduisait comme un crétin envers un gamin venu fêter son anniversaire. (Noah but une gorgée de son Negroni.) Je déteste les brutes épaisses dans son genre. Maintenant que je suis en mesure de les affronter, je ne m'en prive pas.

La douche froide. Nina se souvint brutalement qu'il ne pouvait s'agir que d'un non-rencard. Noah n'aurait aucune envie de fréquenter la sœur d'une brute épaisse qui le harcelait à l'époque où il ne faisait pas le poids. Le moment était venu de se confesser. À commencer par lui dire combien Paul s'en voulait. Il avait d'ailleurs écrit à sa sœur quelques jours plus tôt pour lui rappeler de proposer gratuitement ses services de plomberie à Noah.

— Tu te débrouilles bien avec les préados, fut-elle seulement capable de dire, elle qui n'était pourtant pas du genre à se défiler lorsqu'un face-à-face s'imposait. Est-ce qu'on arrive au moment de vérité où tu avoues avoir deux ou trois enfants cachés ?

— Non, je n'ai pas d'enfants. Pas que je sache. En fait, je suis catégorique, je n'ai aucun enfant caché. Même si j'accumule un nombre effarant de filleuls, de nièces et de neveux. Et toi ?

— Aucun filleul, répondit Nina.

Il faut dire qu'aucune de ses amies n'avait encore franchi le cap de la maternité. Elle était toutefois prête à parier que Posy aurait un polichinelle dans le tiroir avant la fin de l'année.

Sebastian envisageait des travaux d'agrandissement de leur maison déjà immense pour accueillir leur progéniture, et même si Posy levait les yeux au ciel quand il abordait le sujet, l'idée de materner n'avait pas l'air de lui déplaire.

— Moi, j'ai des nièces. Mes deux chouchoutes.

Là encore, l'occasion se présentait d'évoquer le père desdites nièces, mais Nina opta plutôt pour des photos sur son téléphone qu'elle tendit à Noah. Ellie et Rosie y posaient en tenues de princesses ou de super-héroïnes.

Ce fut au tour de Noah de lui montrer ses neveux et sa nièce, hauts comme trois pommes, deux ans pour l'un, dix-huit mois pour l'autre et la demi-portion tout juste venue au monde.

— C'est quand ils soufflent leur première bougie que les enfants deviennent compliqués à gérer, dit-il en présentant une autre photo du petit Archie âgé de deux ans. Celui-ci parle depuis quelques mois à peine et on ne l'arrête plus. Il n'en a que pour les trains. On l'a emmené dans un parc où il a fait un tour de manège *Thomas et ses amis*. Il nous en parle encore. (Il souleva son verre presque vide.) Toi aussi, tu t'es rapidement fait de nouveaux amis. Je t'ai trouvée patiente lorsque les garçons ont voulu faire des selfies.

À leur arrivée au KFC, avant qu'ils reprennent leur route, Nina avait accepté de prendre quelques photos avec les amis et les cousins de Sanjay. Elle avait refusé les baisers qu'ils réclamaient mais leur avait concédé un bras sur l'épaule de chacun pour une séance de selfies qui leur permettraient de rouler des mécaniques au collège lorsqu'ils se vanteraient d'avoir fréquenté « une poulette ».

— Ce ne sont pas tant mes admirateurs de douze ans qui posent problème, dit-elle modestement. Ce sont plutôt leurs congénères adultes, qui se révèlent les plus compliqués. Mais je ne compte pas l'énergumène présentement assis à ma table.

— Je le prends pour un compliment, déclara Noah en faisant tinter leurs verres vides.

Et il avait bien raison de le prendre ainsi, car Nina était sincère. En dehors du contexte professionnel, elle trouvait sa présence agréable, voire naturelle.

Après deux non-rencards passés ensemble, Noah n'avait même pas découvert Nina en mode séduction, parée d'une robe moulante et d'un décolleté plongeant à l'infini. Mais malgré sa tenue de laser game, elle avait surpris les regards de Noah, lancés à la dérobée quand il se croyait discret. Et si elle en jugeait par la façon dont ses yeux se voilaient et sa lèvre se coinçait entre ses dents, Noah appréciait la vue.

Cela faisait bien longtemps qu'elle aurait dû évoquer le caractère platonique de leurs sorties, mais en toute franchise, plus les choses avançaient et plus elle avait le sentiment d'être à un rencard, un vrai. Les jambes de Noah venaient effleurer les siennes sous la table, mais rien de lubrique ; il avait simplement de longues jambes et peu de place. De toute façon, ils étaient suffisamment à l'aise pour que ce simple geste soit exaltant, grisant… *Sexy.*

— C'en est un, finit-elle par dire d'une voix traînante. Tu es un chic type.

Mais je crois qu'on devrait rester amis.

Mais j'ai quelque chose à te dire.

Mais je n'ai pas ce genre de sentiments pour toi.

Mais les « mais » ne vinrent jamais. Et Noah fit la grimace.

— Un chic type ? C'est un peu léger, non ?

En effet, trop léger pour elle. Son genre d'hommes entrait plutôt dans la catégorie « bad boys ».

— Après tous les rencards pitoyables que j'ai endurés ces derniers mois, je suis ravie de sortir avec un chic type, répondit Nina en toute honnêteté, et quand elle prit conscience de la mauvaise tournure que risquait de prendre cette discussion, elle s'empara des verres vides et se leva. C'est ma tournée. Tu reprends la même chose ?

Noah hocha la tête en la regardant longuement, cette fois d'un air pensif. Avant de s'éloigner, Nina emporta son sac à main et lui adressa un sourire prudent. Bon, elle devait reconnaître qu'elle regrettait de porter cette longue jupe bouffante car elle privait Noah de son déhanché langoureux sur le chemin vers le comptoir.

À son retour du bar, les cocktails en main et la commande de nachos passée, Nina était à présent déterminée : elle maintiendrait la discussion sur des sujets inoffensifs, par exemple leurs neveux et nièces, ou même l'analyse commerciale. Mais Noah ne lui en donna pas l'occasion alors qu'elle n'avait même pas encore goûté à sa boisson.

— Tu disais donc que tes derniers rendez-vous n'étaient pas brillants ? la relança-t-il.

Nina poussa un soupir.

— En ce moment, c'est un désastre. Je ne tombe que sur des mecs tordus. Et toi ? Tu es inscrit sur Pécho ?

Sûrement pas, car l'application les aurait déjà rapprochés compte tenu de leur proximité géographique à la boutique, à moins que les algorithmes de Sebastian n'aient vraiment décidé qu'ils étaient incompatibles au plus haut point.

Noah fit signe que non.

— Sebastian serait capable de pirater mon compte pour me rapprocher de mochetés sans nom ou pour s'amuser à réécrire mon profil.

Nina sourit.

— Moi aussi, ça m'inquiète vis-à-vis de Posy. Imagine leurs conversations au petit déjeuner : « Nina n'arrivera à rien ce matin. Elle a passé la nuit à surfer sur Pécho. »

— Tu y passes beaucoup de temps ? demanda timidement Noah, les yeux rivés sur son verre.

— Oui, quand même, admit Nina sur le ton qu'elle aurait pris si elle avait reconnu un crime affreux ou une manie dégoûtante, comme son ancienne colocataire qui se curait les orteils devant la télévision. On est au XXIe siècle, après tout. Les occasions de rencontrer un beau prince au bal masqué se font rares, tu ne crois pas ?

Inutile de préciser qu'elle tentait de se sevrer de Pécho dans l'espoir de rencontrer son âme sœur dans la vie réelle ; il risquerait de comprendre de travers…

— Cette application sert à « pécho », ce n'est pas pour les relations durables, rappela Noah, son attention toujours braquée sur son verre comme s'il était le réceptacle à boisson le plus fascinant qu'il ait jamais vu. Enfin, les relations d'un soir peuvent être amusantes, mais elles donnent vite l'impression d'être un hamster coincé dans sa roue : on tourne en rond sans jamais rien construire. Tu vois ce que je veux dire ?

— Je cours sur cette fichue roue depuis trop longtemps ! approuva Nina avant de gémir avec emphase. J'ai la tête qui tourne, oooh !

— Si le tournis te met dans cet état-là, je valide la roue, badina Noah qui avait alors quitté son verre du regard pour le plonger dans les yeux d'une Nina en pleine simulation.

Soudain gênée, elle remua sur son siège et tendit les jambes. Son genou se cogna à celui de Noah sous la table, un contact fortuit qui déclencha un brûlant frisson en elle. À son tour, elle baissa les yeux sur son verre de crainte que le regard insistant de Noah ne lui fasse faire une bêtise, comme glousser, rougir, ou se pencher sur la table pour l'attirer par le col et planter un baiser sur ses lèvres.

— Je me refuse à toute activité folichonne avant le troisième soir, marmonna-t-elle avec seulement cinq pour cent de son culot habituel.

Noah prit son téléphone posé sur la table.

— J'en prends note, susurra-t-il d'une voix si rauque que Nina se retint d'une envie folle de remuer de plus belle sur sa banquette.

— Et toi, tu as connu plusieurs aventures ? osa-t-elle en s'efforçant de se tenir tranquille.

Les frissons que provoquait chaque passage de son mollet contre la jambe de Noah ne s'expliquaient que par le fait qu'il s'agissait de leur deuxième rencard après des mois de premiers rendez-vous qui n'avaient abouti à rien. À cette pensée, son cœur se serra d'allégresse. *Enfin un homme !* Pas un Heathcliff, certes, on était loin de l'homme de ses rêves, mais un mâle d'une espèce rare : celle qui ne considérait pas qu'une femme qui acceptait un rencard offrait son corps sur un plateau d'argent.

— Oui, Nina, j'ai réussi à convaincre quelques femmes de bien vouloir me fréquenter régulièrement, répondit Noah d'un air grave. À Oxford, ce n'était pas facile car elles avaient toutes deux ans de plus que moi et j'étais encore boutonneux avec mes culs-de-bouteille sur le nez, mais Sebastian m'a appris à prendre soin de moi et m'a présenté à une élève de son groupe de tutorat, un prodige des mathématiques, elle aussi plus jeune de deux ans.

— Sebastian est doué lorsqu'il s'agit de prendre quelqu'un sous son aile, dit Nina en repensant à Sam qui, grâce à Sebastian, ne portait désormais que des tricots en cachemire et avait cessé de tous les asphyxier avec du Axe bon marché pour désormais les faire suffoquer avec de l'eau de Cologne Tom Ford dont il fallait s'asperger avec parcimonie. Il t'a raconté l'histoire des choux et des roses ?

— Non, et heureusement. On ne s'en serait jamais remis. Et donc, j'ai été avec Laura pendant mes deux dernières années à Oxford, puis je suis parti voyager et elle est allée passer son master à Durham. Nous étions tous les deux d'accord sur le fait que la relation à distance ne marcherait pas. On est restés amis.

L'histoire de Noah était mignonne mais il n'y avait pas de quoi déchaîner les passions.

Il passa brièvement sur deux courtes relations datant de ses voyages, puis évoqua son déménagement à San Francisco où, au prix d'un travail de longue haleine, il s'était fait une place de choix dans les technologies de pointe. Il avait eu quelques aventures sans lendemain, puis avait rencontré…

— Patricia. Notre histoire a duré quatre ans. Nous avons rompu l'été dernier avant mon retour à Londres, conclut Noah, son attention bientôt détournée par son verre vide. Tu reprends la même chose ? On pourrait en profiter pour savoir où sont passés nos nachos.

L'occasion filait entre les doigts de Nina de savoir s'il s'était remis de cette rupture avec Patricia. Mais elle n'abandonnerait pas si facilement. Elle mettrait tout en œuvre pour découvrir qui se cachait derrière l'enveloppe si aimable, parfois sarcastique de Noah. C'est pourquoi dès qu'il revint du bar avec leurs boissons – les nachos seraient bientôt servis, semblait-il –, elle demanda, peut-être un brin trop emportée :

— Patricia t'a-t-elle brisé le cœur ou est-ce toi qui as rompu ? C'était douloureux ?

— Le jour de la dispute qui a mené à notre séparation, elle m'a lancé une balle antistress estampillée Microsoft. Ça oui, c'était douloureux, maugréa Noah en se massant la tempe droite comme s'il sentait toujours une réminiscence de douleur. Mais c'était sous le coup de la colère. Elle n'avait pas le cœur brisé.

— Permets-moi d'en douter. On ne lance pas des objets à la figure de la personne avec qui on rompt si on n'a aucun sentiment pour elle.

Nina croyait en la théorie selon laquelle si on ne cassait rien – de la vaisselle, du verre, et même un iPhone, se souvint-elle – quand on avait le cœur brisé, c'est que la relation n'en valait pas la peine, or si Noah était capable de provoquer chez son ex-copine un geste aussi sanguin, alors peut-être cachait-il un fond de passion digne d'un Heathcliff.

— Non, crois-moi, c'était seulement de la colère, trancha Noah en sirotant son gin tonic, puis il fit une grimace. En fait, Patricia avait tout prévu. Un an à l'avance, cinq ans à l'avance, parfois même dix. Le petit ami qui devient le mari puis le père de ses enfants était un élément crucial de son plan de vie, mais j'avais l'impression que n'importe quel mec pouvait faire l'affaire. Cocher ses cases semblait plus important pour elle que de connaître le grand amour.

Nina se pencha sur la table.

— Alors, tu crois au grand amour ?

— Je suppose que oui, dit Noah en levant son verre à l'esprit de l'amour. Mais il ne se crée pas de toutes pièces à partir d'un plan de vie. Il arrive ou il n'arrive pas, un point, c'est tout. Pas vrai ?

— Si, paraît-il, soupira tristement Nina.

Elle aussi croyait au grand amour, mais celui-ci semblait toujours n'arriver qu'aux autres.

— Et toi ? Combien de temps a duré ta plus longue relation ? demanda Noah, et ce n'était que justice après l'interrogatoire que venait de lui faire passer Nina sur sa vie amoureuse.

Cinq ans, sept mois, trois semaines et six jours, aurait pu lui répondre Nina, car elle était jadis le genre de fille à mesurer une relation selon des critères pragmatiques. Comme si elle méritait une médaille. Alors qu'en réalité, une relation se construisait sur des baisers, de longs regards entendus, des nuits blanches à refaire le monde, des disputes où l'on claquait la porte pour ensuite courir dans les bras de l'autre sous une pluie torrentielle, et ce pincement au ventre lorsqu'on s'apprêtait à se retrouver après s'être trop longtemps séparés.

— C'était un amour de jeunesse, repartit-elle avec désinvolture. Nous étions presque des enfants quand notre histoire a commencé. Et puis, en grandissant, on s'est rendu compte qu'on n'avait plus rien en commun.

Noah se redressa sur son siège.

— Oh. Il était aussi de Worcester Park ?

Nina s'enfonça dans sa banquette de skaï rouge.

— Oui, reconnut-elle à contrecœur. Mais tu ne le connaissais sûrement pas. Il n'était pas… C'était quelqu'un de très discret.

Tous deux se rembrunirent. Noah s'assombrit parce que l'évocation de leur ville natale devait faire remonter de mauvais souvenirs et Nina parce qu'elle savait son frère à l'origine du supplice qu'avait enduré Noah à cette époque. Quant à Dan, même si Nina n'avait pas le souvenir qu'il ait été impliqué dans le harcèlement de Noah Je-sais-tout, rares étaient les collégiens à rester de simples spectateurs.

Nina ne pouvait imaginer la douleur à la fois physique et mentale dont avait souffert Noah quand elle arpentait les mêmes couloirs et les mêmes cours de récréation sans se rendre compte de rien. Et de repenser à Dan et à leur douloureuse séparation ne lui était pas plus agréable. Il valait mieux changer de sujet. *Se défiler. Détourner la conversation.*

Sa tirade habituelle ferait l'affaire.

— Bref, c'était il y a longtemps. Je vis au présent. Et dans ce présent, je n'ai aucune envie de me caser avec un mec qui fait l'affaire sous prétexte qu'il me faut être « en couple », déclara Nina en mimant des guillemets avec les doigts. Je veux plus que ça. Je t'en ai déjà parlé la semaine dernière : j'ai besoin de passion. Une vie sans passion ne mérite pas d'être vécue.

Noah cligna des yeux comme si une poussière le gênait.

— Je ne suis pas sûr de partager cet avis. On peut très bien être à la fois en couple et passionnés, non ?

— Hum, oui mais…

— Je veux dire, ne peut-on pas être fous amoureux tout en ayant à payer ses impôts et à faire des courses au supermarché ?

— J'entends bien, dit Nina sur ce ton classique que prend celui qui n'est pas du tout d'accord avec son interlocuteur mais ne souhaite pas faire de vagues. Mais pour moi, ça n'a rien de passionnant.

Tout sourires, Noah prit manifestement un malin plaisir à se faire l'avocat du diable. Était-ce un jeu ou tapait-il volontairement sur les nerfs de Nina ?

— On peut très bien avoir une dispute passionnelle au rayon des céréales pour choisir entre Kellogg's et Nestlé.

Difficile de ne pas sourire, mais Nina ne voulait pas encourager Noah dans cette voie. Et puis, elle prenait le sujet de la passion très au sérieux. Elle ne put toutefois s'empêcher de marmonner :

— Nestlé, toujours. Les Cheerios sont ma religion.

Noah la prit en pitié.

— On ne peut pas vivre passionnément chaque jour de l'année. Ce n'est pas une base assez solide pour une relation sincère. À moins que tu ne préfères la passion au grand amour.

— L'amour m'intéresse aussi, évidemment. Comme tout le monde, non ? demanda Nina dans un soupir. Mais je n'ai pas envie de m'enfermer dans la routine barbante d'une relation programmée sur deux, cinq ou dix ans. Voilà pourquoi *Les Hauts de Hurlevent* ont eu une telle influence sur moi.

Nina n'avait aucunement l'intention d'aller plus loin, mais le pic d'adrénaline encore présent après leur victoire au laser game et les vertiges causés par ses Martini poire épices délièrent sa langue.

— J'ai été coincée dans une relation stable, ma vie prenait une direction toute tracée qui ne me plaisait pas. C'est à cette période que j'ai lu *Les Hauts de Hurlevent*. J'ai alors pris conscience qu'il me fallait fuir avant qu'il ne soit trop tard.

— Fuir quoi ?

« L'éternel train-train matrimonial », faillit répondre Nina. Elle se contenta de secouer la tête. Ils n'en étaient qu'à leur deuxième non-rencard, ou rencard, et il était trop tôt pour lui dévoiler ses secrets les plus sombres.

— Fuir cette relation. J'y ai mis fin quand j'ai compris qu'à vingt ans je devais écouter mon cœur, et non les conseils de mon entourage. Mon cœur criait passion. Avant ce jour, je n'avais jamais été passionnée pour rien, sauf pour compter les calories de ce que je mangeais. Ce n'était pas une vie.

— Et aujourd'hui, tu es passionnée ?

— J'essaie.

Pourtant, cette existence ardente semblait lui échapper. Elle était hors de portée. Au lieu de vivre de passion, Nina vivait de petits drames au quotidien. On était loin du but. Fatiguée de toujours ramener la conversation sur elle, elle s'enquit :

— Et toi, qu'est-ce qui te passionne dans la vie ?

— Je ne suis pas quelqu'un de passionné, répondit-il laconique comme s'il n'y avait pas de quoi en faire un drame. Je suis entre deux, ni dans un extrême, ni dans l'autre.

Nina fit la grimace.

— Tu as forcément des passions, insista-t-elle.

— Non, je t'assure, dit-il en haussant les épaules.

— J'en doute. Il faut se méfier de l'eau qui dort.

Pourquoi tenait-elle tant à sortir Noah de son statut d'homme sans passion ?

— Non, vraiment, mon eau dort profondément, s'amusa Noah en la voyant insister autant. Elle serait même glacée. On raconte que je ne laisse pas les gens trop s'approcher de moi.

Mon Dieu, ce qui s'était passé au collège lui avait visiblement retiré toute confiance en lui. Les cicatrices étaient profondes. Paul l'avait détruit.

— Nina, ne prends pas cette expression navrée. Je ne suis pas passionné mais il y a plein de choses que j'aime faire, la rassura-t-il avec toujours ce ton coquin. J'aime les cocktails et les parties de laser game, tu l'auras compris. J'aime manger et travailler, mais surtout vivre en dehors de mon travail et partir pour l'aventure. Et la partager avec quelqu'un.

— Quel genre d'aventure ? tenta Nina.

Pour sa part, sa plus grande aventure se résumait à avoir menti au videur pour entrer dans un club privé en fin de soirée dans une petite ruelle entre Oxford Street et Tottenham Court Road, mais Noah n'avait pas l'air de parler de ce genre de tribulations. Elle reprit :

— Je suppose que tu cherches une fille intrépide qui n'aurait pas peur de descendre l'Amazone en kayak ni de randonner dans l'Hindou Kouch.

Ces choses auxquelles Nina ne se risquerait jamais.

— L'époque où je devais me faire vacciner contre la malaria et la fièvre jaune dès que j'entreprenais quoi que ce soit est terminée. Néanmoins, avant de revenir vivre définitivement en Angleterre, j'ai envie de prendre six mois de congé sabbatique pour partir en *road trip* aux États-Unis : m'arrêter dans chaque État, dormir dans des motels, manger dans des *diners*, visiter tous les sites touristiques du Grand Canyon jusqu'à Graceland.

— Ça fait envie, admit Nina quand on leur servit enfin leurs nachos. Je ne suis jamais allée en Amérique mais ça me plairait beaucoup…

— Pas si vite, ce n'est que notre deuxième rencard, il n'y a eu encore aucune activité folichonne entre nous. Attendons de voir comment les choses évoluent, rétorqua placidement Noah.

Quelle horreur ! Nina ne savait plus où se mettre. Voilà qu'elle s'empourprait encore. Elle n'avait jamais autant rougi qu'en présence de Noah. Souffrirait-elle de ménopause précoce ?

— Je ne disais pas ça pour partir avec toi, rétorqua-t-elle, froissée. Comme si Posy allait me donner six mois de congé, ha, ha !

Son rire forcé était censé faire entendre qu'elle aussi plaisantait. Pas étonnant que Noah lui lance encore l'un de ces regards scrutateurs qui la mettaient toujours mal à l'aise. Vite, elle chercha un sujet plus léger à aborder.

— Et donc, tu ne vas pas rester à Londres ?

— Non, je pensais revenir seulement pour Noël mais on a découvert que mon père souffrait de sclérose en plaques.

— Oh, je suis désolée…

— La maladie n'est pas à un stade avancé mais mes parents sont convaincus que la médecine occidentale ne ferait que précipiter les choses. Il va essayer un traitement chinois à base de plantes médicinales et de méditation. Je suis venu pour les soutenir. C'est encore en Angleterre que je me sens le plus chez moi, ajouta-t-il nonchalamment. Et puis, en mon absence, on m'a donné deux neveux et une nièce, j'aimerais les voir grandir, devenir leur oncle préféré, tout ça.

Nina n'avait aucun mal à le comprendre. Les liens du sang, il n'y avait rien de tel.

— Tu l'as dit. Mes deux nièces, Ellie et Rosie, sont la prunelle de mes yeux. Je les aime tellement que j'ai accepté de fêter l'anniversaire d'Ellie dans un parc de loisirs ce dimanche.

Elle s'interrompit tandis qu'elle s'apprêtait à engloutir un nacho chargé de fromage et prit la mesure du cauchemar qui l'attendait.

— La fête débute à 10 heures. Je ne savais même pas qu'un dimanche pouvait commencer le matin. D'habitude, je dors jusqu'au déjeuner.

Cette fois, Noah s'abstint de compatir. En dépit du fait qu'il soit 22 heures passées un soir de semaine et qu'il ait ingéré trois cocktails, Noah était plutôt du matin, de toute évidence.

— Tu vas devoir te lever tôt.

— Oui, mais je serai sur place. Ma belle-sœur m'a invitée pour une soirée entre filles samedi soir.

Elle préférait encore passer son samedi soir à Worcester Park plutôt que de se lever avant 8 heures le dimanche pour faire le trajet. Lorsque Nina avait confié à Chloé qu'elle n'avait aucune envie de rester chez sa mère le samedi soir, sa belle-sœur avait eu l'idée de l'inviter à sortir, si la perspective de dormir sur le canapé ne lui était pas trop déplaisante.

— Elle m'a proposé d'aller au *All Bar One*, ajouta-t-elle tristement. Je ne pourrai même pas m'enivrer à cause du parc le lendemain matin et de mon rendez-vous chez le tatoueur l'après-midi.

— Les tatouages et les gueules de bois ne font pas bon ménage ?

— Non, et je parle en connaissance de cause.

— Si ça peut te consoler, moi aussi, je rentre à Worcester Park ce samedi, dit Noah. Mais ma soirée ne sera pas aussi excitante que la tienne. Ma sœur et son mari sont invités à un mariage et leur baby-sitter a annulé. Je suis la seule personne qu'ils ont pu appeler à la dernière minute.

Il poussa un soupir.

— Tu n'as pas peur d'être responsable de la survie de ta nièce et de tes neveux ?

— Non, ce qui m'inquiète le plus, c'est de devoir changer une couche, grimaça-t-il. J'ai découvert qu'aucune application ne pouvait m'aider sur ce coup-là.

— Non, effectivement. À ta place, je m'entraînerais déjà à l'apnée.

Noah frémit de façon théâtrale. Nina éclata de rire. Elle pourrait rester là des heures, leurs jambes pressées l'une contre l'autre sous la table. Mais ils travaillaient tous les deux le lendemain et se trouvaient en plein centre de Londres. C'est pourquoi lorsque Noah proposa une dernière tournée, elle refusa à contrecœur.

— On ferait mieux de rentrer, dit-elle.

Tandis qu'ils sortaient du bar, Noah l'accompagna d'une main posée au creux de ses reins. Heureusement que Nina ne portait pas de talons, elle avait les jambes en coton. Était-ce la faute aux Martini ou au contact de la main de Noah ? Elle n'aurait su dire. Et peu lui importait.

Tout ce qu'elle savait, c'est qu'une fois assis à l'arrière d'un taxi noir qui leur coûterait une fortune – et Noah avait insisté pour la déposer en premier alors qu'ils allaient dans deux directions opposées –, ils se retrouvèrent si proches l'un de l'autre sur la banquette que quelques centimètres de plus auraient suffi pour que Nina se retrouve sur les genoux de Noah.

En temps normal, elle aurait servi quelque réplique coquine à ce sujet, mais cela faisait deux non-rencards qu'elle avait perdu toute notion de normalité.

— Pardon, lâcha-t-elle en voulant s'écarter pour lui laisser plus de place, mais il la retint doucement par le bras.

— Il n'y a pas de mal, souffla-t-il d'une voix rauque, obscure et sexy comme jamais.

Au lieu de s'éloigner, Nina se surprit à s'approcher. Le visage tout près du sien, elle put distinguer l'anneau noisette dont s'entouraient les pupilles de Noah.

Elle voyait aussi de près cette teinte rosée qui venait colorer ses pommettes dès que ses émotions étaient mises à rude épreuve. Lui qui jurait pourtant de toujours garder ses sentiments sous clé.

À cette distance, elle pouvait compter toutes ses taches de rousseur, mais n'en dénombra que cinq avant que Noah ne tende la main vers sa joue et l'attire au plus près. Nina ne sut dire qui embrassa l'autre en premier. Mais pour sûr, ils s'embrassèrent.

Oh, mon Dieu, j'embrasse Noah Harewood! Les gros titres s'effacèrent bien vite de son esprit quand Noah l'effleura de ses lèvres taquines. Il promena son pouce sur cette partie sensible juste derrière son oreille.

Nina fut incapable de résister à l'envie de se glisser tout contre lui sur la banquette, pressant son corps contre lui pour laisser libre cours à leurs baisers désormais assumés. Le poing fermé dans les cheveux flamboyants de Noah, elle savoura la danse espiègle de leurs langues cadencée par ce pouce dont il effleurait son pouls. Elle laissa échapper un grognement.

Ils finirent par s'écarter pour reprendre leur souffle, mais Nina l'attira pour le deuxième round, et cette fois, ils laissèrent courir leurs mains soudain moins chastes. Nina arracha par accident l'un des boutons de sa chemise bleue quand une toux les interrompit dans l'Interphone. Le chauffeur de taxi leur demanda :

— Ne serait-ce pas plus logique de passer d'abord par Bermondsey ?

Chapitre 15

« JE NE JOUERAI PAS À LA DAME AUPRÈS DE VOUS, JE CRAINDRAIS DE MOURIR DE FAIM. »

Quarante-trois heures plus tard, Nina avait encore des étoiles plein les yeux et les lèvres sensibles après tant de baisers en taxi, quand elle prit la direction de Worcester Park un samedi soir avec son baluchon et ses attentes mitigées quant à la soirée qui s'annonçait.

Elle avait reçu l'ordre de se rendre directement au *All Bar One* à Sutton où elle retrouverait Chloé. « Si tu passes d'abord à la maison déposer tes affaires, les filles ne voudront jamais se coucher », avait expliqué sa belle-sœur.

Secrètement, Nina aurait presque préféré rester chez Paul et Chloé au calme, à se faire livrer un repas indien à déguster devant un film sur Netflix. Sans compter qu'elle devrait s'en tenir à deux verres de vin si elle comptait passer son dimanche après-midi et une partie du soir à se faire tatouer.

Et puis, elle n'était pas d'humeur à passer la soirée à esquiver les avances de loups solitaires en chasse. Ce n'était certainement pas à Sutton, au *All Bar One* un samedi soir que Nina allait rencontrer le grand amour. Et quand bien même elle le rencontrerait, Nina serait forcée de l'éconduire par principe car, même s'il n'était pas son âme sœur, elle n'arrivait pas à s'enlever Noah de l'esprit. À oublier ses baisers, sa nonchalance lorsqu'il avait lancé au moment où Nina était sortie du taxi : « Je suis content qu'on n'ait pas attendu le troisième soir pour s'adonner à des activités folichonnes. »

Et il y aurait un troisième soir. Pas un non-rencard, un vrai rencard en bonne et due forme. En tout cas, c'était ce que Nina espérait, mais il était encore trop tôt pour planifier quoi que ce soit. Le délai minimum accordé était de quarante-huit heures avant d'appeler quelqu'un avec qui l'on était sorti deux fois pour s'informer de la situation et fixer un troisième rendez-vous.

Bien sûr, Noah aurait pu la joindre. Nina n'attendait que ça, mais il n'en avait rien fait. Sans doute était-il trop pris par le travail. À moins qu'il ne se soit repassé le film de leur soirée, de l'affiche du *Laser Game L'Ancien* jusqu'à la vision de Nina sur le trottoir en train de lui faire signe de la main comme il s'éloignait en taxi, et qu'il ait décidé de ne pas donner suite.

Peut-être avait-il été déçu par les baisers de Nina, moins convaincants que ceux de ses précédentes conquêtes. Pourtant, personne ne s'était jamais plaint des prouesses de la jeune femme en la matière.

Ce n'était pas dans ses habitudes de douter autant. Elle n'aimait pas ça. Elle n'aimait pas se dire que Noah la replongeait à une époque où un samedi soir à Sutton apparaissait comme une sortie de folie.

Décidément, ses sentiments pour Noah étaient pour le moins paradoxaux. En attendant de faire du tri dans sa tête, elle n'était pas contre l'idée d'un Casanova croisé au hasard d'une soirée à Sutton.

Quand elle prit sa correspondance à Waterloo, à contre-courant d'une marée de gens quittant leur banlieue pour leur sortie hebdomadaire dans l'ouest de Londres, Nina sentit l'angoisse se nouer dans son ventre comme un kebab que l'on peine à digérer.

Arrivée devant le *All Bar One* sur Hill Street, elle entra sur permission des vigiles et ignora les sifflements d'une bande de types sortis fumer au-dehors et qui n'avaient manifestement jamais vu de femme en robe moulante aux motifs de cerises avec les cheveux rose acidulé. *Vivement dimanche midi et le retour à la civilisation*, songea Nina.

— Blimey, tu vois ce que je vois ? entendit-elle une cliente appeler son amie comme Nina passait devant elles pour traverser la grande salle au fond de laquelle un texto de Chloé promettait qu'elle y retrouverait sa belle-sœur en compagnie d'une bouteille de rosé.

Tu n'es plus à Kansas, ma vieille, se rappela-t-elle. Chloé lui faisait signe au bout de la salle. Elle lui décocha un grand sourire.

— Prête pour notre soirée entre filles ? lança-t-elle gaiement avant de remarquer les cinq autres femmes assises sur les banquettes. Et si on allait se trouver une table au calme ?

— Oh, désolée, Nina. Notre soirée entre filles s'est transformée en sortie des jeunes mamans, expliqua Chloé avec une mine déconfite. Ça ne te dérange pas, j'espère ? Tu peux être notre maman à titre honorifique.

— Ou votre tatie symbolique ! Bien sûr que non, ça ne me gêne pas. Plus on est de fous, plus on rit, renchérit Nina, le sourire généreux en jetant un coup d'œil aux autres femmes.

Deux d'entre elles échangèrent un regard en coin devant la manchette tatouée que Nina dévoila en retirant sa veste en cuir. On lui fit une petite place sur la banquette, malheureusement à l'autre extrémité de la longue table basse qui séparait leurs deux canapés et elle se retrouva ainsi à l'opposé de Chloé. Elle décocha un sourire gêné à la femme assise à côté d'elle, Kara, qui lui rendit son rictus crispé.

Les copines de Chloé s'étaient toutes rencontrées lors de cours prénatals, de séances de jeu entre mère et nourrisson ou à la sortie de l'école ; leurs enfants occupèrent ainsi le plus gros de leurs conversations. Le petit Nathan faisait encore ses dents, Anjali avait mis longtemps à parler mais était devenue une véritable pipelette. Lorsque l'une d'elles se plaignit que ses jumeaux de trois ans n'avaient pas obtenu de place en crèche, Nina s'aperçut qu'elle était dans sa classe au collège. Elle se raidit. Détailla ses autres camarades de soirée. Deux autres avaient également fréquenté Orange Hill, elles avaient un an de plus que Nina. Noah n'était pas le seul à traîner des casseroles datant du secondaire.

Tu vaux mieux que ça, se dit Nina. *Tu habites à Bloomsbury, tu travailles dans une librairie, tu as des tonnes d'amis fascinants, les bras couverts de tatouages et tu es récemment sortie deux fois avec un homme totalement différent de ceux que tu as fréquentés jusqu'à présent.*

Déjà, elle se sentait mieux. Elle avait réussi à quitter la vie de banlieue. *Ça y est !* Quarante-huit heures s'étaient écoulées depuis son dernier rendez-vous avec Noah, rien ne l'empêchait de lui envoyer un petit message. L'idée qu'il puisse se libérer de sa corvée de baby-sitter pour la rejoindre au *All Bar One* suffit à la faire frémir. Elle porta un doigt à ses lèvres encore engourdies par leurs baisers.

> Tout se passe bien ? Tu as changé une couche ? Je suis au *All Bar One* coincée avec des mamans pour leur sortie hebdomadaire. On échange quand tu veux. Bisous, Nina.

Elle avait longuement hésité pour ce « Bisous », mais après tous les baisers du jeudi soir, il aurait presque été impoli de ne pas le mettre. Nina envoya le texto, esquissa un vague sourire aux mères assises à côté d'elle, en pleine discussion sur la « diversification » – allez savoir de quoi il s'agissait –, et attendit impatiemment la réponse de Noah.

Et elle attendit.

Elle attendit.

Elle attendit encore.

S'il était occupé à changer une couche, il devait avoir terminé. Lui répondre, il n'avait que ça à faire. Mais il n'en faisait rien. Bon sang, elle n'avait aucune envie de réagir comme ça, mais le silence de Noah mettait ses nerfs à rude épreuve et le fait de revenir sur les terres de son adolescence n'arrangeait rien à son angoisse. Se pouvait-il qu'elle ne plaise pas à Noah ? C'était pourtant lui qui l'avait invitée la première fois. Aurait-il accepté ce deuxième rencard par pure courtoisie ? Et leurs baisers ? Nina était-elle vraiment si mauvaise que cela ? Elle frémit d'horreur sur sa banquette. Toutes ses précédentes proies n'avaient pourtant pas tari d'éloges sur le sujet !

Nina lança un regard noir à son téléphone. Et puis, simple vérification, histoire d'être sûre d'avoir toujours d'autres options sous la main, elle se connecta sur Pécho, qu'elle ne s'était toujours pas résolue à supprimer. À peine quelques secondes plus tard, contrairement à la fonction « SMS » de son téléphone, son application ne cessa de biper sous l'afflux de réactions d'hommes qui avaient aperçu et apprécié sa photo.

— Oh, serait-ce le fameux site de rencontres ? demanda Kara en scrutant impunément l'écran du portable de Nina. Ma petite sœur passe sa vie sur cette application. Apparemment, elle n'aurait rencontré que des mochetés.

— Si ce n'était que ça, soupira Nina. Regarde celui-ci. Il doit avoir douze ans !

Elle ouvrit le message qu'il venait de lui envoyer.

— Mais… c'est un pénis ! s'écria Kara en se couvrant les yeux.

— Il n'y a pas mort d'homme, fit remarquer Nina en levant son téléphone. C'est juste une photo.

Il y eut un concert de cris d'horreur, puis Chloé annonça fièrement :

— Je vis une vie de célibataire par procuration grâce à Nina. Ses anecdotes sont juteuses à souhait. Nina, raconte-leur l'histoire du mec qui travaillait au PMU.

Certes, Noah n'avait pas répondu à son texto, mais Nina s'en remettrait car c'était une femme libre et fière de l'être. Elle était la célibataire qui racontait ses pires mésaventures – « il eut soudain la bonne idée de poser sa pinte de blonde sur son pénis en érection, et c'est là que je lui souhaitai cordialement le bonsoir » – à un parterre de jeunes mères partagées entre horreur et allégresse. Toutes satisfaites d'être casées et de ne pas avoir à s'inscrire sur Pécho, ou pire, à se faire « pécho » par une brute de Pécho.

Nina n'avait jamais rechigné à être l'attraction de son entourage. Bien souvent, quand la boutique était déserte, Posy et Verity la suppliaient de leur raconter une anecdote tirée de son immense répertoire de premiers rendez-vous. Ce soir-là, ce talent brisa la glace.

Les amies de Chloé comprirent rapidement que sous ces cheveux roses et ces tatouages se cachait un attachant boute-en-train. Et Nina, un peu honteuse, prit conscience de deux choses. La première : les copines de sa belle-sœur étaient adorables. La seconde : quand aucune baby-sitter n'était disponible et qu'on avait l'habitude de s'écrouler à 22 heures faute d'avoir réussi à coucher ses enfants avant, la perspective d'un samedi soir au *All Bar One* de Sutton équivalait à une invitation pour une semaine à Las Vegas.

Arrivé à sa troisième bouteille de rosé bien entamée, le groupe avait tissé des liens désormais solides. Tout en s'employant désespérément à faire durer son second et dernier verre, Nina écoutait les conseils que lui prodiguait Dawn, la meilleure amie de Chloé, pour optimiser la présence d'*Au Bonheur des tendres* sur les réseaux sociaux et se créer une base solide de *followers* à qui donner envie de lire de la romance. Dawn avait ouvert une page Instagram pour ses deux bouledogues français, Eric et Ernie ; en l'espace d'une année, elle avait engrangé cinquante mille *followers* et reçu des échantillons de diverses entreprises allant des friandises pour chiens aux manteaux en coton en passant par des traitements antipuces. Elle avait même des partenariats et des sponsors. Pour résumer, elle pouvait quasiment vivre des photos qu'elle postait. Nina osait à peine imaginer la réaction de Posy si elle trouvait par magie une nouvelle source de revenus pour sa librairie. *Elle en aurait le vertige, la pauvre.*

— Tout dépend des hashtags, expliqua Dawn. Et des *follows*. Moi, je suis à peu près toutes les pages qui touchent aux photos de chiens sur Instagram.

La soirée que Nina redoutait tant se révéla excellente. *Et elle aurait été encore meilleure si j'avais pu boire un peu plus,* se dit-elle, accoudée au bar pour commander sa tournée et se renseigner sur les tapas disponibles à la carte. Chloé était soûle comme une barrique, Nina devait lui trouver de quoi éponger tout cet alcool avant d'envisager de la porter jusqu'au taxi.

Elle-même dut se contenter d'un verre d'eau pétillante et de quelques paquets de chips, et se retourna pour se faufiler dans la foule quand elle bouscula un homme qui lui marcha sur le pied.

— Aïe ! s'exclama-t-elle en renversant son eau sur le tee-shirt du type. Regardez où vous marchez !

— C'est à moi de vous le dire ! gronda-t-il, cognant un groupe de personnes derrière lui dans son demi-tour, ce qui lui valut d'autres « hé, attention ! »

Les yeux ronds comme des soucoupes, Nina manqua de renverser ce qui restait d'eau pétillante dans son verre. L'homme qui se tenait devant elle avait gardé certains traits du garçon de seize ans qui l'avait invitée au bal de l'école, mais une calvitie menaçait, sa mince silhouette et ses joues creuses d'autrefois étaient à présent rebondies, et il avait la mâchoire qui s'était ciselée comme à force de trop grincer des dents. De toute évidence, il ne la reconnaissait pas, elle aurait donc pu s'éclipser incognito, mais elle fut bien incapable de retenir un « Dan ?! » strident.

C'est là qu'il la reconnut. Elle vit dans ses yeux le choc. Puis la résignation.

— Nina, dit-il platement. C'est toi.

— En chair et en os, opina-t-elle.

Presque dix ans s'étaient écoulés depuis leur rupture ; dix ans depuis que Nina avait donné à Dan une explication évasive quant aux raisons de leur séparation dont Dan n'avait pas écouté un traître mot. Il n'avait fait que la supplier de lui revenir, mais elle avait fait preuve d'une détermination rare qu'elle n'avait jamais eue avant… ni jamais après non plus.

Bien sûr, ils s'étaient recroisés plusieurs fois par hasard avant que Nina ne quitte Worcester Park. La tristesse teintée de reproche de Dan avait rapidement cédé la place à l'arrogance dès lors qu'il s'était fiancé à une certaine Angie.

Le mariage et les deux enfants étaient arrivés dans la foulée. Tout ce dont il avait toujours rêvé.

Dan et Nina s'écartèrent du passage menant au bar et prirent une seconde pour se dévisager. Il n'avait que trente et un ans, pourtant son air amer et blasé lui en prêtait davantage.

Mais Nina n'allait pas le juger, elle estimait que les années ne lui avaient pas fait plus de cadeaux.

— Alors, comment vas-tu ? demanda-t-elle avec entrain, car elle avait toujours souhaité le bonheur de Dan. Comment vont Angie et les enfants ?

Le visage de Dan s'assombrit.

— On est séparés.

Une longue histoire qui se résumait à quelques faits malencontreux. Angie avait trompé Dan. Puis l'avait chassé de cette maison pour laquelle il avait emprunté sur des années. Enfin, seul un procès lui avait permis de négocier pour revoir ses enfants.

— Oh, Dan, je suis désolée, se chagrina sincèrement Nina.

— Ouais, tu peux, rétorqua-t-il sèchement car, c'est vrai, elle avait été cruelle avec lui quelques années plus tôt, mais c'était de l'histoire ancienne.

Ce n'était tout de même pas elle qui l'avait poussé dans les bras d'Angie. Deux ans s'étaient écoulés entre sa séparation avec Nina et sa rencontre avec Angie, et si elle était navrée de la façon dont elle avait rompu, elle ne regrettait pas cette séparation. Ce n'était que récemment qu'elle avait trouvé la paix à ce sujet.

— Oh, je t'en prie. Combien de fois faudra-t-il encore que je m'excuse pour la méchanceté avec laquelle je t'ai brisé le cœur ? De l'eau a coulé sous les ponts, lui rappela-t-elle, convaincue qu'elle méritait une médaille pour le calme dont elle faisait preuve à cet instant. Tu sais aussi bien que moi que les choses auraient mal tourné si nous étions restés ensemble.

— Qu'est-ce que tu en sais, après tout ? interrogea tristement Dan, sans agressivité ni arrogance, mais avec le ton qu'aurait pris le jeune Dan de seize ans.

Son amour de jeunesse. Son fiancé.

Nina posa une main sur son bras.

— Je le sais, c'est tout.

— Parce que tu es heureuse aujourd'hui ?

L'éternel paradoxe de Nina : elle n'était pas heureuse, mais n'était pas malheureuse non plus, coincée quelque part entre les deux. Une chose était sûre, elle avait eu raison de s'éloigner de Dan à cette époque, de s'éloigner de Worcester Park et de cette vie bien rangée et sûre qui commençait alors à l'étouffer. Il lui restait du chemin à parcourir avant de réaliser ses rêves, mais le fait de tomber sur Dan lui fit prendre conscience de toute la route qu'elle avait déjà parcourue.

— Écoute, je suis désolée que ça n'ait pas marché avec Angie, répéta-t-elle.

Quand elle s'éloigna, Dan lui dit quelque chose qu'elle ne comprit pas car elle continua d'avancer, impatiente de remettre Chloé d'aplomb et de partir de là.

Pendant ses quelques minutes d'absence, la bouteille de rosé avait fait un carnage à sa table. Sur l'échelle de l'ivresse, les mères en étaient toutes au stade du grand amour et des effusions d'amitié. Elles voulaient serrer Nina dans leurs bras, lui dire qu'elle était une fille géniale et qu'elle méritait de trouver le chic type qui lui ferait des enfants.

— Tu te sentiras complète.

Nina s'abstint de leur préciser qu'elle était déjà parfaitement constituée. Terminée. Hormis sa manchette des *Hauts de Hurlevent* à achever, elle se considérait comme un produit fini. Était-elle aussi pénible et radotait-elle autant lorsqu'elle buvait ?

— Une autre bouteille pour la route ! cria Kara, mais Nina se montra catégorique.

— Non, on arrête là, trancha-t-elle sévèrement. Vous êtes attendues dans un parc pour enfants dans quelques heures.

Concert de grommellements sourds. Nina parvint à organiser un dernier convoi aux toilettes avant de partir, puis les conduisit toutes au-dehors où il fallut les répartir dans des taxis. Seule Chloé resta sur le carreau, aucun chauffeur n'accepta de la prendre au vu de son teint verdâtre.

Ce qui devait arriver arriva sur le long et laborieux trajet à pied jusqu'à la maison. Chloé rendit ses excès sur le bord de la route.

— Vas-y, ma belle, l'encouragea Nina en lui massant doucement le dos. C'est mieux dehors que dedans. Non ! N'enlève pas tes chaussures. Tu crois que tu en as envie, mais ce n'est pas le cas.

Chloé se redressa et essuya ce qui lui restait de rouge à lèvres du revers de la main.

— Je t'aime, Nina. Ce que je peux t'aimer, c'est fou !

— Ouais, ouais, soupira Nina en repassant le bras autour des épaules de Chloé pour l'encourager à continuer à tituber sur quelques mètres de plus. Je sais, tout le monde m'aime, c'est fou.

Chapitre 16

« Les honnêtes gens ne dissimulent rien de leurs actions. »

Il était 2 heures du matin passées quand Nina put enfin s'effondrer dans son lit. Ou plutôt, dans le canapé du petit salon de Paul et Chloé. Elle se couvrit d'un plaid en chenille taché de chocolat. *En espérant que ce soit bien du chocolat.*

À 6 heures à peine, ses nièces l'arrachèrent brutalement des bras de Morphée en bondissant sur son canapé. Elle tenta de les sommer de retourner se coucher, mais rien n'y fit, pas même la menace de demander au père Noël de les mettre sur la liste des enfants pas sages.

— Le père Noël n'existe même pas, clama Rosie, cinglante du haut de ses huit ans. Et même s'il existait, Noël est dans très très longtemps. On pourra toujours se rattraper.

Pendant ce temps, la petite Ellie, encore peu au fait des frontières de l'intimité de chacun, se colla nez à nez contre la figure de Nina.

— Tu es bizarre sans ton maquillage. J'aime pas.

Nina n'eut ainsi d'autre choix que de se lever, d'allumer la télévision sur une série appelée *La Pat'Patrouille* et de viser grossièrement deux bols avec une boîte de céréales avant de revenir s'asseoir sur le canapé, flanquée de ses deux nièces. De vraies pipelettes alors que Nina les suppliait de se taire.

Paul et Chloé, cette dernière encore pâle, ne descendirent pas l'escalier avant 8 heures. Les deux plus longues heures de la vie de Nina.

— Merci, frangine, je te dois une grasse matinée, lui dit Paul en souriant. Il faudra attendre un peu pour la douche, il n'y a plus d'eau chaude.

— Je vous déteste, larmoya Nina en s'avachissant sur l'îlot central de la cuisine. J'ai l'impression d'avoir été renversée par un train.

— Eh oui, c'est ce que ressentent tous les jeunes parents, déclara Chloé en se servant un café dans une tasse si grande qu'elle aurait pu servir de soupière.

Étant donné son état, elle aurait aussi bien pu se soûler pour de bon, elle aussi, songea Nina deux heures plus tard en arrivant dans l'antre de l'enfer qu'était le parc pour enfants.

Tout n'était que néons et lumières phosphorescentes autour d'une mer de petites filles en tenue de princesses Disney qui couraient partout en hurlant. Leurs braillements n'avaient d'égale que la musique pop criarde que crachaient les enceintes en continu, une musique qu'on aurait crue chantée par une bande d'écureuils sous hélium.

Et l'odeur ! Un mélange de friture, d'antiseptique et d'une pointe de vomi.

— Ils vomissent tout le temps, expliqua la triste adolescente qui montait la garde pour s'assurer que personne ne faisait pipi dans le parc à boules.

La situation pouvait difficilement empirer, tenta de se rassurer Nina. Mais le sort s'acharnait. Dans un effluve de Chanel N° 5 mêlé de mauvaise énergie, sa mère apparut à ses côtés.

En ce dimanche matin, Alison O'Kelly aurait bien du mal à trouver quoi que ce soit à reprocher à sa fille. Nina était là, présente, à peu près en possession de ses moyens, et jouait la tatie modèle en participant à tous les jeux d'enfants. Mais la mère de Nina avait plus d'une corde à son arc et lui trouvait toujours quelque chose à redire.

— Oh, Nina, tu aurais pu faire un petit effort, c'est un anniversaire tout de même, lui dit-elle en guise de bonjour.

En cruel manque de sommeil et en prévision d'un après-midi à se faire planter des aiguilles dans la peau, Nina avait opté pour une tenue confortable. Elle portait une salopette de chez son fournisseur officiel de jeans rétro, *Freddies of Pinewood*, un chemisier en soie vert foncé à pois blancs avec une lavallière et ses cheveux noués étaient cachés sous un foulard. Nina se considérait au top dans ce look à la Rosie la Riveteuse, d'autant plus qu'elle était maquillée avec brio, comparée à tous les autres parents en jean et sweat à capuche.

Mais elle ne laisserait pas sa mère lui saper le moral.

— Tu as fière allure, maman, lança-t-elle en retour en désignant la robe souple et fleurie d'Alison et sa coiffure impeccable.

Sa mère ne se laissa pas amadouer.

— Quand je pense que tu ne restes même pas déjeuner. La pauvre petite Ellie était inconsolable en l'apprenant.

La pauvre petite Ellie, en costume complet de Petite Sirène, crapahutait partout avec ses copines, tenant un cupcake dans une main et une poignée de biscuits salés dans l'autre tout en poussant un beuglement au sommet de son registre vocal.

— Apparemment, elle s'en est remise, observa Nina, mais sa mère n'avait pas terminé.

— Nous devons t'ennuyer, pauvres provinciaux que nous sommes.

Nina n'avait jamais été aussi heureuse d'entendre le « bip » de réception d'un SMS sur son téléphone.

— Désolée, mentit-elle. Je dois lire ce message, ce doit être au sujet de mon rendez-vous chez le tatoueur.

Ce qui était fortement improbable, car ni Claude ni Marianne ne seraient réveillés et suffisamment sains d'esprit pour manipuler un écran tactile à cette heure. Quand Nina sortit son téléphone de la poche frontale de sa salopette, elle lut le nom de Noah et fut surprise de sentir son cœur manquer un battement.

> Désolé de répondre si tard. Je me suis endormi dans l'exercice de mes fonctions ! Il n'y a pas de train aujourd'hui pour cause de maintenance électrique, tu étais au courant ? Je suis en voiture, je te ramène ?

En recroisant Dan au bar la veille, Nina avait eu la confirmation qu'elle avait bien fait de ne pas se caser avec un type de Worcester Park. Son changement de vie radical avait été un mal nécessaire pour ne pas finir avec un type de Worcester Park. Noah était un type de Worcester Park mais…

> Oh, oui, volontiers ! Sors-moi de cet enfer ! Je suis dans un parc pour enfants au centre d'Ewell. Je crois que ça s'appelle l'Enfer sur Terre.

Noah était un type de Worcester Park, mais il avait plié bagage à la première occasion. Il avait vécu des aventures. Avait roulé sa bosse. Et il proposait de tirer Nina des griffes du dragon tel le chevalier servant sur son cheval blanc.

Noah lui répondit immédiatement.

Tu peux m'envoyer tes coordonnées GPS ?

Avec plaisir. Encore faut-il savoir comment faire.

Il lui décrivit la marche à suivre et elle s'exécuta pendant que sa mère continuait de se plaindre derrière elle.

— Quelle indélicatesse, passer ainsi son temps sur son téléphone pour l'anniversaire d'Ellie.

— Je crois que c'est l'heure du gâteau, observa Nina à l'approche de Chloé chargée d'une grande boîte à pâtisserie. Il ne faut pas manquer ça !

Puis Nina fila à toute vitesse. Alison elle-même ne put lui reprocher sa démarche auprès du responsable afin qu'il éteigne les alarmes incendie le temps qu'Ellie souffle ses bougies. Elle fit ensuite le chef d'orchestre pour un grand *Joyeux Anniversaire* général et servit des parts de gâteau à des mains d'enfants crasseuses et à leurs mères encore peu remises de leur gueule de bois.

Nouveau « bip » dans la poche frontale de sa salopette. *Un message de Noah.*

Je suis là dans deux minutes. Je te retrouve à l'entrée.

Oh, mon Dieu ! Si Nina ne s'était pas laissé distraire par les médisances de sa mère, elle aurait pensé à demander à Noah de l'attendre au coin de la rue car ils n'avaient toujours pas discuté de Paul et des répercussions de ses agissements sur la vie de Noah.

Et si jamais il venait la retrouver dans le parc ? Elle n'osait même pas y penser.

Il fallut une minute et quarante-sept secondes à Nina pour faire ses au revoir à tout le monde – parfois d'un cri à distance – pour prendre Ellie dans ses bras, récupérer son baluchon et faire la sourde oreille devant les remontrances de sa mère.

— Comment ? Tu pars déjà ? Mais tu viens à peine d'arriver.

Une voiture se garait sur le parking à quelques mètres de l'entrée quand Nina sortit de ce purgatoire peuplé d'enfants. Elle tendit le cou pour s'assurer que, oui, le chauffeur avait bien les cheveux roux, et leva la main pour le devancer mais Noah sortait déjà de la voiture.

— Reste où tu es ! lui cria-t-elle alors qu'il lui faisait signe, un grand sourire aux lèvres comme s'il était ravi de la voir. Ne bouge pas, reste là !

Elle braillait comme un veau mais la technique fonctionnait car, quoique déconcerté, Noah ne fit pas un pas de plus vers elle, il aurait donc toutes les chances d'échapper à des retrouvailles bouleversantes avec Paul qui – au grand désarroi de Nina – émergeait justement du parc avec Rosie, laquelle était en pleine crise parce que Ellie monopolisait toute l'attention.

Noah était à présent assez proche pour lancer :

— Qu'est-ce qui t'arrive ? Je viens te sauver, pourquoi te mets-tu dans cet état ?

Nina agita les mains dans sa direction. Paul était *a priori* trop occupé pour les apercevoir, mais ce n'était qu'une question de temps. Il était accroupi et n'avait d'yeux que pour sa fille aînée assise en équilibre sur son genou. *Ouf !*

Malheureusement, Nina n'échapperait pas à un dernier au revoir. Alors que Rosie se jetait au cou de sa tante, Paul se redressa. Et Noah était toujours planté près de son véhicule, dans le dos de Paul. Nina pouvait encore s'en sortir…

— Paul, siffla-t-elle à son frère en le repoussant vers l'entrée du parc. Tu es en train de manquer l'anniversaire de ta fille, maman va te passer un savon.

— Oh, non, tu as raison !

Il n'y avait rien de tel pour s'assurer la disparition de Paul au pas de course. Il déguerpit en un éclair, attirant la pauvre Rosie qui protestait avec lui, et Nina put tranquillement rejoindre Noah qui lui ouvrait la portière de sa voiture.

— Hum, désolée, dit-elle nerveusement en montant à bord.

Noah contourna la voiture et s'installa sur le siège du conducteur.

— Pas de souci. Pressée de partir, hein ?

Il alluma le moteur.

— Et comment ! C'était encore pire que notre aventure au *Laser Game L'Ancien*.

Sur un rire, Noah lui lança un regard en coin.

— Je te laisse tranquille un moment, le temps de t'en remettre.

Elle avait encore du mal à croire qu'elle s'en sortait si facilement. Noah n'avait pas vu Paul. Paul n'avait pas vu Noah. Le Jugement dernier n'était pas pour tout de suite, mais si Nina devait encore vivre une frayeur pareille, elle risquait de mourir d'une crise cardiaque avant d'avoir eu le temps de tout lui avouer.

Ils roulèrent en silence. Une fois sur l'autoroute, Nina se décida à briser la glace.

— Je ne savais pas que tu avais une voiture.

Les autres sujets, elle ne savait comment les aborder.

— Je fais partie d'un club de location, expliqua Noah en doublant un véhicule.

— Ah, bon.

Revoilà ce regret de ne pas avoir assez bu la veille. Une gueule de bois l'aurait mise dans un délicieux état d'engourdissement des sentiments. Mieux encore, elle regrettait carrément de ne pas être soûle là, maintenant.

Le regard vague par la vitre, elle fit la grimace à cette enfilade de maisons et de jardins. Le Jugement dernier était peut-être pour aujourd'hui. Il était temps de révéler toute la vérité. Cette passade entre eux, depuis les deux non-rencards et maintenant ce sauvetage des griffes de l'antre des enfants, prenait une tournure plus sérieuse, mais comment pourraient-ils aller plus loin ensemble alors que Nina lui cachait cet affreux secret ? C'est vrai, Noah risquait de ne plus jamais vouloir la revoir, mais c'était à lui de prendre cette décision.

— Ça y est, tu es prête à discuter entre adultes ? s'enquit Noah.

— Oui, je crois, répondit Nina avant de prendre une profonde inspiration. Écoute, il faut que je…

— Tu sais, je me demandais si tu pensais la même chose de Worcester Park, lâcha soudain Noah. Ce retour à la maison – même si je ne m'y sens plus chez moi depuis longtemps – me renvoie à mes douze ans. (Quand Nina se tourna vers lui, elle constata qu'il avait les joues rouges.) Comme si tout ce que j'avais accompli depuis le lycée, tout ce que j'ai appris, mes expériences, mes amis, les endroits où je suis allé, comme si tout ça s'était envolé et que je redevenais l'intello binoclard et boutonneux bon à rien. Ce matin, je suis passé voir mes parents et le seul fait de remonter ma rue m'a propulsé dans le passé. J'ai retrouvé ce vieux regret de ne pas être malade le matin et de devoir aller à l'école. Le pire, c'était le dimanche, quand le week-end était presque fini et qu'il allait falloir retourner en classe le lendemain…

— Je croyais que tu avais appris à faire la part des choses, dit Nina en souffrance car elle n'avait pas la force d'entendre un mot de plus.

Elle posa même une main sur le bras de Noah, pour le réconforter, mais surtout pour le faire taire.

Il était à présent évident qu'elle ne pourrait jamais lui avouer que son frère était le bourreau qui faisait des dimanches soir de Noah un enfer dans l'anticipation de lundis traumatisants.

Si elle le lui révélait, tout serait terminé. En la regardant, Noah ne verrait plus Nina, il verrait Paul. Pas le Paul d'aujourd'hui, gentil, aimant, le meilleur des papas, mais celui de l'époque. Une brute en survêtement, comme son frère le disait lui-même.

— Je prends conscience qu'il y a des choses que je ne peux pas oublier, admit Noah. Pas quand je reviens ici.

— Mais il ne faut pas vivre dans le passé, tenta désespérément Nina, et comme Noah venait de s'ouvrir à elle, faute de pouvoir lui dire la vérité, elle eut envie de se confier à son tour sur un souvenir douloureux. Hier soir, au *All Bar One*, je suis tombée sur mon ex. Celui dont je t'ai parlé.

— Oh, commenta Noah en lui lançant un nouveau regard en coin avant de doubler une autre voiture. Ton amour d'enfance ?

— Le seul et l'unique. Dan Moffat, répondit Nina sans réfléchir.

— Dan Moffat ? Ce nom me dit quelque chose.

Mais Noah n'en dit pas plus et ne rougit pas comme au souvenir d'un épisode douloureux. Dan n'était donc pas l'un des coupables qui avaient fait du quotidien de Noah un cauchemar. C'était déjà ça.

— On a commencé à sortir ensemble quand j'avais quinze ans. C'était mon premier petit ami, expliqua Nina. Je ne pensais qu'à ça : me trouver un petit ami. (Sur ce point, elle n'avait pas vraiment changé, se dit-elle.) J'étais basique, à l'époque. Je voulais ressembler aux autres, porter les mêmes vêtements, fréquenter les mêmes endroits.

— Comme la plupart des adolescents, observa Noah. C'est toujours plus rassurant.

— Mais parfois, rassurant rime avec barbant. Et je l'étais à l'époque. Toutes les femmes de ma famille étaient mariées à vingt ans et je n'avais pas d'autre ambition que de les imiter. Je suis donc sortie avec Dan, il était adorable et l'on s'est fiancés le jour de mes dix-huit ans. La date du mariage était fixée, le traiteur réservé, et c'est là que j'ai lu *Les Hauts de Hurlevent*. Je me suis rendu compte que je dormais. Que je flottais mollement sur place en eaux marécageuses. Qu'il était temps de sauter du bateau et de nager vers d'autres horizons. Tu vois ce que je veux dire ?

— Oui, je crois, osa Noah en lui donnant un petit coup de coude taquin. Mais je suis un peu perdu dans toutes tes métaphores aquatiques.

Nina sourit.

— OK, je t'épargne le passage où j'ai appris la nage papillon après la brasse coulée.

Elle se rembrunit, en particulier parce qu'elle ne pouvait pas lui expliquer que sa révélation était due à l'accident de Paul.

— Bref, reprit-elle, j'ai décidé de cesser de mener la vie que ma mère m'avait toute tracée. J'ai démissionné du salon de coiffure de ma tante pour trouver un poste plus en vogue dans le centre de la ville, et j'ai rompu avec Dan deux semaines avant notre mariage, ce fut brutal. C'était il y a dix ans et ma mère ne me l'a toujours pas pardonné.

— Waouh. Pourtant, on pourrait croire qu'il y a prescription.

— Ce n'était pas seulement à cause de la rupture avant les noces, précisa Nina. Elle prenait comme une insulte personnelle tout ce que je faisais pour me remettre dans le droit chemin, de mes teintures de cheveux jusqu'aux calories que j'engloutissais, alors qu'elle me faisait suivre un régime depuis mes douze ans.

— Un jour, mon père a trouvé un emballage de beignet au bœuf dans mon linge sale alors que je rentrais de la fac pour le week-end. Mes parents ont compris que je n'étais plus végétarien et m'ont inscrit à des séances de thérapie familiale pour me faire réfléchir, raconta Noah.

— Je troquerais volontiers dix ans de critiques passives-agressives de ma mère contre une semaine de thérapie.

Elle réfléchit une seconde avant d'ajouter :

— Elles sont même plutôt agressives-agressives. (Mais ils s'éloignaient du sujet, songea Nina.) Ce que je veux dire, c'est que peu importe qui nous étions autrefois. C'est la personne que l'on décide d'être aujourd'hui qui compte, insista-t-elle avec beaucoup de force et de sentiment.

Noah croisa son regard dans le rétroviseur, l'air toujours grave, mais moins triste à présent.

— Ça, tu l'as dit.

Chapitre 17

« Il vous suffirait de me regarder une seule fois avec ce qui est enfoui en vous pour faire de moi votre esclave. »

Elle eut beau insister pour qu'il la dépose à la première station de métro qu'ils croisaient, Noah ne se contenta pas de ramener Nina à Londres, mais la conduisit jusque chez Marianne et Claude dans le quartier de Kentish Town.

En route, il lui fit découvrir les retransmissions de la radio *This American Life* et quand Nina lui demanda ce qu'il entendait par « s'endormir dans l'exercice de ses fonctions » dans son texto, il attendit un feu rouge pour lui montrer son portable.

— Ma sœur a pris cette photo quand elle est rentrée, commenta-t-il. Juste avant de me réveiller et de remonter les bretelles de l'indigne baby-sitter que je suis.

Sur la photo, Noah était avachi sur un canapé avec un bébé blotti au creux de son cou et un petit enfant étendu sur le torse. Tous trois dormaient profondément, la bouche ouverte et les traits détendus.

— Elle serait parfaite en carte de vœux pour Noël, pouffa Nina en lutte pour ne pas incliner la tête en roucoulant devant la photo.

Hors de question de le trouver adorablement mignon. Les types mignons n'étaient pas pour elle. Elle ne se soucierait jamais de savoir si l'homme qu'elle fréquentait à un instant donné ferait un bon père ou non.

Toutefois, elle devait se rendre à l'évidence : Noah serait un excellent papa. Elle arrêta là toute spéculation et s'intéressa à l'émission de radio – « Cet Ira Glass n'est-il pas un personnage de roman de J.D. Salinger ? » – pour se couper elle-même dans son élan. Allez savoir, elle était capable de lui demander s'il envisageait d'avoir des enfants, s'il préférait avoir une fille ou un garçon, et s'il avait choisi les prénoms.

Le trajet avait tout de même pris une heure, mais il aurait pu en faire une de plus, songea Nina lorsque Noah tourna dans la petite rue donnant sur Kentish Town Road, où se trouvait la boutique de robes vintage de Marianne au-dessus de laquelle Claude avait installé son salon de tatouage. Quand à leur appartement, il se situait au dernier étage.

Sur la route, Nina avait échangé quelques messages avec Claude. Il arrivait justement dans la rue avec un sac plastique rempli de sucreries prometteuses pour adoucir l'après-midi que s'apprêtait à passer Nina sous son dermographe.

Elle tapota la vitre en retirant sa ceinture.

— C'est Claude, dit-elle à Noah. C'est lui qui va me triturer la peau pendant les prochaines heures.

— Il y a de pires façons de passer son dimanche après-midi, ironisa Noah.

— Viens dire « bonjour », lui offrit-elle, désireuse de lui présenter une personne qu'elle aimait sans que cela ne fasse remonter de terribles souvenirs.

Claude avait, certes, l'allure menaçante avec sa houppette, ses favoris d'un noir de jais et son corps maculé de tatouages des poignets sous sa veste en cuir jusqu'à son cou, mais c'était un ange, un gros nounours, si adorable qu'il insista pour inviter Noah lorsqu'il apprit qu'ils venaient du Surrey sans même s'être arrêtés boire un café en route.

— Marianne a fait des gâteaux. Mais je te préviens, ce n'est pas la pâtissière du siècle.

— Elle oublie souvent l'un des ingrédients principaux, renchérit Nina, haletant déjà comme ils passaient devant le salon de tatouage et montaient un escalier de plus. Un jour, elle a fait des muffins aux Snickers et a oublié le sucre.

— Tu as quand même réussi à en manger trois ! leur rappela Marianne du haut des marches, où elle les attendait tout sourires.

— Sans moi, ces pauvres Snickers auraient été sacrifiés pour rien, se justifia Nina quand elle eut enfin grimpé cet interminable escalier – il serait temps qu'elle se mette au sport, songea-t-elle alors que Noah n'était même pas essoufflé. Marianne, je te présente Noah. Il m'a ramenée du Surrey.

Marianne détailla rapidement Noah. Il portait un jean ni délavé, ni moulant, un pull bleu marine, quoique nervuré de violet, et arborait un grand sourire. Noah était d'un ordinaire à pleurer mais le sourire de Marianne n'en fut pas moins avenant.

— Ravie de faire ta connaissance, Noah. Je parie qu'un thé te ferait plaisir.

— Volontiers, opina Noah en lui emboîtant le pas.

Dans l'appartement, difficile de savoir où donner de la tête. La minuscule entrée faisait encore plus petite à cause de la tapisserie aux motifs de flamants roses et aux guirlandes électriques. Le salon était envahi d'un gros canapé et ses deux fauteuils du milieu du siècle dernier retapissés d'un tissu léopard, d'un minibar sculpté dans le bambou à l'inspiration tiki, et d'étagères murales pour l'impressionnante collection de vinyles de Claude. Partout où les yeux se posaient, il y avait quelque chose à voir, que ce soit une lampe en forme d'ananas, la précieuse collection de figurines d'Elvis Presley de Marianne ou la statuette d'une Hawaïenne qui agitait le bassin lorsqu'on appuyait sur son nombril.

Noah resta debout au milieu de la pièce, alors que Marianne l'avait invité à s'asseoir, et fit lentement un tour sur lui-même pour prendre la mesure de ce qui l'entourait.

— J'adore cette déco foisonnante, finit-il par dire. Ça me rappelle une boutique vintage à Palm Springs.

— J'adore Palm Springs ! s'exclama Marianne de la cuisine sur laquelle donnait le salon. L'année dernière, Claude et moi sommes allés à la convention Viva Las Vegas avant de passer une semaine à Palm Springs. Les boutiques rétros y sont géniales. J'ai failli me ruiner.

— Et moi donc, se remémora Nina en laissant tomber son baluchon sur le sol. Elle est revenue avec une quantité de robes choisies spécialement pour moi.

— Oui, mais je t'ai fait un prix d'ami. Noah, comment aimes-tu ton thé ? J'ai fait des cookies au beurre de cacahouètes et, non, je n'ai pas oublié de les sucrer. Allez, assieds-toi donc ! Pas toi, Nina, prends ton café et descends en salle de torture. Claude disait vouloir commencer tout de suite.

— Désolée, souffla Nina à Noah.

Assis dans l'un des fauteuils clubs, il n'avait pas l'air traumatisé outre mesure par le fait d'être ainsi abandonné. Du haut de son mètre quatre-vingt-trois en talons, ses cheveux noir bleuté ondulés et sa courte frange sous laquelle ses sourcils parfaitement dessinés lui donnaient un air impérieux, Marianne portait la tenue d'un dimanche ordinaire, à savoir un pantalon cigarette noir et un pull noir moulant. L'ensemble était assez intimidant.

— Elle n'est pas aussi terrible qu'elle en a l'air, ajouta Nina.

Car Marianne avait un cœur immense. Elle était aux petits soins avec tout le monde. Dans ses bras, Nina avait pleuré à la suite de ruptures, d'expulsions et de licenciements à n'en plus finir.

Toutefois, elle regretta de devoir abandonner Noah là-haut pendant qu'elle s'allongeait sur le ventre, sur la table noire rembourrée de Claude. Ce dernier s'approcha, armé de son dermographe, et dit :

— Vérifions d'abord le dessin. Ensuite, je te stérilise.

Nina se souvint alors de la raison de sa venue et de la souffrance qu'elle s'apprêtait à endurer.

Noah allait devoir se débrouiller tout seul, elle avait d'autres chats à fouetter.

Les dix premières minutes étaient toujours les pires. Le choc de l'aiguille qui s'enfonçait dans sa peau une première fois. Puis une autre. Et une autre. C'était comme d'être mâchouillée par un insecte aux dents acérées suceur de sang. Tête baissée, Nina respira lentement, consciente qu'elle allait finir par s'habituer à la douleur, et s'efforça de faire taire la petite voix dans sa tête qui scandait qu'elle ne supporterait pas dix secondes de cette torture… *Dix minutes encore moins, alors des heures entières n'en parlons pas.*

— Ça va, Nina ? demanda Claude.

— Ne me parle pas ! aboya-t-elle. Bon sang, pourquoi t'ai-je laissé faire ?

Claude eut la sagesse de ne pas lui rappeler que non seulement l'idée de s'infliger cette souffrance venait d'elle, mais qu'en plus elle le payait pour ce privilège.

La douleur de ces minicoups de poignards pointus lui donnait envie de hurler. Comment avait-elle pu oublier à quel point c'était douloureux ? Chloé lui avait dit avoir refoulé le souvenir de l'agonie inconcevable qu'était de sortir un minuscule être humain par le vagin. Sans quoi elle n'aurait jamais voulu de second enfant. Elle lui avait également raconté que le tatouage des prénoms de Rosie et Ellie entourés de cœurs sur sa cheville lui avait fait encore plus mal que leurs naissances.

« Après tous ces tatouages, si tu veux un jour des enfants, tu expulseras tes nourrissons avec la même facilité qu'on écosse des petits pois », lui avait déclaré Chloé avec un sérieux déconcertant.

Au souvenir du décalage entre le discours de sa belle-sœur et sa mine sérieuse, Nina sourit. Si elle pouvait sourire, c'est qu'elle avait franchi la barrière de la douleur.

Elle souffrait toujours comme si cent fourmis rouges lui grignotaient la chair, mais c'était supportable.

— Pardon, j'ai été méchante, dit-elle à Claude en relevant la tête qu'elle avait blottie dans son bras plié.

— Pas de problème, la rassura son tatoueur, avant d'ajuster l'angle de son autre bras, celui sur lequel il travaillait, posé sur le bras matelassé amovible de sa table. Comment va la vie en ce moment ?

Tout en racontant à Claude sa mésaventure au *Laser Game L'Ancien*, Nina perçut la faible rumeur d'une conversation à l'étage, et se demanda si Marianne et Noah s'entendaient bien. Il n'y avait pas de raison, ils étaient tous les deux très sociables – surtout Marianne, dont raffolaient les petits vieux à la caisse des supermarchés – mais Nina espérait surtout que Noah ne tenterait pas de lui tirer les vers du nez à son sujet et que Marianne ne lui révélerait pas ses secrets les plus intimes. Son amie connaissait ses plus sombres côtés, le nombre de victimes à son actif, l'endroit où les corps de ses victimes amoureuses étaient enterrés, etc.

Des pas dans l'escalier. Prête à voir la tête de Noah apparaître dans l'embrasure pour dire « au revoir », Nina se crispa, ce qui fit presque rebondir le dermographe de Claude sur sa peau.

— Tout doux, lui murmura-t-il.

Les pas dépassèrent la porte ouverte du salon. Ils entendirent la voix de Marianne.

— Si tu pouvais me donner deux ou trois conseils, en tant qu'observateur, ce serait super. Certaines de mes clientes aimeraient que tout soit disposé selon l'époque, d'autres selon la taille, mais je trouve plus joli de ranger par couleurs et…

Sa voix se dissipa quand elle s'éloigna. Nina n'en croyait pas ses oreilles. Marianne réclamait à Noah des conseils gratuits pour ses affaires. En même temps, c'était bien son genre.

Une heure plus tard, leurs pas remontèrent l'escalier, cette fois en s'arrêtant à l'étage du salon de tatouage.

— Tu tiens le coup, Nina ? demanda une Marianne inquiète. Prête pour ta dose de sucre ?

— Oui, par pitié, geignit Nina, en perte d'énergie et donc en proie à une souffrance redoublée. Tu m'as acheté une boisson énergétique ?

— Évidemment, rétorqua Marianne. Noah, je te sers une autre tasse de thé ou préfères-tu quelque chose de plus fort ?

— Un thé serait parfait.

Nina sortit son visage enfoui dans son bras épargné par l'artiste pour lever les yeux vers Noah qui se tenait sur le seuil.

— Je peux retourner là-haut, si tu préfères, lui dit-il.

— Non, c'est bon, marmonna Nina sans toutefois être certaine de ce dont elle avait envie.

Dans un désir de confort optimal, elle s'était mise pieds nus, avait défait les bretelles de sa salopette et retiré son chemisier, si bien qu'elle était couchée sur le ventre en débardeur noir dont dépassaient les bretelles de son soutien-gorge rouge. Nina avait connu plus compromettant en termes de posture dénudée devant un homme, mais au bord de l'agonie, elle se sentait plus vulnérable que jamais. Et puis, ce n'était pas n'importe quel homme. C'était Noah. Pourquoi faisait-elle la différence ? Allez savoir. Peut-être à cause de leur passé commun ou de leurs rapports professionnels. Ou était-ce parce qu'il était tellement l'opposé de son genre de mecs qu'il en devenait attirant. Il ne convenait pas à Nina pour un tas de bonnes raisons et non de mauvaises.

— Aïe ! Bon sang, préviens quand tu touches un muscle ! aboya-t-elle à Claude.

— Alors, détends-toi, répondit-il calmement.

— Tu m'attaques à coups de pistolet à aiguille, comment veux-tu que je me détende ?

— Rapproche ce tabouret, lança Claude à Noah, sourd aux protestations de Nina. Et si celle-ci t'aboie à la figure, ne le prends pas mal, ce n'est pas contre toi.

— Je te déteste, grommela Nina.

Au retour de Marianne, chargée d'une boisson énergétique et de cookies encore chauds, la colère et la souffrance de Nina retombèrent de quelques degrés. Marianne s'installa avec des vêtements à raccommoder et Noah approcha son tabouret du côté droit pour mieux observer l'ouvrage en cours.

— C'est toi qui l'as dessiné ? demanda-t-il à Nina en découvrant l'esquisse à partir de laquelle travaillait Claude.

— Oui, répondit-elle en réprimant un mouvement de recul, de crainte de se faire encore gronder. J'ai utilisé les crayons Faber-Castell que tu m'as offerts et pour lesquels je ne t'ai même pas remercié parce que je ne suis qu'une ingrate.

— Tu m'as remercié par mail quand tu m'as invité au laser game, une soirée qui figure déjà parmi mes meilleurs souvenirs, donc nous sommes quittes, déclara Noah en approchant encore son siège pour mieux voir ce que faisait Claude. Tu devrais envisager de prendre des cours de dessin, Nina. Tu as un talent inexploité, c'est dommage.

Il se pencha sur le croquis de Nina, ce vieil arbre maltraité par le temps, les hirondelles, et Cathy et Heathcliff, appuyés contre le tronc.

Nina enfouit à nouveau le visage dans le creux de son bras pour y cacher son sourire flatté.

— Peut-être, concéda-t-elle.

Il y avait une école à Bloomsbury, non loin de la boutique. Cela ne coûtait rien d'aller se renseigner pour d'éventuels cours du soir pour débutants.

— À condition que les modèles soient bien fichus, précisa Nina.

Noah sourit en secouant la tête, comme il le faisait chaque fois qu'elle disait une bêtise, puis reporta son attention sur le dermographe fermement empoigné par la main stable de Claude.

— Tu le fais à main levée ? observa-t-il avec surprise. Pour le mien, mon tatoueur a utilisé un stencil.

— Oui, je préfère. Le *free hand* me permet d'adapter le dessin à la forme de son bras et de lui donner un aspect plus organique.

— Et moi, je lui fais entièrement confiance. Il sait ce qui fonctionne et ce qui ne fonctionne pas dans mon dessin, et lui ajoute sa griffe d'artiste, se réjouit Nina, d'un ton espiègle.

En tout cas, il me semble qu'il n'est pas mauvais dans ce qu'il fait.

— Merci de ta confiance, dit Claude.

Nina ne connaissait pas d'homme plus décontracté. Rien ne pouvait atteindre ses nerfs, à moins que Nina ne lui réclame d'envoyer paître un admirateur un peu trop entreprenant, auquel cas Claude savait montrer les dents.

— J'ai toujours trouvé fascinant la façon dont les tatoueurs développent leur propre style, déclara Noah. En plus, on ne peut pas se faire la main sur les gens.

— C'est toi qui le dis. Mon frère a gardé un horrible portrait de Bruce Springsteen tatoué dans le dos du temps de mon apprentissage du métier, raconta l'artiste, imperturbable, sous les regards effarés de Nina et même de Marianne. Je vous fais marcher ! C'était une peau de cochon récupérée chez le boucher. (Soupir.) Ça me manque, les peaux de cochon. Au moins, elles étaient moins chochottes que la plupart de mes clients humains.

— Si tu y allais plus doucement, aussi…, grommela Nina.

Elle aurait aimé réclamer une pause pour s'étirer, mais il lui faudrait alors recommencer tout le processus pour s'habituer à l'aiguille.

— « De quoi que soient faites nos âmes, la sienne et la mienne sont pareilles », lut Noah.

Cette citation des *Hauts de Hurlevent* était enroulée autour de la base du tronc d'arbre.

— Ah, je n'étais pas arrivé à bien lire le soir de notre premier rencard, reprit-il. Le bar était mal éclairé et j'y voyais trouble à cause du whisky.

— Ces Old Fashioned étaient mortels, se souvint Nina.

Noah plissa les paupières sur la citation.

— Et donc, cette phrase… c'est un peu ta mission sur terre ?

Aucune note de sarcasme. Simple curiosité. Nina n'eut pas le sentiment de devoir s'offusquer de sa remarque. Mais elle avait beau porter fièrement cette inscription sur sa peau aux yeux du monde entier, et bien qu'elle ait déjà parlé à Noah de ce que ce roman représentait pour elle, la phrase elle-même lui était profondément intime. Ce n'était pas une histoire qu'elle racontait au premier venu. Claude et Marianne étaient au courant, évidemment, mais même Posy et Verity pensaient que l'attachement de Nina à ce roman s'expliquait simplement par sa tension dramatique, et elle n'avait jamais démenti.

— Je ne l'ai jamais étudié à l'école. Et même s'il avait été au programme, je n'y aurais sans doute pas prêté attention…, hésita-t-elle. Et puis, un de mes proches a eu un accident de voiture.

Elle pria pour que Claude et Marianne n'aient pas le réflexe de lancer à la cantonade : « Tu parles de Paul ? » Ils restèrent tous les deux silencieux, heureusement.

— Il a failli mourir. Il était en Mobylette et a foncé dans un camion qui l'a projeté contre un lampadaire. On ne savait pas s'il s'en sortirait, s'il remarcherait un jour. On se relayait tous à son chevet.

La voix de Nina se brisa.

— Je devais me marier un mois plus tard. Le fait de veiller à son chevet des heures durant, à écouter le « bip » des moniteurs, et sa respiration lente et régulière… c'était un répit, loin de l'agitation des préparatifs. Quand je repensais au mariage, j'avais la nausée, un sentiment de panique intérieure, comme lorsque l'alarme d'une machine s'affolait aux urgences, et que tous les médecins et toutes les infirmières hurlaient et couraient en tous sens…

Une pause. Elle déglutit.

— J'ai fini par cesser de penser au mariage. Il faut dire que le plan de table était le cadet de mes soucis. Dans la salle d'attente, il y avait une petite bibliothèque, et la seule raison pour laquelle j'ai choisi *Les Hauts de Hurlevent* plutôt qu'un autre livre, c'est parce que c'était le seul roman à n'être ni de Len Deighton, ni de Jack Higgins. Au début, j'ai mis du temps à entrer dans l'histoire, et puis je me suis laissé emporter. Chaque mot résonnait en moi. Toutes mes pensées, toutes les émotions sur lesquelles je n'arrivais pas à poser de mots étaient là, couchées sur le papier. Je m'apprêtais à épouser Edgar Linton alors que je ne l'aimais pas. Je ne savais même pas ce qu'était l'amour. Oui, je sais bien que Heathcliff est l'illustration parfaite de l'homme toxique, mais j'avais l'impression de dire « adieu » à une passion flamboyante. J'étais assise sur une chaise d'hôpital, consciente que la vie ne tenait qu'à un fil, que ce fil pouvait se couper à tout moment. J'ai annulé le mariage dans l'heure. Par texto.

— Nina ! s'indigna Marianne, reposant la robe à paillettes qu'elle était occupée à recoudre. Par texto ? Tu ne me l'avais jamais dit !

— Il faut avouer que je n'en suis pas fière. Mais je n'avais plus une seule seconde à perdre. Je voulais redevenir une fille « à demi sauvage, intrépide et libre ». J'ai pensé à Emily Brontë et ses sœurs, toutes enfermées dans ce presbytère où elles s'abandonnaient à écrire, et j'ai décidé de vivre au lieu de me contenter d'exister. Être une sorte de Cathy, quitte à finir le cœur brisé…

— Ou six pieds sous terre…, intervint Claude avec un sourire en coin, mais Nina préféra ne pas relever.

— J'ai décidé de m'habiller comme bon me semblait, de manger ce qui me plaisait, d'aimer qui je voulais, de faire ce dont j'avais envie et non ce que mon entourage m'imposait. Ce tatouage symbolise toutes ces choses, conclut Nina en osant finalement croiser le regard de Noah qu'elle avait évité jusque-là.

Noah était tout ouïe, les yeux rivés sur elle, la mine songeuse, presque grave, adoucie par l'apparition d'un sourire à l'instant où leurs regards se croisèrent.

— J'ai l'impression que tu ne racontes pas cette histoire à tout le monde. Merci de l'avoir partagée avec moi, dit-il. Merci de me faire confiance.

— Tu es quelqu'un de fiable, ça se voit.

L'instant était comme suspendu hors du temps. Elle se sentit tout à coup nue et cela n'avait aucun rapport avec sa tenue légère ni avec les secrets qu'elle venait de lui confier. Bien, il était préférable de rompre le charme par quelque trait d'esprit.

— Si ta carrière d'analyste commercial s'essoufflait, tu pourrais toujours vendre des assurances vie.

— Merci, c'est rassurant d'avoir un plan B, railla Noah, pince-sans-rire.

Elle n'arrivait plus à détacher son regard du sien, captivée par la chaleur de ses yeux verts, de son sourire…

— On se calme, les tourtereaux, intervint Claude.

À présent qu'il interrompait sa torture à l'aiguille, Nina s'aperçut qu'elle n'avait plus senti la douleur pendant les trente dernières minutes.

— Tu devrais te dégourdir avant qu'on attaque les couleurs.

Nina se redressa lentement, s'étira avec précaution en gardant bien son bras tout contre son flanc et jeta un coup d'œil à l'ouvrage en cours.

— C'est parfait, dit-elle. C'est encore mieux que ce que j'imaginais.

— Oui, ce n'est pas trop mal, reconnut l'artiste.

— Quelqu'un veut encore du thé ? proposa Marianne en se relevant et en se déployant comme un chat. Nina ? Noah ?

— Je ferais bien de rentrer, déclara Noah sans faire montre d'un grand enthousiasme ni même bouger d'un millimètre sur son tabouret.

— Ne pars pas, murmura Nina.

— Si tu veux que je reste…

— Évidemment qu'elle veut que tu restes ! s'immisça Marianne. Et puisque tu n'es ni le tatoué, ni le tatoueur, je te propose de te joindre à moi pour un verre, après quoi nous commanderons un plat indien au *Tiffin Tin*. Tu ne voudrais pas manquer ça.

— Je ramène Nina, je vais donc éviter l'alcool. En revanche, je ne dis pas « non » à une tasse de thé.

Il fut ainsi décidé que Noah se joindrait à eux pour la soirée.

Les deux dernières heures de la session de tatouage, il posa des questions quelque peu indiscrètes mais toujours avec tact sur la façon dont Marianne et Nina s'étaient rencontrées. Elles racontaient à tout le monde que c'était à un salon vintage.

— Alors qu'en fait, on s'est connues lors d'un cours d'effeuillage burlesque, admit Marianne.

— Non pas qu'on en soit gênées, insista toutefois Nina. Mais les gens ont tendance à se faire des idées.

— Or ni elle ni moi ne maîtrisons l'art de faire tournoyer nos nippies, renchérit Marianne, au terme de quoi Noah était si rouge que même Claude dut reposer son dermographe pour demander aux filles de calmer leurs ardeurs.

La conversation coula avec la fluidité du vin rouge dont Marianne avait débouché une bouteille. Une discussion légère et frivole, teintée de badinage à souhait, surtout quand le tatouage fut terminé, et recouvert d'une gaze stérilisée et d'un film alimentaire, et qu'ils eurent rejoint le salon à l'étage pour un repas indien bien mérité.

En dépit de son penchant pour les *bad boys* indomptables et pour un quotidien ponctué de rebondissements, il arrivait à Nina d'imaginer à quoi ressemblerait son âme sœur, et chaque fois, la même image lui apparaissait : son bel inconnu s'entendrait à merveille avec ses amis, installé sur le canapé du salon insolite et chargé de Claude et Marianne, partageant un repas livré, comme Nina le faisait si souvent.

Noah, Claude et Marianne discutèrent de Palm Springs et de la visite touristique de Claude et Marianne en téléphérique au cours de laquelle Claude avait découvert qu'il avait le vertige. Marianne était assise sur un pouf, ses longues jambes tendues devant elle, papotant avec Noah. Elle croisa brièvement le regard de Nina pour lui décocher un discret clin d'œil.

Nina se fit alors la réflexion que si Posy et Verity déploraient ouvertement le tumulte de sa vie amoureuse, Marianne et Claude le désapprouvaient tout autant, à leur propre façon.

« Oh, non, Nina, pas lui ! » s'était lamentée Marianne pour chacun des hommes que Nina avait supportés jusqu'au troisième soir et qu'elle pouvait donc décrire comme son flirt du moment.

Quant à Claude, dont les réflexes de grand frère faisaient parfois peur à voir, il ne fit que rire et opiner du chef à tout ce que disait Noah. Sans doute le signe qu'il l'approuvait.

Qu'en était-il de ses sentiments à elle ? Elle appréciait beaucoup Noah. Elle l'appréciait tellement que le verbe « apprécier » était parfaitement inadéquat, songea-t-elle en redescendant l'escalier, guidée par la main de Noah. Elle n'avait bu qu'un verre de vin rouge, mais après cinq heures sur la table de torture du tatoueur, dopée à l'endorphine, l'alcool lui était monté droit au cerveau et rendait ses jambes molles comme du coton.

Noah la tenait par le coude, le geste doux mais assuré, comme s'il prenait plaisir à la toucher. En route vers le centre de la ville, il effleura la jambe de Nina à chaque changement de vitesse car elle s'était inclinée vers lui sur son siège. Si seulement le trajet pouvait durer toujours, ils pourraient rester juste tous les deux, lovés dans le cocon chaud de cette voiture de location dans un silence confortable.

Depuis quand avait-elle envie d'un cocon ? *De confort ?*

— Voilà, notre troisième rendez-vous. Cela veut-il dire qu'on va officiellement pouvoir s'adonner à des activités folichonnes ? demanda soudain Noah d'une voix traînante, rauque, qui éveilla les sens de Nina, et balaya ses envies de calme et de confort.

— Ce n'était pas un vrai rencard, jugea-t-elle sévèrement – car après tout, il y avait des règles pour ces choses-là. On a seulement passé un peu de temps ensemble.

— Oh, dommage ! Et moi qui me réjouissais de pouvoir t'embrasser encore, reprit-il la voix toujours aussi rauque.

Nina, étourdie, se sentit à la fois prise de vertige et alanguie.

— Le meilleur moment, c'est l'attente, le taquina-t-elle en battant des cils.

Pas de doute, son verre de merlot suffisait à la faire pencher vers l'ivresse.

— J'attendrai, mais il me tarde, dit Noah.

Après cette journée où toutes les étapes avaient été brûlées, où les discussions profondes avaient entraîné la révélation d'intimes secrets, Nina n'était pas mécontente de revenir au flirt taquin.

— Au fait, je reviens vous voir *Au Bonheur des tendres* cette semaine et je me disais… tu ne crois pas qu'on devrait garder « ça » pour nous ?

La pique était douloureuse, presque plus douloureuse que cette palpitation sourde dans son bras fraîchement tatoué. Nina se souvint qu'elle serait elle-même incapable de qualifier le « ça » dont il parlait. Leur relation changeait d'une minute à l'autre et d'heure en heure. Elle était aussi douce et confortable qu'un vieux pull, et l'instant d'après, se chargeait de risques et d'embûches.

Non, leur relation n'était pas encore identifiable, mais Nina avait bien l'intention d'y remédier. Quand Noah se gara devant l'entrée de Rochester Mews, elle observa la grille en murmurant :

— Je suis contente de te revoir à la librairie cette semaine.

Elle se tourna vers lui, le sourire aux lèvres, et à cet instant précis, Noah se tourna vers elle tout aussi souriant. Quand il posa doucement la main sur son genou, elle se trouva bien incapable de se rappeler pourquoi ils ne feraient rien de plus ensemble ce soir.

— Alors je suis content aussi, dit-il, le timbre guttural et les paupières lourdes. Et si on finissait sur un baiser ?

Nina défaisait déjà sa ceinture pour se blottir tout contre lui, quitte à se rapprocher dangereusement du levier de vitesse.

— Bonne idée, répondit-elle, un brin rêveuse.

Chapitre 18

« Ils oubliaient tout dès lors qu'ils étaient de nouveau réunis. »

À l'arrivée de Noah *Au Bonheur des tendres* le lendemain matin, Nina lui fit un vague signe de tête avant de reprendre sa discussion avec Posy, à qui elle expliquait qu'il lui serait impossible de ranger les livres tant que son bras n'aurait pas cicatrisé.

— À la limite, je peux atteindre les étagères à hauteur de poitrine mais pas plus haut. J'ai mal dès que je tends le bras, décrivit-elle.

— Vraiment ? s'enquit Posy, sceptique.

— Vraiment, confirma Verity du bureau. J'ai dû l'aider à mettre son soutien-gorge ce matin. J'en suis encore traumatisée.

— Peut-on éviter de parler de mes parties intimes en présence d'hommes ? aboya Nina.

En effet, Tom était assis sur un canapé, occupé à se goinfrer de son panini matinal. Encore fallait-il le compter dans la catégorie « hommes » – un jour, Nina l'avait envoyé lui acheter du jus de canneberges parce qu'elle souffrait d'une infection urinaire. En fait, elle pensait surtout à Noah en train d'accrocher sa veste au porte-manteau, qui lui décocha un clin d'œil et se permit même un sourire.

— Désolée, claironna Verity, mais Nina ne doit rien porter de lourd aujourd'hui. Je te jure, Posy, son bras est couvert de croûtes et de rougeurs.

Pour illustrer les propos de son amie, Nina tendit le bras sous le nez de Posy qui se détourna sur un cri.

— Beurk ! Je n'ai pas envie de voir ça. (Elle soupira, comme souvent ces derniers temps.) C'est dommage, avec tous les romans qui viennent d'arriver et qu'il va falloir ranger.

— Je m'en occuperai, Nina se chargera des clientes, intervint Tom, la bouche pleine. Ne t'inquiète pas, Posy.

— Je pensais également passer la matinée sur notre compte Instagram, proposa Nina. J'ai rencontré une femme samedi soir dont la page dédiée à ses bouledogues français attire cinquante mille *followers*. Elle reçoit même des échantillons gratuits de sociétés partenaires. Je sais que les échantillons ne nous intéressent pas, mais on ne cracherait pas sur cinquante mille *followers*. En plus, je n'ai pas encore trouvé comment, mais il est possible de cliquer sur les publications pour acheter directement des objets en ligne. Des livres, en l'occurrence. Beaucoup, beaucoup de livres.

— Je ne sais pas… L'idée de vendre des ouvrages à partir de posts Instagram est alléchante mais ça m'a l'air d'une manipulation compliquée pour geeks de l'informatique, nuança Posy en fronçant les sourcils.

— Tu es mariée à un geek compliqué, ça ne devrait pas t'effrayer, rétorqua Nina tandis que tout le monde, y compris Posy, se rassemblait autour d'elle pour s'extasier devant des photos d'Eric et Ernie.

Arriva l'heure où chacun partit vaquer à son poste. Posy s'éclipsa pour la réunion mensuelle de l'association des commerçants de Rochester Street et Noah s'installa dans un coin avec son iPad.

Il n'avait adressé qu'un mot à Nina depuis son arrivée : « bonjour », mais une fois Verity retournée dans le bureau et Tom occupé à trier le nouvel arrivage de romans, il lui sourit.

— Comment va ton bras, outre les croûtes et les rougeurs ? chuchota-t-il.

— Je t'épargne les détails, répondit-elle dans un murmure avant de le rejoindre à pas de loup. Bon, après deux rencards et un dimanche ensemble, tu pourrais me laisser lire toutes les mauvaises critiques que tu as écrites sur nous, non ?

— Jamais ! s'indigna Noah en cachant son iPad derrière son dos. Et je n'écrirai jamais de mauvaises critiques sur toi.

Nina esquissa un sourire faussement pudique.

— Je m'en doutais.

— En revanche, des critiques constructives, peut-être, ajouta Noah.

Elle se pencha davantage sur lui et fit mine de le menacer. La proximité de son corps chaud provoqua en elle une sensation de chaleur. Plus tard, si la boutique restait calme, elle pourrait attirer Noah dans l'une des antichambres et lui voler quelques baisers.

— Qu'est-ce que tu fais à la pause-déjeuner ?

— J'ai un repas d'affaires avec un client, soupira Noah, sans grand enthousiasme. Et je dois repartir pour Soho cet après-midi.

— Dommage…

— Nina ! Qu'est-ce que tu fais ?

Tom était apparu au bout du comptoir, une immense pile de livres dans les bras et un air interrogateur sur le visage.

— Tu ne harcèles pas notre pauvre Noah, j'espère ?

Nina s'écarta d'un bond comme si elle venait de s'ébouillanter.

— Non, bien sûr que non ! pouffa-t-elle, installant un maximum de distance entre elle et Noah. On discutait de réseaux sociaux. Apparemment, le succès d'une page Instagram repose entièrement sur ses hashtags.

— Vraiment ? dit Tom en feignant un bâillement.

Noah prit une nouvelle note sur son iPad et l'atmosphère de travail reprit ses droits.

Une fois lancée dans sa mission de mise à jour de la page Instagram d'*Au Bonheur des tendres*, Nina trouva cela passionnant. Quand Sam était encore aux manettes, il avait négligemment posté une photo et attiré vingt-sept *followers*.

Par ce calme après-midi hivernal, entre deux rares clients, Nina suivit les conseils de Dawn et s'abonna aux pages de quiconque publiait des photos sur les sujets de l'écriture, de blogs littéraires, de librairies et même de reliures, et suivit tous les amateurs de romances qu'elle put trouver sur Instagram, aima leurs publications et ajouta des commentaires. La séance engloutit deux précieuses heures mais se révéla fructueuse car il ne fallut pas longtemps avant que les *followers* n'affluent sur la page d'*Au Bonheur des tendres*.

— Cent vingt-trois abonnés ! annonça-t-elle dans la matinée.

— Si tu continues de me donner le nombre de *followers* toutes les cinq minutes, je te jure que je vais me blottir au sommet de l'escabeau roulant, répliqua sèchement Tom.

Noah, au contraire, l'encouragea d'un sourire.

— Je suis sûr qu'ils seront encore plus nombreux quand tu posteras des photos.

Il n'en fallut pas davantage pour lancer Nina dans une course à la photo. Elle en envoya une représentant une pile des derniers livres sortis, artistiquement appuyée contre le vase en verre taillé ébréché de Lavinia qui contenait ses roses blanches à bord rose préférées. Elle posta ensuite l'enseigne de la librairie oscillant paresseusement dans la brise de ce mois de février et convainquit quelques clientes de prendre la pose avec leur acquisition. Elle parvint même à en persuader une de grimper sur l'escabeau roulant, quand Posy rentra de sa réunion.

— Nous avons presque deux cents abonnés sur Instagram, lui annonça Nina une fois que la cliente eut reposé le pied à terre et payé ses articles rangés dans un sac plastique. Cent quatre-vingt-treize exactement. Tu crois qu'on pourrait organiser un tirage au sort quand on atteindra les cinq cents ?

Posy la scruta longuement. Plissa les yeux.

— Aurais-tu doublé ta dose de paracétamol ?

— Non, mais maintenant que tu en parles, mon bras palpite comme un moteur de 2 CV, observa Nina.

L'excitation entraînée par la hausse des chiffres d'Instagram lui avait presque fait oublier la douleur lancinante de son récent tatouage.

— Pourquoi cette question ? demanda-t-elle à Posy.

— Tu es rarement aussi enthousiaste lorsqu'il s'agit du travail.

C'était vexant, mais à bien y réfléchir, elle devait reconnaître que sa patronne n'avait pas tout à fait tort.

— Tu te trompes, certaines choses m'enthousiasment, contesta Nina. M'occuper de la vitrine, par exemple.

— Et tu es la première à parcourir les nouveaux arrivages de collections érotiques, mais en dehors de ça, tu n'es jamais très emballée par la librairie, renchérit Tom.

Ce traître et leur patronne étaient au coude à coude près du comptoir. Nina aurait bien été tentée de donner un coup de pied dans les tibias de ce maudit Tom, mais elle se contenta de lui lancer un regard exaspéré, puis se tourna vers Noah qui secouait la tête d'un air de la soutenir.

— Je suis très investie dans mon travail, insista-t-elle. Prenez Instagram. Je prends mes nouvelles responsabilités très à cœur.

— Je l'ai déjà noté dans mon rapport, murmura Noah, ce à quoi Nina réagit par un grand sourire.

— En parlant de nouvelles responsabilités..., commença Posy, mais elle s'interrompit dans son élan. Dommage que la pause-goûter du matin soit passée, cette nouvelle s'accorderait mieux avec des pâtisseries.

— Quelle nouvelle ? Tu vas licencier l'un d'entre nous ? s'alarma Tom. Dois-je te rappeler à combien s'élève mon emprunt étudiant ?

Verity elle-même se sentit concernée au point de se lever de son siège pour venir sur le seuil du bureau demander :

— Le conseil a encore décidé d'augmenter les charges ?

— Allez, crache le morceau, Posy ! lui conseilla Nina, sans quoi Verity et Tom allaient surenchérir avec leurs scénarios catastrophes, Posy allait faire durer le suspense et ils attendraient la journée entière avant qu'elle ne daigne les tenir au courant. C'est une mauvaise nouvelle, n'est-ce pas ?

— Pas forcément, nuança Posy. Ça dépend de ce qu'on entend par « mauvaise ».

— Essaie de nous le dire avant Noël, offrit Nina en bâillant outrageusement et en étendant ses bras. Aïe ! Bordel !

Noah s'approcha d'elle en un éclair. Il abandonna même son iPad.

— Ça va ?

D'un geste tendre, il toucha le coude de son bras douloureux, mais voyant sa grimace, retira sèchement sa main comme si Nina était recouverte d'une couche d'acide chlorhydrique.

— Je te pose cette question parce que je n'ai pas constaté la présence de trousse de premiers secours, or cela va sûrement à l'encontre des règles d'hygiène et de sécu…

— Tous les commerçants se sont mis d'accord pour que l'on étende notre amplitude horaire cet été, laissa échapper Posy. À partir de mai, on ouvrira jusqu'à dix-neuf heures trente tous les soirs, 21 heures le jeudi, et on travaillera même le dimanche. Pour ton information, Noah, la trousse de premiers secours est sous l'évier dans la cuisine.

Un silence tomba. Nina fut la première à se remettre du choc.

— Est-ce qu'on sera payés ?

Elle connaissait ses droits.

— Évidemment ! s'exclama Posy, blessée que Nina ait pu envisager le contraire. Mais pas en heures supplémentaires. Nous aurons également plus de pauses et mettrons en place un système de relais pour les dimanches, si ça vous va. L'association des commerçants a beaucoup de projets pour le quartier ; boutiques éphémères, *food trucks*, et même un festival de rue pour le long week-end férié du mois d'août. Ce pourrait être bon pour nos affaires.

Des murmures d'approbation se firent entendre, et Posy en profita pour aller avertir Mattie et le personnel du salon de thé.

— Mattie sera bien plus difficile à convaincre que vous. Elle tiendra à ce que rien de ce que vendront les food trucks ne ressemble de près ou de loin à un gâteau sucré, soupira-t-elle d'un air morose avant de disparaître dans le couloir.

— Maintenant que l'excitation de la réouverture s'est estompée, je n'ai pas l'impression que Posy apprécie beaucoup ses nouvelles responsabilités, fit remarquer Tom.

— Elle pensait que nous accumulerions les soirées de lancement de nouveaux romans et de séances de dédicaces avec les auteurs, et il apparaît qu'elle passe son temps à signer de la paperasse, ajouta Verity.

— Nous n'avons organisé aucune soirée de lancement. Pas depuis la réouverture, renchérit Nina en parvenant à détourner le regard de l'écran de son téléphone où le chiffre des *followers* sur Instagram avoisinait les deux cent dix. Je pourrais l'aider sur ce genre d'événements. J'ai commencé à suivre des dizaines d'auteurs sur Instagram et je n'ai même pas encore attaqué Twitter. Sans parler des éditeurs et des publicitaires que je pourrais suivre aussi et que je tiendrais informés des actualités de la boutique. Qu'en penses-tu, Very ?

— Mmmh, bonne idée, dit vaguement Verity sans quitter Noah des yeux.

De quel droit ! Elle est déjà en couple !

— Pourquoi notes-tu tout ce que nous disons ? lui lança-t-elle. On ne critique pas Posy, figure-toi. On compatit à cause de sa nouvelle charge de travail.

Tom se retourna lentement.

— On ne critiquerait jamais Posy. On l'adore.

— Je me contente d'observer, se défendit doucement Noah. Je ne suis pas là pour vous juger.

— Dixit celui qui laisse traîner une oreille au milieu des conversations privées, lui reprocha Verity avec le ton pincé qu'elle prenait quand elle se fâchait.

— Noah ne laisse traîner aucune oreille, protesta Nina en se glissant entre Noah et Verity. Il fait seulement son travail, celui pour lequel Posy l'a embauché. Il travaille avec elle, avec nous, et pas contre nous.

Dos à Noah dans une interprétation très réussie de bouclier humain, Nina barrait la vue à Tom et Verity qui ne purent donc surprendre la main que posait doucement Noah dans le dos de Nina.

— On était censés rester discrets, chuchota-t-il, chatouillant agréablement l'oreille de Nina de son souffle chaud.

— Si tu le dis, douta Verity. Mais tu n'as plus grand-chose à observer, si ? Nous sommes une petite entreprise avec seulement trois employés à temps plein.

— Plus un membre à temps partiel très précieux à toute l'équipe, ajouta Tom avec véhémence.

— Il ne fait que passer nos réflexes professionnels à la brosse, insista Nina, mais cette fois, Noah la décala gentiment sur le côté pour se défendre seul.

— Tu veux dire au peigne fin, la corrigea-t-il avec tendresse. Écoutez, cette semaine ne servira qu'à confirmer mes observations avant que je ne vous remette mes recommandations.

— Des recommandations de coupe budgétaire au sein du personnel ? s'angoissa Tom. Je t'ai parlé de mon prêt étudiant ?

— Oui, répondit si posément Noah que Nina se demanda comment il faisait, elle qui se serait arraché les cheveux à sa place. Je te répète que je ne suis là que pour observer. En fait, je dois travailler sur un autre projet cet après-midi et je dois vraiment y aller.

Sur ce, il s'éclipsa, emportant son calme et ses yeux verts pétillants avec lui, et Nina se sentit étrangement démunie.

Noah revint dès le lendemain matin. Ils échangèrent de cordiaux « bonjours » et de polis sourires, puis il se retira dans un coin de la grande salle pour reprendre son observation silencieuse et toujours un brin dérangeante pendant que Nina poursuivait sa mission entre deux clients : poster sur

Instagram le moindre objet présent dans cette boutique – et dans une librairie, il y avait beaucoup d'objets. De temps à autre, elle se penchait sur le croquis d'une affiche, armée de ses superbes crayons tout neufs, pour annoncer à la clientèle leurs nouveaux horaires d'été.

Mattie s'était totalement faite à l'idée d'étendre ses horaires de travail et mettait en place un menu estival spécial soirée qui comprenait des gâteaux regorgeant de saveurs fruitées exotiques et des coupes glacées alcoolisées, en dépit des ronchonnements de Verity qui répétait sans cesse qu'il fallait une licence pour servir de l'alcool.

« Ne nous laissons pas freiner par ce genre de détails anodins », avait répondu Posy, si emballée par cette affaire d'élargissement des plages horaires et si occupée toute la matinée à écrire à son réseau d'éditeurs pour leur grappiller quelques petits auteurs à convier pour des séances de dédicaces que Verity avait préféré ne pas insister.

Visiblement d'humeur à prendre de nouvelles dispositions, Posy valida les yeux fermés le premier croquis de l'affiche de Nina et lui demanda si elle n'aurait pas des idées pour une vitrine sur le thème de Pâques.

— Je pensais construire de gigantesques œufs de Pâques dans lesquels présenter nos nouvelles sorties, mentit Nina, qui n'avait pas eu le temps d'y réfléchir.

Posy prit des pincettes.

— Je doute de la faisabilité de ton projet… J'aurais pensé à quelque chose de plus classique avec de belles couleurs printanières et des livres un peu partout.

— Mais si l'on construisait ces œufs géants, on pourrait y faire poser Gourgandine, s'obstina Nina, pour qui la suggestion de Posy était banale à pleurer. Il serait ravi de passer sa journée à dormir dans un œuf douillet, je n'aurais qu'à le tapisser de polaire et soudoyer le matou avec quelques boîtes de thon.

— Non, vraiment, je ne suis pas convaincue, trancha Posy avec un éclair dans les yeux avertissant Nina de ne pas trop insister. Je veux un message qui sente le printemps et qui clame : « Achetez-nous plein de livres ! », je n'ai aucune envie d'un panneau stipulant : « Aucun chat n'a été maltraité durant le montage de cette vitrine. »

— Gourgandine dans un œuf de Pâques, il faut admettre que ce serait mignon, reconnut Verity qui passait par là pour se rendre au salon de thé, un paquet de factures dans les mains.

— Tu vois ? Même Very est d'accord avec moi… Oh ! Oh, mon Dieu ! Comment ai-je pu être aussi bête ! s'écria soudain Nina en s'emparant de son téléphone.

— Quoi ? Qu'est-ce qui t'arrive ? Tu n'as plus de forfait ? s'inquiéta Posy.

— Gourgandine ! Ce matou est une mine d'or et je n'ai pas pris une seule photo de ses moustaches pour Instagram ! Il n'y a rien de mieux pour attirer les *followers*.

— Mais c'est un chat. Nous vendons des livres. Je ne vois pas le rapport…

— Instagram raffole des animaux mignons, expliqua Nina en agitant fébrilement son portable. Regarde Eric et Ernie, les bouledogues français.

— Et je parie qu'il y a un lien à faire entre les lectrices de romances et les amoureux des chats, intervint gaiement Noah, comme s'il n'y tenait plus d'être ainsi forcé au silence dans son coin. J'ai un ami qui travaille au *Huffington Post*. Le site a un pic de fréquentation sur tous ses articles relatifs aux chats…

— Pas une seconde à perdre, décida Nina en accomplissant un tour complet dans son agitation.

— Et la vitrine ? lui rappela Posy.

— Je te ferai un truc cliché, mignon et printanier, promit-elle. Ce sera l'archétype de la vitrine de Pâques. Mais d'abord, je dois prendre des photos de Gourgandine et les poster sur Instagram.

— N'oublie pas les hashtags, lui rappela Noah. Tu veux que je lance un algorithme pour trouver quel hashtag de chat rencontre le plus de succès ?

— Tu peux faire ça ? s'ébahit Nina. Ce doit être compliqué.

— Pas du tout. Sebastian lance des algorithmes à longueur de journée, craqua Posy après quinze minutes sans avoir parlé de son mari.

— Oui, c'est assez simple, opina Noah. Je m'en occupe pendant que tu cherches plusieurs scénarios possibles avec le chat.

— J'adore quand tu prends cet air d'homme foisonnant d'idées, s'écria joyeusement Nina.

Elle se voyait déjà installer Gourgandine sur une haute pile précaire de bouquins. Ou le faire poser coquettement sur leur nouveau tote bag : « Je ne vais pas mentir, j'adore les gros livres. »

Bien entendu, Noah dut se porter volontaire pour l'aider dans sa séance photo improvisée car le gros Gourgandine était bien trop lourd pour le bras encore douloureux de Nina. Et puis, le félin se laissait davantage manipuler par des bras d'hommes, d'autant plus s'ils étaient chargés de sucreries pour chats.

Nina le prit en photo qui se prélassait mollement sur quelques articles de la librairie, et le filma alors qu'il tentait de grimper à l'escabeau roulant pour finalement miauler pitoyablement de vertige et se laisser secourir par Noah.

Normalement, Gourgandine était interdit d'accès à la boutique car il finissait invariablement par mener un raid dans le salon de thé. Sa cible : les pâtisseries, sandwichs et gâteaux que savourait la clientèle. Mais s'il y avait une chose que cette boule de poils appréciait encore plus que de s'empiffrer de sucre, c'étaient les caresses de mains viriles. Celles de Noah tout particulièrement.

— Je n'ai jamais vu un chat aussi câlin, se lamenta Noah comme Gourgandine s'enroulait volontiers autour de son cou. J'ai plutôt l'habitude des chats distants et calculateurs.

— Pas de ça ici, affirma Nina en tendant les bras et en grimaçant de douleur en étirant son tatouage. Viens par là, Gourgandine. Viens voir tatie Nina.

— Ton bras te fait toujours mal ? s'inquiéta-t-il. Tu as pensé à le badigeonner de cette bouillie infâme ?

Noah n'oubliait aucun détail qui se rapportait à Nina. Pas même cette pommade visqueuse que Claude lui avait donnée pour accélérer le processus de cicatrisation.

— Oui, papa, soupira-t-elle en levant les yeux au ciel.

— Oh, non, je ne suis pas ton père, s'indigna-t-il sur un frisson d'horreur. Pitié, dis-moi que tu ne me vois pas comme une figure paternelle.

Ce fut au tour de Nina de frémir. Quand elle avait envie d'embrasser Noah, le mot « papa » était bien le dernier qui lui venait à l'esprit. *Beurk !*

— Tourne sept fois ta langue dans ta bouche avant de dire des bêtises pareilles, protesta-t-elle langoureusement en épiant la bouche en question qui esquissait justement un sourire.

Noah avait une très jolie bouche avec une lèvre inférieure charnue qu'il lui tardait de mordiller la prochaine fois qu'ils se permettraient un nouveau baiser.

— D'accord, concéda Noah. À condition que tu me promettes de badigeonner ton tatouage et de prendre du paracétamol si tu as mal.

— Je te le promets.

Une promesse qui résonna en elle bien plus profondément qu'un simple vœu de badigeonner son bras d'une mixture visqueuse.

Noah maintint son regard. C'était fou cette sensation qu'un homme puisse la regarder comme s'il la voyait vraiment, sous ses cheveux roses, son maquillage, ses tatouages et ses piercings. Et le plus étrange, c'est qu'elle se réjouissait que cet homme soit Noah. Rien ne pouvait gâcher cet instant, pas même Gourgandine qui gigotait follement entre eux.

— Excusez-moi, mais qu'est-ce que vous fabriquez avec mon chat ? lança une voix crispée.

Pour ce qui était de gâcher la magie d'un instant, Verity n'avait pas son pareil.

Nina se retourna et découvrit avec de grands yeux surpris la file de clients devant la caisse où une Posy assiégée s'occupait de leur faire payer leurs acquisitions.

Étrange. Nina aurait pourtant juré être seule dans la pièce avec Noah.

— On prenait des photos de Gourgandine en action pour le compte Instagram de la boutique, se défendit-elle quand Verity récupéra son matou. Tu aurais préféré que je lui fasse signer un contrat de droit à l'image ?

— Avec ses coussinets ? renchérit Noah, ce qui fit glousser Nina tandis que sa colocataire esquissait un sourire crispé.

— Tu sais bien que Gourgandine n'a pas le droit de descendre ici, haleta Verity car maintenant que le chat avait quitté les bras virils, il se débattait comme un pauvre diable.

Je suis surprise qu'il n'ait pas encore filé dans la rue pour rejoindre la baraque à frites du quartier.

S'il n'avait pas accès au salon de thé, Gourgandine avait la manie de traîner autour de *No Plaice Like Home* sur Rochester Street. Un jour, le charmant Stefan l'avait retrouvé cherchant à enfoncer la porte du petit fumoir dans sa cour où il préparait son saumon lui-même. Mais cette fois, Gourgandine ne s'était pas échappé et Verity n'avait donc aucune raison de se mettre dans tous ses états.

— Je ne vois pas pourquoi tu t'énerves comme ça, dit Nina. Gourgandine était ravi de se faire exploiter pour de la publicité gratuite. Ce n'est pas vrai ?

— Si, c'est vrai, acquiesça Noah, à présent tendu par l'ambiance alourdie que leur conversation avait installée dans la boutique.

Les clientes elles-mêmes dans la queue pour la caisse contemplaient leurs pieds d'un air mal à l'aise. Noah regarda sa montre.

— Je dois y aller. J'ai rendez-vous à Soho dans trente minutes.

Il rassembla rapidement ses affaires et n'avait pas fini d'enfiler son manteau qu'il sortait déjà, marmonnant un « à plus tard » coupé par le claquement de la porte derrière lui.

Nina l'observa traverser les Mews, un peu vexée qu'il ne se soit pas retourné une seule fois. Puis elle se souvint qu'elle n'avait pas vérifié le nombre de *followers* sur Instagram depuis dix bonnes minutes.

— Nina ! Si ça ne te dérange pas, j'aurais besoin d'un coup de main, s'agaça Posy en voyant Nina penchée sur son téléphone, car elle avait beau être mariée à un entrepreneur du milieu numérique, Posy considérait que toute interaction avec les réseaux sociaux sur le temps de travail était une faute condamnable.

— On a dépassé les six cents abonnés sur Instagram, rapporta Nina en se joignant à elle derrière le comptoir. Et plus de trois cents sur Twitter. Mais Noah m'a dit que Twitter était en chute libre et qu'il valait mieux le laisser de côté pour se concentrer sur Instagram. On peut simplement partager sur Twitter…

— Merci, au plaisir de vous revoir, grinça Posy, irritée, à une cliente qu'elle finissait de servir.

— N'hésitez pas à prendre des photos de vos nouveaux livres et à les poster sur Instagram avec le hashtag « TrouvéAuBonheurdestendres », cria Nina à la cliente qui s'apprêtait à sortir. En un seul mot ! Tu sais, Posy, j'adore Bertha mais si on avait une caisse informatisée au lieu de cette machine d'avant-guerre, on pourrait personnaliser les tickets de caisse et y ajouter les liens vers nos différentes pages avec les hashtags correspondants.

— Bertha n'a rien à se reprocher, répliqua Posy en caressant la vieille machine caractérielle. Je croyais que tu aimais le vintage.

— Il y a une différence entre vintage et décrépit.

Posy marmonna.

À l'agréable surprise de toute l'équipe, un flot continu de clientes désireuses de refaire leur stock de romances les occupa plusieurs heures. Pendant vingt minutes – un record –, Verity fut contrainte de rejoindre Posy pour emballer les livres qu'elle encaissait pendant que Nina conseillait les clientes dans les rayons.

Il était presque 15 heures quand la boutique désemplit enfin. Nina avait dû reporter sa pause-déjeuner et son estomac exprimait sa colère d'avoir été ainsi négligé.

— J'ai faim ! annonça-t-elle. Je vous rapporte quelque chose du traiteur ? Je donnerais tout ce que j'ai pour un bagel saumon fromage. Vous en voulez ?

— Oublie tes bagels une minute, aboya Posy, étonnamment agacée pour quelqu'un qui venait de voir la fréquentation de sa boutique faire exploser les bénéfices de la journée. J'ai deux mots à te dire, ma fille.

Quelle horreur ! Nina croyait entendre sa mère. Une frayeur suffisante pour lui faire soudain réfléchir à ce qu'elle avait pu faire de mal.

— Je t'ai trop bassinée avec mes *followers* Instagram ? tenta-t-elle.

— Ce n'est pas ça. Mais maintenant que tu le dis, effectivement, ça me tape sur les nerfs, concéda Posy, la hanche appuyée contre le comptoir et les bras croisés. Non, je veux parler de toi et Noah.

Si Nina était inquiète, elle était à présent terrifiée. *Du calme*, s'intima-t-elle. Il n'y avait aucune raison pour que Posy soit au courant. Et puis, il n'y avait pas grand-chose à dire sur le sujet. Ce n'était pas comme si Posy fréquentait les bars à burgers trop gras du quartier de Soho ou les repaires d'amateurs de gin dans l'East End. Quant à leurs rapports à la librairie, Noah et Nina s'étaient tenus à carreau.

— Quoi, Noah et moi ? rétorqua-t-elle en pouffant avec ironie. Voilà que tu me reproches à présent d'être gentille avec lui !

— « Gentille » ? Je n'appelle pas ça « être gentille » ! cria Posy, ce qui était assez déconcertant. Toi et Noah…

— C'est vrai, que se passe-t-il entre toi et Noah ? Franchement, je ne savais plus où me mettre, intervint Verity qui s'attardait à la caisse alors qu'elle ne quittait généralement son bureau que sous la menace.

— Mais de quoi me parlez-vous, toutes les deux ? s'impatienta Nina en ramassant les livres abandonnés sur les canapés. Il m'aidait avec notre compte Instagram. Il a travaillé pour Google, je vous signale.

— Je suis au courant. La question, c'est comment « toi », tu l'es ? dit Posy. Qu'est-ce qu'il y a entre vous ? D'où sort cette attitude séductrice, tout à coup ? Je n'ai pas raison, Very ?

Celle-ci hocha vigoureusement la tête.

— Vous vous bouffiez du regard !

— Tout à fait ! déclara Posy en tapant dans ses mains. C'en était écœurant !

— Tout t'écœure, de toute façon, marmonna Nina.

— Nina ! gronda Posy, quittant le comptoir pour marcher d'un pas raide vers la jeune femme qui se réfugia à l'autre bout de la grande salle. Et comment savait-il que tu devais badigeonner ton tatouage d'une mixture visqueuse ?

— J'ai dû l'évoquer dans la matinée...

— Et hier, la porte du bureau était entrouverte et j'ai surpris Noah à poser la main dans ton dos, renchérit Verity.

— Oh, ne sois pas outrée, rétorqua Nina d'un ton cinglant. Il y a cent raisons qui peuvent justifier la main de Noah dans mon dos...

— Dans ce cas, cites-en trois.

— Votre problème, c'est que vous êtes casées et attendez des autres qu'ils en fassent autant, se défendit Nina en revenant sur un terrain qu'elle maîtrisait davantage. Mais je vous l'ai dit mille fois, plutôt mourir que de me caser ! Sans vouloir vous vexer.

— Non, bien sûr, siffla Posy, froissée. De toute manière, Noah n'en a pas plus envie que toi. Il est toujours en vadrouille, à survoler des gouffres en tyrolienne. Sebastian répète tout le temps que c'est un miracle que Noah ne se soit pas brisé le cou ou ne se soit pas fait kidnapper par un cartel de drogue en Bolivie. Ce n'est pas ton genre d'hommes, Nina.

— J'aime l'aventure, objecta-t-elle.

— Ben, voyons. Tes aventures se résument à boire trop d'alcool ou à échapper indemne aux sales types que tu rencontres sur Internet, lista Posy, intraitable.

Nina n'était pas près de lui demander une lettre de recommandation.

— C'est bizarre, Merry m'a juré t'avoir reconnue dans un bar à burgers de Soho l'autre soir avec un mec qui n'était pas du tout ton style, d'après elle, se souvint soudain Verity en sortant son téléphone de la poche de son jean. Elle a pris une photo. J'ai refusé qu'elle me l'envoie. Pour moi, c'était comme violer ta vie privée. Mais j'ai changé d'avis. Je lui écris de ce pas.

Nina fit mine de ranger un livre, mais en réalité, elle s'agrippait désespérément à l'étagère pour ne pas s'effondrer.

— Ta sœur m'a prise en photo ? C'est une entrave à mes droits civils !

— Tu peux parler ! Dois-je te rappeler la fois où tu as pris une photo de Johnny le soir où Posy et toi m'avez pistée jusqu'au restaurant où il m'avait invitée ? Tu t'es ensuite empressée de montrer la photo à ma sœur, évoqua Verity.

Ça n'avait aucun rapport avec la situation présente, songea Nina avant de sursauter quand le « bip » du téléphone de Verity indiqua la réception d'un nouveau message.

— Oh, mon Dieu ! Mais oui, c'est toi !

— Tu dis n'importe quoi ! s'insurgea Nina en accourant pour voir cette preuve hors de propos. Ça ne me ressemble pas du tout !

Quoique, ces cheveux roses…

— Si, c'est tout à fait toi ! s'exclama Posy. (Elle déroba le portable des mains de sa propriétaire.) Et là, on dirait bien Noah ! Toi et Noah, en train de manger des burgers ! Et de boire de l'alcool ! Tu es sortie avec lui ! Comment ça se fait ?

Comment est-ce arrivé ? Et pourquoi ? Depuis combien de temps ça dure ? Pourquoi ne m'as-tu rien dit ?

Posy tournait en rond en crachant sa longue liste de questions. Tout laissait penser que son cerveau allait disjoncter. Ce serait l'idéal, car Nina avait beau chercher, se creuser la cervelle, elle ne trouvait aucune raison innocente pouvant expliquer pourquoi Noah et elle dégustaient des burgers gras en sirotant des cocktails.

— Bon, d'accord, d'accord… mais arrête-toi une minute, tu me donnes le tournis, supplia Nina, et lorsque sa patronne s'exécuta, ce fut le moment de vérité. Noah et moi… C'est vrai, on avait un rencard. Mais c'était un non-rencard ! On est sortis ensemble une deuxième fois, mais Noah ne savait pas que c'était un non-rencard, sauf que ça a fini en vrai rencard…

— Quoi ?! (Posy se remit à faire les cent pas.) Mais c'est du lourd ! C'est énorme !

— Pas si énorme que ça, tenta désespérément Nina.

— Comment peux-tu savoir si c'est énorme ou pas si vous n'êtes pas allés jusqu'au troisième rendez-vous ? gloussa Verity.

Elle choisissait mal son moment pour faire sa toute première blague en dessous de la ceinture.

— Ah, ah ! Bien trouvé, Very ! Tope là ! Nina, si je comprends bien, un troisième rencard s'annonce. On sait toutes ce que ça veut dire.

Comme Nina regrettait à présent de leur avoir parlé de sa règle du troisième soir !

— Tu sais, il n'y a pas de loi qui nous oblige à coucher le troisième soir. On fait ce qu'on veut.

— Vraiment ? C'est pourtant toi qui répètes toujours que, sauf circonstances atténuantes, il « faut » coucher le troisième soir, rappela Posy, ce à quoi Verity opina avec véhémence.

— Tu m'as dit un jour qu'être fille de pasteur était une circonstance atténuante, que je pouvais donc attendre le cinquième soir mais qu'un peu de sexe oral au troisième soir serait la moindre des choses, se remémora Verity, le doigt sur son menton.

Verity en faisait beaucoup trop, songea Nina.

— Je n'ai jamais dit ça !

— Si, je t'assure, insista Verity.

Celle-ci et Posy prenaient beaucoup trop plaisir à ce petit jeu. Nina lança un regard de désespoir à la porte de la boutique. Si seulement un bus de clientes pouvait débarquer. Elles auraient toutes des questions pointues auxquelles seule Nina pourrait répondre. Mais le destin n'avait pas l'air décidé à l'aider.

— Oh, pauvre Nina, roucoula Posy en la voyant désemparée. Ce n'est jamais drôle de voir la roue tourner, pas vrai ? Après le nombre de fois où tu nous as harcelées sur notre vie amoureuse…

— Ou notre absence de vie amoureuse, ajouta Very. Ou toutes les fois où tu as spéculé sur notre vie sexuelle devant les clients. C'est agréable de pouvoir enfin prendre notre revanche.

— Je vous ai toujours soutenues dans vos relations, marmonna Nina.

Mais elle devait se rendre à l'évidence. Elles avaient raison, bon sang. Elle était le genre d'amie à forcer ses copines célibataires à partir en chasse à l'homme alors qu'elles n'avaient aucune envie de quitter leur cocon douillet. Et quand Verity sortait avec Peter Hardy l'océanographe, qui l'abandonnait sur de longues périodes pour étudier les océans, Nina ne cessait de spéculer sur la façon dont Verity satisfaisait ses besoins sexuels en son absence.

— Bon, je vous laisse encore cinq minutes de moqueries, ensuite on arrête.

— Promis, je cesse de te taquiner. Seulement, je suis curieuse, reconnut Posy en se laissant choir sur un canapé. (La boutique était si déserte que Nina ne vit pas d'inconvénient à s'affaler elle aussi.) On parle de « Noah », bon sang ! Je n'arrive pas à le croire.

— Qu'as-tu contre « Noah » ? s'indigna Nina. Il est adorable.

— Oui, justement. Les mecs adorables ne t'ont jamais intéressée. Ce n'est pas ton style. Tu disais chercher un Heathcliff, Noah est bien trop gentil pour être un Heathcliff.

— Il faut reconnaître que ça n'a jamais bien marché avec ceux qui correspondaient à ton genre de mecs, précisa doucement Verity en venant s'asseoir sur l'accoudoir de leur canapé, et Nina se sentit soudain la victime d'une intervention d'urgence. Il n'y a pas de pire modèle romantique que Heathcliff sur lequel fonder ta recherche d'âme sœur. Au moins, Darcy se révèle gentil à la fin du roman. Pas étonnant que tu finisses avec des rebelles qui te traitent comme une moins-que-rien. Ce ne doit pas être très amusant, à moins que tu ne sois intéressée que par le frisson de la chasse.

— Évidemment, Very, tu sais que « j'adore » le frisson de la chasse, répondit Nina car c'était ce qu'on attendait d'elle, c'était ce qu'elle disait toujours. Tu me connais, je donne la priorité au drame et à la passion. Sans eux, la vie ne vaut pas la peine d'être vécue. Et Noah, si adorable soit-il, n'a ni passion ni drame en lui.

— Je t'avoue que ton discours m'épuise, Nina, clama Posy avec emphase, elle qui était mariée à un homme qui avait su insuffler drame et passion dans son existence. Quel est l'objectif ? Utiliseras-tu toujours Pécho, sortiras-tu toujours dans des bars malfamés quand tu auras quarante, cinquante ans…

— Je n'ai même pas la trentaine, dit Nina. De toute façon, ce n'est pas une question d'âge. L'objectif, c'est de rencontrer le grand amour. Mon âme sœur. Celui dont je ne me rassasierai jamais, celui avec qui et sans qui je ne pourrai pas vivre.

— Moi aussi, je suis épuisée par ce discours, dut reconnaître Verity. Je connais un tas de couples heureux en ménage, mais aucun ne vit le type de relation que tu décris.

— C'est parce que ce genre d'amour ne court pas les rues, argumenta Nina.

Elle parlait d'un amour au-delà du poétique, au-delà de toute raison. Sans cet amour, elle vivait son quotidien machinalement, coincée à chercher sans fin son *bad boy* depuis des années.

— Écoute, Noah est un type génial, ne lui fais pas de mal, l'implora Posy. Il ne mérite pas qu'on lui brise le cœur. Et puis, Sebastian serait furieux contre toi. Noah est un peu comme son petit frère, ajouta Posy, le soupir franc et le regard voilé. Vous savez, Sebastian est bien plus sensible qu'on ne pourrait le croire. C'est vrai, il est souvent passionné et dramatique à l'excès, mais pas tout le temps, et heureusement. La passion et le drame s'essoufflent très vite, Nina.

— Ce dont tu as envie et ce dont tu as besoin sont peut-être deux choses radicalement différentes, expliqua Verity avec cette logique apaisée que Nina avait l'habitude d'apprécier. J'aime beaucoup Noah, sauf lorsqu'il écoute mes conversations privées ou qu'il malmène mon pauvre Gourgandine. Il n'est peut-être pas dramatique et passionné, mais il pourrait te faire beaucoup de bien.

C'était justement « le » problème de Noah – chose étrange, car Nina sortait généralement avec des types à qui on trouvait cent problèmes plutôt qu'un. Qui voudrait fréquenter quelqu'un qui faisait l'unanimité ? Quelqu'un qui n'avait rien du renégat incompris de tous ses fantasmes ?

Si elle sortait avec Noah, leur relation irait droit dans le mur, comme toutes les précédentes aventures de Nina. Mais pas avec perte et fracas, ce n'était pas le genre de Noah, et c'était précisément la raison pour laquelle leur rupture serait inévitable : ils étaient incompatibles. Et, si Nina regardait les choses en face, elle reconnaîtrait que ce n'était pas seulement une question de passion et de drame.

La vérité cachée à laquelle Nina se dérobait depuis ce premier trajet en train au retour de Worcester Park, c'était que Noah, derrière ses revendications de type froid en proie à la compartimentation compulsive, avait risqué sa vie et sa santé lors d'aventures extrêmes en tout genre. Il n'était jamais resté bien longtemps au même endroit, avait fait le tour du monde et prévoyait un *road trip* aux États-Unis. Nina, de son côté, avec son discours de femme passionnée, n'était jamais allée au-delà des vingt-cinq kilomètres qui séparaient Bloomsbury de Worcester Park, à l'exception de l'épisode de Mykonos. Si l'on oubliait les vêtements vintage, le maquillage et les vingt-cinq kilos en trop, Nina n'était pas différente de celle qui avait failli se marier à vingt ans. La seule solution qu'elle avait trouvée pour se débarrasser de cette fille, c'était de s'accrocher désespérément à ces deux piliers : le drame et la passion.

En parlant d'autrefois… Nina repensa à Noah Je-sais-tout. Celui qui rasait les murs des couloirs quand tout le monde crachait sur son passage, essayait de l'enfermer dans un casier ou de lui mettre la tête dans les toilettes. Et la plupart du temps, Paul était aux manettes.

Ce souvenir commun de leurs années de collège était un secret qu'elle lui cachait depuis le départ, or rien que pour cette raison, ils ne pourraient jamais être ensemble.

Sans doute valait-il mieux tout arrêter maintenant, après seulement deux non-rencards, avant qu'il n'y ait trop de dommages collatéraux. Et surtout, avant que Noah ne comprenne que Nina était la dernière femme dont il voudrait tomber amoureux.

Verity et Posy posaient sur elle de grands yeux remplis d'espoir. Nina allait-elle enfin fréquenter un homme bien, capable de lui faire comprendre ses défauts ? Allait-elle enfin se caser comme elles l'avaient fait ? Nina était navrée de les décevoir car elle les aimait beaucoup, mais…

— Ne mettons pas la charrue avant les bœufs, les filles ! déclara-t-elle avec dédain. Noah et moi sommes sortis ensemble deux fois. Nous n'en sommes pas encore à nous jurer fidélité, alors cessez de vous faire des idées. Oui, c'est un type charmant, mais ce ne sera jamais mon Heathcliff.

Chapitre 19

« J'OUBLIERAIS MA PROPRE EXISTENCE AVANT DE VOUS OUBLIER, VOUS LE SAVEZ. »

Nina n'était pas du genre à tourner autour du pot. Elle arrachait ses pansements d'un coup sec et sans ciller, plongeait sans transition dans l'eau glacée des piscines non chauffées. Pourtant, au lieu de cesser clairement toute entreprise de séduction avec Noah, elle préféra laisser couler.

Noah lui offrit une occasion en or dès le lendemain, lorsqu'il écrivit à Nina qu'il devait se rendre à Glasgow de toute urgence pour régler une crise de personnel dans une usine de conditionnement.

« Posy et Verity sont au courant », lui répondit-elle, finalement décidée à attendre leur prochaine rencontre pour aborder la conversation délicate qui s'annonçait. Rompre par texto, c'était surfait… « Apparemment, on n'a pas été très discrets. »

> Je sais qu'elles sont au courant. Sebastian s'inquiète de ta mauvaise influence sur moi. Pour lui, je vais finir avec des piercings et des tatouages sur tout le corps.

Nina était prête à parier qu'il édulcorait le discours de Sebastian. Celui-ci avait dû lui dire quelque chose comme : « Tu mérites bien mieux que la Tatouée. Elle connaît tous les mecs du quartier encore mieux que le facteur. » En fait, elle n'avait aucune envie de voir la peau douce de Noah couverte de tatouages, ni ses charmantes taches de rousseur…

Avait-elle seulement déjà nourri des sentiments aussi complexes pour un homme ? Pas depuis qu'Orlando Bloom, son amour d'adolescence, s'était marié à Miranda Kerr.

Elle lui répondit avec détachement :

Bon, on se voit à ton retour.

Après quoi elle tenta de s'enlever Noah de l'esprit et se connecta à Pécho pour accepter un rencard avec un graphiste qui travaillait au coin de la rue. Sur sa photo de profil, il était mystérieux, le regard de braise, et sa biographie se résumait à une phrase : « Laissez-moi vous peindre comme l'une de ces Françaises. »

Quand Nina le retrouva au *Thornton Arms*, elle découvrit que le regard de braise de Wilhelm en photo n'était pas un mensonge. Ni son sourire de charmeur, un atout dont Nina était généralement adepte. Elle appréciait tout autant son jean moulant, son tee-shirt des Ramones – était-ce un critère vestimentaire de sélection pour décrocher le diplôme des Beaux-Arts ? – et sa barbe de trois jours typique des artistes.

Nina avait à peine bu trois gorgées de sa vodka tonic quand il lui annonça vouloir dessiner son portrait nu.

— Ouais, cause toujours, s'entendit-elle lancer d'une voix désabusée alors que c'était généralement le genre de réplique à laquelle elle aimait répondre par quelque repartie aguicheuse dont elle avait le secret.

Mais elle en avait plus qu'assez des crapauds qui n'avaient d'autre ambition que de lui retirer sa culotte. Le rencard ne dura que le temps d'une boisson.

Noah avait fichu en l'air toute sa semaine de célibataire. Nina vécut en nonne. Enfin, une nonne progressiste et libérale qui sortit tout de même avec ses amis au pub, mais fermement décidée à ne pas se laisser draguer par le premier venu. Elle s'abstint donc de laisser son regard vagabonder.

— Tu es malade ? s'inquiéta Verity un soir au *Midnight Bell* quand Nina refusa le verre offert par un Australien aux cheveux ébouriffés et couvert de tatouages tribaux. C'est pile ton type de mec !

— Noah doit lui manquer, suggéra Posy, le sourire malicieux.

Tom, qui n'avait pas été tenu informé des dernières nouvelles concernant la vie amoureuse de Nina, s'étonna :

— Pourquoi lui manquerait-il ? Noah et Nina ? Ne sois pas ridicule.

Même Tom était capable de voir que Nina et Noah étaient incompatibles, comme l'eau et l'huile, comme les pois et les rayures.

— Tu nous as surpris en débarquant avec Noah, lui dit Marianne quand elle la retrouva pour leur soirée mensuelle entre filles qui consistait généralement en une généreuse session au *Mecca*, lieu incontournable du quartier de Camden pour les joueurs de bingo, suivie d'un restaurant italien rétro de l'autre côté de la rue pour y dépenser tous leurs gains en pâtes et en bon vin.

— Ouais, je sais, ce n'est pas mon genre d'homme, murmura Nina en attendant le début de la partie de bingo.

— Ce n'est pas ton genre physiquement, mais ça ne veut rien dire. Regarde tous les porcs avec qui tu es sortie parce qu'ils étaient physiquement ton genre d'homme, rappela Marianne – ce qui était loin d'aider Nina – avant de faire signe à une vieille dame assise de l'autre côté de l'allée centrale. Bonsoir, Lily, comment vont vos genoux ?

— Je ne les souhaiterais pas à mon pire ennemi, répondit Lily, comme à son habitude, avant de leur lister le reste de ses affections.

Nina prit soin de ne plus évoquer Noah de toute la soirée. Elle parvint si brillamment à l'oublier qu'au moment de descendre l'escalier le vendredi matin, dix jours après le départ de Noah à Glasgow, elle faillit manquer une marche en le voyant franchir le seuil de la librairie. Son cœur battit la chamade et un frisson lui parcourut tout le corps, mais elle s'interdit de lui sourire trop largement et se retint de lui sauter au cou.

Elle jouerait la carte du détachement.

Noah leva les yeux et aperçut Nina qui avançait, le pas incertain, dans cette zone déserte entre boutique et comptoir. Un grand sourire radieux se dessina aussitôt sur sa figure comme si la voir illuminait sa journée.

Ses bonnes résolutions de rupture déjà oubliées et son cœur lancé dans une course folle, Nina se sentit soudain requinquée.

— Tu es rentré ! remarqua-t-elle, faisant preuve d'un pouvoir de déduction dont Sherlock Holmes n'aurait pas eu à rougir.

— Oui, je suis rentré, confirma Noah. Et toi, tu as changé de couleur.

Nina toucha ses cheveux, revenus au blond platine.

— Tu sais ce que Rod Stewart chantait, ce sont les blondes qui s'éclatent le plus, rétorqua-t-elle, proche de l'apnée tant son organisme manquait d'oxygène.

— À propos de s'éclater, je te libère pour le reste de la semaine, annonça une voix derrière elle qui fit sursauter Nina.

Deux minutes avec Noah et, une fois de plus, voilà qu'elle oubliait le reste du monde.

— Comment ça, tu me libères ?

Si Nina avait posé son vendredi et son samedi, elle s'en serait souvenue.

— J'espère que ça ne te dérange pas. J'ai demandé à Posy de t'accorder des congés… c'est une surprise, hésita Noah. Est-ce que tu aimes les surprises ?

— Ça dépend, répondit Nina avec franchise, car généralement, les hommes posaient cette question avant de retirer leur pantalon, sans compter sa résolution de rompre à la première occasion. Quel genre de surprise ?

— Le genre *road trip*, révéla Noah, le sourire plein d'espoir. Qu'en penses-tu ?

— Oh, mon Dieu ! Je dis « oui » ! s'exclama-t-elle, plaquant ses mains à sa gorge.

— On part tout de suite, expliqua Noah. J'ai demandé à Verity de préparer ta valise pour ajouter un élément de surprise, mais ça la mettait mal à l'aise.

— Ne serait-ce que le maquillage, précisa Verity de la cuisine. Je n'aurais pas su par où commencer !

Nina lui était reconnaissante d'avoir reconnu ses limites et de ne pas l'avoir envoyée en week-end sans son eye-liner ni sa crème de nuit.

— Dans ce cas, je file préparer ma valise ? s'enquit Nina, hébétée d'apprendre que Noah, à peine rentré, l'emmenait dans un endroit qui n'était pas Bloomsbury.

— Prends des chaussures confortables et un manteau chaud, lui recommanda-t-il.

C'était moins excitant, tout à coup.

Il fallut vingt minutes à Nina – un record personnel – pour préparer deux bagages – dont l'un uniquement pour le maquillage, le soin du corps et des cheveux – avant de suivre Noah jusqu'à la voiture de location garée aux Mews avec un paquet préparé par Mattie et un café servi par Paloma.

— Ne t'inquiète pas pour tes congés ! lança gaiement Posy avec un geste d'adieu. Tu les rattraperas sur les horaires d'été.

Nina avait encore peine à le croire. C'était inattendu. Elle s'était convaincue que, pour le bien de Noah, elle allait devoir mettre un terme à leur relation dès son retour de Glasgow, et voilà qu'il débarquait sans prévenir pour l'arracher à deux jours de dur labeur et l'embarquer dans une nouvelle aventure.

Une « vraie » aventure.

— Où allons-nous ? demanda-t-elle comme ils passaient devant Regent's Park. C'est à Londres ?

— Si je te le disais, ce ne serait plus une surprise, résista Noah comme s'il était de ces gens agaçants qui ne cèdent jamais sous la torture.

Ils rejoignirent l'autoroute après avoir dépassé un panneau indiquant « vers le Nord », qui fit naître des images d'ours polaires, de calotte glaciaire et d'igloos dans l'esprit de Nina. Noah lui parla de sa mission urgente à Glasgow, et lui raconta comment il avait passé ses journées dans une immense usine de conditionnement.

— J'avais beaucoup à redire au traitement du personnel. Il n'y avait même pas de cantine. Seulement un mur rempli de machines automatiques dont une moitié en panne et l'autre qui ne vendait que des barres protéinées trois fois plus cher qu'ailleurs.

— On dirait que tu as fréquenté les bas-fonds de notre ère industrielle, observa Nina en croisant son regard en coin.

Et des regards en coin, il y en eut beaucoup.

— C'était sinistre, acquiesça tristement Noah.

Ils marquèrent un bref arrêt à l'aire de l'embranchement de Watford Gap, puis reprirent la route direction les Midlands pendant que Nina racontait ses prouesses sur les réseaux sociaux.

— Presque deux mille *followers* sur Instagram, rapporta-t-elle fièrement. Et un peu plus de mille sur Twitter. Sam m'a expliqué comment mettre à jour les pages, mais je n'ai rien compris à son charabia.

— Je t'aiderai, proposa aussitôt Noah.

Il tenta de lui expliquer comment tourner le référencement de Google à son avantage, mais Nina ne comprit pas plus d'un mot sur deux. C'était si bon de retrouver Noah, d'avoir de nouveau sa main qui venait effleurer son genou à chaque changement de vitesse, de penser à tout ce temps qu'ils allaient passer ensemble.

Après Derby et Nottingham, ils dépassèrent les panneaux du Peak District et Nina n'eut toujours pas la moindre idée de l'endroit où il pouvait l'emmener.

— On ne va tout de même pas à Glasgow, si ? le soupçonna-t-elle. Tu n'as pas terminé ta mission à l'usine de conditionnement ?

— Tu m'as démasqué, s'amusa Noah avant de secouer la tête. Non, essaie encore.

Ils quittèrent l'autoroute pour s'arrêter dans le pub d'un charmant village aux abords de Chesterfield où ils dégustèrent des sandwichs au fromage grillé pour le déjeuner, et Noah raconta combien ces pubs de petits villages lui avaient manqué lorsqu'il vivait aux États-Unis. Les pubs de villages, le soap-opéra *Coronation Street* – pour lequel il avait un faible, bien que ses parents soient fermement opposés à la télé poubelle – et le célèbre thé de 17 heures.

— N'est-ce pas un peu cliché de se plaindre de ne pas trouver de bon thé hors des frontières britanniques ? le taquina Nina.

— C'est un cliché parce que c'est vrai, répliqua Noah. Là-bas, les bonnes marques de thé importé coûtent une fortune, l'eau a un drôle de goût et les Américains n'ont même pas de bon lait. Ils ont ce truc qu'ils appellent « moitié-moitié ». C'est à moitié du lait, et à moitié un truc infâme.

— Voilà pourquoi je ne bois que du café, argua Nina à la stupéfaction de son chauffeur.

— Trop, c'est trop. Je te dépose à la première gare direction Londres, décida-t-il en posant la main sur l'addition à l'instant où Nina allait s'emparer de la coupelle. Non, c'est moi qui t'invite.

— Pourquoi m'inviter si tu as l'intention de m'abandonner comme un vulgaire colis ?

Il sourit.

— À venir jusqu'ici, autant aller jusqu'au bout.

Ils s'enfonçaient à présent dans le lointain nord de l'Angleterre, ils dépassèrent Barnsley, Wakefield, de petits villages et des hameaux dont les noms prononcés tout haut donnaient l'accent campagnard. *Cleckheaton. Scholes. Hipperholme. Northowram.* Les champs d'un vert sombre se fondirent les uns dans les autres derrière la vitre, puis cédèrent la place à une étendue de pierres grises comme ils traversaient Bradford.

Queensbury.

Denholme.

Le cœur de Nina battait la chamade car elle se savait à présent enfoncée dans la campagne des sœurs Brontë. Le panneau de Haworth confirma ses soupçons. C'était le village où elles avaient passé la plus grande partie de leur vie. Mais elle ne voulait pas gâcher la surprise de

Noah. Cette surprise qu'il avait organisée en secret au cours de sa séquestration dans une usine industrielle de conditionnement à Glasgow, où il avait pensé à elle, à ce qu'elle aurait envie de faire pour leur troisième rencard.

— On y est… Hein, on y est ?

C'était plus fort qu'elle. Ils pénétrèrent dans Haworth. Elle se tourna et se retourna sur son siège pour embrasser tout son sillage.

— Oh, Noah, je n'arrive pas à le croire ! Tu… Tu…

— Je quoi ? demanda Noah, mais les mots manquaient à Nina, et c'était une grande première.

Elle se contenta de lui toucher la main qui reposait à peine sur le levier de vitesse, et tâcha de lui transmettre toute sa gratitude au travers de leurs paumes.

Haworth était un village charmant. Quoique moins carte postale que ses homologues dévonien ou cornouaillais à cause de ses petites boutiques bâties dans de la pierre robuste maltraitée par les vents et de son église imposante. D'autant plus qu'en ce jour gris et humide du mois de mars, la pluie était présente… sans vraiment l'être.

— Du crachin, observa Noah qui enclenchait ses essuie-glaces. De la bruine mêlée à de la brume.

Nina aperçut au travers de la vitre la devanture d'une échoppe d'apothicaire vieillotte qui lui rappelait celle des Mews, fermée et barricadée par des planches depuis des décennies.

Tandis qu'ils suivaient les panneaux indiquant le presbytère, Nina eut l'étrange sentiment que ce village lui était familier.

— J'ai l'impression d'être déjà venue ici, déclara-t-elle en scrutant une enfilade de boutiques. Je ne serais pas surprise de voir Emily, Charlotte et Anne apparaître comme par magie.

— Anne ? Je ne savais pas qu'il y avait une troisième sœur Brontë, dit Noah en se garant sur un parking.

— Elle a écrit *La Locataire de Wildfell Hall*. Je t'avoue avoir eu du mal à le terminer, et je n'ai même pas essayé de lire *Agnès Grey*, son autre roman. C'est au-delà de mon brevet des collèges, j'en ai bien peur, ajouta Nina sur un ton qu'elle espérait désinvolte.

Noah serait certainement capable d'achever *La Locataire de Wildfell Hall* en deux heures et d'en servir une présentation détaillée avec tableau, schéma et gifs à l'appui.

— Pas de fausse modestie avec moi. Je ne connais personne qui a lu plus de livres que toi, rétorqua Noah en éteignant le moteur. À part Posy, mais son amour de la littérature frise la pathologie.

Elle était mal à l'aise de le laisser ainsi médire de son amie et employeuse, mais elle devait reconnaître que…

— Posy lit si vite que ses yeux font un mouvement horizontal saccadé. Verity et moi craignons parfois qu'elle ne fasse une syncope, raconta Nina en souriant.

Maintenant qu'ils n'étaient plus sur la route et qu'elle avait recouvré l'usage de la parole, elle se permit de prendre la main de Noah.

— Merci, dit-elle. Merci de m'avoir amenée ici.

Le fait de mêler ses doigts à ceux de Noah lui procurait un sentiment différent, maintenant qu'ils ne roulaient plus. Comme si ce simple geste opéré dans une voiture à l'arrêt pouvait mener vers… *Allez savoir vers quoi.*

— J'ai toujours rêvé de venir ici. Pas seulement parce que l'histoire des *Hauts de Hurlevent* se déroule dans cette région mais parce que j'ai toujours voulu me mettre dans la peau d'Emily Brontë, de voir ce qu'elle voyait. Ça paraît idiot, je sais.

Tête baissée, elle voulut retirer sa main, mais Noah la retint.

— Non, ce n'est pas idiot, démentit-il en désignant vaguement le pare-brise embué. C'est bon, tu as tout vu ? Bon, rentrons à Londres. Nous éviterons peut-être l'heure de pointe.

Elle en resta bouche bée pendant une courte seconde peu flatteuse avant de finalement dégager sa main pour donner une tape sur l'épaule de Noah.

— J'espère que tu plaisantes !

Il fit mine de battre en retraite.

— Mais oui, je plaisante. En réalité, nous avons rendez-vous au presbytère à 16 heures, or il n'est même pas treize heures trente. Que dirais-tu d'une balade dans la lande malgré la bruine ?

S'ils avaient été à Londres, Nina aurait exigé d'emporter son immense parapluie aux flamants roses au cas où une goutte oserait trop s'approcher. Mais elle rêvait de venir à Haworth depuis dix ans, ce n'était pas la bruine qui allait gâcher son plaisir.

— Je ne suis pas en sucre, clama-t-elle. J'ai de bonnes chaussures, un gros manteau et une envie folle de découvrir la cascade des sœurs Brontë.

Chapitre 20

« J'ai fui mon pays,
j'ai rejoint la bruyère. »

— Tu sais, dit pensivement Noah, leur marche tout juste entamée. Je ne suis pas certain que ces bottes de motard et cette fourrure fantaisie à motifs léopard puissent être qualifiées de chaussures confortables et de bon manteau.

— Sur ma planète, elles le peuvent, haleta Nina.

Pour l'instant, ses bottes faisaient l'affaire, mais sa fourrure laissait à désirer. Noah portait, bien entendu, un coupe-vent bleu marine, sorte d'anorak – Nina ne connaissait pas le nom exact de ce vêtement – en tissu drainant – ou disait-on « respirant » ? – qui lui donnait l'allure futuriste. De toute évidence, il avait tiré profit de son séjour à Glasgow.

Armé de son fidèle iPad protégé par une coque résistante, Noah se changea en guide touristique spécialisé dans l'histoire des Brontë. Ils remontèrent la grand-rue au rythme de ses anecdotes commentées.

— Cette boutique de souvenirs était autrefois un bureau de poste duquel les Brontë expédiaient leurs épreuves, expliqua-t-il.

Ils s'engagèrent sur un petit sentier qui traversait l'ancien cimetière au bout duquel Noah marqua un arrêt au portillon à chicanes, un *kissing gate* en anglais. Le cœur de Nina s'emballa. Un « portail où s'embrasser », comme c'était romantique ! Elle leva le menton, les lèvres en cœur, prête à recevoir un…

— La plus vieille partie de l'église remonte au XVe siècle.

… cours sur les démolitions et les reconstructions subies par ce monument, et sur cette marque du service cartographique, dans le coin sud-ouest du clocher, leur indiquant qu'ils se trouvaient à deux cent quarante-trois mètres au-dessus du niveau de la mer.

Lorsqu'ils furent arrivés devant le vieux panneau rustique en bois les informant des quatre kilomètres à parcourir jusqu'à la cascade, Nina eut envie de pleurer. D'une part, parce qu'elle n'avait probablement jamais marché quatre kilomètres sans s'arrêter, et d'autre part, car la perspective d'écouter Noah commenter le moindre pilier de clôture et le moindre rocher sur leur chemin la décourageait d'avance.

— Ne t'inquiète pas, Penistone Hill n'est pas une colline abrupte, le dénivelé reste léger. Nous pénétrons officiellement dans une ancienne carrière.

En effet, ça en avait tout l'air ; de grosses pierres ponctuèrent leur promenade. Ils traversèrent une route nationale. *Aucune voiture en vue.* Dommage, Nina aurait volontiers arrêté le chauffeur pour lui ordonner de la ramener à la civilisation. Noah était lancé dans une diatribe sur le bassin de retenue, visible à l'horizon, sans doute le signe qu'un passage canadien se trouvait non loin de là.

— Voilà. A priori, nous sommes arrivés dans la lande, annonça Noah, plissant les yeux sur son iPad dont il tripotait l'écran alors que la bruine se transformait dangereusement en pluie. Cette région présente un intérêt scientifique particulier dans la mesure où les ornithologues amateurs...

— Stop ! Pitié, arrête ! l'interrompit Nina, bras levés comme pour parer l'attaque d'une volée d'oiseaux scientifiquement intéressants.

— J'essaie juste de rendre la balade intéressante, se vexa Noah. Comme tu es plutôt un rat des villes, j'ai pensé que si je te montrais les différentes caractéristiques de notre environnement, la marche te paraîtrait moins... pénible.

— C'est très gentil, je suis touchée, assura Nina, et elle l'était vraiment, même si les commentaires incessants de Noah la faisaient crisser des dents. J'apprécie le mal que tu te donnes et le temps que tu as dû passer à tout organiser dans ta chambre d'hôtel de Glasgow, mais je me fiche royalement de connaître l'histoire du bassin de retenue, des étourneaux, des moineaux, ou de je ne sais quels autres oiseaux d'intérêt scientifique.

— En l'occurrence, il s'agissait de courlis et de faucons pèlerins, précisa Noah, la moue boudeuse.

— J'ai connu un mec qui s'appelait Courlis, se souvint Nina. Il était tellement guindé qu'on ne comprenait rien à ce qu'il disait.

Noah ne se décrispait pas. Nina fit un tour sur elle-même.

— Tu veux rentrer ? s'enquit-il, toujours froissé.

Elle se retourna vers lui.

— Non. Mais observe. Juste, observe.

On pouvait aisément comprendre pourquoi on disait du Yorkshire que c'était une région touchée par la grâce divine. La lande était bien loin des pelouses soigneusement taillées et des sentiers impeccables des parcs municipaux. Là, à cette altitude, le ciel d'un gris sombre apparaissait lourd, plus grand et plus puissant qu'ailleurs ; un décor de scène dramatique à souhait pour souligner une végétation luxuriante. Nina pouvait réviser son vocabulaire autour des nuances de vert : du kaki vaseux à l'intense émeraude en passant par le vert mousse, le vert fougère et le vert écume.

Mais ce paysage étendu sous ses yeux n'était pas joli. La terre était d'une beauté sauvage, de profondes sinuosités y louvoyaient, des formations rocheuses en équilibre précaire étaient disséminées çà et là.

C'était brut, vierge, élémentaire. Derrière le doux clapotis de la pluie sur les pierres stoïques de l'ancienne carrière, Nina percevait le souffle du vent qui les enveloppait.

— Noah ! Écoute !

— Je croyais que je devais observer, marmonna-t-il.

— Le vent… je crois qu'il hurle.

— Qu'il « hurle » ? Tu n'exagères pas un peu ?

Nina porta sa main en cornet derrière l'oreille.

— On dirait qu'il nous appelle. (Un frisson la parcourut, et pas seulement à cause du froid pourtant cinglant.) C'est ce hurlement du vent qu'Emily Brontë rapporte dans son roman. Oublie tes bassins de retenue, tes carrières et tes services cartographiques, et regarde autour de toi. Voilà ce que voyaient les Brontë. Nous nous tenons peut-être à l'endroit précis où elles se sont promenées. Charlotte a décrit la cascade dans un roman, toutes les trois ont donc probablement foulé ces mêmes sentiers il y a deux cents ans. Je suis époustouflée.

— Moi aussi. À moins que ce ne soit le vent. Qui hurle. Et si nous le savourions un instant ?

Noah avait à présent l'air moins froissé.

— Avec plaisir, opina Nina.

Ils se tinrent côte à côte pour contempler la lande escarpée, ce paysage indompté, avec ce sentiment de n'être que de petites choses insignifiantes devant l'immensité de la nature.

— C'est bon, j'ai savouré, décida Nina. Et toi ?

Noah fit un signe de tête. Ses joues étaient rouges d'être trop fouettées par les vents.

— Oui, c'est fait.

Ils reprirent leur chemin, et à l'exception de brefs commentaires sur les sols ou les cottages délabrés qu'ils croisaient à l'occasion, Noah se força au silence. Nina avait la tête remplie d'images littéraires. Maintenant qu'elle avait foulé ces terres, il lui tardait de relire *Les Hauts de Hurlevent*.

Sur la dernière section de leur promenade, il fallut grimper des marches de pierre glissantes, trempées de pluie, et dispersées à l'envi comme jetées là par un dieu en colère.

Noah haussa un sourcil à cette comparaison proposée par Nina.

— Oui, si tu le dis.

— Je suis à fond dans le symbolisme des *Hauts de Hurlevent*, l'avertit-elle. Pour moi, la lande représente Heathcliff, sauvage et imprévisible. Heureusement, personne ne va me réclamer de dissertation sur l'usage de la nature comme métaphore.

— Mince, c'était le programme que je te réservais pour ce soir. Entre autres choses, précisa Noah avec un sourire qui enflamma les sens de Nina alors même qu'elle était toujours frigorifiée.

Ils furent rejoints par un petit groupe de promeneurs sur les derniers mètres de leur pèlerinage, puis – enfin ! – ils arrivèrent à la cascade des sœurs Brontë.

Il avait fortement plu la veille, les informa l'homme qui conduisait les randonneurs, ce qui expliquait que la cascade fût si magistrale, jaillissant sur les étages de roche sculptés par des milliers d'années d'eau. Un petit pont en pierre était lové au pied de la cascade, quoique le pont original eût apparemment été emporté par une crue subite en 1989, d'après la petite plaque fixée en amont.

— On ne risque rien, tu crois ? s'inquiéta Nina avant d'y poser le pied. J'aimerais faire un selfie, mais si je pouvais éviter d'être emportée par le courant…

C'est avec un œil professionnel que Noah examina l'eau coulant à flots des hauteurs.

— Eh bien, j'ai connu de plus grosses cascades que celle-ci. À mon avis, tu ne risques rien.

Les conditions n'étaient pas réunies pour un joli selfie. La lumière était affreuse. Les cheveux de Nina, même noués en chignon lâche et cachés sous une écharpe à pois, étaient informes. Le vent et la bruine avaient effacé le plus gros de son maquillage à tel point que…

— Tu es belle quoi que tu fasses, tu le sais bien, dit Noah.

Mais Nina n'en savait rien du tout.

— Mon eye-liner n'est qu'un lointain souvenir, geignit-elle en levant son téléphone, les joues creusées, la moue boudeuse, et elle prit dix clichés successifs, ajustant l'angle chaque fois.

S'il y avait une chose que Nina maîtrisait, c'était l'art du selfie. Les randonneurs la regardaient comme si elle s'était soudain mise à cracher de l'ectoplasme par les oreilles.

Noah l'observait, lui aussi, avec un amusement qui tourna vite à l'horreur lorsque Nina lui fit signe d'approcher.

— Tu ne veux pas que j'encombre tes selfies.

— Bien sûr que si !

Venir là était pour Nina un vieux rêve. Non pas venir voir une cascade à l'autre bout d'une lande humide par un temps glacial, mais venir à Haworth. Et Noah avait réalisé ce rêve. Ils étaient sortis ensemble à l'occasion de deux rencards, ou non-rencards, avaient passé beaucoup de temps tous les deux, et ils n'avaient pas pris un seul selfie.

— Ramène tes fesses !

Noah était plus grand qu'elle et avait les bras plus longs. Il fut donc tout désigné pour tenir le téléphone et, patiemment – quoiqu'il grinçât quelque peu des dents –, écouta les instructions de Nina qui lui demandait de déplacer le portable. « Un peu plus à gauche, non, pas tant, reviens, reviens ! » Tous ces efforts pour la voir supprimer une majeure partie des photos qu'elle ne jugeait pas à la hauteur de ses attentes en matière de selfies.

— Sans vouloir te presser, je te rappelle que nous sommes attendus au presbytère de Haworth à 16 heures et qu'il est déjà quatorze heures quarante-cinq. Nous devrions faire demi-tour.

— Oh, je vous conseille de presser le pas, leur dit une femme emmitouflée dans son imperméable violet. Les prévisions annoncent de la pluie.

— Ne pleut-il pas déjà ? se risqua Nina.

— Voyons, vous appelez ça de la pluie ? Un crachin de rien du tout, pouffa la femme avec dérision – mais ledit crachin n'était-il pas déjà en train de les tremper ? Venez, faisons le trajet ensemble. Avec nous, je vous garantis que vous ne traînerez pas.

— Comme c'est gentil, marmonna Noah, tout en donnant un coup de coude d'avertissement à Nina qui peinait à réprimer un rire nerveux.

Repartir en sens inverse sous les braillements de Mme Imperméable Violet qui ne tolérerait pas de les voir lambiner… *Ô, joie !*

Maureen, ainsi qu'était baptisée cette dame – « mais vous pouvez m'appeler Mo » –, était un petit bout de femme vive aux idées bien arrêtées.

— À votre place, je ne me fierais pas trop à ces semelles, commenta-t-elle en regardant d'un œil torve les bottes de motard de Nina. Quant à ce manteau, ma foi, vous allez choper la mort.

— Si seulement, grommela Nina, car la mort serait un châtiment plus doux qu'un marathon avec une Maureen dont le traitement tyrannique lui rappelait sa mère.

Nina regrettait presque d'avoir laissé dans un tiroir le bracelet de sport connecté que lui avait offert Alison au dernier Noël – sa mère avait le chic pour trouver des cadeaux aussi passifs-agressifs qu'elle. Il aurait probablement indiqué dix mille pas foulés rien que ce jour et ils n'étaient qu'à la moitié de leur trajet pour rentrer à Haworth.

Noah, parti devant avec les autres randonneurs, s'arrêta pour attendre Nina.

— Tu réussis à suivre ?

— Tu ferais bien de m'abandonner ici, dans la lande, haleta Nina. Je suis condamnée. Mais toi, tu peux encore t'en sortir et rejoindre la civilisation. Je ne ferai que te ralentir. C'est fou ce que je ne suis pas sportive !

— Tu vas y arriver, l'encouragea Noah alors qu'elle-même en doutait fortement, frigorifiée dans son satané manteau qui, oui, était gorgé d'eau froide et de sueur chaude après tant d'efforts. Nous ne sommes pas venus jusqu'ici pour abandonner.

— Tout de même, il reste encore un bon kilomètre et demi, nuança gaiement Mo.

À croire qu'elle prenait un malin plaisir à la malmener. Pas de doute, cette femme avait un lien de parenté avec Alison O'Kelly.

— Pense au presbytère de Haworth, lui dit Noah. L'endroit où Emily, ses sœurs et leur bon à rien de frangin dont j'ai oublié le nom ont tous vécu.

— Branwell, lui rappela Nina alors qu'elle s'était juré de garder son souffle pour marcher et de ne pas le gaspiller à discuter. C'était un scélérat. Endetté jusqu'au cou. Il dépensait tout son argent dans les jeux et l'alcool. C'est l'une des raisons pour lesquelles ses sœurs se sont mises à écrire ; Branwell dilapidait le peu de revenus que possédait la fratrie.

— Ce sont des cousins à vous ? s'immisça Mo, les yeux brillants d'apprendre que Nina venait potentiellement d'une famille de bons à rien.

— Non, nous parlons des Brontë, l'informa poliment Noah. C'est la raison de notre venue à Haworth. Nina est une grande amatrice des *Hauts de Hurlevent*.

Si Noah pouvait faire un effort, alors Nina aussi.

— C'est mon livre préféré, expliqua-t-elle. J'ai toujours rêvé de venir voir où vivait Emily Brontë. Vous l'avez lu ?

— Je n'ai pas le temps de lire, répliqua Mo, l'expression sévère et les joues rougies par le mauvais temps.

Ces quelques mots étaient généralement un déclencheur d'hostilités, mais Nina se contenta de grommeler, concentrée sur sa traversée de l'ancienne carrière où les pierres étaient dangereusement glissantes.

— Attention, susurra Noah qui la prit par le bras, en s'abstenant de commentaire sur ses semelles trop lisses. Le séjour aux urgences n'est pas prévu au programme de ce week-end.

— Ravie de l'apprendre, pantela Nina, puis elle décida de se taire une fois pour toutes pour garder son énergie.

Si âgés soient les autres randonneurs, ils marchaient à bonne allure.

Heureusement que Noah était là pour la soutenir. Bientôt, la flèche du clocher apparut, et peu de temps après, ils franchirent à nouveau le portillon à chicanes et firent leurs adieux à leurs nouveaux compagnons.

— Croyez-moi, vous aurez les sinus bouchés avant la tombée de la nuit.

Ce furent les dernières paroles de Mo à leur adresse.

Nina lui fit un petit signe d'adieu, en lutte contre son instinct qui lui aurait plutôt décoché un doigt d'honneur.

— Je vais bien, s'empressa-t-elle de rassurer Noah, dont les traits se crispaient d'inquiétude. Je t'assure, je ne vais pas me la jouer à la Emily Brontë.

Ils prirent la direction du parking où était garée leur voiture.

— Qu'entends-tu par « te la jouer à la Emily Brontë » ?

— Son rhume carabiné attrapé à l'enterrement de son frère Branwell s'est transformé en tuberculose, et comme elle a mis trop longtemps à accepter de se soigner, elle en est morte. Au presbytère de Haworth.

Un frisson la parcourut. La pauvre Emily, têtue comme une mule, s'était finalement résolue à envoyer Charlotte appeler un médecin deux heures avant de mourir.

— Je n'ai pas l'intention de flancher au cours de notre voyage. Mais je retirerai mon manteau, il sent le chien mouillé. Et puis, de nos jours, nous avons du paracétamol, du spray antiseptique et toutes sortes de médicaments contre le rhume.

— Tu es sûre que ça va aller ? Tu es glacée, se rembrunit Noah en lui prenant les mains – un geste qui la fit à nouveau frissonner, mais cette fois, pas par crainte d'une mort précoce et fulgurante.

— Je vais troquer mon manteau mouillé contre un bon pull, promit-elle maintenant qu'ils étaient arrivés à la voiture. Hum, tu n'aurais pas un bon pull à me prêter ?

Il n'y avait aucune chance pour que Nina et sa généreuse poitrine entrent dans l'un des pulls bleu marine de Noah – contrairement à Emily Brontë et son célèbre cercueil, à peine quarante centimètres de large. Elle dut se satisfaire d'un polaire à fermeture Éclair très peu assorti à sa robe noire des années 1950 et ses motifs fantaisie de petits chatons blancs.

« Ne sors jamais avec un homme plus maigre, plus petit ou plus jeune que toi. »

C'était l'un des grands conseils prodigués par Alison à l'adolescence de Nina, et il revint la hanter à cet instant comme elle tentait, en vain, de refermer le Zip du polaire.

— Elle te va bien mieux qu'à moi, fit remarquer Noah – *probablement un pieux mensonge.*

Il lui reprit la main, mais cette fois ce n'était ni pour l'aider à franchir l'obstacle de pierres glissantes, ni pour s'assurer qu'elle n'avait pas contracté la tuberculose. C'était seulement parce qu'il en avait envie. Parce qu'il prenait plaisir à la toucher.

Nina pressa doucement sa main et il la serra en retour. Le polaire portait la vague odeur de propreté citronnée de son après-rasage et donnait à Nina le sentiment d'être enveloppée dans ses bras. Un troisième frisson. Elle leva les yeux vers Noah dont l'expression pensive rappelait celle qu'il présentait quand il s'armait de son iPad pour prendre des notes.

Elle finit par détourner le regard et marqua soudain un arrêt. Le souffle lui manqua. Un jardin soigné s'étendait devant une demeure tout aussi soignée.

Le presbytère des Brontë.

Chapitre 21

« Les reliques qui nous restent des morts sont précieuses s'ils étaient respectés de leur vivant. »

Une fois la porte blanche du presbytère franchie, le sol foulé des centaines, des milliers de fois par Emily Brontë et ses sœurs se présenta à eux.

Nina se recueillit un instant pour balayer du regard les murs d'un gris tourterelle, mais sa contemplation fut interrompue par un groupe de femmes d'une cinquantaine d'années qui descendaient l'escalier d'en face en discutant fort.

— Je m'attendais à plus d'insalubrité, reconnut l'une d'elles avec un léger accent américain. En revanche, c'est tout petit.

— Les gens étaient plus petits qu'aujourd'hui, entre les mauvaises conditions sanitaires et le manque de légumes frais, commenta une autre, et toutes acquiescèrent à l'unisson.

— J'ai peine à croire qu'on manquait de légumes à cette époque, chuchota Noah.

Mais Nina, figée, ne sortait pas de sa torpeur. Emily Brontë n'était pas une simple figure historique, ni seulement une page de Wikipédia. Elle avait vécu entre ces murs, en chair et en os.

Nina regarda par la porte ouverte sur sa gauche donnant sur une pièce où une petite table était installée près de la cheminée. Quatre chaises l'encadraient, du papier, des stylos et un encrier occupaient sa surface polie. Elle resta rêveuse sans s'apercevoir qu'elle bloquait le passage aux Américaines qui souhaitaient sortir.

— Pardon, s'excusa Nina en s'écartant vers le cordon rouge qui barrait l'accès à la salle à manger et la protégeait des mains curieuses des touristes. Noah, souffla-t-elle en tendant la main derrière elle pour l'attirer plus près. C'est… c'est là que les Brontë ont écrit leurs romans. Tu imagines ? Emily écrivant *Les Hauts de Hurlevent* pendant que Charlotte planchait sur *Jane Eyre* et Anne sur *La Locataire de Wildfell Hall*. C'est comme si Posy, Verity et moi écrivions des romans à la boutique et qu'ils devenaient des monuments de la littérature. Mais ça n'arrivera jamais, ajouta-t-elle en secouant la tête.

— Ne jamais dire jamais, argua Noah en attendant patiemment que Nina relâche le cordon qu'elle serrait fort, avide de tout dévorer du regard pour ne pas perdre une miette de ce lieu hautement littéraire.

Ils se promenèrent dans la demeure, visitèrent le bureau de M. Brontë, la cuisine et son vieux fourneau, empruntèrent l'escalier pour se rendre au bureau des enfants et découvrir la chambre de Charlotte. Apparemment, Emily et Anne ne disposaient pas de leurs propres chambres, mais une plaque les informa qu'un certain révérend Wade, venu habiter les lieux après la disparition des Brontë, avait ajouté une aile à la maison et avait reconverti certaines pièces en un long couloir.

— Dans cette chambre, ce n'est pas seulement leur mère Maria qui est morte, c'est aussi Charlotte, murmura Nina d'une voix chevrotante en découvrant le lieu.

Ce n'était pas une phrase que l'on prononçait souvent à voix haute. Au milieu de la pièce trônait une vitrine exposant une des toilettes de Charlotte. En dépit de ses manches et jupons volumineux, on devinait aisément que sa propriétaire était chétive.

— Je n'y glisserais même pas une jambe, s'exclama Nina. À ma mort, je n'aimerais pas qu'on expose ainsi mes sous-vêtements aux yeux du monde entier.

Elle se tourna pour observer la réaction de Noah, mais son attention n'était pas sur les dessous blancs épinglés derrière la robe. Il regardait sa montre. Depuis le début de la visite, il était agité. Nina ne pouvait pas lui en vouloir, l'heure devait paraître bien longue à qui n'était pas fanatique de l'histoire des Brontë.

— Je suis désolée, soupira-t-elle. Je crois qu'on a fait le tour. Sur Internet, l'endroit paraissait plus grand. Tu ne t'ennuies pas trop ?

— Non, tout va bien. C'est très intéressant, répondit Noah sans grande conviction.

— Il n'y a plus rien à voir. Nous n'avons plus qu'à descendre à la boutique de souvenirs, ajouta-t-elle en faisant craquer les articulations de ses doigts avec impatience. J'adore les boutiques de souvenirs !

— Qui n'aime pas ça, dit Noah avant de céder à un nouveau coup d'œil sur sa montre. Pardon. Tu ne m'en veux pas ?

— Pas du tout, le rassura Nina.

À bien y réfléchir, elle aurait trouvé presque bizarre que Noah nourrisse la même obsession qu'elle pour Emily Brontë et *Les Hauts de Hurlevent*. Lui n'attendait pas de Nina qu'elle saisisse la première occasion de faire du kayak en eaux vives ou de sauter en tyrolienne, et c'était tant mieux.

— Comment pourrais-je t'en vouloir alors que tu as organisé cette immense surprise rien que pour moi ? La barre est très haute pour les rencards à venir.

C'était un peu présomptueux de supposer qu'ils sortiraient encore ensemble, mais ce troisième rencard était si spectaculaire que Nina en voulait un quatrième, un cinquième, jusqu'au moment où les rendez-vous se transformeraient en relation. Une relation comme elle n'en avait pas connu depuis si longtemps que la seule perspective d'en vivre une nouvelle lui installait une volée de papillons dans le ventre. Peut-être que si elle lui avouait tout au sujet de Paul et de l'accident qui l'avait transformé, Noah comprendrait. *Peut-être...*

— En parlant de surprise...

La voix de Noah coupa court à ses « peut-être » pour la ramener à l'instant présent.

— En fait, je surveille l'heure pour une raison précise. J'ai réservé pour dix-sept heures quinze.

— Réservé quoi ? demanda Nina en jetant un coup d'œil suspicieux à la tenue de Charlotte. On va me faire rentrer dans une vieille robe d'époque pour une photo souvenir ?

— Hein ? Mais non, pas du tout ! J'espère que tu trouveras ma surprise plus intéressante que ça, s'inquiéta soudain Noah, ne sachant comment Nina allait réagir.

Pas de doute, elle était intriguée, mais aussi un brin anxieuse lorsqu'il lui fit redescendre l'escalier. Il la conduisit ensuite derrière le presbytère, dans une salle d'exposition. Comme le reste de la propriété en cette période grise et humide de l'année, un vendredi après-midi en basse saison, l'endroit était désert à l'exception d'une employée qui les accueillit avec un grand sourire.

— Noah Harewood ? interrogea-t-elle gentiment. Et l'amie de Noah ?

— Voici Nina, la présenta-t-il. Nous ne sommes pas en retard, j'espère ?

— Je m'appelle Moira. Non, vous êtes juste à l'heure. Nous fermons dans trente minutes, précisa-t-elle en désignant la table devant elle, puis Nina. Voulez-vous vous asseoir ?

Affirmatif. Nina était debout depuis des heures ! La curiosité l'agitait comme un lion en cage.

— Que se passe-t-il ? s'enquit-elle d'une petite voix tremblante.

— L'an prochain, nous fêtons le bicentenaire de la naissance d'Emily Brontë, et à cette occasion, nous demandons aux visiteurs du musée d'écrire une citation tirée des *Hauts de Hurlevent* dans un manuscrit spécialement conçu à cet effet, expliqua l'hôtesse.

— En échange, tu as droit à un stylo gratuit, ajouta Noah comme pour lui donner un argument, mais Nina n'en avait pas besoin, elle était déjà prête.

— Je vais le faire ! s'écria-t-elle en levant les mains, les doigts écartés. Regardez, je m'échauffe les doigts !

— Commençons par créer une ambiance, voulez-vous ? suggéra Moira.

Elle éteignit l'éclairage principal, plongeant la pièce dans une pénombre juste percée par la lampe de bureau posée devant Nina dont s'échappait un halo orangé.

Maintenant que son excitation diminuait d'un cran, Nina put détailler l'imposante pile de feuilles proprement rangées sur sa gauche, le vieil exemplaire des *Hauts de Hurlevent* ouvert aux deux tiers dont la page était marquée par une ancienne règle à calcul, et la boîte en bois ouverte dont les bords arrondis regorgeaient de stylos noirs.

En se penchant, Nina lut l'inscription notée sur chacun d'eux. « *Les Hauts de Hurlevent* – Un Manuscrit. »

— Il vous faudra utiliser l'un d'eux, indiqua Moira, et Nina en choisit un avec grand soin, quand bien même tous étaient identiques. Bien, voici le manuscrit et voilà votre citation : « Je mis mon chapeau et sortis sans m'inquiéter davantage. »

C'était bien la première fois de sa vie que Nina se concentrait autant sur sa calligraphie. Elle recopia les mots de sa plus belle cursive. Tous les muscles bandés, elle acheva sa mission avant de s'apercevoir que des larmes menaçaient de couler.

— L'instant est chargé d'émotion, souffla-t-elle d'une voix rauque. Le fait d'être assise ici, dans cette maison, de recopier les mots qu'Emily Brontë a écrits dans cette même demeure il y a près de deux cents ans sans se douter que l'histoire qu'elle racontait serait lue et adorée sur des siècles à venir. Mon Dieu, j'ai la tête qui tourne !

— De nombreux visiteurs réagissent comme vous, observa Moira avant de se tourner vers Noah. À votre tour.

— Oh, oui ! Fais-le, Noah ! s'exclama Nina, mais il reculait, les mains en l'air.

— Non, je ne veux pas gâcher ton plaisir, refusa-t-il en bloc. C'est ton moment.

— Mais je veux le partager avec toi ! insista-t-elle en se levant de sa chaise. Ce genre d'occasion ne se présente qu'une fois dans une vie. Il peut écrire une citation, n'est-ce pas ?

— Bien entendu, acquiesça Moira avec un léger sourire devant la détermination à toute épreuve de sa visiteuse qui tirait Noah par le bras.

— Assieds-toi ! ordonna-t-elle. Allez, assis !

— Je ne suis pas un chien, grommela Noah en s'exécutant toutefois. J'ai une écriture affreuse. Il me faut écrire en lettres capitales pour être un tantinet lisible.

— Nous ne sommes pas là pour vous juger, assura Moira. Prenez un stylo, voici la phrase qu'il vous faut recopier : « Elle bondissait en avant, revenait près de moi et repartait comme un jeune lévrier. »

Nina aurait gardé ses distances par respect pour la solennité du moment si la gaucherie dont faisait preuve Noah avec son papier et son stylo ne l'avait pas distraite. Il s'agrippait à son stylo comme si l'objet cherchait à prendre la fuite, et attaquait le papier comme s'il était son pire ennemi.

— Ah, oui, je me souviens de ce message illisible que tu m'avais envoyé. Tu écris très mal, je ne peux pas le nier, laissa échapper Nina avant de regretter son manque de tact.

Les lettres capitales de Noah avaient l'air en pleine crise de nerfs sur le papier.

— Merci, Nina, j'ai compris. Personne n'est parfait.

Une fois qu'il eut tracé sa dernière lettre dont l'aspect évoquait un insecte écrabouillé sur la page, elle lui donna un petit coup de coude.

— J'aimerais dire que tu es parfait pour organiser des *road trips*-surprises, mais le compliment risquerait de te monter à la tête, plaisanta-t-elle tandis que Noah se levait de sa chaise.

Puis elle se tourna vers Moira.

— Merci infiniment de nous avoir fait participer à ce projet.

— C'est votre ami qu'il faut remercier, sans vouloir trop le complimenter, repartit Moira en les accompagnant jusqu'à la sortie avec un sourire désolé comme si elle aurait aimé rester là à écouter leurs taquineries réciproques. Je suis navrée mais nous fermons dans un quart d'heure, or vous aurez peut-être envie de passer par la boutique de souvenirs avant de partir.

— Oui ! s'exclamèrent-ils d'une seule voix.

Nina attrapa Noah par la main et pressa le pas. Décidément, elle avait fait plus de sport en une seule journée qu'en une année entière.

— Quinze minutes seulement ! s'alarma-t-elle en arrivant à la boutique. C'est qu'on nous met la pression !

En session de shopping, Nina avait toujours été méthodique. Une habitude forgée par des années à parcourir les rayons de braderies et de boutiques de vêtements de seconde main en quête de perles rétros. En l'occurrence, elle se dirigea tout droit vers une jolie reproduction du presbytère sous un ciel d'automne, se choisit plusieurs cartes postales et emporta des barres de chocolat estampillées Brontë pour son retour au travail lundi : chocolat au lait « Charlotte » pour Posy, chocolat au lait et au zeste d'orange « Branwell » pour Tom, et malgré les revendications de Verity qui se disait plus sensible à Austen car elle trouvait les Brontë trop austères et mélodramatiques, elle s'estimerait heureuse d'avoir droit à sa barre « Anne ». Là-dessus, Nina ajouta cinq barres de chocolat noir « Emily » rien que pour elle. Elle avait aussi très envie d'offrir un présent à Noah. Une façon, certes dérisoire, de le remercier pour cette journée de congé. À croire qu'il avait lu en elle comme dans un livre ouvert pour lui concocter ce séjour parfait de bout en bout – elle avait même trouvé de bons côtés à leur randonnée de l'enfer au travers de la lande jusqu'à la cascade. En échange, elle aurait aimé lire en lui pour dénicher le cadeau de remerciement parfait. Mais les possibilités étaient limitées dans cette boutique de souvenirs exclusivement consacrés au presbytère des Brontë. Peut-être vendait-on des coques de protection d'iPad ou de téléphone ? Elle chercha l'inspiration dans les rayons et s'arrêta sur une série d'objets portant différentes citations des romans des Brontë.

Elle ne put retenir un éclat de rire en découvrant une tasse « Lecteur, je l'ai épousé ». Elle avait proposé cette célèbre citation lorsqu'ils cherchaient encore un nom pour la librairie. Sa suggestion avait fait un bide mais Posy avait aussitôt passé une commande de cinq cents tote bags portant cette inscription.

— Oh, non, Posy ne doit surtout pas voir tous ces objets à citations, dit Noah qui s'approchait derrière elle. Verity m'a raconté pour les sacs en toile.

— Nous vendons aussi des tee-shirts « Lecteur, je l'ai épousé ». Ce sont d'excellents cadeaux pour de futures mariées. Mais il ne faut surtout pas montrer ceux-ci à Posy, ajouta Nina en désignant des maniques et des tabliers assortis marqués « Je suis Heathcliff ».

— Tu n'es pas tentée ?

— Pas vraiment, ils ne s'accorderaient pas à ma garde-robe. Et puis, ce que je fais en cuisine se résume à faire griller du pain ou réchauffer des plats préparés. Pas besoin d'accessoires pour si peu. En revanche, je prends une tasse et toi aussi ! Après tout, on a tous besoin d'une tasse.

Celle d'Emily Brontë clamait « Ce n'est pas une lâche que mon âme », une phrase qui seyait tout à fait à une tête brûlée telle que Noah. Cette tasse ne coûtait que 7,50 livres, le remerciement était bien maigre, mais il ferait l'affaire pour l'instant.

— Oui, on a tous besoin d'une tasse, acquiesça Noah, solennel.

Nina s'aperçut qu'il avait fait quelques emplettes, lui aussi.

— Belle écharpe, commenta-t-elle en découvrant le tissu gris et lilas à pois bleu pâle que tenait Noah.

— Pour la fête des Mères, expliqua-t-il, les sourcils froncés. On a l'interdiction de dépenser plus de 10 livres, mais j'ignore si c'est de la laine équitable et si les bêtes ont vécu en plein air à gambader librement dans la lande.

— Je suis sûre qu'elle lui plaira.

En réalité, Nina n'en savait rien. La mère de Noah avait l'air aussi difficile qu'Alison. Il avait également sélectionné plusieurs boîtes de « Bron-thé ».

— Le thé est aussi pour ta mère ?

— Le « Bron-thé Emily » aux baies et aux orties sauvages est pour mon père. Il suit un régime depuis qu'il s'est découvert une sclérose en plaques. J'ai aussi acheté le thé Branwell au maté et aux épices pour mon petit frère, lui qui se vante de pouvoir boire toutes les mixtures les plus improbables.

— Comme les jus de légumes ? Beurk !

Nina, Posy et Verity avaient suivi le même programme détox l'année précédente. Elles avaient tenu deux jours avec un cours de yoga et un jus de légumes au goût de vase qui leur avait coûté 10 livres.

— Les jus de légumes sont le fruit du diable, frissonna Noah. Quand j'habitais à San Francisco, tout le monde buvait ça. Si tu demandais un expresso, on te regardait comme si tu avais commandé des cailloux de cocaïne.

— Mais la caféine ne fait-elle pas partie des grands groupes d'aliments ? s'étonna Nina alors qu'ils se dirigeaient vers la caisse où une femme désespérait de pouvoir les encaisser pour enfin rentrer chez elle.

Ils payèrent leurs acquisitions et quittèrent le presbytère. La nuit était déjà bien tombée lorsqu'ils rejoignirent la voiture sur le parking. Soudain, malgré ses jambes en coton et sa fatigue après les efforts de cette journée – sans compter sa faim vorace –, Nina fut prise d'un élan de nervosité.

Noah lui avait fait préparer un sac pour le week-end, il ne la ramènerait donc pas à Londres ce soir. Ce qui voulait dire qu'ils allaient dormir dans le coin.

Et louer une chambre. Avec peut-être un seul lit.

C'était leur troisième rencard et ils savaient tous les deux ce que ça impliquait.

Ce fut le grand retour des frissons. Nina n'aurait rien contre l'idée de s'adonner à des activités folichonnes. Bien au contraire, et d'autant plus lorsque Noah la prit par la main pour lui glisser :

— Tu as froid ?

Nina marqua une pause pour y réfléchir. Oui, elle avait froid en plus de son état de nervosité générale et de sa faim de loup.

— Un peu, mais j'ai quelques idées qui pourraient me réchauffer, le provoqua-t-elle d'une voix sensuelle, lui serrant la main avant qu'il ne la relâche car ils arrivaient à la voiture.

— Une tasse de thé et quelques tartines grillées ? suggéra-t-il poliment. Suivies d'un coucher de bonne heure avec un bon bouquin ?

— Je ne garderais qu'une option sur les quatre, opina Nina.

Chapitre 22

« Faites que le monde s'arrête à cet instant. Que tout s'arrête et se fige pour toujours. Que la lande ne change jamais, que vous et moi restions à jamais les mêmes. »

Le trajet ne fut pas bien long en voiture. La voix féminine du GPS leur ronronnait ses indications depuis seulement dix minutes lorsqu'ils s'engagèrent dans une allée au bout de laquelle se dressait une longue demeure de plain-pied en ardoises grises.

— Ça a l'air joli. Confortable et accueillant, jugea Nina.

— Et bien d'autres choses encore, renchérit Noah d'un petit air fier qui laissait entendre qu'il avait d'autres surprises en réserve. Laisse-moi porter tes affaires.

— Entrez, entrez ! les appela une femme sur le seuil. Vous devez être gelés !

Peu de temps après, Nina et Noah étaient assis côte à côte sur un canapé divinement moelleux avec chacun une tasse de thé et une immense part de gâteau à savourer pendant que les propriétaires du gîte leur apprenaient que les Brontë étaient des habitués de ces lieux que d'aucuns considéraient comme une source d'inspiration pour les *Hauts de Hurlevent*. Les yeux de Nina auraient pu sortir de leurs orbites lorsqu'elle apprit que Noah et elle séjourneraient ici, dans la chambre Earnshaw avec sa « fenêtre Cathy » par laquelle le fantôme de Catherine peinait à entrer.

C'était magique. Nina n'eut d'yeux que pour Noah qui baissait modestement la tête. C'était le meilleur rencard auquel Nina avait jamais été, et de loin. *Le meilleur de toute l'histoire des rencards.*

Le meilleur road trip. *Le meilleur week-end.* Et les meilleurs préliminaires, car cela ne faisait plus l'ombre d'un doute, ils s'y mettraient dès ce soir.

— Nous ne savions pas s'il vous fallait une seconde chambre ou non. Voyez-vous, un couple d'Américains nous a téléphoné pour savoir s'il restait une chambre libre pour ce soir, expliqua leur hôte, un personnage aussi charismatique par son physique que par son caractère.

— Nous n'avons besoin que d'une chambre, décida Nina presque trop assurément. N'est-ce pas ? ajouta-t-elle en tapotant le genou de Noah avec emphase.

Personne n'oserait jamais accuser Nina d'un excès de subtilité.

— Tu as peur d'entendre quelque chose taper à la fenêtre ? Ou quelqu'un ? s'enquit Noah avec un léger haussement de sourcils.

— Parfaitement, tu connais mon imagination débordante, répondit-elle sur un clin d'œil si théâtral que sa paupière manqua de se disloquer.

Il y eut un silence. *Gêné.* Puis leur hôtesse eut un léger toussotement.

— Bien, je vous montre votre chambre où poser vos affaires ?

— Avec plaisir.

Nina portait encore ses vêtements trempés et aurait payé cher pour un bon bain chaud.

Leur chambre leur fit faire un bond dans le temps. Outre les frivolités d'un mode de vie moderne – les canapés, les jetés de lit en velours et le poêle à bois d'aspect vintage mais bien actuel qui baignait la chambre d'un halo de chaleur orangé –, l'endroit était resté proche de ce qu'il était à l'époque où les Brontë fréquentaient l'établissement. Des murs de brique et des poutres apparentes épaisses comme des troncs d'arbre soutenaient un plafond mansardé tandis que de plus petites poutres venaient les barrer à la perpendiculaire.

Il y avait également ce que leurs hôtes appelaient un « lit-coffre », comme celui décrit par Emily Brontë dans *Les Hauts de Hurlevent*, un lit caché à l'intérieur d'un meuble en chêne. « Je fis glisser les panneaux de côté, entrai avec ma lumière, les refermai, et me sentis en sûreté contre la vigilance de Heathcliff ou de tout autre. »

Nina eut la sensation d'avoir glissé un pied entre les pages des *Hauts de Hurlevent*.

Noah se renseigna sur d'éventuelles adresses locales où dîner et sur l'heure où serait servi le petit déjeuner pendant que Nina flânait dans la pièce, laissant ses doigts courir sur chaque meuble, ses yeux étudiant le moindre détail à portée. Encastré dans sa case, le lit l'appelait, si doux et si confortable ainsi chargé d'oreillers que Nina ne songea même pas à le considérer comme un lieu propice à leurs activités de ce troisième rencard, mais comme celui où elle s'écroulerait volontiers dans les bras de Morphée des jours entiers.

— Qu'en penses-tu, Nina ? C'est une bonne idée, non ?

L'idée en question était d'offrir à Nina « tout le temps nécessaire » pour un brin de toilette, puis leurs hôtes auraient l'amabilité de les conduire à une brasserie locale pour le dîner après quoi ils reviendraient les chercher quand viendrait l'heure de se coucher.

Aucun des hôtels que Nina avait fréquentés dans sa vie n'avait proposé de tels traitements. Il faut dire qu'elle avait plutôt l'habitude des motels et autres Formule 1.

On lui offrit même de lui prêter un manteau, compte tenu de l'état de sa fausse fourrure en léopard ébouriffé qui serait alors envoyée au séchage en présence de Noah. Nina se retrouva donc seule.

À son réveil ce matin – des semaines plus tôt, lui semblait-il –, elle s'attendait à une dure journée de plus à la librairie, éventuellement close sur une soirée au *Midnight Bell* pour un apéritif après le travail. Elle ne s'attendait certainement pas à… tout ça, ni au fait que leur première nuit ensemble serait imminente.

Elle eut une pointe de déception en s'apercevant que la salle de bains ne comptait pas la baignoire tant attendue mais qu'elle était équipée d'une simple douche – sans doute n'était-ce pas plus mal. Dans un bain chaud, Nina se serait forcément endormie. Il faut dire que la douche chaude lui donna tout autant envie de se laisser glisser sur le sol de la cabine pour un petit somme.

Mais l'heure n'était pas à la sieste. Nina avait seulement trente minutes pour accomplir sa préparation complète spéciale troisième rendez-vous. Douche, masque de soin, épilation, exfoliation, hydratation, puis tentative de se sécher les cheveux rapidement pour gagner du temps sur la cascade de boucles qu'elle comptait se former.

Quand Noah tapa à la porte trente-sept minutes après être parti, Nina était fin prête. Elle ouvrit la porte sur un Noah bouche bée – seule validation qu'elle attendait. Son « Nina, tu es sublime ! » fut la cerise sur le gâteau.

C'était leur troisième rencard, or Noah n'avait jamais vu Nina que dans son affreux tee-shirt *Au Bonheur des tendres*. Ou en salopette façon provinciale. Ou encore en tenue propice à une partie de laser game, mais jamais dans toute sa splendeur séductrice.

Il ne savait plus quoi regarder en premier. Ses boucles platine à la Veronica Lake, ses sourcils dessinés en haute définition, la courbe de son eye-liner liquide, ses faux cils ou ses lèvres rouge mat ? De nombreux autres produits intermédiaires avaient participé à cet effet sirène de vieux films en noir et blanc, un résultat souligné par une robe moulante de satin noir qui mettait en valeur ce qu'il fallait où il fallait.

— J'ai voulu rendre l'esprit du vieil Hollywood, expliqua Nina, terminant sa phrase par un gloussement qui trahissait sa nervosité.

Le regard de Noah n'aidait pas, attardé sur ses bas résille et ses orteils moulés dans de périlleux escarpins de daim noir.

— Mission accomplie, affirma-t-il, la voix éraillée.

Il s'empara des poignets de Nina, l'œil pétillant, si bien qu'elle se demanda s'ils n'allaient pas sauter l'étape du dîner pour passer directement au dessert… *Mais non.* Il l'attirait gentiment mais sûrement vers la sortie.

— Donne-moi juste dix minutes, réclama-t-il toutefois. Il ne m'en faudra pas davantage pour me parer de mes peintures de guerre, moi aussi.

Le rire franc, Nina récupéra sa pochette à motifs léopard laissée sur la commode dans l'entrée.

Les autres clients présents au gîte étaient un jeune couple d'Américains, Rachel et Ford, en voyage dans toute l'Europe, et légèrement déçus de tomber sur la Grande-Bretagne en cet humide et grisâtre mois de mars.

— Nous venons d'Austin, dans le Texas, expliqua Rachel quand tout le monde grimpa en voiture pour se rendre à la brasserie. On ne nous a pas prévenus qu'il ferait si froid.

— Et qu'il pleuvrait autant, ajouta sinistrement Ford.

À leur arrivée dans ce charmant établissement à l'ancienne, typique de l'époque vécue par les Brontë, Nina comprit qu'elle ne se débarrasserait pas de Rachel et Ford pour un dîner en tête à tête.

Si ça n'avait tenu qu'à elle, Nina leur aurait faussé compagnie sans détour, mais Noah était plus poli et affirma avec un enthousiasme presque crédible qu'un dîner tous ensemble était une merveilleuse idée. Mais sa gorge serrée de déception fut loin d'échapper à Nina. Par ailleurs, il lui glissa un « désolé » à l'oreille en lui retirant sa doudoune empruntée au gîte.

Contre toute attente, Nina passa une soirée enveloppée d'un nuage velouté. Pelotonnée dans la chaleur de l'incontournable feu de cheminée, en compagnie d'un verre de brandy et d'une tourte à la viande, elle n'avait pas à se plaindre. Rachel et Ford, derrière leurs airs proprets de vendeurs de blé complet ou de produits d'entretien sans parabène, se révélèrent de très bonne compagnie. Avant leur voyage en Europe, ils avaient vendu tous leurs biens, acheté un camping-car et traversé les États-Unis, d'où la quantité d'anecdotes croustillantes sur leur séjour au Grand Canyon, le salar de Bonneville ou le jour où Rachel s'était retrouvée enfermée dans des toilettes de Graceland.

C'est avec une joie non contenue qu'ils répondirent à la foule de questions dont Noah les inondait au sujet des *road trips*, et pendant ce temps, Nina sirotait tranquillement son brandy en marmonnant un commentaire occasionnel sans jamais cesser de faire du pied à Noah sous la table.

Leurs regards brûlants auraient presque pu les dispenser de s'asseoir aussi près de la grande cheminée.

Un seul détail fut toutefois susceptible de gâcher l'ambiance : tous les clients de la brasserie trouvèrent une bonne raison de passer près de leur table pour lorgner Nina. D'habitude, elle ne déplorait pas d'être au centre de l'attention, bien au contraire, mais elle ne s'était mise en beauté ce soir que pour les yeux de Noah.

En fait, elle aurait volontiers sauté l'étape du dessert pour retrouver le gîte et son lit-coffre, mais après avoir fait vingt-cinq mille pas dans la journée, Rachel et Ford tenaient à leur pudding. Ils étaient adorables, vraiment, mais Nina avait comme une envie de les frapper.

— Ça ne va pas ? demanda Noah une fois la commande des desserts emportée par le serveur, et Rachel et Ford partis mitrailler le charme désuet du lieu en vue de poster leurs photos sur Instagram. Tu veux que je vienne m'asseoir à côté de toi ?

— Oh, oui, par pitié.

Noah vint occuper la chaise abandonnée par Ford et glissa un bras autour des épaules de Nina. Elle avait presque envie de se dégager tant la chaleur l'étouffait après avoir eu si froid toute la journée, mais Noah se pencha pour déposer un baiser sur sa joue. Il explorait sa figure un brin plus bas, juste au coin de ses lèvres, quand une pensée la saisit.

— Et dire qu'on ne s'est pas embrassés de la journée !

— Mais si, démentit Noah avant de froncer les sourcils. Ah, non, tu as raison. Nous devrions rectifier cet impair sans tarder.

— Oui, le plus vite possible, opina-t-elle avant de toutefois s'écarter. Mais pas ici, pas avec ces deux filles qui sont déjà passées deux fois devant notre table et se croient discrètes à essayer de me prendre en photo, ajouta Nina en haussant le ton, si bien que les filles reculèrent, leur portable pourtant toujours braqué dans sa direction. En tout cas, oui, il va falloir rectifier cet impair au plus tôt.

— Il me tarde, susurra Noah sans quitter la bouche de Nina du regard. Pourquoi a-t-il fallu commander ces satanés desserts ?

— En parlant du loup…

Les desserts arrivaient en même temps que Rachel et Ford qui s'extasiaient bruyamment de l'histoire de cette brasserie, racontée par un employé du bar qui n'avait pas omis l'anecdote sur les fantômes des lieux.

Nina n'avait pas commandé de dessert, ça devait faire dix ans que ça ne lui était pas arrivé, mais assis auprès d'elle, Noah lui servit des cuillerées de son délicieux pudding au caramel mou, bien qu'elle manquât d'appétit pour le savourer.

Après quoi les choses se brouillèrent davantage. Il y eut un autre brandy, lui semblait-il. Et d'autres tendres caresses. Beaucoup de tendres caresses, en particulier dans la voiture sur le chemin du retour.

Ils discutèrent probablement de choses et d'autres avec leurs hôtes et les Américains, refusèrent vraisemblablement un dernier verre puisque Nina fut soudain consciente de sa main sur la douce rambarde en bois comme elle montait l'escalier jusqu'à leur chambre, Noah sur ses talons, interrompant l'ascension pour enfouir le visage dans son cou. Arrivée à l'étage, elle marqua une pause pour recouvrer ses repères.

Enfin, ils entrèrent dans la chambre. On avait allumé le feu pour leur retour et il faisait une chaleur étourdissante. Après tous ces câlins, Nina était en ébullition.

La porte se referma derrière Noah sur un bruit sourd, aussi lourd que le battement du cœur de Nina.

— Et donc, ronronna-t-elle. À propos de ce baiser…

— Oui, ce baiser.

Noah approcha comme un loup vers sa proie. De toute sa vie, elle n'avait pas le souvenir d'avoir autant désiré un baiser.

L'attente toucha à sa fin quand Noah franchit la distance qui les séparait et referma ses bras autour de Nina qui attirait son visage vers le sien, les doigts perdus dans sa tignasse, et ils s'embrassèrent.

Enfin !

Il n'était plus question d'être polis, hésitants, d'embrasser du bout des lèvres, il était temps de se dévorer la bouche avec fièvre, de s'agripper l'un à l'autre avec la passion qui les rongeait. Nina s'abandonnait dans les bras de Noah, étourdie par son goût divin, ce mélange de brandy, de caramel et de café.

Arriva un moment où elle fut contrainte de le repousser pour reprendre un peu d'air. Ils se dévorèrent du regard, tout proches, le souffle court.

— On n'est pas obligés de le faire, parvint à articuler Noah. Je n'attends rien, je ne veux pas que tu te sentes forcée.

— Je sais bien, s'empressa-t-elle de lui assurer. Je ne me sens forcée à rien.

— Oh.

Les épaules tombantes, Noah perdit son sourire, échouant à cacher sa profonde déception.

— Rien ne m'oblige à le faire, répéta Nina au cas où il n'aurait pas entendu la première fois. Mais bon sang, qu'est-ce que j'en ai envie !

— C'est vrai ? bafouilla Noah avec espoir.

— Oui, évidemment ! Que fait-on là à en débattre au lieu d'agir ?

Elle eut à peine le temps de terminer sa phrase avant que la bouche de Noah ne revienne couvrir la sienne, et avec maladresse, ils se dirigèrent vers le grand coffre en chêne. Nina heurta son coude contre le panneau coulissant, Noah se cogna la tête en entrant, mais finit par tomber lourdement dans les coussins.

— Viens par là, ordonna-t-il sur un ton qui ne lui ressemblait pas mais qui fit encore grimper la température de Nina à une allure folle.

— Une seconde.

Son authentique robe des années 1940 était aussi complexe à enfiler qu'à retirer, sans compter sa fermeture Éclair invisible. Le moins qu'on puisse dire, c'est qu'elle était moulante.

Nina se retrouva à gigoter pour remonter la jupe au-dessus de ses hanches sous les yeux d'un Noah en proie à une extase digne d'un enfant au pied d'un sapin jonché de cadeaux. Elle retira finalement sa robe, bras tendus au-dessus de sa tête pour les libérer de ses manches trop étroites, et fut prise d'un moment de doute. Elle avait beau chérir ses formes, comment réagirait-elle si l'émerveillement de Noah se changeait en dégoût ? La question se trouva balayée dès que la jeune femme se fut dégagée du satin noir et qu'elle découvrit la voracité avec laquelle Noah la couvait du regard.

— Waouh ! souffla-t-il. Nina, j'ai dû être un saint dans une autre vie pour mériter ce soir une créature aussi… spectaculaire.

Les mains sur les hanches, elle prit la pose appropriée à son ensemble de dentelle noire avec porte-jarretelles et bas assortis. *Pourquoi faire les choses à moitié ?*

— Oh, ce vieil ensemble ? badina-t-elle.

— J'ai presque peur de te toucher.

Noah leva une main tremblante comme s'il ne croyait pas en sa chance de pouvoir la poser sur la peau de Nina.

— Dans ce cas, nous n'irons pas bien loin, rétorqua Nina, soudain reprise de nervosité.

C'était une chose de poser langoureusement devant Noah, c'en était une autre d'attendre son feu vert alors qu'il semblait coincé au feu rouge.

— Presque. J'ai dit « presque » peur, rectifia Noah, un sourire en coin.

Le geste vif, il attira Nina à l'intérieur du coffre pour la reprendre dans ses bras et fit coulisser le panneau qui se ferma sur un claquement sec. Ils étaient à présent seuls au monde.

L'obscurité régnait en maître dans leur petit cube. Nina ne voyait pas Noah, mais ses mains et sa bouche la transportèrent tant et si bien qu'elle n'en eut pas besoin. Elle le sentait. Sur elle. En elle. *Partout, tout autour.*

La première fois fut brûlante, bestiale et frénétique, mais parfaite !

Après quoi Nina ne se soucia guère de se savoir moite et décoiffée. Ils restèrent un moment sur le dos, dans le noir, leurs petits doigts accrochés, leurs souffles en cadence. Leur deuxième fois se calqua sur une allure plus mesurée, sensuelle, le temps d'apprendre chacun de leurs secrets, de se murmurer des promesses à fleur de peau et de terminer la grande ascension à deux, et ce ne fut pas moins parfait, si ce n'est mieux encore.

Un courant d'air frais les poussa finalement à se glisser sous les draps. En général, Nina n'était pas une grande amatrice des câlins sous la couette, mais elle ne pouvait nier le plaisir que lui procurait la chaleur du corps de Noah tout contre elle.

Elle pensait qu'il dormait. Son souffle était profond, régulier, mais il murmura après un silence :

— Nina, ce n'est pas juste une passade, si ? Je ne veux pas d'une passade.

La question était tournée comme un aveu, comme s'il craignait que Nina, ayant eu sa nuit torride, ne soit tentée de filer au petit jour. C'était grotesque. Elle connaissait Noah depuis un mois à peine et n'avait pas eu son quota. Une chose était étrangement certaine, Noah était le genre d'homme capable de l'accompagner un an, dix ans, une vie entière, sans jamais cesser de la surprendre, de la faire rire, de lui apporter un sentiment de sécurité.

Ce fut une révélation pour Nina. Quelle idiote elle avait été ! La passion était une chose, et ce soir, elle avait été omniprésente, mais lorsque la passion gagnait en douceur, en tendresse, en profondeur, alors peut-être pouvait-elle durer plus longtemps.

Un homme capable de la faire chavirer avant de la prendre dans ses bras pour un sommeil bien mérité pourrait bien être celui qu'elle attendait.

C'était, en tout cas, ce que Nina espérait.

Chapitre 23

« Je n'ai pas brisé votre cœur, c'est vous qui l'avez brisé. Et dans le même temps, vous avez brisé le mien. »

À son réveil le lendemain matin, Nina était embrumée, un brin vaseuse. Elle ne sut dire où elle était, pourquoi il faisait si sombre, ni d'où venait cette grande bouillotte contre laquelle elle se pelotonnait.

Une fois qu'elle eut recouvré ses esprits, les événements de la veille lui revinrent par bribes. Au souvenir de leurs galipettes, elle comprit mieux ses courbatures partout couronnées d'une légère gueule de bois. Et ce n'était pas une grande bouillotte. C'était un Noah nu et brûlant.

— Nina ? Tu es réveillée ? lui souffla le Noah nu et brûlant.

Elle voulut répondre « oui », mais seul un grognement sortit.

— Je crois, finit-elle par croasser, et avec tous les efforts du monde, elle roula sur le côté pour lui faire face dans l'obscurité. Bonjour !

— Bonjour. Tu m'as manqué. Je te propose de ne plus jamais nous endormir, offrit-il en déposant un baiser sur le bout de son nez.

Nina avait connu assez de lendemains embarrassants pour savoir que celui-ci n'en était pas un. Noah n'était pas de ces hommes qui emportaient leurs affaires et prenaient la tangente. Lorsqu'il disait ne pas vouloir d'une passade, il le pensait.

Qu'en était-il de ses sentiments à elle ? Outre ses courbatures et la sensation qu'une créature des bois s'était glissée dans sa bouche pour y dépérir, elle s'était rarement sentie aussi bien.

— Ou nous pourrions remettre ça ? suggéra-t-elle, encore assommée.

— Tu veux dire, te rendormir ? Ou parles-tu d'autre chose…

L'allusion de Noah l'aurait tentée en d'autres circonstances, mais dans le cas présent, elle était trop lessivée. Quand il se pencha pour l'embrasser, elle préféra l'esquiver.

— Je parlais bien de me rendormir, ronchonna-t-elle. C'est ta faute, tu m'as épuisée. Et puis, j'ai la pire haleine du matin au monde, alors cesse de chercher à m'embrasser.

Apparemment, la présence d'une dépouille animale dans la bouche de Nina ne décourageait pas Noah qui parvint à lui voler un tendre baiser, puis il la relâcha en riant.

— Ma pauvre Nina. Bon, parce que c'est toi et que je t'adore, je te laisse te reposer encore un peu pendant que je vais prendre une douche, mais il est 9 heures passées. On a dû manquer le petit déjeuner.

Habituellement, Nina raffolait des petits déjeuners à l'hôtel. Les jus de fruits et les croissants ? Très peu pour elle ! Nina ne jurait que par le plat anglais par excellence : bacon, œufs brouillés et tartines grillées. Mais l'idée de ce festin ne suffit pas à lui donner l'envie de se lever. Comme Noah sortait de leur lit-coffre, elle en profita pour s'enfoncer davantage sous les couvertures. Elle pourrait dormir une semaine entière.

Son téléphone sonna au bout de la chambre où elle l'avait mis à charger avant de partir dîner la veille au soir.

— Je te l'apporte ? appela Noah.

— Non, laisse.

— Trop tard, petite marmotte !

Nina ouvrit un œil pour le voir baisser les siens sur l'écran de son portable affolé.

— Pas la peine… Qui que ce soit, il attendra, marmonna-t-elle, tentée de s'assoupir encore un peu.

— Hein ! s'exclama Noah sèchement, si sèchement que Nina se redressa sur un coude.

Mais comme la sonnerie cessait, il secoua la tête et partit dans la salle de bains en titubant, se cognant au mur sur son passage.

Visiblement, elle n'était pas la seule à souffrir d'un réveil difficile, se dit Nina. Son portable émit un signal l'informant d'un message vocal. Puis il sonna de plus belle. Se tut. Un « bip ».

S'emballa. Se tut. Rebelote.

La quatrième fois, Nina rejeta les couvertures sur un ronchonnement frustré menaçant. Il devait y avoir urgence pour que la personne persiste à vouloir la joindre. Il valait mieux pour cette personne que ce soit grave, sans quoi la vengeance de Nina serait terrible.

Les jambes tremblotantes, elle se momifia dans un drap et louvoya vers la commode où l'attendait son téléphone.

Il se remit à sonner, affichant le nom de Paul et une photo de lui avec Ellie et Rosie. Nina le ramassa de ses doigts tremblants.

— Que se passe-t-il ? C'est grave ? C'est mamie ? Oh, mon Dieu, ce doit être mamie ! Elle a recommencé, pas vrai ?

— Non, ce n'est pas mamie, tout va bien, répondit Paul d'un ton enjoué qui prouvait bien que rien ne justifiait l'urgence de ses appels un samedi matin. Toi, en revanche, ça n'a pas l'air d'aller. Tu as une voix de zombie. Petite nuit ?

Nina s'empourpra. Pourquoi rougissait-elle ? Allez savoir. Et d'ailleurs, comment allait-elle annoncer à Noah qu'elle était la sœur de son bourreau d'adolescence ? Qu'ils avaient fréquenté le même collège ? Qu'elle avait été témoin des atrocités perpétrées par son frère ?

La situation était complexe, il allait falloir la gérer avec finesse. Mais elle s'avançait un peu trop. Pour l'instant, le plus urgent était de lui dire toute la vérité. Ce ne serait pas facile, mais leur relation était si belle, si rare qu'elle surmonterait forcément quelques obstacles. Nina lui en parlerait dès leur retour à Londres.

— Une nuit moyenne, répondit-elle, enrouée. En fait, je suis partie pour la campagne pour le week-end…

— Super, content pour toi. On peut parler de moi, maintenant ? (De toute évidence, Paul n'appelait pas pour échanger des banalités.) Il faut que tu m'aides ! C'est notre neuvième anniversaire de mariage et si je ne trouve pas le cadeau parfait pour Chloé, ce sera probablement le dernier.

Ses jambes refusant de lui obéir davantage, Nina se laissa tomber sur le fauteuil près de la cheminée.

— Pourquoi avoir attendu la dernière minute ?

— Parce qu'on s'était promis de ne rien faire de spécial. On se l'était promis ! Et maintenant, elle me pique une crise parce que je ne lui ai rien acheté, se lamenta Paul. Elle dit ne m'avoir toujours pas pardonné son cadeau d'anniversaire.

— Tu lui as offert un aspirateur, lui rappela Nina. Tu es un monstre.

— C'était un modèle haut de gamme…, bredouilla Paul avant de comprendre que ses justifications seraient vaines. Nina, tu es une femme ! Qu'est-ce que je dois lui offrir ?

Nina fit basculer sa tête en arrière. Elle ne savait plus si elle avait chaud ou froid. Elle bouillonnait dans son drap mais ses jambes exposées frissonnaient à l'air froid de la chambre. Et son cerveau n'avait pas l'air décidé à fonctionner.

— Tu veux que je t'aide ? gronda-t-elle, écorchant sa voix au passage. Alors, il va falloir baisser d'un ton, mon grand.

— Ouais, pardon, marmonna Paul, s'efforçant à plus de courtoisie. Écoute, elle m'en veut vraiment. Je me suis fait gronder pour n'avoir pas rangé mon bol dans le lave-vaisselle. Alors, n'as-tu vraiment aucune idée brillante à me proposer pour Chloé ?

Cette conversation donnait la migraine à Nina.

— Il me semble que chaque année de mariage est symbolisée par une matière. Par exemple, de l'argent pour les vingt-cinq ans, de l'or pour les cinquante… Attends, je vais chercher sur Google celle des neuf ans.

Elle était occupée sur son moteur de recherche quand un doux raclement de gorge lui fit lever la tête. Noah la regardait, une serviette de bain nouée autour de la taille.

— Désolée, articula Nina silencieusement. Crise familiale.

Sur ce, elle se força à détourner le regard, car si elle n'avait rien vu cette nuit, ce matin elle voyait tout. Et ce qu'elle voyait, c'était un Noah svelte et musclé. Le kayak et la tyrolienne semblaient avoir du bon. Des taches de rousseur le couvraient de la tête aux pieds, et la prochaine fois, Nina avait l'intention d'embrasser chacune d'entre elles.

C'était probablement la raison qui expliquait l'air renfrogné de Noah, car Nina le reluquait comme

Gourgandine lorgnait le frigo en sachant que de longues heures s'écouleraient avant la pâtée.

— Alors… ça donne quoi ? Les neuf ans de mariage ? demanda Paul que Nina avait mis sur haut-parleur le temps de faire sa recherche.

Noah eut un frisson, puis se ressaisit et emporta des vêtements propres à la salle de bains.

— La faïence et le saule, répondit-elle distraitement.

— Ah, voilà qui explique la batte de cricket que m'a offerte Clo. Elle est maligne. Qu'est-ce qu'on trouve d'autre en saule ?

— Aucune idée.

Quand Noah reparut dans la chambre, en jean avec son incontournable pull bleu marine et la mine toujours aussi renfrognée, Paul venait de recevoir de précises instructions : se rendre au grand magasin *John Lewis* – « mais c'est à Kingston ! » – pour acheter une bougie de chez Diptyque dans un magnifique bougeoir en faïence.

— Cinquante-cinq balles pour une bougie ! s'insurgea Paul dans le haut-parleur.

— Tu en profiteras pour acheter du parfum, rétorqua sèchement sa sœur. C'est la mère de tes enfants. Elle a souffert pendant deux jours pour accoucher de Rosie, tu pourrais faire un effort pour votre anniversaire de mariage.

— Peut-être bien, grommela Paul – signe pour Nina qu'il s'exécuterait sans discuter.

Il était fou amoureux de Chloé, elle était la plus belle chose qui puisse lui arriver. Cet imbécile la méritait à peine.

— Chloé est la seule femme à te supporter, ajouta-t-elle avec douceur. Te l'ai-je rappelé ces derniers jours ?

— Possible. Une cinquantaine de fois à peine, petite sœur agaçante que tu es.

Pendant ce temps, Noah rangeait ses affaires, les sourcils froncés. Nina se demanda ce qui pouvait le mettre autant en colère.

Oh!

Oh, mon Dieu!

Non!

Il ne pouvait pas être au courant. *Pas déjà!*

Nina avait besoin de temps pour lui expliquer, pour y mettre les formes. Et une fois qu'elle aurait tout remis à plat, qu'elle les aurait réconciliés, Noah s'apercevrait combien Paul avait changé depuis l'époque du garçon détestable de leur adolescence. Tout irait bien. Il le fallait.

Mais tout ça, ce n'était pas pour tout de suite. Bientôt, mais pas maintenant, car il n'était pas au courant. *N'est-ce pas?* Nina écourta sa conversation, raccrocha et se tourna vers Noah.

— Désolée, répéta-t-elle, le pouls battant contre ses tempes. Encore un drame familial.

— Pas grave, répondit-il en rangeant son chargeur de téléphone dans son fourre-tout. Bon, je ne veux pas te presser, mais tu devrais aller prendre une douche. En attendant, je vais voir s'il est encore possible de commander le petit déjeuner.

Nina n'avait pas très faim, mais elle lui décocha son sourire le plus éclatant.

— Tu es mon sauveur.

Il n'esquissa pas le moindre rictus en retour et se contenta d'un hochement de tête. Se faisait-elle des films ou avait-il vraiment les traits tirés? Peut-être était-il de ces gens grognons au réveil tant qu'ils n'avaient pas eu leur dose de caféine.

Ils avaient encore tant à apprendre l'un de l'autre, se dit Nina en entrant dans la cabine de douche. Il ne la connaissait même pas au naturel, puisqu'elle n'avait pas eu le temps de se démaquiller avant de se coucher cette nuit. Elle fut tentée d'éviter le jet de douche sur sa figure et de retoucher le maquillage qui lui restait de la veille, mais finalement, quand elle retourna dans la chambre, elle était fraîchement douchée, habillée et démaquillée.

— Je ne suis pas une beauté naturelle, d'accord ? crut-elle bon de mettre au clair en découvrant Noah assis sur un fauteuil, raide comme un piquet comme s'il s'impatientait. Pardon, j'ai été si longue que ça ? Je pensais que tu allais grappiller de quoi petit-déjeuner. Une tartine ou deux auraient fait l'affaire, je n'ai pas très faim. Ce qui est plutôt bizarre, car d'habitude…

— Ça ne pourra pas marcher, coupa-t-il court à son laïus sur son manque d'appétit.

— Oh, ce n'est pas grave, répondit-elle. On peut toujours manger ailleurs. Même si, à cette heure-ci, nous sommes plus proches du brunch. Me reste-t-il assez de temps pour un léger maquillage de jour ?

Noah poussa un soupir.

— Je parle de nous. Ça ne pourra pas fonctionner, reprit-il d'une voix sentencieuse assez lourde pour donner à Nina la sensation d'avoir pris une porte dans la figure.

— Qu'est-ce que tu racontes ?

Ses courbatures au réveil étaient à présent alourdies par une impression de pesanteur sourde, comme si tous ses organes étaient attirés vers le sol.

— Mais non, tout va bien ! Hier soir, c'était génial. Plus que génial ! Et ce matin, tu m'as dit…

Qu'avait-il dit, déjà ? Il l'avait taquinée d'un petit coup de hanches et… *Ah, oui !*

— Tu m'as dit que je t'avais manqué pendant qu'on dormait. Et tu voulais remettre ça !

Il ferma les yeux comme si le souvenir de cet instant suspendu entre veille et sommeil lui était douloureux. Nina n'osait plus le regarder, prise de la crainte étrange que si elle le faisait, elle se transformerait en rocher comme dans ces mythes grecs. Mais quand elle parvint à lever les yeux, c'était lui qui se changeait en pierre.

— C'est notre passé. Il est trop lourd…

Nina fit la grimace. Ce n'était pas la première fois qu'un homme abordait ce sujet avec elle un lendemain de nuit torride.

— Tu ne peux pas me reprocher de ne plus être vierge à presque trente ans, rétorqua-t-elle amèrement. Mais tu sais, je n'ai pas connu autant d'hommes qu'on le croit. Et même si j'avais couché avec un millier de types, ça ne devrait pas être un obstacle entre nous. Tout ce qui compte à présent, c'est que je sois avec toi.

— Je ne parle pas de ce passé-là.

Elle aurait trouvé cette discussion plus facile si Noah s'était énervé, s'il avait rougi et s'il avait haussé la voix. Ç'aurait été moins déstabilisant pour Nina qui avait l'habitude des disputes à grand renfort de gestes. Mais non, le visage de Noah était aussi impassible que sa voix était monocorde.

— J'ai vu sa photo sur ton portable quand j'ai voulu te l'apporter. Les années ont passé, mais je le reconnaîtrais entre mille. Paul O'Kelly. C'est ton frère.

Ce n'était pas une question. Plutôt une affirmation sans équivoque que Nina était bien incapable de nier. Ou de contourner. Ou de remettre à plus tard.

— Oui, répondit-elle dans un soupir brisé. C'est lui. Je te jure que je voulais te…

Noah la fit taire d'un geste.

— Au début, je me suis posé la question. Vous avez le même nom de famille, et il m'a semblé le reconnaître devant le parc de loisirs quand je suis venu te chercher l'autre jour, mais je me suis repris. C'était idiot. S'il avait été ton frère, tu m'en aurais parlé. Mais tu n'as rien dit. J'ai donc cru qu'il lui ressemblait, sans plus.

— J'ai voulu t'en parler, tenta faiblement Nina, glacée par cette révélation, alors que tout était si parfait. J'avais prévu de le faire.

— Et ma grand-mère, tu dois t'en souvenir. C'était une cliente régulière au salon de ta tante. Elle était catégorique : la fille qui travaillait au salon et faisait ses couleurs était la sœur de Paul O'Kelly, mais je refusais de la croire parce qu'elle n'a plus toute sa tête. Et puis, Nina m'en aurait parlé. Elle me l'aurait dit si elle avait fréquenté Orange Hill. Tu étais à ce collège, pas vrai ? Tu m'as connu à cette époque, devina-t-il, foudroyant du regard une Nina qui se serait volontiers cachée dans un trou de souris. Quand m'as-tu reconnu ?

La tension apparaissait, fissurait son timbre monocorde pour laisser entendre la colère bouillonnante qu'il réprimait. *Pas seulement de la colère*, remarqua-t-elle en osant un bref coup d'œil. Il était en proie à une souffrance indicible, celle de la trahison, de la confusion.

— Après le soir du quiz, quand tu m'as raccompagnée à l'arrêt de bus, admit-elle sur un puissant frisson, comme moulée dans un bloc de glace. Mais… mais…

— Mais tu n'as jamais pensé à l'évoquer ? Ça t'est sorti de l'esprit, peut-être ?

— Je ne voulais pas remuer un passé qui t'était douloureux, dit-elle en tendant une main que Noah esquiva. Tu n'as pas idée de la torture que je me suis infligée à cause de ça…

Noah sourit. Ce n'était pas un charmant sourire.

— La « torture » ? Comparable à celle que me faisait subir ton frère ? cracha-t-il comme un poison. Lorsqu'il me frappait à coups de poing, qu'il me crachait dessus, me traitait de tous les noms… Je crois que c'était le plus douloureux. Les mots.

— Non, arrête ! s'écria Nina, les mains plaquées sur ses oreilles et les yeux fermés, car d'entendre ainsi la liste des crimes de Paul lui était insupportable, tout comme de regarder en face l'expression cruelle de Noah.

— Oh, pardon, Nina, ça te contrarie ? rétorqua-t-il, grinçant, et quand elle se força à ouvrir les paupières, elle lut dans son regard l'étendue de sa sinistre détermination. Ton frère est un monstre.

— Mais c'est mon frère, bredouilla-t-elle faiblement. Ça n'excuse pas tout ce qu'il t'a fait. À l'époque on ne s'entendait pas, c'est tout juste si on se supportait, mais les années ont passé. Il est celui dont je te parlais, celui qui a frôlé la mort dans un accident. Après ça, il a fait le point sur sa vie, sur lui et sur son comportement. Et maintenant, il a Chloé et les petites princesses.

Des larmes lui piquaient les yeux et ne tarderaient pas à couler. Ça n'aurait pas dû se passer comme ça. Noah n'était pas comme les autres hommes. Cette nuit, elle s'était même surprise à penser qu'il pourrait être « le bon », celui qui saurait mélanger passion et relation durable. Elle ne l'avait pas seulement pensé. Elle y avait cru dur comme fer, elle qui n'était pourtant jamais sûre de rien.

Et maintenant ?

Tout ce qu'ils avaient construit, leur potentiel à venir, tout était réduit à néant par sa faute. Il y avait forcément un moyen de tout arranger, une parole qui pourrait tout changer. Comment faire comprendre à Noah que leur passé n'avait aucun lien avec leur avenir ?

— Il n'est plus le même Paul que tu as connu au collège. Il a changé, et en bien. Il est conscient qu'il t'a fait beaucoup de mal et aimerait se faire pardonner, articula-t-elle avec peine, ses mots entravés par le sanglot coincé dans sa gorge.

— Rien de ce qu'il racontera ou fera ne pourra le racheter. Rien ! ajouta Noah en se massant les tempes. Tu aurais dû me le dire ! Mais tu as préféré me mentir. C'est trop de mensonges ! Tu as même omis de mentionner que nous étions au même collège.

— Je n'ai jamais voulu te mentir, sanglota Nina. Comment pouvais-je savoir que notre relation irait aussi loin ? Que j'aurais des sentiments pour toi ?

Elle se tut dans l'espoir qu'il répondrait que lui aussi avait des sentiments pour elle, mais il n'en fit rien, et si elle en jugeait par sa mâchoire serrée, les sentiments qu'il avait pour elle à cet instant ne faisaient pas rêver. Mais Nina ne baisserait pas les bras si facilement.

— Je m'en voulais terriblement de ne rien te dire, je me sentais honteuse et coupable pour ce que t'a fait Paul au collège… c'est la raison pour laquelle j'ai accepté notre premier rencard. Tu me faisais beaucoup de peine et j'espérais, d'une certaine façon, pouvoir nous faire pardonner.

Ce n'était pas la façon dont elle aurait voulu tourner la chose, mais cette situation brouillait sa réflexion.

— Je te faisais « pitié » ?

— Non, je n'avais pas pitié, je me sentais « coupable », le corrigea Nina, comme si cela pouvait changer quoi que ce soit.

Ce n'était pas le cas.

— Tu es sortie avec moi par pitié. Ce n'était pas un rencard. C'était une sorte de non-rencard, c'est ça ?

Noah ne criait pas, ne jurait pas, c'était forcément bon signe.

— Hum, oui. Enfin, tu n'étais pas mon genre et je n'étais pas le tien. Mais tout ça, c'était avant…

— Maintenant que j'y pense, tu ressembles beaucoup à ton frère. La cruauté est dans vos gènes.

Nina en resta coite. C'était un coup bas d'une méchanceté sans nom. Elle le méritait, mais c'était douloureux.

Prête à rétorquer que Paul n'était pas le seul coupable, qu'on ne pouvait pas mettre sur ses seules épaules le harcèlement de tous les collégiens, elle prit conscience que ce pouvait être mal interprété. Ce serait minimiser la souffrance de Noah, la peur et la haine qui avaient peuplé son adolescence et le fait que le frère de Nina ait été l'architecte en chef de cette démolition psychologique.

Que disait le vieux dicton, déjà ? « Aime le pécheur mais pas le péché. »

— Je suis désolée, déclara-t-elle en mettant toute la conviction qu'elle put dans ces quelques mots.

Noah était assis dans son fauteuil, les membres ballants et la tête lourde. *Un homme brisé.*

— La culpabilité m'a fait sortir avec toi la première fois, mais je ne te connaissais pas. Maintenant…

— Maintenant, je regrette de t'avoir connue. Je prends conscience que je ne te connaissais pas vraiment avant de voir le visage de ton frère sur ton téléphone, murmura Noah en pouffant d'un rire cruel. Tu es toujours cette même gamine mesquine, la même que toutes les autres à cette époque. Celles qui me raillaient en regardant ton frère me rosser.

— Je ne t'ai jamais raillé, s'indigna Nina, quoique la scène que lui décrivait Noah lui parût familière, car si elle ne s'était jamais moquée de lui, elle avait certainement passé son chemin en pressant le pas et en baissant les yeux. Je ne suis pas mesquine. Je ne suis pas comme ça. J'étais aussi heureuse que toi de quitter Worcester Park.

— Tout tend à prouver le contraire, démentit Noah, le teint blafard. En tout cas, je trouve mesquin de m'avoir menti pendant tout ce temps.

— Je n'ai jamais eu l'intention de te mentir. Ce n'était pas un vrai mensonge. Plutôt un mensonge par omission. Si tu m'avais demandé si Paul était mon frère, je t'aurais dit toute la vérité, mais tu ne l'as pas fait.

Là encore, elle regretta aussitôt ses paroles et secoua la tête pour tenter d'estomper le brouillard qui enveloppait son cerveau.

— Alors, c'est ma faute ? J'aurais dû faire preuve d'un meilleur esprit de déduction ? Franchement, Nina, à quel genre de dénouement t'attendais-tu ?

Le bout des doigts pressé contre son front, elle marmonna :

— C'est toi qui m'as demandé de sortir avec toi.

— Personne ne t'a forcée à accepter... Ah, je comprends mieux ! C'est précisément ce que tu cherchais, c'est ça ?

— Comment peux-tu croire que je voulais en arriver là ?

— Puisque le concept d'honnêteté semble t'être inconnu, je me permets de te donner quelques leçons. La raison pour laquelle tu ne veux vivre que de drame et de passion, c'est que tu n'as pas les qualités nécessaires pour une relation solide. Pour une vraie relation, il faut de l'amour, de la gentillesse et un brin d'altruisme, autant de qualités dont tu ne disposes pas.

Chacun de ses mots était une flèche empoisonnée que Nina recevait en plein cœur. Pour quelqu'un qui se revendiquait de glace, Noah n'avait jamais fait preuve d'une telle ardeur, à part peut-être la nuit précédente. Certes, il lui servait sur un plateau tout le drame et toute la passion qu'elle aimait tant, mais ils étaient corrosifs, destructeurs, et Nina décida soudain qu'elle ne voudrait plus jamais entendre parler de ces deux notions.

Noah n'avait pas tout à fait tort. Quelque chose manquait chez elle, et elle tentait de le combler par ses décolorations et ses tatouages, mais sous la surface, il n'y avait pas grand-chose à voir. Nina se savait parfois dure et agressive, mais était-elle vraiment quelqu'un de mauvais ? Elle avait un côté doux et tendre que Noah ne verrait donc jamais. Il ne la découvrirait jamais sous son vrai jour. Ne verrait pas cette femme dont il aurait pu tomber amoureux.

— Je suis désolée, dit-elle encore et elle ne l'avait jamais pensé si fort.

Noah la contempla avec une pointe de mépris dans le regard.

— Et ce n'est pas comme si cette nuit pouvait changer quoi que ce soit. Ce n'était pas si génial, trancha-t-il, enfonçant ainsi les derniers clous dans le cercueil de ce qu'ils auraient pu vivre ensemble. Fais tes valises, on rentre à Londres. J'avais prévu tout un programme pour aujourd'hui, mais je n'en ai plus envie. Pas avec toi.

Sur ces mots, il se leva et quitta la pièce comme s'il ne supportait plus de la regarder, et tant mieux, car Nina n'aurait pas supporté qu'il la voie pleurer.

Chapitre 24

« C'EST POURQUOI IL NE SAURA JAMAIS QUE JE L'AIME : NON PARCE QU'IL EST BEAU, MAIS PARCE QU'IL ME RESSEMBLE PLUS QUE MOI-MÊME. »

Le trajet du retour dura cinq longues heures embarrassantes, les heures les plus gênantes que Nina ait jamais connues. Noah n'avait pas prononcé plus de neuf mots. « Tu veux t'arrêter sur la prochaine aire ? » avait-il demandé autour de Leicester, et bien qu'un arrêt aux toilettes n'eût pas été de refus, Nina avait simplement répondu : « Non, merci » pour surtout ne pas prolonger cette agonie. Elle n'aurait qu'à crisper ses muscles pelviens jusqu'à Londres.

Les pensées se bousculaient dans son esprit.

Tout ce qu'elle voulait lui dire se coinçait dans sa gorge irritée.

Nina faisait les montagnes russes entre chaud et froid lorsqu'elle pensait à leur nuit de passion et au matin glacial qui avait suivi.

Elle se sentait terriblement mal, et au vu des rides creusées sur le visage de Noah lorsqu'elle osait un rapide coup d'œil vers lui, il ne se sentait pas mieux qu'elle.

Si éprouvant fût ce trajet, Nina avait conscience que ce serait certainement ses derniers instants passés avec Noah et, en dépit de l'agressivité avec laquelle il changeait les vitesses, il lui manquait déjà.

Au bout d'un trajet qui parut à la fois trop long et trop court, Noah s'engagea dans Rochester Street.

— Inutile d'entrer dans les Mews, insista-t-elle d'une voix tellement éraillée par l'émotion et par un silence de plusieurs heures que l'on aurait cru qu'elle fumait quatre paquets de cigarettes par jour. Tu risques de ne plus pouvoir faire demi-tour.

Noah défit sa ceinture.

— Je t'aide à porter ton sac, proposa-t-il sèchement.

— Pas la peine, j'y arriverai toute seule, assura-t-elle en feignant la gaieté. (Elle se retourna vers la banquette, manquant de frapper Noah dans son mouvement.) Oups, pardon ! Merci pour hier, Noah. On se rappelle, hein ?

L'espace d'une seconde, juste une seconde, leurs regards se croisèrent et Nina sentit ses yeux se mouiller. Il allait dire quelque chose mais elle ne supporterait pas d'entendre un nouveau sarcasme bien mérité dans cette bouche qui l'avait pourtant si tendrement embrassée. Elle referma prestement la portière et pressa le pas vers les Mews, vers ce sanctuaire qu'était *Au Bonheur des tendres*, même s'il lui était difficile de trotter avec ses jambes lourdes comme du plomb.

C'était samedi après-midi et le soleil brillait de toute sa splendeur. La boutique grouillait de clients. La queue pour le passage en caisse s'étendait jusqu'au milieu de la grande salle et Nina dut se frayer un chemin parmi la foule d'amatrices des livres dans l'espoir de rejoindre la porte menant à l'escalier sans se faire remarquer par…

— Nina ! Qu'est-ce que tu fais là ? Je croyais que tu ne rentrais pas avant lundi, appela Posy de la caisse. Que se passe-t-il ? Tu as le visage tout bouffi. Tu as pleuré ? Ne me dis pas que Noah et toi avez déjà rompu ! Oh, Nina ! J'avais espoir que ça n'arriverait pas…

Toutes les clientes de la file tournèrent un regard curieux vers Nina, l'air affables et compatissantes.

Mais Nina ne voulait pas de leur compassion. Si quiconque avait pour elle la moindre once de gentillesse, elle fondrait en larmes. Elle se contenta donc d'un haussement d'épaules.

— Tu me connais, croassa-t-elle, la gorge serrée. Briser le cœur des hommes est une seconde nature.

— Pauvre Noah, soupira tristement Posy. Sebastian ne te le pardonnera pas.

Que Sebastian Thorndyke ne s'avise pas de lui dire quoi que ce soit sur la façon dont elle avait traité ce pauvre Noah ou il regretterait d'être venu au monde.

Verity, occupée à ranger les livres dans des sacs plastique et, vu son expression affligée, prêtant main-forte à Posy contre son gré, secoua la tête.

— Pauvre Noah, renchérit-elle en chœur avec sa patronne avant de détailler Nina de la tête aux pieds. On dirait qu'il n'est pas le seul à souffrir. Tu as une mine affreuse. Tu es sûre que ça va ?

Non, ça n'allait pas du tout. Nina n'irait plus jamais bien de sa vie entière.

— Oui, certaine. Pardon de te décevoir, Very, mais voilà à quoi je ressemble sans maquillage.

Sa colocataire plissa les yeux.

— Je t'ai déjà vue sans maquillage, or là, tu as une tête d'outre-tombe.

— Merci, ça fait toujours plaisir, rétorqua Nina avec toujours cette nonchalance feinte qui pompait ses ultimes forces. Bon, je ne sais pas ce que tu fabriques derrière la caisse, mais veux-tu que je prenne le relais ? Tu as l'œil gauche qui frétille.

En effet, la paupière de Verity tressautait, signe qu'elle était à deux clientes de s'effondrer.

— Oh, tu veux bien ? Tom est en pause-déjeuner et Petite Sophie est partie faire une course pour Mattie.

C'était bien la dernière chose dont Nina avait envie : afficher son sourire commercial et se montrer sociable. Mais la dernière, « dernière » chose dont elle avait envie, c'était de monter à l'étage pour se retrouver seule en tête à tête avec ses pensées moroses.

— Bien sûr, sinon je ne te l'aurais pas proposé, dit-elle en s'approchant pour libérer Verity de ses obligations.

Les trois heures qui suivirent, Nina sourit et commenta le choix littéraire des clientes d'un air totalement détaché.

Enfin, 19 heures sonnèrent. La porte se ferma derrière la dernière cliente. À dix-neuf heures trente, le fonds de caisse était compté, le sol nettoyé, les livres laissés pêle-mêle sur les tables, les canapés et le comptoir étaient rangés, et Tom, Posy et Petite Sophie prenaient la direction de la sortie.

— Je dors chez Johnny ce soir, annonça Verity en montant l'escalier avec Nina vers leur appartement. Je suis désolée que votre week-end se soit écourté. Tu as prévu autre chose ce soir ?

En début de semaine, Nina avait proposé à Marianne et Claude de se rendre à une fête sur le thème rockabilly ce week-end à Kings Cross, mais ce projet semblait remonter à un millier d'années.

— Suis-je bête, tu as forcément prévu autre chose, reprit Verity sans attendre sa réponse. Toi, Nina, passer ton samedi soir seule chez toi ? Ce serait comme libérer les corbeaux de la Tour de Londres : l'Empire britannique s'effondrerait !

Verity mit une éternité à partir. D'abord, il lui fallut ses trente minutes de décompression, puis elle entreprit de préparer son sac avant de réfléchir à l'endroit où Johnny et elle pourraient dîner : cela dépendrait du lendemain, iraient-ils faire un brunch ou non ? Si oui, Nina les rejoindrait-elle ? Verity était de nature timide, mais bon sang, ce qu'elle pouvait parler ! songea lugubrement Nina en émettant un grognement aux endroits où Verity attendait une réponse.

Et enfin – *enfin* –, Verity descendit l'escalier à la hâte car elle était terriblement en retard, la porte de la boutique se referma derrière elle et Nina se retrouva seule.

Pendant toutes ces années, Nina s'était demandé ce qu'était l'amour. Maintenant, elle savait. C'était l'enfer. *Le pire cauchemar au monde.* Bien pire que tout ce qu'elle avait pu en lire dans *Les Hauts de Hurlevent.* Comparés à ce qu'elle vivait en ce samedi soir solitaire, Cathy et Heathcliff n'avaient été que deux imbéciles qu'il aurait fallu réveiller d'une paire de gifles.

Allongée sur son lit, Nina ne trouvait pas le sommeil. Ce n'était pas tant à cause des regrets et de la tristesse qu'elle gardait enfouis en elle depuis l'instant où Noah lui avait dit : « Ça ne pourra pas marcher. » Son tourment était moins psychique que physique. Tantôt elle avait si chaud qu'elle se croyait enfermée dans une Cocotte-Minute, les yeux collés de sueur, le coup de pied vif pour chasser les couvertures, tantôt elle grelottait, envahie de frissons si puissants qu'ils étaient les cousins éloignés de spasmes incontrôlables, et elle trouvait tout juste l'énergie de s'emmitoufler sous la couette.

Quand le dimanche matin sonna, le manque de sommeil était le cadet de ses soucis. Nina avait une migraine assommante, aggravée par une quinte de toux à s'arracher les poumons. Ses membres tout engourdis lui permirent à peine de quitter son lit pour rejoindre la cuisine – une marche aussi pénible que sa randonnée dans la lande deux jours plus tôt. La préparation du café consuma ses dernières forces, si bien qu'elle se trouva à peine en mesure de le boire. Quand les frissons la reprirent, Nina se traîna comme elle put jusqu'au salon car il était plus proche que sa chambre.

Le sommeil dut ensuite la reprendre car elle fut hantée par de sombres cauchemars. Elle était perdue dans la lande. La voix de Noah l'appelait au loin, mais dès qu'elle tentait de s'approcher, elle s'apercevait que ce n'était pas lui mais que c'était le vent qui hurlait. Noah n'était nulle part en vue. Ou quand elle l'apercevait au loin, elle titubait vers lui, mais ce n'était pas Noah. C'était un vieux tronc noueux ou une roche abandonnée.

— Où es-tu ? cria-t-elle. Ne m'abandonne pas. J'ai le cœur brisé.

— Qu'est-ce qu'elle raconte ? demanda une voix criarde familière.

— Je ne pensais pas qu'un cœur brisé pouvait être aussi douloureux, chuchota Nina à ce vent si cruel.

— Ce n'est pas ton cœur brisé, c'est la grippe, répondit cette voix.

Quand Nina se força à ouvrir les yeux, un visage était penché sur elle, caché derrière un masque de chirurgien.

— Ouvre la bouche.

Nina s'exécuta. On y enfourna un thermomètre.

— Tu es brutale avec tes patients, critiqua une autre voix sur le seuil.

Nina tourna la tête, grognant sur son thermomètre à cause d'une douleur dans sa nuque, et aperçut un groupe de gens. Posy, qui venait de parler, Verity, et derrière elles, une grande silhouette mystérieuse…

— Heathcliff, marmonna-t-elle.

— Non, ce n'est pas Heathcliff, c'est moi, Merry !

Une main posée sur son menton lui fit relever la tête vers la personne penchée sur elle. Nina cligna de ses yeux boursouflés. C'était bien Merry, ou Mercy de son vrai prénom, l'une des nombreuses sœurs de Verity. Mercy était chercheuse en médecine à l'University College Hospital de Londres et c'était vers elle que tous se tournaient au moindre souci de santé.

— Voyons voir, dit-elle en retirant le thermomètre. Tout juste trente-neuf degrés. Tu te sens mal ?

— Très mal. Et j'ai chaud. Puis froid. J'ai mal partout. (Nina fut frappée par une pensée soudaine.) Mon Dieu, c'est comme le jour où Emily Brontë a attrapé froid. Ça s'est transformé en tuberculose et elle en est morte !

— Puisque je te dis que ce n'est qu'une grippe. Tu vas t'en sortir, la rassura Merry. Mais il ne faut pas pour autant prendre la grippe à la légère. On peut quand même en mourir, ajouta-t-elle, soudain moins rassurante.

— Morland, je te défends d'entrer sur ce territoire infecté. Redescends tout de suite, ordonna la grande silhouette mystérieuse sur le seuil du salon, qui, loin d'appartenir à Heathcliff, n'était autre que Sebastian Thorndyke. Ne t'avise pas de mourir et de me laisser seul en ce monde.

— Tu exagères, Sebastian, s'agaça Posy, ce qui ne l'empêcha pas de reculer de quelques pas. Réfléchis un peu avant de parler.

— Ne t'inquiète pas, la Tatouée ne va pas mourir, rétorqua-t-il. Tu es trop robuste pour te laisser emporter par la grippe. Quoique, pour être honnête, je pense que quelques miettes de grippe ne te feront pas de mal après ce que tu as fait subir à ce pauvre Noah. Il essaie de garder la tête haute, mais il est dévasté.

Nina se croyait au fond du trou, mais ses gentils visiteurs lui prouvaient qu'elle pouvait encore creuser. Le coin de ses yeux brilla de larmes. Elle voulait prendre des nouvelles de Noah, demander ce qu'il avait dit d'elle, mais il valait mieux ne pas savoir… De toute façon, elle n'en avait pas la force et ne parvint qu'à émettre un faible toussotement qui lui brûla la gorge.

— Figure-toi que Nina est tout aussi dévastée et, non, elle ne va pas mourir, décréta Verity sans toutefois quitter le seuil de la porte pour venir tenir la main de Nina, ni éponger son front suintant. Les gens qui meurent de la grippe ont certainement des antécédents médicaux ou sont très âgés. Tu crois qu'elle devrait voir un médecin, Merry ?

— Un médecin ne pourrait rien pour elle, déclara gaiement sa sœur, et étrangement, Nina trouva réconfortant que tout le monde parlât d'elle comme si elle n'était pas cette masse informe et brûlante recroquevillée sur le canapé. La grippe est un virus, Nina ne peut donc pas prendre d'antibiotiques. Le paracétamol et l'ibuprofène suffiront à faire chuter la température, et il faut beaucoup boire pour éviter la déshydratation.

— Pauvre Nina, roucoula Posy de la porte. On te fournira tout le Doliprane dont tu auras besoin et on te trouvera du bouillon de poule.

— Quel dommage que Noah et toi n'ayez tenu que trois rencards, regretta Verity. C'est typiquement le genre de mec qu'il faut avoir auprès de soi quand on a la grippe.

— Il pense que je suis un monstre, souffla-t-elle, à bout de forces. Et il a raison. Personne ne m'aimera jamais.

— Oh, Nina ! C'est faux ! s'indigna Posy. Nous t'aimons tous.

Il y eut un chœur approbatif de la part de Verity et Merry, quoique Sebastian nuançât :

— Aimer, c'est un peu fort. Surtout pour quelqu'un qui vient de briser le cœur de Noah. Aïe ! (Coup de coude dans les côtes de Posy.) Sinon, de façon générale, je dirais que tu es assez craquante.

La voix de Tom retentit dans l'escalier.

— Je suis le seul à travailler aujourd'hui ? Posy ! Un colis vient d'être livré !

— J'arrive, j'arrive, aboya Posy. Bon, je dois y aller. Toi aussi, Very. Nina, envoie-nous un texto si tu as besoin de quoi que ce soit.

— Oui, remets-toi vite, renchérit gentiment Verity qui s'éloignait déjà.

Sebastian, lui, était déjà parti. Ne restait que Merry qui sortit fièrement une boîte d'ibuprofène de son sac.

— Deux de ces petits monstres toutes les six heures, dit-elle d'un ton grave. Et essaie de manger. Il vaut mieux éviter de prendre des médicaments le ventre vide.

Mais Nina n'avait pas faim. *Chose rare.* Elle pouvait à peine déglutir le verre d'eau et le Doliprane que lui apportaient Posy et Verity à intervalles réguliers, toujours armées de gants en latex et de masques chirurgicaux pour prévenir toute contagion.

D'habitude, Nina aimait être patraque. L'excuse parfaite pour s'allonger devant des saisons entières de séries en se gavant de nourriture sans aucune vertu nutritionnelle. Mais cette grippe était coriace et Nina ne pouvait rien faire d'autre qu'osciller entre trop chaud et trop froid sur des draps qui commençaient sérieusement à sentir le renfermé.

Elle ne dormait pas, n'était pas vraiment éveillée non plus mais vivotait dans un entre-deux délirant où Noah et Heathcliff avaient fusionné pour donner un lointain ex-amant dédaigneux.

Nina n'aurait su dire depuis combien de temps elle végétait. La nuit se fondait dans le jour, les minutes se mêlaient aux heures. Elle apprit plus tard qu'on était jeudi, le cinquième jour de sa quarantaine, lorsqu'elle tenta de s'éveiller, tout ça pour s'apercevoir qu'elle devait être en plein cauchemar.

Penchée sur elle, l'expression attristée, se tenait sa mère.

Chapitre 25

« Le temps le porta à la résignation et à une mélancolie plus douce que la joie vulgaire. »

— Regarde-toi, soupira Alison O'Kelly, et Nina fut surprise qu'elle ne lui braquât pas de miroir sous le nez pour lui prouver qu'elle avait une sale mine. À force de ne jamais boutonner tes manteaux, ne sois pas surprise de tomber malade, et je ne te parle pas des fruits et légumes que tu évites comme la peste. (Sa mère fit la moue.) En fait, on ne devrait pas en manger cinq, il en faudrait dix par jour.

— Achève-moi, la supplia Nina, non loin de le penser vraiment quand sa mère lui tendit un gobelet en plastique rempli d'un jus de légumes au parfum virulent.

— Cesse de dramatiser et bois ça. C'est plein d'antioxydants. Je t'ai apporté du bouillon de poule. J'allais le faire réchauffer dans ton micro-ondes quand j'ai vu l'état dans lequel il est. Il me faudra d'abord y passer un coup d'éponge. À propos de propreté, tu te sentiras mieux quand tu auras pris une douche.

— Je n'en ai pas la force, insista faiblement Nina, alors qu'en réalité, elle se sentait un peu mieux que les jours précédents.

Mentalement, elle était passée de stade critique à stable et répondait bien au traitement. Mais elle n'avait certainement pas envie de répondre favorablement à celui de sa mère.

— Tu devrais partir. Je ne voudrais pas te rendre malade.

— Je pense que tu n'es plus contagieuse. Et puis, la dernière fois que j'ai eu la grippe, Paul et toi aviez moins de cinq ans, ton père travaillait jusqu'à pas d'heure et je devais mener la barque toute seule.

Alison continua sur cette lancée toute la durée de la déglutition de ce breuvage immonde au goût de cannabis.

Puis, dans le dessein premier de s'éloigner de sa mère – qui questionnait sans détour les goûts de sa fille en matière de décoration avec des critiques à peine voilées de son mode de vie. « Mon Dieu, il faut être alcoolique pour avoir besoin d'installer un bar chez soi ! » –, Nina se dirigea d'un pas chancelant vers la salle de bains. Il n'y avait pas de vraie douche, c'était plutôt un tuyau en caoutchouc qui s'emboîtait mal dans les robinets de la baignoire. Nina s'y assit volontiers et se lava les cheveux pour la première fois de la semaine. Il fallut trois shampoings pour retirer toute la sueur et toute la crasse amassées. Elle n'eut pas l'énergie de raser ses jambes dont les poils étaient si hérissés qu'ils s'embraseraient au moindre frottement contre toute fibre synthétique.

Quand elle ressortit de la salle de bains dans un pyjama propre – un ensemble en satin noir à pois roses, cadeau de Marianne –, sa mère portait ses gants en silicone et plongeait la tête dans le micro-ondes.

— Je te défends de retourner te coucher, ordonna-t-elle, sa voix étouffée dans l'appareil. J'ai retiré les draps, mais cette pièce a besoin d'être aérée avant que je ne refasse le lit. J'ai ouvert les fenêtres mais je te jure que j'ai failli installer un fumigateur.

— Que viens-tu faire ici, maman ? interrogea Nina d'une voix grinçante de n'avoir pas parlé depuis des jours et d'avoir la gorge en feu. Enfin, je demande ça comme ça, je suis touchée que tu sois venue.

Un mensonge éhonté.

— Ton amie Posy m'a appelée. Apparemment, tu marmottais de drôles de choses dans ton sommeil, elle se faisait du souci pour toi, expliqua Alison en sortant la tête du micro-ondes pour lancer un regard blessé à sa fille. Si tu m'avais prévenue, j'aurais accouru à ton chevet. Tu le sais bien.

— Tu viens de me dire que toi grippée, tu poursuivais ta vie comme si de rien n'était. Si je t'avais téléphoné, tu m'aurais accusée de jouer la comédie.

Alison souffla comme un dragon irrité.

— Ma foi..., marmonna-t-elle quand elle recouvra l'usage de la parole. Ça fait toujours plaisir. Va t'asseoir sur le canapé, je t'apporte ton bouillon avant de partir.

Ce fut au tour de Nina de soupirer.

— Maman...

— Je ne suis pas la bienvenue, c'est évident, geignit Alison.

Celle-ci jouait les martyres depuis aussi longtemps que Nina se souvienne, c'est pourquoi elle n'eut aucun sentiment de culpabilité. Au contraire, il lui tardait de voir sa mère déguerpir. Maintenant que sa grippe s'était changée en mauvais rhume et qu'elle était capable de se déplacer d'une pièce à l'autre, autant tirer profit de son état de fragilité. Elle monopoliserait le canapé pour une session Netflix et écrirait à Verity ou Posy dès que son stock de café ou de pâtisseries serait épuisé. Nina se laissa choir sur le canapé, épuisée de s'être tant dépensée.

Elle entendait Alison s'activer dans la cuisine en grommelant. Nina poussait un soupir quand son regard tomba sur une valise. Celle de sa mère, sagement posée au pied d'un fauteuil, sur ce sol qui aurait besoin d'un coup d'aspirateur. Nina sentit son cœur se serrer douloureusement.

— Du pain grillé avec ta soupe ? cria Alison de la cuisine. Je ne sais jamais s'il faut jeûner pour un rhume et manger pour chasser la fièvre, ou si c'est l'inverse.

— Le bouillon suffira, merci, répondit Nina, la voix brisée quand elle voulut lui donner un ton guilleret.

Elle s'en voulait terriblement. Bon sang, Noah avait vu clair dans son jeu : la décence et la gentillesse ne faisaient pas partie de son vocabulaire.

Elle se sentit d'autant plus mal quand Alison reparut avec la soupe et une assiette de tartines de pain de mie coupé en triangles.

— Tu sais ce que je pense des glucides, marmonna sa mère en posant le plateau sur la table basse. Mais il faut bien que tu reprennes des forces.

— Maman, ta valise…

— Goûte la soupe. Dis-moi si tu la veux plus assaisonnée, dit Alison sans s'asseoir, piétinant comme prête à repartir illico avec son bouillon si Nina le trouvait trop fade.

En fait, il était délicieux. L'arôme se fraya un chemin dans les sinus bouchés de Nina, mais ses papilles purent seulement attester que la soupe était chaude et parfumée.

— C'est très bon, jugea-t-elle avec emphase, prenant seulement la mesure de sa faim.

Alison s'installa tout au bord du fauteuil, et la regarda savourer la moitié du bol et deux triangles grillés avant de déclarer forfait.

— Je n'ai pas beaucoup d'appétit, admit Nina tristement. C'est tellement rare !

— C'est le bon côté des choses quand on est malade, opina Alison avec un petit sourire. On peut perdre du poids sans le moindre effort.

— Je préfère encore ça à la salle de sport, concéda Nina, et avant que sa mère n'en profite pour vanter les mérites de ses cours de zumba, elle changea de sujet. Ta valise, maman… Tu pensais passer la nuit ici ? Mais pourquoi ?

— Parce que tu es malade, répéta Alison. Cette Posy ne m'aurait jamais appelée si ce n'était pas grave. Elle m'a dit que ta colocataire, Very… drôle de nom, d'ailleurs.

— Le diminutif de Verity.

— Eh bien, apparemment, cette Verity est restée à ton chevet trois nuits de suite. La pauvre est épuisée.

Nina gardait le vague souvenir d'un linge mouillé d'eau fraîche sur son front bouillant et d'un bref instant où elle avait ouvert ses yeux chassieux après une quinte de toux particulièrement agressive pour les poser sur une silhouette penchée sur son lit avec un verre d'eau et une bouteille de sirop contre la toux.

— J'étais dans le cirage, je ne savais plus distinguer le rêve de la réalité, maugréa Nina, un pincement douloureux au cœur à la pensée des événements passés avec Noah dont elle se souvenait clairement maintenant qu'elle reprenait ses esprits.

Ce qu'ils avaient vécu était bien réel. Certes, ils n'avaient partagé que trois rencards et passé que quelques heures ensemble parmi lesquelles une nuit de folie sensuelle – que Nina s'était rappelée jusque sur son lit de mort –, mais cette courte période comptait plus à ses yeux que tous les autres rendez-vous de toutes les relations qu'elle avait connues et qui s'étaient taries. Plus encore que les cinq années passées avec Dan.

Elle avait Noah dans la peau, dans le cœur, dans l'âme, encore aujourd'hui, alors même qu'il était parti. Son sourire, sa façon de l'appeler par son prénom, son regard entre indulgence et exaspération chaque fois qu'elle se comportait comme une gamine capricieuse…

— Nina ? Nina ! Tu n'as pas écouté un traître mot de ce que je viens de raconter !

Nina se contraignit à reporter son attention sur sa mère qui lui jetait un regard exaspéré dénué d'indulgence.

— Désolée, j'ai encore du mal à me concentrer, marmonna Nina.

— Je te disais que ton amie Verity prévoit de dormir chez son copain ce soir. Si j'ai bien compris, il est architecte, et celui de Posy est un geek milliardaire. Tu ne m'as jamais dit qu'elle s'était mariée ! ajouta Alison avec outrage alors que Nina ne voyait pas pourquoi elle lui aurait annoncé que la patronne de sa « petite boutique, là », pour laquelle sa mère n'avait jamais montré la moindre curiosité, allait se marier.

— Oui, ils ont eu le coup de foudre. Tout le monde a été pris par surprise, Posy la première.

Sur ce, elle s'attendit à ce que sa mère embrayât sur quelque critique cinglante – « se marier vite, c'est se repentir longtemps » – mais Alison mettait visiblement du temps à digérer l'information.

— J'espère que ce n'est pas ce qui t'arrive avec ce Noah, se contenta-t-elle de déclarer sobrement, si incroyable que cela puisse paraître. Je ne voudrais pas de « cette femme » pour parente.

— Mais de quoi parles-tu ? s'étonna Nina avec une grimace quand sa migraine choisit ce moment pour revenir tambour battant.

Cette fois, ce n'était certainement pas la faute de son rhume, mais c'était plutôt celle de sa mère qui bondit vers elle pour poser sa main froide sur son front.

— Retourne te coucher, décida-t-elle. Je vais vite refaire ton lit avec des draps propres. Tu aurais dû me dire que tu faisais une rechute !

Même dans un geste affable, Alison O'Kelly trouvait toujours le moyen de faire sentir à Nina que tout était sa faute. Dix minutes plus tard, elle se glissa sous des draps frais n'empestant plus la sueur, et Alison reparut avec un verre d'eau et deux comprimés d'ibuprofène. À cet instant, et à sa grande surprise, Nina fut étrangement soulagée d'avoir sa mère à ses côtés.

Pas de doute, c'était une rechute. Nina ne voyait pas d'autre explication qui puisse justifier qu'elle fût heureuse de voir sa mère.

Le claquement de la porte d'entrée réveilla Nina deux heures plus tard. Elle regarda son téléphone qui chargeait sur la table de chevet. *19 heures passées.* La boutique venait de fermer, ce devait donc être Verity qui rentrait.

Cette fois, lorsque Nina quitta son lit, les couvertures n'étaient pas trempées contre ses jambes, lesquelles parvinrent assez efficacement à la porter jusqu'au salon.

— Very ! Je ne savais pas que j'étais aussi malade. Merci d'avoir été pour moi une infirmière digne de Florence Nightingale ! Je n'ai pas été trop pénible ? demanda-t-elle.

— Si, un peu, paraît-il, répondit sa mère. (Nina passa la tête par l'embrasure de la porte du salon et constata que, oui, Alison était toujours là.) Ton amie Verity est chez son petit copain.

— Et toi, tu restes là, observa Nina d'un ton neutre qui suffit toutefois à faire plisser les lèvres de sa mère.

— Je peux m'en aller, si tu veux… D'ailleurs, j'allais partir. Rassure-toi, je n'abuserai pas de ton hospitalité, répliqua-t-elle de ce fameux air de martyre.

Partir, voilà une idée qui résonnait agréablement aux oreilles de Nina. Elle se retrouverait alors seule. Et lucide. L'occasion de repenser à Noah et au fait qu'elle était malheureuse maintenant qu'elle ne frôlait plus la mort.

— Rien ne t'oblige à partir, se surprit-elle à dire. On pourrait faire une soirée pyjama.

— Nous n'avons plus cinq ans, mais oui, je peux rester si c'est ce que tu veux. Ton père devrait pouvoir se débrouiller seul le temps d'une soirée.

— Super, commenta Nina avec un enthousiasme mal joué, à voir l'expression de nouveau pincée de sa mère. Est-ce qu'il reste un peu de soupe ?

Au lieu de dîner au salon avec son assiette sur ses genoux comme toute personne normalement constituée, Alison dressa la minuscule table de la cuisine où Nina et Verity abandonnaient généralement leur courrier, leurs clés et leurs livres en cours. Une table si petite qu'elles se cognèrent les genoux et se touchèrent du coude.

Nina observa qu'elle n'avait guère plus d'appétit que pour un bol de soupe et une tartine grillée. Sa mère nourrissait une conversation tendue au sujet de sa voisine, Mme Cortes, quatre-vingt-dix ans passés, qui avait rencontré un homme plus jeune qu'elle au bal du foyer rural du quartier – « Il a tout de même quatre-vingts ans ! » – et l'avait invité à s'installer chez elle. Depuis, les fils de Mme Cortes étaient en guerre contre ce nouvel amant.

À la vérité, le sujet était assez croustillant.

— Tu crois qu'ils le font ? demanda Nina.

Les yeux de sa mère s'ouvrirent en grand.

— Oh, Nina, voyons ! Elle risquerait de se briser la hanche !

— Et son amant pourrait avoir une soudaine sciatique au moment critique ! renchérit Nina, et toutes deux gloussèrent.

— J'ai une idée ! Et si je débarrassais la table pour te faire une petite manucure ? offrit Alison.

Comme elle marquait une pause de réflexion, Nina se prépara à recevoir une pique ou quelque remarque passive-agressive. Mais sa mère reprit :

— Seulement, je n'ai pas pris mon nécessaire.

Le soulagement de Nina fut tel qu'elle en eut des vertiges, à moins que ce ne soit de s'être relevée trop vite.

— J'ai tout le matériel qu'il faut, autant pour les mains que pour les pieds. J'ai même un hydromasseur ! Viens, je vais te montrer.

Il existait deux ou trois choses dont Nina était capable pour impressionner sa mère, mais à ce point-là, c'en fut surprenant. Alison applaudit de joie en découvrant la desserte à trois niveaux que Nina fit rouler jusqu'au salon.

— Le nécessaire à manucure est sur l'étagère du bas. Je vais chercher l'hydromasseur.

— Non, ne bouge pas ! s'exclama Alison. Tu es encore en convalescence. J'y vais.

Un quart d'heure plus tard, les pieds de Nina baignaient dans l'eau chaude pendant qu'Alison polissait et limait les ongles de sa fille, et la seule critique qu'elle trouva à faire concerna le carrelage de la salle de bains dont elle avait remarqué les joints noircis en allant récupérer l'hydromasseur dans le placard sous le lavabo.

Nina détourna prestement la conversation vers ses nouveaux vernis achetés dans la grande boutique de bien-être sur Shaftesbury Avenue. C'était au moins une passion qu'elles avaient en commun. Elles discutèrent des dernières palettes Chanel, des paupières d'Alison – première chose à s'affaisser avec l'âge et personne ne l'avait prévenue qu'il en serait ainsi –, de la quantité d'apprêt à appliquer pour fixer son fard, et des soins capillaires Olaplex qui se révélaient aussi miraculeux qu'on les prétendait.

La discussion fit un bien fou à Nina. Ce n'était pas tant que mère et fille n'avaient presque échangé aucune pique de la soirée, c'était surtout parce que le sujet manquait à Nina depuis qu'elle ne travaillait plus en salon de coiffure. Elle aimait être entourée d'autres passionnées de produits de beauté, de la même façon que Posy et Verity n'avaient que le mot « livre » à la bouche.

Nina aimait beaucoup les livres. Mieux que ça, elle les adorait, mais son amour de la lecture ne frisait pas la pathologie. Elle manquait de conversation lorsque Posy et Verity se lançaient à corps perdu dans le sujet ; à échanger les titres des séries qui avaient marqué leur enfance, ou les textes de leurs examens de littérature au collège, la comtesse de Ségur, leurs premières lectures de romances…

C'est pourquoi le fait de pouvoir enfin débattre des bienfaits d'une crème hydratante teintée contre ceux d'une BB crème, voire d'une CC crème, comment dire…

— Ça fait vraiment plaisir. Je ne sais plus à quand remonte notre dernière conversation qui ne se soit pas soldée par une dispute.

Nina regretta vite ses paroles car c'était typiquement le genre de discours qui menait à une querelle, mais Alison hocha simplement la tête.

— Je sais, soupira-t-elle tout bas en appliquant une seconde couche de vernis rouge sang sur les ongles de la main droite de sa fille. Ne le prends pas mal, Nina, mais j'ai parfois l'impression que tu me détestes.

Sans doute à cause de son état grippal, son énergie étant trop fragile pour faire du grabuge, Nina préféra ne pas s'emporter. Elle leva la tête et regarda sa mère droit dans les yeux.

— Bien sûr que non, je ne te déteste pas. En revanche, j'ai souvent l'impression que c'est toi qui me détestes.

— Ne dis pas de bêtises, rétorqua sèchement Alison en refermant le bouchon du vernis si fort que Nina fut surprise de voir le flacon tenir le coup. Je t'aime très fort mais tu m'as clairement fait comprendre ce que tu pensais de moi et de ma vie. Tu n'as aucune envie d'en être.

— Ton existence ne me fait pas envie, je ne peux pas le nier, admit prudemment Nina. Et la mienne me comble parfaitement, ajouta-t-elle, prise d'exaspération. Maman, tu dois reconnaître que ton éducation ne m'a jamais montré toutes les possibilités qui s'offraient à moi. Tous les choix que j'étais libre de faire…

Alison fit la moue, le menton haut.

— Il n'y a pas de mal à vouloir se marier et faire des enfants.

— Je ne dis pas que c'est mal, mais pas à vingt ans ! Je n'avais encore rien vécu, rien exploré.

Nina secoua doucement la tête. Elle n'avait toujours rien vécu, mais avait exploré mille premiers rendez-vous. Elle n'avait voyagé que pour des week-ends où elle faisait le pont ou pour des enterrements de vie de jeune fille.

— Toutes les femmes de notre famille se sont mariées jeunes, ont eu des enfants jeunes. C'est la tradition, insista Alison alors qu'elle parlait d'une coutume qu'il aurait fallu bannir cinquante ans plus tôt.

Il était temps pour Nina de lui faire voir la vérité en face.

— Maman, j'espère que tu as conscience que la seule raison pour laquelle ma grand-mère et mon arrière-grand-mère se sont mariées jeunes, c'est parce qu'elles étaient en cloque.

— Non ! Nina ! s'indigna Alison, bouche bée.

— Si, je t'assure. Tu n'as jamais fait le calcul ?

Une pause. Le temps pour sa mère de faire jouer les chiffres.

— Non ! Oh, mon Dieu !

Nina profita de ce choc pour poursuivre son argumentation.

— Je ne te rejetais pas, mais je t'en voulais. Tu tenais à ce que ma vie ne suive qu'une direction, la même que toi, alors que j'aurais pu passer mon bac, faire des études. Mais non, tu voulais que je sois comme toi.

— Je te voulais auprès de moi, en quoi était-ce mal ? soupira Alison en tapotant le genou de sa fille. Nous étions les meilleures amies du monde et aujourd'hui j'ai le sentiment de ne plus te connaître. Comme si tu te fermais à moi.

— Si tu me connaissais vraiment, tu serais choquée...

Les mots de Noah résonnaient encore dans sa tête, toujours aussi fort qu'à l'instant où il les lui avait crachés au visage.

Alison caressa doucement sa joue du dos de sa main.

— Ma puce, tu as l'air si triste. Et pas seulement aujourd'hui. Quand je te regarde, je ne te trouve pas très heureuse pour quelqu'un qui dit croquer la vie à pleines dents.

— Non, je ne croque pas la vie à pleines dents, consentit Nina, soudain au bord des larmes – un état qu'elle mettait sur le compte de sa grippe ou de la tendresse inhabituelle dont faisait preuve Alison. Je suis perdue. Je voulais être libre et sauvage, et je me retrouve comme coincée en cage. Mon existence est médiocre et barbante.

— Pas du tout ! Tu as un boulot fascinant et des amis adorables, et tu vis au centre de Londres !

Alison pouvait bien dresser la liste des réussites de Nina, elle n'en aurait pas pour longtemps.

— Et tu es courageuse, Nina. Tu adoptes le style qui te plaît, tu vis comme bon te semble et même si je ne le dis pas souvent, je suis fière de toi et je t'aime très fort.

À présent, les vannes étaient ouvertes et Nina pleurait à grandes eaux.

— Je t'aime aussi ! sanglota-t-elle.

— Que tu es bête. Viens par là ! soupira Alison d'une voix chevrotante – *serait-ce contagieux ?*

Sa mère était bien trop maigrichonne pour faire de bons câlins, mais ce fut agréable de se blottir contre son épaule et de l'écouter souffler à son oreille :

— Je dois t'avouer que j'ai toujours envié ta liberté, Nina. D'ailleurs, je ne pensais pas prendre du plaisir à travailler, et pourtant si ! J'adore mon nouveau boulot !

Nina se redressa avec peine.

— Si tu adores travailler, imagine ton bonheur lorsque tu t'autoriseras à manger gras !

— Alors ça, tu peux toujours rêver ! s'exclama Alison.

Nina en vint à se demander si sa vraie mère n'aurait pas été kidnappée par des extraterrestres et remplacée par un nouveau modèle amélioré. *À moins qu'elle ne prenne du Prozac ou tout autre médicament capable de la détendre comme jamais auparavant ?*

Mais le sourire d'Alison s'estompa et elle posa sur Nina un regard que sa fille ne connaissait que trop bien. Un regard qui disait : « Comment ai-je pu engendrer une telle créature ? », une question éternellement restée sans réponse.

— Quoi ? riposta sévèrement Nina. Qu'est-ce que j'ai encore fait ?

— À toi de me le dire, répliqua Alison en secouant la tête comme pour chasser une image déplaisante. Bon sang, que se passe-t-il donc entre toi et le fils Harewood ?

— Hein, qui ? Quoi ? Je ne vois pas de quoi tu veux parler.

— Après des années de pratique, je sais reconnaître un mensonge de ma fille, déclara Alison. (Or Nina était pourtant certaine de ne pas s'être gratté le nez, ni rien de ce genre.) En outre, Paul est catégorique : c'est bien le fils Harewood…

— Il s'appelle Noah.

— … qui est venu te chercher à l'anniversaire d'Ellie. Et Posy m'a dit que tu fréquentais ce fils Hare… ce Noah, ou je ne sais quoi. Qu'il t'avait emmenée en week-end, et qu'à votre retour, vous étiez tous les deux tristes comme des chiens battus, après quoi tu t'es retrouvée aux portes de la mort !

— Ce n'est pas lui qui m'a rendue malade. Enfin, pas vraiment…, tenta vainement de le défendre Nina, mais à bien y penser, elle s'en serait certainement sortie avec un mauvais rhume si son cœur brisé ne l'avait pas poussée vers la grippe. Nous nous sommes promenés dans la lande et je n'avais pas d'imperméable digne de ce nom.

— Vous promener dans la lande par cette saison, quelle idée ! s'insurgea Alison. Cette famille, je te jure ! Et je parie qu'il est végétarien, comme sa mère.

— Non, pas du tout. Si tu veux tout savoir, il est adorable, marmonna Nina avant de fondre en larmes.

Chapitre 26

« Il vous suffirait de poser une fois sur moi le regard de celui que je sais caché en vous pour faire de moi votre esclave. »

Le lundi matin, Nina s'estima suffisamment d'attaque pour quitter ses quartiers et remettre le pied dans le monde du travail.

Elle était parvenue à engloutir un copieux plat au curry la veille au soir, c'était bien la preuve qu'elle allait mieux, quoiqu'elle se sentît encore très mal. Mais cette fois, uniquement sur le plan psychologique. Elle était en deuil d'avoir perdu Noah, non contente d'avoir perdu deux bonnets en soutien-gorge.

— Non, je ne porterai pas cet affreux tee-shirt gris, annonça-t-elle à Posy en descendant l'escalier en furie pour rejoindre sa patronne occupée à trier le courrier. Je n'ai plus assez de poitrine pour le remplir. En revanche, le bon côté des choses, c'est que je rentre de nouveau dans cette tenue qui ne m'allait plus depuis des années !

Nina portait une robe de crêpe de soie noire avec un col Claudine en velours noir – dont la couleur était assortie à son humeur, alors même qu'elle essayait de garder la tête haute.

Posy esquissa une grimace de détresse. Nina s'arrêta sur l'avant-dernière marche, les poings sur les hanches.

— Je te jure, Posy, le tee-shirt d'*Au Bonheur des tendres* pendouille ! se plaignit-elle.

— Non, ce n'est pas ça, dit Posy en levant les yeux, l'air décidément mal à l'aise. Tu devrais retourner te coucher. Tu es toujours en convalescence, alors zou !

Têtue, Nina acheva de descendre les escaliers.

— Je tourne comme un lion en cage, là-haut. Si tu savais le nombre d'épisodes de *Masterchef* que j'ai regardés ce week-end !

— On peut se débrouiller sans toi, l'interrompit Verity dont la tête dépassait par la porte entrouverte du bureau. Je t'ai dit de ne pas descendre tant que tu es patraque.

— Mais je suis en pleine forme ! Et puis, mon absence vous a pesé à la boutique ce week-end, leur rappela Nina, car pendant son tête-à-tête avec *Masterchef*, son portable n'avait cessé de vibrer de quantité de messages lui demandant où était rangé tel livre mis de côté pour telle cliente, quel était le petit coup secret pour ouvrir le tiroir de Bertha lorsqu'il se coinçait, entre autres requêtes. Je ne porterai rien de lourd, c'est promis, mais laissez-moi au moins m'asseoir derrière Bertha et encaisser les clientes. Je n'ai pas été opérée du cerveau, que je sache ! Posy, écarte-toi de mon chemin !

Nina dut forcer le passage pour se glisser entre le mur et Posy qui refusait de la laisser accéder à la boutique.

— Inutile de te déranger, on n'ouvre pas ce matin ! couina Posy en attrapant Nina par la manche. Alors, retourne là-haut et allonge-toi !

— Posy, ne maltraite pas le vintage, se fâcha Nina qui n'avait jamais eu autant à lutter pour travailler. Ce n'est pas ouvert ce matin ? Pourquoi ? Il y a inventaire ? On n'en a encore jamais fait, pourquoi commencer maintenant ?

— Il n'y a pas d'inventaire, répondit Verity. C'est une, hum… réunion du personnel.

— Tais-toi ! grinça Posy, et si Nina avait été un chien, ses poils se seraient hérissés, elle eut tout de même un puissant frisson.

— Une « réunion du personnel » ? s'enquit-elle avec soupçon. À laquelle je ne suis pas conviée ? Oh, mon Dieu, vous voulez me virer !

— Te virer ? Ce serait de la folie. Personne n'a su faire fonctionner cette librairie pendant que tu étais clouée au lit.

Ce fut au tour de Tom de faire son apparition.

— Bon, on commence ? Noah est arrivé et j'ai terminé mon panini, on ferait bien de s'y mettre.

À la mention de Noah, Nina eut une crampe si soudaine à l'estomac qu'elle se demanda si c'était une rechute ou si le plat épicé de la veille n'allait pas faire son grand retour.

— « Noah »…, répéta-t-elle avec force trémolos, la main sur son cœur en course folle.

Ce même cœur qu'elle avait sommé de rester hors service pour une durée indéterminée.

Pendant sa convalescence, Nina en était arrivée à la conclusion que l'amour tragique et passionné dont elle avait toujours rêvé était très loin de ce qu'elle s'imaginait. En fait, c'était épuisant – on l'avait pourtant avertie – et dangereux, autant pour l'âme que pour le cœur. Or où était l'intérêt d'avoir un cœur s'il fonctionnait mal ?

Elle était déchirée d'avoir perdu Noah, avait élimé ses souvenirs à force de se repasser chacun des sourires de Noah dans sa tête, chaque geste doux, amusant, chaque gentillesse qu'il avait eue à son égard, chaque baiser. Mais le souvenir de leur dispute, de la brutalité avec laquelle Noah avait arraché le masque que portait Nina pour dévoiler la misérable mesquine cachée derrière, celui-ci était toujours bien vivace. En dépit de tout cela, il était là, à quelques mètres d'elle alors même qu'elle commençait à accepter, entre réconfort et désespoir, qu'ils ne se reverraient jamais.

— Oui, Noah, chuchota Posy. Pourquoi crois-tu que j'essaie de te convaincre de remonter là-haut ? Et puis, je l'ai prévenu que tu ne serais pas là.

— Il ne veut plus me voir ? interrogea Nina, la voix éraillée.

Elle ne lui en voudrait pas, mais ça ne serait pas moins difficile à accepter.

— Il n'a pas dit qu'il ne voulait plus te voir, mais depuis votre retour de ce désastreux week-end, le pauvre est inconsolable, expliqua Posy en haussant une épaule. D'ailleurs, maintenant que tu te sens mieux, peux-tu m'expliquer ce qui s'est passé entre vous ? Lui as-tu vraiment brisé le cœur ? Il a les épaules tombantes d'un homme anéanti.

— Ce qui s'est passé entre nous reste entre nous, rétorqua Nina, suffisamment honteuse de son comportement sans avoir à se mettre Posy sur le dos.

Non, elle ne remonterait pas se cacher. Elle s'en sortirait le menton haut et avec style. Forçant le passage, elle pénétra dans la boutique d'un pas assuré, l'expression hautaine, car elle n'avait que faire du cœur brisé de Noah. C'était une rebelle qui dévorait les hommes au petit déjeuner.

Elle s'arrêta net dans sa marche.

Noah se tenait près de l'escabeau roulant, concentré sur son iPad. Il portait le costume bleu marine qu'il avait le premier jour de sa mission *Au Bonheur des tendres* avec une chemise blanche et une cravate bleue. Il faisait si sérieux dans son accoutrement d'homme d'affaires – même ses épis éternellement indisciplinés s'étaient inclinés pour l'occasion – que Nina se demandait bien ce qu'il avait pu trouver à une fille comme elle.

C'est alors qu'il leva les yeux et croisa le regard qu'elle fixait sur lui, et aussitôt, il se referma comme une huître, les sourcils froncés, la bouche tordue et le corps ramassé sur lui-même, comme si la trouver là était la plus déplaisante des surprises.

Nina voulait le supplier de lui pardonner, mais au lieu de ça, puisa une réserve insoupçonnée de volonté au fond d'elle-même pour se laisser tomber lourdement sur l'un des canapés avec ce qu'elle espérait être une grâce nonchalante.

— Tiens, salut, Noah, trilla-t-elle avec un détachement extrême.

Noah marmonna ce qui pouvait être un « salut », à moins que ce ne soit « je te déteste », et l'instant fut rompu par l'entrée fracassante de Posy, Verity sur ses talons.

— Bien, restons civilisés, voulez-vous ? Nous sommes là pour travailler me semble-t-il, rappela sa patronne, non sans une pointe d'angoisse, en posant une fesse sur l'accoudoir du canapé sur lequel Nina avait résolument élu domicile.

— Nous sommes bien d'accord, se moqua Nina.

Mais au fond, elle se demandait ce que Noah venait faire là, tiré à quatre épingles. Il présentait une mine sinistre comme s'il aurait préféré être n'importe où ailleurs, quitte à subir une torture par noyade s'il le fallait.

— C'est strictement professionnel, maugréa Noah de cette voix froissée qui avait terriblement manqué à Nina, mais elle se garda bien de le montrer et prit un air excédé en surprenant le regard sévère que lui lançait Tom du canapé d'en face.

— Finissons-en, articula-t-il à Nina en silence pendant que Verity proposait un chevalet de conférence à Noah.

— Nous avons eu l'occasion de l'utiliser plusieurs fois et c'était toujours très utile.

— Non merci, je n'ai pas besoin de chevalet de conférence, refusa Noah. Et j'enverrai mon rapport par mail à chacun d'entre vous sur vos nouvelles adresses individuelles d'*Au Bonheur des tendres* en guise d'introduction à votre nouvelle présence numérique. Je vous ai également ouvert une boutique en ligne par WhatsApp. C'est bien plus efficace que vos Post-it et vos gribouillis au verso de vieilles enveloppes.

Posy marmonna tout bas :

— Les Post-it sont très efficaces.

— Peut-être, mais des mails au nom de l'enseigne et un compte WhatsApp le seront encore davantage, insista Noah, en mode adulte responsable.

Ce matin, il était bien décidé à ne rien laisser passer. Sa détermination rappela à Nina la conversation autoritaire avec Peter au *Laser Game l'Ancien*, et avec une tendresse rancunière, elle l'écouta achever son introduction sur tout ce qu'il avait appris grâce à ce séjour au sein de l'équipe de la librairie. En outre, il avait quelques idées qui pourraient aider à développer leur commerce et opérer plus intelligemment.

— Simples suggestions, conclut-il sur un petit sourire forcé. Par exemple, la fluidité de la clientèle dans la boutique serait facilitée par des travaux…

— Non ! Plus un mot ! s'écria Posy en se levant d'un bond, dos au rayon des dernières sorties et bras tendus en bouclier humain comme si Noah avait garé son bulldozer dans les Mews. Je ne ferai pas de travaux. Fin de l'histoire.

— Oui, je m'en doute bien, mais admets que vous ne tenez pas le rythme avec une seule caisse, en particulier celle qu'il faut cogner toutes les dix minutes pour qu'elle fonctionne, fit remarquer Noah.

— Il faut reconnaître qu'il a raison, Posy, intervint Verity. Quand on a du monde, Bertha s'enraie et la file d'attente s'étend jusqu'à la porte si bien que les nouveaux clients ne peuvent plus entrer.

— Mais Bertha est là depuis toujours ! s'insurgea Posy.

Nina et Tom échangèrent un regard. Pourquoi leur patronne avait-elle accepté que Noah analyse ses affaires si c'était pour refuser en bloc chacune de ses propositions ?

— Exact. C'est pourquoi tu pourras réserver Bertha aux paiements par espèces, mais après une sérieuse révision chez le technicien. Quant aux règlements par cartes bancaires, PayPal ou Apple Pay, tes employés pourraient s'en charger directement au sein des rayons s'ils étaient munis d'iPad, ajouta doucement Noah, plus déterminé que jamais maintenant qu'il se trouvait en terrain strictement professionnel. Vous enverriez le ticket de caisse aux clients par mails et les inscririez par la même occasion à la newsletter de la boutique.

— Mais… pour ranger les livres dans les sacs… offrir les marque-pages gratuits…, marmonna Posy.

— Toutes nos nouvelles vitrines sont pourvues de tiroirs, nous pourrions y ranger les sacs plastique et les marque-pages, rappela Tom d'un ton las comme si c'était une telle évidence que c'en était barbant.

Au contraire, Nina trouvait cela plutôt excitant.

— On aura des iPad, alors ? demanda-t-elle – une interruption qui lui valut les regards noirs de tout le monde, en particulier celui de Noah qu'elle reçut comme un couteau en plein cœur.

— Une fois la boutique numérisée, la commande auprès des fournisseurs, l'inventaire et même la comptabilité vous paraîtront si faciles que Posy et Verity seront libres de s'intéresser aux promotions et aux événements, autant de projets laissés au placard depuis la réouverture.

C'était plus fort qu'elle, Nina était vexée. N'était-ce pas ce qu'elle n'avait de cesse de répéter à Posy : organiser des événements ? Un beau jour, Noah débarquait de nulle part dans son costume bleu marine avec ses analyses d'affaires et voilà que Posy opinait volontiers et que Verity ne semblait même pas affolée par l'idée de quitter plus souvent l'antre de son bureau.

Sur un soupir, Nina chercha du regard un brin de soutien auprès de Tom mais Noah venait d'entamer la partie le concernant. Tom était pendu à ses lèvres. On apprenait que c'était grâce à lui que la librairie jouissait d'une clientèle fidèle et récurrente auprès des dames d'un certain âge. *Jusque-là, rien de neuf sous le soleil.*

— C'est pourquoi Tom s'occupera du compte Twitter de la librairie à partir d'aujourd'hui, décida Noah.

Quoi ?! L'injustice était d'une telle démesure que Nina en avait les bras ballants. N'était-ce pas « elle » qui avait mis la boutique sur les rails des réseaux sociaux ? Et fait grossir leur nombre de *followers* sur Instagram ? Et harcelé Sam pour qu'il lui montre comment mettre à jour leur site Internet ? Si, c'était elle ! Et maintenant, Tom allait lui voler Twitter sous prétexte qu'il avait posté deux tweets amusants pendant qu'elle oscillait là-haut entre la vie et la mort !

— Traître, je te déteste, souffla-t-elle tout bas à Tom qui le prit avec détachement.

— Et maintenant, venons-en à Nina, déclara Noah, et si elle avait évité de le regarder en face jusqu'à présent, il avait désormais toute son attention.

Comment cet homme froid et détaché dans son costard bleu marine sur mesure pouvait-il être celui qui l'avait serrée contre lui dans son sommeil ?

— Par où commencer… Par son manque évident de barrières entre vie privée et vie professionnelle, par exemple.

Toutes les craintes de Nina quant à ce que pianotait Noah sur son iPad se révélèrent entièrement fondées. Il avait pris note de l'insolence dont elle faisait preuve envers Posy et Verity ; des anecdotes sur leur vie sexuelle, ou sur la sienne, dévoilées sans filtre ; de sa lecture de passages croustillants pendant que la file s'allongeait en caisse ; des pâtisseries qu'elle savourait tout en manipulant les livres ou en servant les clientes. La liste n'en finissait plus.

Bien entendu, Nina aurait voulu se défendre, mais ainsi mise au pied du mur, elle était bien forcée de l'admettre : elle était la pire des employées.

Pourvu que la longue énumération de ses travers touche bientôt à sa fin. Il pourrait ensuite donner la parole à Posy qui la licencierait et lui demanderait de monter faire ses valises. *Oh, non !* Qui disait licenciement disait déménagement. Elle n'aurait jamais cru Noah capable d'une vengeance aussi bassement cruelle.

— Et si elle se comporte ainsi… c'est parce qu'elle s'ennuie, conclut Noah. Vous n'exploitez pas ses talents à leur juste valeur. Elle a pris l'initiative d'arranger d'excellentes vitrines, poursuivit-il. (Nina regarda prestement autour d'elle pour vérifier qu'il ne parlait pas d'une autre Nina.) Elle est si créative qu'elle a redessiné le logo d'*Au Bonheur des tendres* et vous a fait croire que c'était l'œuvre de son ami Claude, parce qu'elle craignait que vous ne preniez pas son travail au sérieux.

— Oh, Nina ! s'exclama Posy, encore plus fâchée que par les travaux évoqués par Noah. Pourquoi nous as-tu menti ?

Précisément pour la raison que venait de citer Noah. Et Nina ne lui avait jamais parlé du logo. La seule personne susceptible d'avoir craché le morceau était Marianne, lorsqu'ils discutaient tous les deux à l'étage pendant qu'elle-même se faisait tatouer.

— Je n'ai pas trouvé le bon moment pour en parler, répondit faiblement Nina.

— Et regardez ce qu'elle a fait du compte Instagram de la librairie, reprit Noah en brandissant son iPad. Deux mille *followers* gagnés en moins de deux semaines. Vous devez l'inscrire à des cours où elle affûterait son coup de crayon, apprendrait à coder et à mettre des sites Web à jour. De cette façon, elle maîtrisera mieux que personne la gestion de votre site Internet. Une occasion en or puisque vous deviez justement vous intéresser au chiffre d'affaires que vous rapporterait votre présence sur la toile.

Une fois de plus, Nina ne savait plus où se mettre. Comment pouvait-il ainsi chanter ses louanges alors qu'il la détestait, et à juste titre ?

— Si je comprends bien, tu suggères que Nina cesse de travailler en boutique à cause de son manque de professionnalisme ? résuma Verity. Hors de question ! *Au Bonheur des tendres* serait trop triste sans Nina. Sans vouloir te vexer, Posy.

— Non, je suis d'accord avec toi, affirma cette dernière qui s'était éloignée vers le comptoir mais revenait à présent auprès du canapé de Nina. Une journée sans les commentaires parfaitement déplacés de Nina, c'est comme une journée sans soleil.

— Sans Nina pour détendre l'atmosphère et me dépêtrer des clientes les plus coriaces, je ne verrais pas le bout de mes journées de travail, renchérit Tom. Tu ne peux pas l'envoyer s'enfermer dans le bureau pour travailler sur le site Internet.

Toutes ces marques de soutien arrivaient de nulle part et titillaient le canal lacrymal de Nina, déstabilisée par les derniers relents de sa grippe et par tant d'amour de la part de ses collègues. Ils l'aimaient vraiment. *Et Noah...*

— Je suis d'accord. Sans Nina, cet endroit sombrerait dans le chaos.

La figure de Noah avait perdu ses rides renfrognées. Il la regardait droit dans les yeux. Mais se détourna bien vite, comme s'il n'avait pas le courage de soutenir son regard.

— Nina connaît par cœur les quatrièmes de couverture de presque l'intégralité de ces étagères et garde en mémoire les goûts de vos clientes régulières. Elle est la seule à savoir l'endroit exact où cogner Bertha quand elle fait des siennes et amuse tellement la galerie lorsque les clientes s'impatientent dans la queue pour le passage en caisse qu'elles en viennent à s'excuser de s'être impatientées. Nina est le cœur et l'âme d'*Au Bonheur des tendres.*

— Oh, marmonna Nina, incapable de dire autre chose.

C'est pourquoi elle le répéta.

— Oh...

— Si je sais tout ça, c'est parce que c'est mon travail d'analyste, expliqua Noah.

Il marqua un arrêt, posa son iPad sur l'étagère derrière lui. Un silence, suspendu, lourd de promesses. Noah sourit. De ce sourire crispé, brisé, en écho au cœur crispé et brisé de Nina.

— Mon travail, c'est de trouver des solutions aux problèmes, reprit-il. Et j'ai pris conscience d'une chose : il ne tient qu'à moi de décider que t'aimer ne doit pas en être un.

— Hein ? lâcha Posy. Qu'est-ce qu'il raconte ?

— Chut, souffla Verity.

— Si tu savais le nombre de fois où j'ai failli te parler de Paul, susurra Nina, la gorge entravée par une énorme boule d'angoisse, car le seul prénom de son frère perçait la bulle de bonheur dans laquelle la déclaration d'amour de Noah venait de la glisser. Mais quand on était ensemble, c'était si beau que j'avais peur de tout gâcher. Et puis, plus le temps passait, plus il devenait impossible d'aborder le sujet sans que cela ne fiche tout en l'air. J'ai très mal géré la situation, mais ça ne partait pas d'une mauvaise intention. Tu me crois, j'espère !

— Oui, je te crois.

Noah ne l'aurait pas regardée avec une telle douceur, une telle tendresse, s'il avait continué de penser qu'elle était cruelle et mesquine.

— Pour ce que ça vaut, sache que Paul s'en veut terriblement pour ce qu'il t'a fait subir à l'école. Il s'en rend malade.

— C'est déjà ça. Écoute, ton frère ne deviendra jamais un bon copain, mais je n'arriverai pas à me défaire de mon passé tant que je ne me débarrasserai pas de ma rancœur. Il y a bien des parents qui pardonnent à l'assassin de leur enfant alors que ce tueur n'a aucun remords. Que je sache, Paul n'a jamais tué personne, si ?

— Non, jamais. Et si tu te débrouilles bien, tu pourrais même bénéficier de services de plomberie gratuits jusqu'à la fin de tes jours, ajouta Nina en souriant avant de se rembrunir. Je ne te demande pas de tout oublier. Ce qu'il a fait est grave et on ne peut pas le banaliser. Tout ce que je te demande, c'est d'accepter d'aller prendre un verre avec lui, ce sera un moment affreusement désagréable, mais il pourra au moins s'excuser en personne.

Noah opina.

— Ça devrait pouvoir s'arranger, marmonna-t-il, ses rides de nouveau creusées. Tu sais, quand je t'accusais d'être incapable d'aimer, je ne le pensais pas.

— Non, tu avais raison, haleta-t-elle, prise d'un sanglot. J'ai toujours eu peur de tomber amoureuse car je craignais par-dessus tout d'être prise une nouvelle fois au piège d'une relation. Mais avec toi, je n'ai pas cette sensation. (Nina se pencha vers lui.) Quand tu as découvert le pot aux roses, ma trahison, mes mensonges dont, encore une fois, je suis profondément désolée, j'étais certaine que tu me détesterais à jamais. Le pire, c'est que je ne pouvais pas te le reprocher. Moi-même, je me détestais ! Si j'avais cru pouvoir te faire changer d'avis, j'aurais tout fait pour ! Tiens, à ce propos, qu'est-ce qui t'a fait changer d'avis ?

— Je regrette de faire appel à un tel cliché, mais bordel, allez vous louer une chambre ! lança Tom alors que personne ne le forçait à écouter.

— Tais-toi ! répliquèrent Posy et Verity d'une seule voix.

Nina les entendait à peine. Elle n'avait d'yeux et d'oreilles que pour Noah qui s'avança d'un pas.

— Eh bien, j'ai passé la semaine à relire les très nombreuses notes que j'ai prises sur toi. Et puis, grâce à toi, mes deux semaines d'analyse d'*Au Bonheur des tendres* ont été les plus plaisantes de toute ma carrière. Malgré ma colère, tu as commencé à me manquer.

Noah laissa échapper un soupir chevrotant.

— Toi aussi, tu m'as manqué, admit Nina. Tu me manquais tellement que c'en était douloureux.

— Tu m'as fait prendre conscience que je ne savais pas compartimenter les choses, contrairement à ce que je croyais, car dès le tout premier jour, je n'ai jamais cessé de penser à toi, de me languir de te revoir. Et puis, il y a eu ces neuf jours que j'ai dû passer sans toi en sachant que tu avais la grippe par ma faute. C'est moi qui t'ai traînée pour une marche forcée dans la lande. On peut mourir de la grippe, tu sais.

Ses yeux n'avaient jamais été si verts, si insondables.

— Non, c'est ma faute, j'aurais dû emporter un vrai manteau. (Une phrase qu'elle n'aurait jamais pensé prononcer un jour.) Pendant tout ce temps, j'ai rêvé de drame et de passion, d'un amour sans limites, mais tout ça, c'était de la fiction. Cathy et Heathcliff n'existent pas. Alors que nous, nous sommes bien réels. En tout cas, nous l'étions.

— Et on pourrait l'être encore, non ? demanda Noah, ses pommettes rouges d'espoir et sa voix brisée par le doute.

Ces dernières semaines, Nina avait eu tout le loisir de constater qu'elle manquait cruellement de courage. Elle n'avait jamais sauté en tyrolienne, ni fait de kayak. Elle ne pouvait pas monter plus de trois marches sur l'escabeau roulant sans réclamer qu'on glisse un coussin au cas où elle tomberait. Elle réclamait de l'aventure, mais tout portait à croire qu'elle était allergique à l'adrénaline. Elle revendiquait son désir de vivre un vrai *coup de foudre*[1] mais n'était jamais sortie qu'avec des nazes pour se conforter dans l'idée qu'aucun d'eux ne volerait jamais son cœur.

Elle avait été lâche.

— Nina…, murmura Noah qui se décomposait, faisant un pas en arrière. Ne pourrait-on pas repartir de zéro ?

— Non, décida-t-elle. Je ne veux pas repartir de zéro.

Il y eut un soupir collectif dans l'assistance choquée.

— Dur, murmura Posy.

— Bon, très bien, souffla Noah en se retournant pour récupérer son iPad, bien incapable de regarder Nina en face. Au moins, je sais à présent à quoi m'en tenir.

Non, Nina ne sauterait jamais d'un avion, ni d'un pont, attachée à une corde en caoutchouc. Et elle ne retournerait jamais dans la lande pour une randonnée sous la pluie, parce qu'elle n'était pas de ces courageux-là.

Son courage était d'une tout autre sorte.

— Je ne veux pas repartir de zéro…

---

1. En français dans le texte original. (*NdT*)

Noah ferma les yeux.

— Oui, tu l'as déjà dit.

— … je veux reprendre à l'endroit où l'on s'est arrêtés, termina Nina, et elle se leva pour franchir les huit pas les plus courageux que personne ait jamais foulés, pas même ces gens qui marchaient sur des charbons ardents. « De quoi que soient faites nos âmes, la tienne et la mienne sont pareilles. »

Et elle l'embrassa. Ou était-ce Noah qui l'embrassa le premier ? Quoi qu'il en soit, ils échangèrent un long baiser. Nina n'avait plus mal aux bras car ils étaient autour de Noah, elle n'avait plus les lèvres engourdies car celles de Noah les ramenaient à la vie. Et son cœur… oh, son cœur ! Il n'était plus brisé mais était rempli d'un amour fou.

Au bout d'un long moment, quand le manque d'oxygène devint problématique, ils s'écartèrent sous les applaudissements de Posy et Verity tandis que Tom se scandalisait :

— C'est décidé, je te dénoncerai dans le registre du harcèlement sexuel, Nina, pour démonstration d'affection en public.

— C'était tellement romantique ! se ravit Posy.

— Et ta citation des *Hauts de Hurlevent* était magistralement placée, renchérit Verity avant de se lever. Bon, la réunion est-elle achevée ? À 11 heures passées, il est grand temps d'ouvrir la boutique.

— Achève-moi, au point où j'en suis, déclara Nina en pâmoison, et Noah n'avait effectivement pas terminé puisqu'il reprit son précieux iPad.

— J'ai presque fini, dit-il, les yeux sur son écran, et Nina se surprit à passer du désir fou de l'embrasser à celui de le gifler. J'ai une dernière suggestion. Ou plutôt un ordre, dit-il en s'adressant à Posy. Tu devras donner à Nina six mois de congé sabbatique à partir du mois de mai car je l'emmène en *road trip*, on va traverser les États-Unis.

C'était parfait. Et la grimace estomaquée de Posy était la cerise sur le gâteau. Nina allait simplement devoir faire preuve d'un dernier acte de bravoure.

Elle vola l'iPad des mains de son propriétaire. L'envie ne lui manquait pas de jeter cet objet à l'autre bout de la pièce, mais elle le posa avec précaution sur la surface plane la plus proche. Puis elle prit une profonde inspiration, s'empara des mains de Noah et attendit un instant que son cœur s'apaise avant de lever les yeux vers ce visage tendre qu'elle avait cru ne plus jamais revoir. À présent, elle n'avait plus besoin de courage. C'était la chose la plus naturelle au monde.

— Je t'aime à la folie, dit Nina. Mais sache que je ne fais pas les choses à moitié. Jamais. Cela risque-t-il de poser un problème ?

— Si c'est un problème, je ne lui chercherai pas de solution, répondit Noah avant de reprendre Nina dans ses bras.

Entre-temps, Verity avait retourné la pancarte pour ouvrir la boutique et les premières clientes faisaient leur entrée ; Posy marmonnait au sujet de la menace de travaux dont elle ne se remettrait pas de sitôt ; Tom désapprouvait à grand renfort d'onomatopées les effusions de Nina et Noah qu'il contourna théâtralement ; et Verity demanda tout haut si quelqu'un avait l'intention de se mettre au travail ce matin.

Mais Nina et Noah restèrent imperméables à cette agitation. L'un n'avait d'yeux que pour l'autre.

— Je suppose que nous finirons avec des tatouages assortis ? s'aventura Noah avec humour et résignation entre deux baisers. Une citation des *Hauts de Hurlevent*, peut-être ?

— Dans le mille, répondit Nina. J'ai déjà réduit nos possibilités à trois nominées. Mais il faut que tu sois sûr de toi. Les tatouages, c'est pour toujours.

— Pour toujours ? C'est encore trop court à mon goût, susurra Noah.

Les collègues de Nina s'y prirent à trois pour la prier de se mettre au travail, mais elle fit la sourde oreille, se dressa sur la pointe des pieds et pressa un baiser sincère sur les lèvres de Noah.

Après tout, ils n'auraient guère pu trouver d'endroit plus approprié pour se jurer un amour éternel que cette petite librairie au doux nom d'*Au Bonheur des tendres*.

Héros romantiques toxiques

Passionnés sur le papier, à éviter dans la vraie vie…

Heathcliff des *Hauts de Hurlevent*
Certes, il boude mieux que personne mais ce genre de charmeur manipulateur alarmerait vos copines qui s'empresseraient de vous arracher à ses griffes de prédateur.

Darcy d'*Orgueil et Préjugés*
« Je dois vous dire l'ardeur avec laquelle je vous aime et vous admire… »
« Bla bla bla »… Il peut toujours causer, je ne fais pas dans le mépris incarné.

Rupert Campbell-Black de *Riders*
Dès lors qu'on découvre le baiseur invétéré dans la vie réelle dont s'est inspirée Jilly Cooper pour son protagoniste politiquement incorrect, Rupert en perd tout son charme – merci, Google !

Mr Rochester de *Jane Eyre*
« Lecteur, je ne l'ai pas épousé », car ce type a de sérieux problèmes à régler.

James Bond
Dans la vraie vie, ce superagent secret serait arrêté pour harcèlement sexuel en moins de temps qu'il ne lui en faut pour boire son Martini.

Remerciements

Je remercie mon agent, la merveilleuse Rebecca Ritchie, quoique « merveilleuse » soit encore trop faible pour la décrire. Merci à Hélène Ferey, Jennifer Custer et à toute l'équipe de AM Heath.

J'adresse également des témoignages d'affection maladroits mais sincères à Martha Ashby, mon éditrice, qui a toujours compris la direction que prenaient mes romans avant même que je ne l'aie saisie moi-même. Enfin, je remercie Jaime Frost, Emma Pickard et l'équipe de HarperCollins.

Achevé d'imprimer en janvier 2020
Par CPI Brodard & Taupin à La Flèche
N° d'impression : 3036670
Dépôt légal : février 2020
Imprimé en France
81122769-1